SABINE THIESLER

ROMEOS TOD

ROMAN

Wilhelm Heyne Verlag
München

Penguin Random House Verlagsgruppe FSC® N001967

Vollständige Taschenbuchausgabe 02/2025
Copyright © 2024 by Sabine Thiesler
Copyright © by Wilhelm Heyne Verlag, München,
in der Penguin Random House Verlagsgruppe GmbH,
Neumarkter Straße 28, 81673 München
produktsicherheit@penguinrandomhouse.de
(Vorstehende Angaben sind zugleich
Pflichtinformationen nach GPSR)

Umschlaggestaltung: Eisele Grafik-Design, München
unter Verwendung von Alamy Stock Photo (Rawf8, McPhoto/Gann)
und Bigstock (Intel.Nl)
Satz: satz-bau Leingärtner, Nabburg
Druck und Bindung: GGP Media GmbH, Pößneck
Printed in Germany
ISBN: 978-3-453-42974-1
www.sabine-thiesler.de
www.heyne.de

Kein großer Verstand hat jemals
ohne einen Hauch von Wahnsinn existiert.

Aristoteles

ERSTER TEIL

HAMLET

1

Die Freiheit war grau und kalt. Bedeckter Himmel, minus drei Grad, ein scharfer Wind aus Nordost.

Sie hatte kein Ziel, kein Zuhause, niemanden, der auf sie wartete. Trug nichts als eine Jeans, einen Pullover, eine dünne Blousonjacke und Turnschuhe. Völlig richtig für Ende Mai, aber nicht für Mitte Februar.

In ihrer Sporttasche waren einige T-Shirts, Unterhosen, Socken, eine Zahnbürste mit schiefen Borsten, ein völlig zerliebtes Kuscheltier, das einmal eine Katze gewesen war und jetzt aussah wie ein durchgekauter Bär, ein kleines Büchlein mit längst veralteten Adressen und Telefonnummern und ihre Brieftasche.

Sie besaß noch einen Schlüsselbund zu ihrer Wohnung, die es nicht mehr gab. So wie es ihre Familie nicht mehr gab. Und ihre Schwiegereltern und die Pizzeria auch nicht.

Als Erstes musste sie sich ein Handy besorgen.

Und dann ernsthaft darüber nachdenken, wo sie den restlichen Tag, die kommende Nacht und überhaupt ihr Leben verbringen wollte.

Gar nicht so einfach, wenn man alles verloren hatte.

Sie kickte einen Stein von der Straße, warf den Kopf in den Nacken und schrie laut »Scheiße« in den Himmel.

Aber niemand hörte sie, und es hätte wahrscheinlich auch keinen interessiert.

Sie war jetzt seit fünf Minuten frei und schon halb erfroren.

Was hielt sie noch in dieser Stadt?

Würde sie hier ihren Mann wiederfinden? Sicher nicht.

Es gab nur eine einzige Chance.

Italien.

Also: Hauptbahnhof.

2

Er hatte Schüttelfrost. Schweißausbrüche. Fieberschübe. Seit morgens um fünf. Als die Katze ihm irritiert um die Beine strich, weil er schon das vierte Mal zur Toilette ging, gab er ihr einen Tritt. Einen wirklich heftigen, weil er so wütend war.

Sie knallte gleich neben dem Fenster gegen die Schreibtischkante und ging zu Boden. Rührte sich nicht mehr. Er war nicht sonderlich besorgt, ging davon aus, dass Katzen ohnehin alles abkonnten. Die waren so schnell nicht totzukriegen.

Erst als er wieder von der Toilette zurückkam, sah er sie immer noch am Boden liegen. Er ging erneut ins Bad, holte ein Glas Wasser und schüttete es ihr über den Kopf.

Ganz langsam kam sie wieder zu sich. Na also. Sie outrierte. So etwas konnte er nicht ausstehen. Er hatte mal eine Opernsängerin gebumst, die outrierte immer. Jeder kleinste Kopfschmerz wurde zur Migräne, und wenn sie leicht umknickte, wurde sofort ein Beinbruch draus. Die Frau war eine Katastrophe. Während er es einmal mit ihr trieb, aß sie einen Apfel und fragte nach einer Weile: »Macht's Spaß?« Er wurde irre, sprang aus dem Bett, raffte seine Sachen zusammen und wollte fliehen, aber sie war schneller, schloss die Tür ab und warf den Schlüssel aus dem Fenster. Auf dem Balkon rief er laut um Hilfe.

Letztendlich war er sie nur losgeworden, weil er das Theater wechselte.

Aber seine Katze bekam auch allmählich Staralüren.

Vor einiger Zeit, er konnte sich gar nicht mehr genau erinnern, wann, da war er in Mainz engagiert gewesen. Staatstheater. Du lieber Himmel! Selbst die Garderoben hatte er nicht mehr vor Augen, so selten war er dort gewesen. Er gehörte zur dritten oder vierten oder fünften Garde, durfte ab und zu einen Eimer Wasser über die Bühne tragen oder einspringen, wenn sich ein anderer Wimmelwurz den Hals gebrochen hatte. In der Kantine ließ er anschreiben, trank sich um den Verstand und lag ansonsten in seiner miesen Wohnung auf der Couch und knipste sich durch die Programme.

Er wohnte in einem fürchterlichen Mietshaus im vierten Stock. Fantasielosigkeit pur. Kaltes Treppenhaus, kalte Flure, kalte, quadratische Räume, da konnte selbst eine Innenarchitektin mit einem Faible für schweren Kitsch keine Atmosphäre hineinzaubern. Und bei ihm kam noch erschwerend hinzu, dass er direkt unter dem Dach wohnte. Schräge Wände in allen Zimmern, nur Dachfenster mit Blick in den Himmel, aber nicht auf die Straße.

Und eines Tages saß vor seinem Dachfenster eine Katze und schrie. So lange, bis er das Fenster öffnete, weil er die Situation so eigentümlich fand.

Sie sprang sofort ins Zimmer und aufs Bett und lebte seitdem bei ihm. Zog mit ihm von Appartement zu Appartement. Er hatte ihr keinen Namen gegeben, um sich nicht zu sehr an sie zu gewöhnen, aber das machte keinen Unterschied. Irgendwie war sie immer da, und mittlerweile mochte er sie. Mochte sie sogar sehr. Sie freute sich, wenn er kam. Schnurrte, wenn er sie fütterte, und schmiegte sich nachts an ihn.

Er legte sich wieder ins Bett, konnte aber nicht mehr schlafen. Natürlich nicht.

Ihm wurde heiß. Der Schweiß brach ihm erneut aus, sein Puls klopfte wild in den Schläfen. Er deckte sich ab, starrte ins Dunkel. Textfetzen fielen ihm ein, aber er wusste nicht weiter.

Es war ein Desaster.

Er begann zu zittern und zog sich die Decke wieder bis über die Ohren.

Er war krank, sterbenskrank. Vielleicht sollte er die Feuerwehr rufen, bevor es zu spät war. Auf gar keinen Fall konnte er die Premiere spielen. Das war vollkommen unmöglich. Aussichtslos.

Wie konnte er nur dermaßen am Ende sein? Wochenlange Arbeit für nichts. Die Kollegen würden ihn hassen, wenn er jetzt, im letzten Moment, alles platzen ließ. Wahrscheinlich würde ihn auch der Intendant vor die Tür setzen, weil er nicht begriff, wie schlecht es ihm ging.

Der Intendant hatte sowieso noch nie irgendetwas begriffen.

Er fühlte sich schwach. Ihm war übel, einfach nur zum Kotzen, aber er konnte sich nicht übergeben, hatte es schon versucht. Es war so elend, vor der Kloschüssel zu liegen und sterben zu wollen. *Sterben – schlafen – nichts weiter! Und zu wissen, dass ein Schlaf das Herzweh und die tausend Stöße endet …*

Er wusste nicht weiter. Verdammt, er wusste wahrhaftig nicht weiter. Er würde versagen, all das würde in einer Katastrophe enden.

Noch dreizehn Stunden. Dann ging der Vorhang hoch.

Er stand auf und schleppte sich in die Küche. Ließ Wasser in den Kocher laufen, schaltete ihn an, zog einen Teebeutel aus dem kleinen Karton. Fenchel und Salbei. Zur Entspannung.

Dann wartete er. Seine Hände kribbelten. Bis hinauf zum Ellenbogen. Vielleicht die Vorboten eines Schlaganfalls. Wenn er jetzt zusammenbrach, würden sie ihn erst finden, wenn er nicht ins Theater kam. Wenn er um achtzehn Uhr dreißig nicht in der Maske war. Wenn die Maskenbildnerin hysterisch wurde und Wolf, der Inspizient, nicht wusste, was er tun sollte.

Wolf wusste nie, was er tun sollte. In seiner Not machte er pausenlos Durchsagen. Verkündete Wichtiges und Unwichtiges und bestellte alle Personen, die ihm einfielen, zum Inspizientenpult, damit sie gemeinsam beratschlagen konnten.

Wolf war ein Idiot.

Es waren alles Idioten. Er war dazu verdammt, in einem Haufen von Idioten zu arbeiten.

Das Wasser kochte, das Kribbeln wurde stärker. Er konnte das sprudelnde Wasser kaum eingießen, so sehr zitterten seine Hände, und er verschüttete die Hälfte.

Dann stellte er die Eieruhr auf zehn Minuten – so lange musste der Tee ziehen – und setzte sich in den Sessel vor dem Fernseher.

Zwölf Stunden, fünfzig Minuten, dann ging der Lappen hoch. Gnadenlos.

Das schaffte er nicht. Keine Chance.

Er schlief ein.

Um zehn vor neun wachte er auf, weil seine Füße eiskalt waren. Kälter als der Tee, der immer noch in der Küche stand.

Noch elf Stunden, zehn Minuten.

Oh Gott!

Er griff zum Telefon und rief Ingo, den Regieassistenten, an. Noch der Vernünftigste der ganzen Truppe. Er organisierte, tat, was er konnte, und behielt die Nerven. Er war ganz sicher schon wach. Wahrscheinlich checkte er im Theater gerade die Requisiten. Wenn es Leute wie Ingo nicht gäbe, würde der ganze verfluchte, marode Haufen zusammenbrechen und das offenbaren, was er war: nichts. Ein Haufen Scheiße. Wie eine Wolke Seifenblasen, die schon beim geringsten Lufthauch zerplatzten. Und dort verschwendete er sein Talent.

Gab es etwas Größeres als den Hamlet?

Nein.

»Ingo«, sagte er mit leidender Stimme, »ich hoffe, ich störe dich nicht. Entschuldige, dass ich so früh schon anrufe.«

»Aber gar kein Problem, Jan. Was ist los? Kann ich irgendetwas für dich tun?«

»Ja. Sag die Premiere ab. Hamlet liegt im Sterben. Es geht nicht. Ich werde nicht spielen. Es geht mir hundsmiserabel, das hohe Fieber schüttelt mich, meine Gedanken werden irre, ich weiß nicht mehr ein noch aus, weiß nicht mehr, wer ich bin oder sein soll, *sterben, schlafen, träumen werden eins, ich stöhnt' und schwitzte unter Lebensmüh! Denn wer ertrüg der Zeiten Spott und Geißel ...* Ingo, ich bin krank, sterbenskrank, ich schaffe es nicht, wer mich zwingt aufzutreten, dem komme ich mit meinem Selbstmord zuvor. Ich bitte dich, rede mit dem Intendanten, sag die Premiere ab, ich habe versagt. Drum lebet wohl!«

Er legte auf und schlug die Hände vors Gesicht. Noch nie zuvor hatte er sich so elend gefühlt. Wochenlang hatte er diesem Tag entgegengefiebert! Der Hamlet! Die Rolle seines Lebens! Es war ihm endlich vergönnt, sie zu spielen.

Und dann dies.

Vielleicht sollte er Schluss machen mit seinem Leben, mit dieser endlosen Quälerei. Schon zigmal war er auf der Bühne gestorben und hatte es gefühlt, das Ende. Diese Gier nach Leben, dieses Entsetzen vor dem endgültigen Aus, diese Enttäuschung über alles, was einem versagt, was ungelebt geblieben war.

Was für ein großer Moment!

Ein Genuss auf der Bühne. Horror in der Realität.

Und jetzt war er so weit. Er atmete tief durch und schloss die Augen.

Hamlet stirbt.

3

CE 2547, Berlin–München, Abfahrt 7:43, voraussichtlich 55 Minuten später.

Gefühlte minus zehn Grad, der eisige Nordwind machte sie fuchsteufelswild. Mona war eine attraktive Frau Anfang vierzig. Sie hatte ausgeprägte Wangenknochen, dunkle, fast schwarze Augen, braunes, im Sonnenlicht rötlich schimmerndes, ungebändigtes halblanges Haar und schmale, energische Lippen, die faszinierende, halbmondförmige Grübchen um ihren Mund zauberten, wenn sie lächelte.

Sie war schlank und durchtrainiert, an ihrem Körper gab es kein Gramm Fett zu viel. Man konnte sich vorstellen, dass diese Frau zupacken, sich selbst verteidigen und sogar noch auf einen fahrenden Zug aufspringen konnte.

Zum Glück saß außer ihr niemand im Abteil, das hätte ihr gerade noch gefehlt. Vielleicht irgendein alter Sack, der ständig vor sich hin rotzte und nieste und hustete und sein Taschentuch nach jedem Auswurf genau und lange inspizierte. Oder eine Frau mit drei lärmenden, nervigen Kindern … oder eine fette Schlampe, die nach Schweiß stank, einen Döner fraß und ohne Ende lautstark telefonierte.

Da hatte sie jetzt absolut keinen Bock drauf und würde sauer werden. Verdammt sauer.

Als sie am Hauptbahnhof angekommen war, war sie ins erstbeste Schickimicki-Geschäft gegangen – es gab dort anscheinend nur Schickimicki-Geschäfte –, hatte sich einen Wollpullover und eine dicke Steppjacke gekauft und beides sofort angezogen. Und in einem Telefonshop erstand sie ein Handy und ließ es sofort freischalten. In den letzten zehn Jahren hatte sie sich etwas Geld erspart. So um die fünfzehntausend. Das würde sie ein bisschen über die Runden bringen.

Dennoch hatte es ihr gereicht, fast vierzig Minuten in dieser Saukälte auf dem Bahnsteig stehen und auf den Zug warten zu müssen. Trotz der neuen Sachen war sie total durchgefroren. In diesem hochmodernen Drecksbahnhof gab es ja noch nicht mal ein kleines Wärmezimmerchen, in das man sich verkriechen konnte, um nicht zu erfrieren, wenn diese Scheißzüge Stunden Verspätung hatten.

Aber dann war ja zum Glück ein ICE gekommen.

Und alle waren eingestiegen. Wie die Lemminge. Ganz egal. Nur rein ins Warme. Selbst wenn er jetzt einfach losrollen und nach Novosibirsk fahren sollte. Der Deutschen Bahn war alles zuzutrauen.

Mona hatte gerade die Augen geschlossen und war kurz davor einzuschlafen, als eine kleine, sehr zierlich wirkende ältere Frau die Abteiltür aufschob. Sie hatte ihre Strickmütze tief ins Gesicht gezogen, trug einen dunklen, weiten Mantel und hohe Stiefel.

Oh nee, dachte Mona und schätzte sie auf Mitte, Ende sechzig. Kann sich die Tusse nicht woanders hinsetzen? Wie nervig war das denn jetzt?

»Guten Tag«, sagte die Frau, zog ihre Mütze vom Kopf, hängte ihren Mantel auf und setzte sich.

Sie hatte kurzes, sehr dünnes weißes Haar, durch das man die Kopfhaut schimmern sah. Mit den Händen fuhr sie schnell hindurch und verwuschelte es. Eine Geste, die sie sich wahrscheinlich angewöhnt hatte, seit ihr die Haare ausgefallen waren.

»Hallo«, meinte Mona.

Die Frau lächelte kurz, aber reagierte nicht weiter, kramte in ihrer Tasche, zog ein Taschenbuch heraus und begann zu lesen.

Mona konnte den Titel des Buches nicht erkennen, aber er interessierte sie auch nicht wirklich. Das Blöde war, sie selbst hatte nichts: kein Buch, keine Zeitschrift, keine Zeitung, gar nichts. Und dieser düstere, kalte Bahnhof, so seelenlos wie nur irgendwas, war nun wahrhaftig kein Augenschmaus.

Sie schloss wieder die Augen. Egal. Auch wenn sie noch zwei Tage und Nächte in diesem Zug sitzen müsste. Sie hatte wirklich Schlimmeres erlebt.

4

Dorothea Jespik war eine gescheite, bescheidene Frau, die ihr Licht gern unter den Scheffel stellte. Sie hatte ihr Leben lang als Gymnasiallehrerin für Latein und Geschichte gearbeitet, hatte es vermieden, mit den Kollegen hin und wieder einen über den Durst zu trinken, und sich stattdessen, als ihr Sohn bereits ausgezogen war und sie wieder allein lebte, lieber unter einer dicken Decke mit einem Buch verkrochen, das Handy ausgeschaltet und das Telefonklingeln ignoriert.

Einladungen lehnte sie ab, wenn sie sich danach anhörten, dass man sich aufbrezeln musste, sie hasste es, sich zu schminken, und besaß nur drei etwas elegantere Outfits, wenn sie mal ins Konzert oder ins Theater ging.

Dorothea war im wahrsten Sinne des Wortes eine graue Maus, sie liebte dieses Image und genoss es, von Freund und Feind, von Kollegen, Eltern oder Schülern unterschätzt zu werden. Dies war immer von Vorteil gewesen, aber jetzt – seit sie pensioniert war – kam es nicht mehr darauf an. Sie musste sich nicht mehr profilieren, war nur noch eine graue Maus unter den unzähligen anderen grauen Rentnermäusen.

Ihre Kolleginnen waren früher jedes Jahr in Abendkleidern und High Heels mit ihren Männern zum ADAC-Ball gegangen, sie hatte sich unterdessen eine Wärmflasche gemacht und auf die Couch gelegt.

Jetzt lagen die Rentner alle mit einer Wärmflasche auf der

Couch, erwarteten nichts mehr vom Leben und fürchteten sich vor dem Tod.

Vielleicht sollte sie auf ihre alten Tage doch noch ihr Leben ändern und irgendetwas Neues in Angriff nehmen.

Und darum war sie heute auf dem Weg nach Gernersburg, hatte Schminkzeug, ein elegantes Outfit und hohe, aber dennoch bequeme Stiefeletten dabei – und jetzt dachte dieser verfluchte Zug gar nicht daran loszufahren.

Dorothea knallte ihr Buch zu, pfefferte es auf den Sitz neben sich, sah aus dem Fenster und murmelte vor sich hin: »Jetzt steht da: Abfahrt in voraussichtlich sechzig Minuten. Wer weiß, ob der Zug überhaupt noch fährt.«

Mona war sofort hellwach. »Verflucht! Diese Schweine! Aber was können wir machen?«

Dorothea lächelte. »Wo wollen Sie hin?«

»Nach Italien. Und Sie?«

»Nach Gernersburg, das ist kurz vor München.«

Mona nickte und sah aus, als ob ihr das jetzt nicht viel sagte.

»Haben Sie es eilig?«, fragte Dorothea. »Ich meine, müssen Sie dringend irgendwann irgendwo sein?«

»Nee. Und Sie?«

»Na ja, ich muss spätestens um sechs Uhr abends in Gernersburg sein.«

»Kein Drama. Is' ja noch Zeit.«

Dorothea lächelte in sich hinein. Was für ein schönes Wortspiel. Doch ein Drama. Genau. Darum ging es.

Mona deutete auf Dorotheas Tasche, in der eine Zeitung steckte. »Sorry, kann ich mir die mal kurz ausborgen? Ich dreh hier durch vor Langeweile.«

»Aber sicher.«

Dorothea gab ihr die Zeitung. »Hier. Ich bin übrigens Dorothea.«

»Und ich bin Mona.« Sie grinste. »Danke.«

Mona begann zu lesen, auch Dorothea vertiefte sich wieder in ihr Buch, und eine Weile sagte keine der beiden ein Wort.

Was in der Zeitung stand, interessierte Mona nicht die Bohne. Seit zehn Jahren hatte sie keine mehr in der Hand gehabt. Aber dass sie so öde sein würde, hätte sie nicht gedacht. Langweilig, spießig, oh mein Gott, da hatte sie offensichtlich nichts verpasst.

Sie hatte immer nur ferngesehen. Das war okay gewesen. Aber hier diese Zeitung: die Hölle.

Sie faltete sie zusammen und reichte sie zurück. »Danke. Sehr freundlich.«

Dorothea nickte und legte sie neben sich.

»Ich geh jetzt mal raus, eine rauchen, und dann hol ich mir ein Brötchen. Soll ich dir was mitbringen?«

Dorothea riss die Augen auf und setzte sich aufrecht hin. »Oh ja. Das ist eine gute Idee. Für mich bitte auch ein Brötchen.«

»Wurst oder Käse?«

»Käse.«

»Okay.«

Dorothea kramte nach ihrer Geldbörse.

»Lass mal. Das machen wir später.«

Mona verließ das Abteil. Ihre Tasche mit den wenigen Habseligkeiten ließ sie zurück.

Als sie eine Viertelstunde später wiederkam, war Dorothea eingeschlafen und schreckte hoch, als Mona mit Schwung die Abteiltür aufschob und wieder zukrachen ließ.

»Sorry«, sagte sie, »aber ich wusste nicht, dass du schläfst.«

»Schon gut.« Dorothea sah so zerknautscht aus, als hätte sie zwanzig Stunden in einem engen Zelt einer Arktisexpedition verbracht.

Mona gab ihr das Brötchen und eine Flasche Wasser. »Is' nicht die Welt, toll sahen die alle nicht aus, aber immerhin.«

»Danke.« Dorothea lächelte. »Sehr, sehr nett. Was hast du bezahlt?«

»Is' jetzt wurscht. Guten Appetit.«

Beide bissen in ihre Brötchen und sahen sich an.

Und grinsten.

Mona nahm einen tiefen Schluck aus ihrer Wasserflasche.

»Hast du irgendwas erfahren, wie es hier weitergeht?«, fragte Dorothea.

»Nee. An der Anzeige steht jetzt: Die Abfahrt verzögert sich auf unbestimmte Zeit.«

»Hast du mal gefragt, was das soll?«

»Nee. Die Gefahr war zu groß, dass ich dem Typen, der mir 'ne blöde Antwort gibt, eine reinhaue. Aber so viel hab ich gesehen: Es fährt auch kein anderer Zug nach München.«

Dorothea gefror das Lächeln im Gesicht. »Verflucht! Und was machen wir jetzt?«

Mona zuckte mit den Achseln. »Keine Ahnung.«

Dorothea seufzte. »Wir haben nur drei Möglichkeiten in diesem Bundesbahndesaster. Möglichkeit eins: Wir gehen beide nach Hause und vergessen unsere Reise und alles, was wir vorgehabt haben.«

»Ich hab kein Zuhause«, murmelte Mona.

»Möglichkeit zwei: Wir warten. Irgendwann muss sich der Zug ja in Bewegung setzen. Allerdings könnte es dann für mich zu spät werden. Und Möglichkeit drei: Wir beiden Grazien versuchen jetzt noch, einen Mietwagen zu bekommen, denn diese Idee hatten sicher auch schon andere. Und dann fahren wir gemeinsam Richtung Süden … Was meinst du?«

Mona starrte die kleine graue Frau, die plötzlich verdammt energisch wirkte, mit großen Augen an. »Wie spät ist es jetzt?«

»Kurz vor zehn.«

»Ach komm, lass uns abhauen. Va bene?«

Dorothea stutzte. »Va bene? Bist du Italienerin?«

»Nee, aber ich war mal mit einem italienischen Verbrecher verheiratet.«

»Wie heißt du eigentlich mit Nachnamen?«, fragte Mona, als sie aus dem Zug kletterten.

»Dorothea Jespik«, sagte sie und blickte Mona kurz an. »Und du?«

»Mona Russo.«

»Der Name des Verbrechers?«

»So ist es.«

Die beiden lächelten sich zu. Und liefen den Bahnsteig entlang.

Dorothea fand die Autovermietungsfirmen sofort, klärte alles, füllte Formulare aus, schob ihre Kreditkarte rüber, zeigte ihren Führerschein und unterschrieb.

Mona stand staunend daneben. Und als sie wenige Minuten später in einem dunklen Golf saßen und Dorothea den Motor anließ, fühlte sie sich wie in einem Film.

Als würde ein großes Abenteuer beginnen.

5

Es begann zu schneien, und der Schnee blieb nass und klebrig auf der Autobahn liegen. Dorothea wusste, dass die Schneepampe jetzt bald gefrieren und alles in eine Schlitterpartie verwandeln würde.

Eigentlich liebte sie es, Auto zu fahren, aber Situationen wie diese machten ihr Angst, zumal sie in einem fremden und nicht in ihrem eigenen Auto saß.

»Verflucht«, sagte sie. »Was für ein Wetter! Das fehlt uns gerade noch!«

»Fahr langsam«, sagte Mona. »Mir ist es vollkommen egal, wann ich irgendwo bin. Ich habe ein vages Ziel vor Augen, aber keinen Termin. Bloß keinen Stress.«

»Alles klar«, sagte Dorothea, »ich pass auf.«

Der Schneefall wurde stärker. Obwohl der Scheibenwischer auf Hochtouren lief, konnte man kaum noch etwas erkennen. Die ganze Welt war in weißen Flocken verwirbelt.

»Ich bin kurz vorm Durchdrehen«, sagte Dorothea.

»Ganz ruhig. Keine Panik.«

Dorothea nickte. »Willst du fahren?«

»Kann ich machen, klar, aber ehrlich gestanden hab ich jetzt seit über zehn Jahren in keinem Auto mehr gesessen. Und dann bei dem Wetter …«

»Kein Problem. Dann fahr ich weiter. Aber was war denn los in den letzten zehn Jahren?«

»Ich war in einer anderen Welt.«

Dorothea sah sie an und grinste. »Auf einer einsamen Insel?«

Mona grinste auch. »So ungefähr. Nur nicht so romantisch. Erzähl ich dir irgendwann mal später.«

»Und warum willst du jetzt nach Italien?«

»Ich suche meinen Mann. Und meine Kinder.«

Dorothea sah Mona an. »Oh, das klingt heftig.«

»Ja.«

»Was willst du tun? Was ist dein Plan?«

»Noch hab ich keinen. Wenn du jetzt hier auf dieser verfickten zugeschneiten Autobahn anhalten könntest, würde ich aussteigen und eine rauchen. Ansonsten würde ich mich volllaufen lassen und dann irgendwo mit meiner Suche beginnen. Es gibt drei Situationen, in denen einem im Leben meist etwas Brauchbares einfällt: beim Rauchen, im Vollrausch oder unter der Dusche. Das funktioniert. Und darauf hoffe ich. Aber eine gute Idee und einen wirklichen Plan habe ich auch nicht.«

Dorothea kämpfte sich weiter durch das schlechte Wetter.

Mona schwieg bestimmt eine Viertelstunde. Dann fragte sie: »Was willst du überhaupt in diesem komischen Gernersburg?«

»Mein Sohn hat dort heute Abend Premiere. Er spielt den Hamlet. Er weiß nicht, dass ich komme, ich wollte ihn überraschen.«

»Oh! Wie geil ist das denn! Wann beginnt die Vorstellung?«

»Um zwanzig Uhr.«

»Das kriegen wir schon hin.«

»Hoffentlich. Wenn das Wetter nicht schlechter wird.«

Aber das Wetter wurde schlechter. Der Schnee fiel jetzt noch dichter und blieb auf der Autobahn liegen. Die Autos fuhren Spuren und begannen zu rutschen und zu schlittern. An einer Steigung blieben mehrere Lastwagen mit eingeschalteter Warnblinkanlage liegen.

Dorothea fluchte und versuchte, an den Lastern vorbeizuziehen.

Direkt vor ihr verreckte ein Polo. Und dann ging auch für Dorothea nichts mehr.

Sie schlug gegen das Steuerrad. »Verdammt, jetzt kommen wir hier nicht mehr weg. Vielleicht hängen wir hier noch Stunden rum!«

Mona sagte nichts, aber sie dachte daran, dass es in diesem Mietwagen keine Decke, kein Wasser, nichts gab.

Einen Moment überlegte sie und sagte dann: »Pass auf! Noch ist niemand hinter uns. Meinst du, du schaffst es, ein Stück zurückzusetzen und dann noch mal anzufahren? Wenn ja, dann zieh, wenn nichts kommt, links an diesem Scheißpolo vorbei, und dann kannst du vielleicht mit ein bisschen Schwung an dieser ganzen Schlange vorbeifahren.«

Dorothea wirkte überkonzentriert. »Okay. Ich versuch's.«

Sie legte den Rückwärtsgang ein und setzte vorsichtig zurück. Dann fuhr sie im ersten Gang an. Nicht zu sanft, aber auch nicht zu forsch. Beim dritten Versuch griffen die Reifen endlich im Schnee, und es gelang ihr, auszuscheren und an dem liegen gebliebenen Wagen vorbeizufahren. Es war verdammt schwierig, aber es ging.

Und schließlich hatte sie wieder freie Fahrt.

Der Schneefall hielt an, aber Dorothea fuhr langsam und konzentriert. Und niemand war mehr vor ihr, niemand hielt sie auf.

»Super!«, rief Mona. »Cool! Du hast es geschafft! Dorothea, du bist die Größte!«

Dorothea grinste. »Ich glaube, wir zwei sind ein gutes Team!«

Das war das schönste Kompliment, das Mona in den letzten zehn Jahren bekommen hatte.

Kurz danach stießen sie auf die ersten Streufahrzeuge, der Schnee verwandelte sich in Schneematsch, allmählich entspannte sich Dorothea.

»Wenn man sich das mal recht überlegt«, sagte sie nach einer Weile, »wir treffen uns im Zug, du kennst mich nicht, ich kenne dich nicht, und jetzt sitzen wir zusammen im Auto und fahren in Richtung Süden, irgendwohin. Unvorstellbar eigentlich.«

»Das ist das, was ich am Leben so geil finde«, meinte Mona grinsend, »diese komischen überraschenden Schlenker.«

»Ich würde gerne mehr von dir wissen.«

»Klar, aber frag mich jetzt bitte nicht, was in den letzten fünfzehn Jahren passiert ist und warum ich meine Kinder suche und meinen Mann. Da hab ich keinen Bock drauf. Da will ich gar nicht dran denken.«

»Okay. Hast du eine Lieblingsfarbe?«

»Ja. Blau und Grau. Am besten beides zusammen.«

Doro lächelte. »Betrifft das auch deine Kleidung?«

»Nee. Da bevorzuge ich ein positives, freundlich-fröhliches Schwarz. Diese hässliche Winterjacke hab ich mir nur in Türkis gekauft, weil es nichts anderes gab. Nur noch gelb. Und das ist noch schlimmer.«

»Dein Lieblingsgericht?«

»Nudelpfanne mit Gamberi, viel Knoblauch, Petersilie und Porree. Oder Nudelsalat. Oder Nudeln mit Thunfisch, Tomaten und schwarzen Oliven. Ganz egal, Hauptsache, mit Nudeln.«

»Das geht mir genauso. Deine Lieblingsmusik?«

»Countrymusic. Johnny Cash, Dolly Parton, in der Richtung. Und du?«

»Eher Klassik. Deine Lieblingsjahreszeit?«

»Sonne und über fünfunddreißig Grad. Deine?«

»Ist auch für mich das Schönste! Dein Lieblingstier?«

»Schwäne.«

Doro sah Mona überrascht an. »Schwäne? Ich dachte, jetzt kommt irgendwas wie Elefanten, Hunde, Löwen, Schildkröten oder Erdmännchen. Aber Schwäne?«

»Tja, das ist eine komische Geschichte. Als Kind war ich in den Ferien oft bei meiner Oma, das war toll. Sie ist leider schon gestorben, als ich acht war. Sie wohnte auf dem Land, und ganz in der Nähe gab es einen kleinen See, viel Schilf drumrum und eine winzige Badestelle. Ich konnte nicht schwimmen, aber ich durfte trotzdem dorthin. Meine Oma ist einfach davon ausgegangen, dass ich nicht ins Wasser gehe und ersaufe. Punkt. Fertig. Und wenn einem jemand vertraut, passiert auch nichts.

Und auf diesem See, da lebten zwei Schwäne. Ich sah sie jeden Tag. Sie gehörten irgendwie dazu. Und eines Tages kreiste ein Schwan unaufhörlich über dem See und schrie ohne Ende. Es war fürchterlich. Und dann sah ich, dass der andere Schwan tot auf dem Wasser trieb.

Von nun an saß der einsame übrig gebliebene Schwan Tag für Tag neben dem toten, kreiste immer wieder allein über dem Wasser und schrie. Es war nicht zu ertragen. Und ich konnte ihm nicht helfen. Nach drei Wochen war auch der zweite Schwan tot und lag neben seiner oder seinem Liebsten. Gestorben an gebrochenem Herzen. Weißt du, ich bin diese Geschichte nie wieder ganz losgeworden. Hab diesen todtraurigen Schwan immer noch vor Augen, als wäre es erst gestern passiert. Das war einfach die ganz große Liebe. Und seitdem sind Schwäne meine Lieblingstiere.«

Dorothea sah stumm geradeaus und nickte. »Hast du so etwas schon mal selbst erlebt?«, fragte sie. »So eine große Liebe? Für die du sterben würdest?«

»Nee. Du?«

»Ich auch nicht.«

Eine Weile schwiegen beide. Jede hing ihren Gedanken nach.

Dann sagte Dorothea: »Komm doch einfach mit nach Gernersburg! In meinem Hotel ist bestimmt noch ein Zimmer frei. Und dann gehen wir beide zusammen zur Premiere, und du lernst meinen Sohn kennen.«

Mona sah Dorothea an, lächelte und nickte.

»Das ist eine Superidee!«

6

Das Telefon klingelte. Ingo war am Apparat.

»Jan«, sagte er, »hör zu, ich habe telefoniert, aber Herrmann ist nicht zu erreichen. Lass uns noch eine Weile warten. Der Intendant ist nun mal der Einzige, der eine Entscheidung treffen kann. Sowie ich ihn erreicht hab, gebe ich dir Bescheid, okay?«

»Nein! Ich bin krank! Doch sei es drum. – Ingo, ich bin hin; *du lebst: erkläre mich und meine Sache den Unbefriedigten.*«

Ingo seufzte und atmete hörbar ins Telefon. »Alles klar«, sagte er. »Ich kümmer mich drum. Mach dir keine Sorgen. Es gibt schlimmere Dramen auf dieser Welt als eine Premiere, die ins Wasser fällt. Herrmann wird es verstehen, wenn du krank bist. Und die Kollegen und die Zuschauer haben sicher auch Verständnis dafür. Dann holen wir das Ganze nach. Kein Problem. So was haben wir ja nicht zum ersten Mal. Es ist nicht schön, es ist schlimm, ärgerlich, schade, was weiß ich, aber wir kriegen das hin. Pfleg dich, schone dich, damit du bald wieder auf die Füße kommst. Denn du warst sooooo gut, ja, soooo sensationell, so einen Hamlet wie dich hat die Welt noch nicht gesehen. Das sage jetzt nicht nur ich, das habe ich auch von den Kollegen gehört, die vor dir niederknien könnten und dich lieben, weil sie mit dir spielen dürfen, das hat mir auch Herrmann gesagt. Und du weißt, als Intendant hat er schon den einen oder anderen Hamlet kommen und gehen sehen. Und er hat gemeint, das ist der größte und beste Hamlet, den wir je hatten. Jan hat es begriffen. Er fühlt es. Er lebt es. Er ist ein

Genie! Noch in fünfzig Jahren wird man sich an ihn als Hamlet erinnern. Er wird unsere Bühne weit über Deutschland hinaus berühmt machen. Dass wir an unserem Haus so einen Schauspieler haben, ist ein Geschenk des Himmels!«

Es war still in der Leitung. Mucksmäuschenstill.

Nach einer kurzen Pause redete Ingo weiter. »Aber ich verstehe dich, Jan. Wenn du krank bist und dich nicht fühlst, dann verkaufst du dich unter Wert. Ich werde Himmel und Hölle in Bewegung setzen, um Herrmann zu erreichen, und dann blasen wir alles ab. Mach dir keine Sorgen und werd gesund! Wir können ja heute Abend mal telefonieren, wie es dir geht! Ciao!«

»Ciao«, hauchte Jan Jespik schwach, und in diesem Moment brach ihm erst recht der Schweiß aus.

Eine halbe Stunde saß er still in der Küche.

Dann suchte er seine Katze, die sich unter dem Schreibtisch verkrochen hatte, zog sie am Nackenfell hervor und zu sich auf den Schoß und kraulte sie eine Viertelstunde, bis sie anfing zu schnurren.

Er stand auf, fütterte sie und riss das Fenster auf. Wenn sie fraß, kam sie nicht auf die Idee hinauszuspringen. Seine Wohnung lag im ersten Stock einer Neubausiedlung. Hinter den mit Tannen umsäumten Mülltonnen lag der Kinderspielplatz, den er hasste. Vom Hell- bis zum Dunkelwerden tönten Geschrei und Gekreische zu ihm herüber, und er konnte nichts dagegen tun. Er hasste die Kinder, er hasste die Mütter, die ihre Gören dort abluden und kreischen ließen, er hasste diese ganze Wohnanlage. Aber er hatte in Gernersburg so schnell nichts Besseres gefunden, als er sein Engagement bekommen hatte. Das beste und höchstdotierte, das er jemals gehabt hatte. Da war die miese Wohnung das kleinere Übel. Und sie war ja auch nur auf Zeit. Nicht für ewig.

Er schloss das Fenster wieder.

Zwei Stunden später rief er Ingo an. »Ich spiele«, sagte er. »Es geht mir sehr viel besser. Ein Freund hat mir ein Medikament vorbeigebracht, und das hat echt geholfen.«

»So schnell?«

»Ja, so schnell.«

»Du musst mir mal sagen, was das ist. Das ist ja irre!«

»Mach ich. Klar.«

»Aber das freut mich total. Dann muss ich die Premiere nicht absagen lassen?«

»Nein. Musst du nicht. Ich spiele.«

»Jan, ich freue mich so ungemein, das kann ich dir gar nicht sagen. Das ist großartig, Jan! Danke! Das wird ein ganz, ganz toller Abend!«

»Sicher. Bis später.«

Jan legte auf und küsste seine Katze auf die Nase.

7

Das »Hotel zum Ochsen« in Gernersburg hatte auch für Mona noch ein Zimmer frei. Etwas schlichter und kleiner als das von Doro und direkt neben dem Fahrstuhl, aber Mona fand es großartig.

»Alles in Ordnung«, meinte Mona entspannt. Sie warf einen Blick ins Bad. »Alles sauber, alles super, alles bestens.« Sie schloss die Badezimmertür wieder und warf sich aufs Bett. »Und die Matratze ist auch okay. Nicht zu weich und nicht zu hart. Was will man mehr?«

Dorothea setzte sich in einen kleinen Sessel und schlug erschöpft die Hände vors Gesicht. »Was war das denn heute für ein grauenvoller Tag! Erst dieser Zug, der nicht fährt, dann das Schneechaos auf der Autobahn … Ich fasse es nicht!«

»Da muss die Premiere ja ein Hammer werden«, sagte Mona.

Dorothea sah sie an und schwieg eine Weile. Dann grinste sie. »Du hast recht! Du hast vollkommen recht! Mit so einem Auftakt kann nur noch alles gut werden! Und wir sind dabei!«

Mona strahlte. »Geile Sache. Ich freu mich!«

Dorothea überlegte, dass diese Frau, die sie da im Zug aufgegabelt hatte, schon eine komische Figur war. Liebenswert, stark, unerschrocken, ein bisschen ordinär und ziemlich weltfremd. Sie war ihr ein Rätsel, aber irgendwie interessierte sie diese Person, die allein von einem einfachen Bett hellauf begeistert war.

Dorothea sah auf die Uhr. »Noch zwei Stunden, dann müssen

wir los. Ich geh jetzt rüber in mein Zimmer, denn ich würde mich ganz gern noch ein bisschen hinlegen. Ist das okay für dich?«

»Na klar«, sagte Mona. »Alles bestens. Und vielen Dank fürs Fahren.« Sie sprang auf, ging zu Doro, umarmte sie und drückte ihr einen Kuss auf die Wange. »Buonanotte, cara.«

Doro lächelte und ging zur Tür.

»Ach, Doro!«, hielt Mona sie auf.

»Ja?«

»Ich wollte nur sagen, ich hab jetzt nichts dabei für die Premiere. Also irgendwelche besonderen Klamotten oder so. Oder Schminke, Schmuck oder was weiß ich. Ist das schlimm?«

»Nein, das macht gar nichts. Wir werden einfach die Vorstellung genießen. Ganz egal, was wir anhaben!«

»Super. Dann fress ich jetzt noch ein paar Erdnüsse aus der Minibar, und alles ist gut!«

Dorothea grinste und zog die Tür leise hinter sich ins Schloss.

8

Er hatte lange gebadet, hatte das ganze Stück Revue passieren lassen und seine Passagen laut gesprochen, hatte sein Herz schlagen hören und beobachtet, ob es unter der Wasseroberfläche Schaumblasen warf, wenn es in seiner Brust hüpfte.

Aus der Wanne kam er erst, als er mit Entsetzen sah, dass seine Fingerkuppen weiß und schrumpelig waren und seine Füße so weich und labberig wie die einer Leiche. Er dachte an die kraftlosen Lenden alter Männer, über die er im zweiten Aufzug, zweite Szene, sprach, und trocknete sich schnell ab.

Nur mit einem Bademantel bekleidet, briet er sich in der Küche vier Spiegeleier und aß sie mit Chili bestäubt auf zwei Vollkornbroten. Fühlte sich auf einmal kräftig und unverwundbar.

Dies heute war sein Abend. Seine Nacht.

Am Nachmittag trank er einen halben Liter herben Weißwein und aß dazu zwei Tafeln Schokolade. Dann nahm er sein Textbuch, machte einen zweistündigen Spaziergang durch den Park und betrat pünktlich um halb sieben das Theater.

Conny war Maskenbildnerin in der Ausbildung und stand schon bereit, als er in die Maske kam. Die Chefmaskenbildnerin Adele war noch nirgends zu sehen.

»Guten Abend, Herr Jespik«, sagte Conny. »Geht es Ihnen gut?«

Jan nickte, hatte keine Lust zu antworten. Die Kleine war süß, las ihm jeden Wunsch von den Lippen ab, und wenn er die Augenbrauen zusammenzog, fiel sie fast um vor Schreck. Wahrscheinlich verehrte sie ihn und war in ihn verliebt. Irgendwann würde er sie ficken, aber heute Abend legte er keinen Wert auf Kommunikation jeglicher Art. Heute war *Hamlet*. Nichts weiter.

Der Rest war Schweigen.

Er setzte sich auf den Stuhl, lehnte sich zurück und schloss die Augen.

Wie schon bei den Bühnenproben zuvor begann Conny mit einer Nacken- und Kopfmassage. Wunderbar. Wenn sie jetzt noch den Mund hielt, war es genial.

Aber leider platzte in diesem Moment Adele herein und flötete ein viel zu lautes »'n Abend!«

Jan reagierte nicht. Er fand, ihr Auftritt war Grund genug, sich auf sie zu stürzen und sie zu würgen.

»Na, Herr Jespik? Wie isses? Nervös? Müssen Sie nich'. Alles gut. Wir machen das schon. Wird schon. Keine Sorge.«

Jans Hände verkrampften sich, aber er zwang sich zur Ruhe.

»Was sagen Sie da?«

»Ich sagte nur, dass ich glaube, dass es ein wundervoller Abend wird.« Während sie sprach, legte sie Puder, Make-up, Schwämmchen, Lidschatten und Kleenex bereit. »Sie haben alle viel gearbeitet, Cessnik ist ein fabelhafter Regisseur, es kann gar nichts schiefgehen.«

»Cessnik ist ein Idiot«, zischte Jan gefährlich leise zwischen den Zähnen. »Er hat überhaupt nicht begriffen, welches wahnsinnige Stück er da inszeniert. Eines der wahnsinnigsten, das die Welt je gesehen hat. Und jetzt halten Sie besser den Mund.«

Jans letzten Satz überhörte Adele leider.

»Also, was ich so von den Proben mitbekommen habe, war wirklich nicht schlecht. Und Sie machen Ihre Sache richtig gut, Herr Jespik! Ihr Monolog, Sein oder Nichtsein, alle Achtung. Nee, da sei'n Sie mal ganz ruhig, wir sind ja hier nicht in Hamburg oder

Berlin, die Leute haben längst nicht diese Ansprüche, da können Sie ganz zuversichtlich sein. Ich bin sicher, es wird ein voller Erfolg.«

Jan sprang auf, krebsrot im Gesicht. »Halten Sie Ihre verdammte Schnauze! Was heißt hier: Wir machen das schon? Eine Scheiße ist das! Wenn es hier einer macht, dann bin ich das, okay? Nicht der Herr Cessnik und niemand sonst. Haben Sie das kapiert? Mischen Sie sich nicht in Dinge ein, die Sie nichts angehen und von denen Sie nichts verstehen. Natürlich bin ich nervös! Und ich habe allen Grund dazu. Wenn in diesem ganzen verschissenen Theater einer einen Grund hat, nervös zu sein, dann bin *ich* das. Und nicht Sie und keiner sonst. Egal, ob in Wien, Berlin, Hamburg, London oder New York, heute Abend stehen die Welt und mein Leben auf dem Spiel. Aber das ist zu hoch für Sie.« Er rang die Hände. »Was für eine Unverfrorenheit, mir zu sagen: keine Sorge! Was für eine Hybris! Sie, die nichts weiter zu tun hat, als die Haare aus der Bürste zu pulen, wagt es, mir zu sagen: keine Sorge?« Er wischte alles, was an Schminke und Utensilien auf dem Tisch lag, auf die Erde. Conny drückte sich vor Angst gegen die Wand, und Adele presste wütend ihre Fäuste in die Hüften.

»Gehen Sie mir aus den Augen!«, brüllte er weiter. »Sie haben ja nicht im Entferntesten begriffen, was Theater ist! Was es aus Menschen macht und was es für Schauspieler bedeutet, die ihr Leben auf der Bühne geben. Verstehen Sie das, Sie vertrocknete ignorante Zicke? Wahrscheinlich nicht. Also suchen Sie sich besser einen Job im Supermarkt und halten Sie in Gottes Namen Ihren Mund und stören Sie mich nicht!«

Er raufte sich die Haare und fiel zurück auf seinen Stuhl. Sein Gesicht glühte. Conny war so verstört, dass sie sich gar nicht mehr in seine Nähe wagte, Adele verdrehte die Augen, schüttelte den Kopf und ging aus dem Raum. Conny würde diesem Idioten schon irgendetwas aufs Gesicht klatschen.

Sie hatte ja schon eine Menge durchgeknallte Schauspieler erlebt, aber dieser Jan Jespik war mit Abstand der schlimmste.

Adele liebte ihren Beruf. Fand, dass es der schönste der Welt war. Aber manchmal dachte sie, sie sollte wechseln. Lieber mit verschüchterten Models zu tun haben als mit eitlen Schauspielern, die immer kurz vor dem Nervenzusammenbruch standen. Und dieser Jan Jespik kam direkt aus der Hölle.

Sie hatte gelogen. Hatte sich noch keine einzige Probe angeguckt, und wenn sie ehrlich war, hatte sie auch keine Lust, eine Vorstellung mit diesem Hysteriker zu sehen.

Aber an diesem Theater blieben Schauspieler ohnehin nie lange. Dazu war die Klitsche zu klein und zu unbedeutend. Spätestens nach ein oder zwei Jahren waren sie wieder verschwunden. Und dann war auch der Jan-Jespik-Spuk vorbei, und sie konnte wieder durchatmen. Hier fühlten sich alle immer wie der Mittelpunkt der Welt, aber kaum verließen sie das Theater, hörte man nie wieder etwas von ihnen. Und auch nach Jan Jespik würde in wenigen Jahren kein Hahn mehr krähen. Weder hier noch sonst wo. Dies hier heute Abend war eine beschissene kleine Premiere. Nichts Besonderes. Keine Oscarverleihung. Und wenn es ein Flop werden sollte, würde sich die Welt auch weiterdrehen und nach zwei Tagen niemand mehr darüber reden.

Was für ein eingebildeter Vogel.

Sie ging, um sich einen Kaffee zu holen.

Eine Stunde später waren Jan und die anderen Schauspieler in Kostüm und Maske. Auf den Garderobentischen standen Sektflaschen und kleine Premierengeschenke. Jan hatte für die Kollegen nichts mitgebracht. Er hatte einfach nicht daran gedacht, vor einer Premiere hatte er andere Dinge im Kopf als alberne Premierengeschenke: kleine Stofftiere als Glücksbringer, kitschige Karten, Fotos, Sprüche mit Herzchen, billige Anhänger, lauter

Schund, den er verabscheute. Wenn alles klarging, das Stück ein Erfolg wurde und keiner unangenehm aus der Reihe tanzte, würde er die ganze Bande zum Essen einladen. Das war besser als ein Stofftier oder eine Rose auf dem Garderobentisch.

Wem man jetzt im Flur, hinter der Bühne oder in der ersten Gasse begegnete, dem spuckte man über die Schulter. »Toi, toi, toi.« Mein Gott. Es gab kleine oder winzige Rollen, Wurzen beziehungsweise Wimmelwurzen, denen musste man wirklich nicht unbedingt toi, toi, toi wünschen, von denen hing der Erfolg des Stückes nun wahrlich nicht ab. Fortinbras zum Beispiel spazierte wie ein Gockel durchs Theater und fühlte sich wie der Herr Staatsschauspieler persönlich. Dabei war, wenn er auftrat, schon alles vorbei. Da konnte er stottern, sich in die Hose scheißen oder einen Herzinfarkt bekommen, er konnte das Stück nicht mehr kaputt machen. Es war alles schon gesagt und gespielt. Aber trotzdem fühlte er sich wie Gottvater persönlich.

Jan war auf dem Weg zur Toilette, als er Helmut, der den Fortinbras spielte, den Gang entlangstolzieren sah. Er wollte dem eitlen Geck einfach nicht toi, toi, toi wünschen. Sollte er sich doch zur Hölle scheren. Er war nicht wichtig.

Heute Abend ging es nur um einen: um Hamlet.

Und Hamlet war er: Jan Jespik.

9

Dorothea hatte schon vor Tagen einen Platz in der dritten Reihe reserviert, aber jetzt hatte sie noch von unterwegs im Theater angerufen und gefragt, ob es möglich wäre, statt einen auch zwei Plätze in der dritten Reihe zu bekommen.

Das ging leider nicht, aber in der fünften Reihe fanden sich noch zwei Plätze nebeneinander. Die Premiere war nicht ausverkauft.

Dorothea schlug das Herz vor Aufregung bis zum Hals. All die Zuschauer, die jetzt ihre Plätze suchten, in den engen Reihen übereinanderkletterten, miteinander flüsterten, ihre Handtaschen zwischen die Beine klemmten, in den Programmheften blätterten und immer wieder den Namen »Jan Jespik« lasen und sich sein Bild ansahen, das bestimmt schon fünf Jahre alt war; all die, die jetzt darauf warteten, dass endlich Ruhe einkehrte und der Vorhang aufging; all die hatten Geld bezahlt und ihre warme, gemütliche Couch zu Hause verlassen, um ihn zu sehen: ihren Sohn, Jan Jespik, der heute Abend den Hamlet gab. Die wahrscheinlich spektakulärste Rolle der Weltliteratur.

Und das hatte ihr Sohn geschafft.

Sie erinnerte sich daran, wie er im Kindergarten ein weißes Gänseblümchen gespielt hatte, das in ein rotes Gänseblümchen verliebt war. Es trotzte dem Regen, dem Sturm und dem Frost, es richtete sich tapfer wieder auf, als es ein Fuß niedertrat. Doch dann kamen Kinder und pflückten das rote Gänseblümchen, und der kleine Jan klappte zusammen und fiel um. Das weiße Gänseblümchen war vor Kummer gestorben.

Es gab drei Aufführungen. Dorothea sah sie alle und weinte jedes Mal.

Sie konnte es kaum glauben, was aus ihrem Jan geworden war, und Tränen der Rührung traten ihr in die Augen, bevor der Vorhang überhaupt hochging.

Dies war der Abend ihres Lebens.

Er hörte das Rascheln, das Wispern, das Tuscheln der Zuschauer. Die Geräusche, die das Herz höher schlagen ließen. Sprach mit niemandem mehr. Ging in der ersten Gasse auf und ab.

Dachte nur eins: Das Schwein hat meinen Vater erschlagen und sitzt jetzt auf dem Thron. Hat keinerlei Unrechtsbewusstsein. Macht großkotzige Ansagen. Fickt meine Mutter. Was für eine dumme Sau.

Dann nahm er den Vorhang vorsichtig einen Zentimeter zur Seite und blickte in den Zuschauerraum.

Und da sah er sie. Konnte es kaum glauben. Blickte immer wieder genauer hin. War sie es wirklich? Oder spielte seine Fantasie ihm jetzt einen Streich?

Er sah ganz genau hin. Konzentrierte sich. Versuchte, seinen Blick zu schärfen, indem er seine Augen öffnete und schloss. Nein, sie war es wirklich. Seine Mutter saß im Publikum!

Und sein Herz verkrampfte sich.

In der Gasse ging er auf und ab wie ein wild gewordenes Tier. Der Schweiß brach ihm aus vor Wut. Das Schwein hat meinen Vater erschlagen. Fickt meine Mutter. Er fühlte den Hass. Abgrundtiefen Hass. Konnte kaum noch an sich halten, wäre am liebsten auf die Bühne gestürmt, aber schaffte es, den ersten Aufzug bis zu seinem Auftritt zu überstehen. Und auf der Bühne kontrollierte er sich, wusste, dass die Zuschauer seine Wut und seinen Zorn spürten. Sahen, dass er kurz vor der Explosion stand.

Und dann hörte er auf zu denken. Spielte.

Hamlet erwachte zum Leben. War nicht mehr zu zügeln.

Jan vergaß die Welt um sich herum, ging nach der Szene ab und wusste nicht mehr, dass es die Gasse das Theaters war, fieberte seinem nächsten Auftritt entgegen, dachte nicht mehr an Zeit und Applaus oder gar an den Text. Er durchlitt Hamlets Qualen, schwitzte, hyperventilierte, liebte und hasste, als ginge es um seine Ehre, sein Königreich, sein Leben.

Im zweiten Aufzug glaubte er von sich selbst zu sprechen, als er sagte: »*Ich habe seit Kurzem – ich weiß nicht, wodurch – all meine Munterkeit eingebüßt, es steht in der Tat so übel um meine Gemütslage, dass die Erde, dieser treffliche Bau, mir nur als ein kahles Vorgebirge scheint; die Luft, dieser herrliche Baldachin, kommt mir doch nicht anders vor als ein fauler, verpesteter Haufen von Dünsten ... Ich habe keine Lust am Manne – und am Weibe auch nicht.*«

Rosenkranz stand dumm grinsend da. Er war dazu von der Regie verdonnert, aber Hamlet tickte aus und schrie: »Weswegen lachet Ihr denn?«

Und als er auch Güldenstern grinsen sah, war es zu viel.

In der Probe hatte Jan immer den schweren Stuhl mit den gedrechselten Beinen aus dem Thronsaal gepackt, hochgehoben und mit beiden Händen von sich geschleudert. Es war jedes Mal ein besonderer Kraftakt gewesen, und er hatte es nicht jeden Tag geschafft.

Aber jetzt trugen ihn die Emotionen, die unbändige Wut, und er nahm den Stuhl, hob ihn mit Leichtigkeit hoch und schleuderte ihn mit Kraft gegen Güldensterns Brust.

Güldenstern ging zu Boden und blieb nach Atem ringend liegen.

»Weswegen lachet Ihr denn, als ich sagte, ich habe keine Lust am Manne und am Weibe auch nicht?«, schrie Hamlet.

Niemand antwortete.

Im Theater war es gespenstisch still.

Güldenstern röchelte.

Hamlet riss den rechten Arm hoch und rief: »*Ich bin nur toll bei Nordnordwest. Wenn der Wind südlich ist, kann ich einen Kirchturm von einem Leuchtenpfahl unterscheiden.*«

Damit ging er ab.

Der Vorhang fiel.

Die Pause wurde vorgezogen, und der Notarzt kam.

Jan saß in seiner Garderobe. Es war still. Niemand zeigte sich. Seine Garderobentür öffnete sich kein einziges Mal.

Es war ihm recht.

Nach einer Viertelstunde war Güldenstern so weit fit, dass er wieder spielen konnte.

Die Vorstellung ging weiter. Von den Zuschauern hatte kaum einer etwas von dem Desaster mitbekommen.

10

Mona hatte so gehofft, dass sie in der Pause vielleicht einen kleinen Prosecco trinken würden. Endlich mal wieder Alkohol nach so vielen Jahren … Aber Dorothea saß wie festgeschraubt auf ihrem Sitz und machte keine Anstalten, den Saal zu verlassen und zur Theke ins Foyer zu gehen.

Die Tränen liefen ihr über die Wangen.

Mona nahm ihre Hand.

»Es ist alles gut«, sagte sie. Mehr fiel ihr nicht ein. »Wollen wir etwas trinken gehen?«, fragte sie dennoch.

Dorothea schüttelte den Kopf, und Mona gab auf. Dann eben nicht. Schade.

»Ist er nicht großartig?«, hauchte Dorothea. »Ich kann nicht glauben, dass das mein Sohn ist!«

»Er ist wirklich großartig!«, sagte Mona leise. »Aber noch viel mehr als das. Er ist wahnsinnig!«

Und es kribbelte zwischen ihren Beinen, wenn sie ihn in Gedanken vor sich sah.

11

Gut anderthalb Stunden später starb Hamlet in der Tragödie mit den Worten: »*Der Rest ist Schweigen.*«

Dass sich nun noch Fortinbras mit wenigen Worten als zukünftiger König präsentieren musste, nahm Jan Jespik Shakespeare übel. Das zeugte nicht von dramaturgischem Feingefühl, der Schluss war versiebt. Denn nur Hamlets Tod war es wert, am Ende eines großen Dramas, einer großen Tragödie, zu stehen.

Shakespeare kleckerte noch Fortinbras und seine Königswünsche hinterher, das war erbärmlich.

Aber der Applaus war überwältigend. So etwas hatte er überhaupt noch nie erlebt. Er lag nach seinem Bühnentod im Staub, und die Leute klatschten, trommelten und trampelten, sie pfiffen und johlten, es war ein einziges Fest.

Jan Jespik stand langsam auf. Ganz langsam. Und dann trat er vor sein Volk, vor sein Publikum. Vielleicht hatte noch nie jemand Hamlets Charakter so gezeigt, vielleicht hatte noch nie jemand seine Seele je so offenbart.

Beim Applaus war ihm, als stünde er nackt auf der Bühne.

Dann riss er sich das Hemd vom Leib und schleuderte es ins Publikum. Ein paar Frauen kreischten. Anschließend torkelte er in die erste Gasse.

Er hatte alles gegeben.

Nur Sekunden später taumelte Jan Jespik in einem Glücksrausch zurück zum Applaus.

Es gab Standing Ovations.

Das Publikum johlte und klatschte und hörte überhaupt nicht
mehr auf. Für ihn.

Jan Jespik.

Er war der Künstler. Der Besondere. Der sich von allen anderen unterschied.

12

Er war schweißgebadet. Klatschnass von Kopf bis Fuß. Aber glücklich. Schminkte sich ab, starrte in den Spiegel und lachte. Noch nie hatte er sich so gemocht.

Die Tür ging auf, und Karl kam herein. Karl Ebert. Alias Güldenstern.

Er stand einfach nur da und sagte gar nichts.

»Was gibt's?«, fragte Jan kühl.

»Ich gratuliere dir zu deinem Erfolg«, sagte Karl. »Du warst großartig, und es wird sich in Windeseile herumsprechen. Ab morgen bist du der Star in der Stadt und wirst beim Bäcker zu jedem Brötchen eingeladen.«

»Kann sein. Und?«

»Mach das nie wieder mit mir, klar? Sonst knallt's. Ich schlage zurück, und ich gehe zum Intendanten. Du solltest den Stuhl hochheben und von dir wegschleudern, aber nicht mir um die Ohren. Ich habe keine Luft mehr bekommen. Ich dachte, ich sterbe. Das ist unprofessionell. Theater ist Absprache. Schon mal was davon gehört? Jedenfalls spiele ich nicht mit einem Kollegen, der sich nicht an die Verabredungen hält und der die Kontrolle verliert. Das ist Dilettantismus. Und mir zu gefährlich. Nur dass du das weißt. Ich lass die ganze Scheiße hier auffliegen, wenn du noch ein einziges Mal durchdrehst. Du bist ja irre, Mann. Du bist kein guter Schauspieler, sondern ein Wahnsinniger, und das mache ich nicht mit! Nur dass du das weißt!«

Güldenstern verließ die Garderobe und knallte die Tür hinter sich zu.

Jan überlegte einen Moment, dann rannte er hinter ihm her. »Pass mal auf, mein lieber Freund«, schrie er, »wir spielen hier das Leben auf dem Theater, das hast du vielleicht noch nicht gemerkt, da entstehen Gefühle, und wenn du das nicht mitbekommst, wenn du auf mein Spiel nicht reagieren kannst, weil du einfach nur dröge vor dich hin dämmerst, deinen auswendig gelernten Text runterleierst und mit deinen Gedanken sonst wo bist, dann kann ich es nicht ändern. Reagiere auf mich! Kämpfe mit mir! Spiele! Und wundere dich nicht, wenn dir auf der Bühne was passiert! Alles andere ist nämlich unprofessionell! Bin ich denn hier nur von Idioten umgeben? Du nennst mich einen Dilettanten, du Lumpenhund, und willst Schauspieler sein, aber du bist es nicht! Geh doch zu Karstadt und verkaufe Herrenhemden! Hier auf der Bühne geht es um Kunst, um Künstler, wir beide erleben eine emotionale Ausnahmesituation! Verpiss dich, ich will mit dir nichts mehr zu tun haben. Und wenn ich dich irgendwann mit dem Stuhl erschlage, dann ist es nicht schade. Am Theater hast du jedenfalls nichts verloren!«

13

Auf der Premierenfeier war die Hölle los. Alles, was Rang und Namen hatte, was auch nur im Entferntesten mit dem Theater zu tun hatte, alle, die mit irgendwelchen Schauspielern auch nur annähernd verschwippt oder verschwägert waren, und alle Premierenbesucher, die einfach lang genug im Foyer rumgelungert hatten, standen nun mit einem Glas Sekt herum in der Hoffnung auf ein Gespräch oder ein Foto mit einem der Schauspieler oder sonst einem wichtigen Theatermenschen.

Aber im Grunde warteten sie alle nur auf einen: Jan Jespik.

Dorothea zitterte vor Aufregung. Immer wieder sah sie zur Tür, aber Jan ließ auf sich warten.

»Wie lange hast du ihn nicht gesehen?«, fragte Mona.

»Drei Jahre.«

»Was habt ihr denn für ein Ding laufen? Seid ihr verkracht?«

»Nein. Ich weiß auch nicht. Wir haben uns aus den Augen verloren, er war immer irgendwo, hat sich nie von sich aus gemeldet, und dann war es mir auch irgendwann mal zu dumm. Und so entsteht eine Funkstille, die niemand will.«

»Und woher weißt du dann von dieser Premiere?«

»Das hab ich aus dem Internet.«

»Er wird sich totfreuen, Doro! Ganz bestimmt! Das wird der größte Moment eures Lebens!«

Dorothea bibberte derart, dass sie ihren Prosecco verschüttete.

Mona nahm sich von einer Bedienung, die mit vollen Gläsern herumging, ihr fünftes und gab Dorothea ihr zweites Glas.

Sie hatte vor, sich total volllaufen zu lassen, und genoss es. Schon deswegen hatte sich dieser Abend gelohnt.

Er kam ungefähr eine Stunde später. Abgeschminkt, geduscht, mit gerötetem Gesicht und zerzaustem Haar. Er wirkte wirr und zerbrechlich. Gefiel sich in der Rolle des sensiblen Schauspielers, ohne sich dessen wirklich bewusst zu sein.

Die Menge klatschte, johlte und trampelte, als er das Foyer betrat. Er lächelte. Verbeugte sich leicht.

Dann ging er an all seinen Bewunderern vorbei bis zum Tresen, nahm sich ein Glas Sekt und trank es auf ex.

Die Premierengäste hörten nicht auf zu klatschen.

Jan verbeugte sich erneut. Dann hob er die Hand. Alle schwiegen.

»Fragt mich«, sagte er. »Fragt mich alles, was ihr wissen wollt. Ihr habt zwanzig Minuten. Dann gehe ich ins Bett oder in die Kneipe. Das weiß ich jetzt noch nicht, das kommt auf eure Fragen an.«

»Wie lange lernen Sie an so einem Stück?«, fragte eine junge Frau mit einer hohen Stirn und Geheimratsecken. »Ich meine, wie lange lernen Sie an so einem schwierigen Text?«

»Lange. Oder kurz. Monate oder Tage. Je nachdem, wie betrunken ich bin.« Er lachte. »Nüchtern ist Shakespeare schwer zu ertragen, das werden Sie merken, wenn Sie sich die Mühe machen, ihn mal zu lesen. Mehr kann ich nicht sagen.«

»Wie viel von Hamlet steckt in Ihnen? Wie viel von ihm sind Sie selbst?«, fragte nun ein dicklicher Glatzkopf.

Jan Jespik zog die Augen zusammen. »Alles.«

»Geht es Ihnen mit allen Rollen so?« Die Frau, die jetzt fragte, war übermäßig mit Schmuck behängt, zog eine Augenbraue hoch und wirkte ziemlich arrogant.

»Ja.«

»Dann sind alle Rollen Sie selbst?«

»Ja.«

»Das verstehe ich nicht.«

»Das können Sie auch nicht verstehen, weil Sie keine Schauspielerin sind. Und ich werde es Ihnen nicht erklären. Weil ich keine Lust dazu habe, weil Sie es ohnehin nicht begreifen würden. Warum soll ein Schauspieler immer erklären, wie er lebt und leidet und fühlt, warum fragen Sie nicht den Chirurgen, wie er das Skalpell hält, ob ihm sein Patient leidtut und ob er nicht auch Lust hat, am Abend seine Frau aufzuschneiden? Warum sollen Schauspieler immer ihre Gefühle und Geheimnisse offenbaren? Gucken Sie einfach genau zu. Lassen Sie sich fallen. Und wenn Sie den Namen des Schauspielers vergessen haben, weil Sie ihn mit der Person auf der Bühne identifizieren, dann habe ich, dann haben wir alles richtig gemacht. Aber erklären werde ich Ihnen das nicht. Zauberkünstler verraten ihre Tricks auch nicht. Also was verlangen Sie von mir?«

Und dann sah er sie. Vier Tische weiter stand sie da. Ganz still, ganz klein und mit Tränen in den Augen.

Er schubste die Leute weg, die um ihn herumstanden und ihm sowieso viel zu nah gekommen waren, lief auf seine Mutter zu und hob sie hoch. Über seinen Kopf.

Sie ließ es geschehen, wusste nicht, wie ihr geschah.

»Feiert nicht mich!«, brüllte er. »Feiert diese Frau! Meine Mutter! Ohne sie gäbe es mich nicht, keinen Hamlet, keine Kunst, keinen Wahnsinn, der einen das Leben erst ertragen und begreifen lässt. Ohne sie wäre ich nur ein Gedanke! Wenn überhaupt! Begreift ihr das? Kapiert ihr, was diese unvergleichliche Frau vollbracht hat? Ich verehre sie wie eine Heilige!«

Er hielt sie weiter mit beiden Händen hoch, was eine ziemliche Kraftanstrengung war, aber man sah es ihm nicht an.

»Ich erwarte einen Applaus für diese Göttin, die mich auf die Welt gebracht und der Menschheit damit so viel Gutes getan hat! Danke! Ich liebe dich ohne Ende!«

Dorothea genoss diesen Moment, ihr Herz schlug vor Freude und Glück, aber sie genierte sich zugleich unendlich. Was sollten die Leute von ihr denken? Das war keine Liebeserklärung, sondern Jan war dabei, total durchzudrehen.

Die Menge applaudierte, und schließlich verließen Jan die Kräfte. Er ließ Dorothea herunter und drückte sie an sich.

Sie strahlte ihn an, tränenverschmiert und überwältigt. Alles war gut. Alles, was in den letzten Jahren geschehen oder nicht geschehen war, war vergessen.

Und sie fühlte sich rundum glücklich.

»Haben Sie manches Mal gedacht: Ich schaffe den Hamlet nicht?«, durchbrach eine magere Blonde aus der letzten Reihe die kurze Stille.

»Ja, sicher. Ständig. Einen Hamlet kann man sowieso nicht schaffen. Nur annähernd. Begreifen kann man ihn nie.«

»Das heißt, Hamlet ist schlauer als wir alle?«

Jan Jespik drehte mit zwei Fingern eine imaginäre Luftschlange vor seinem Gesicht und lächelte. »Mit schlau hat das nichts zu tun.«

Dann begann es ihn anzukotzen. »Es reicht«, sagte er. »Ciao. Gehabt euch wohl. Ich gehe. Feiert schön, ich hab genug. Die Nacht ist noch lang.«

Er verbeugte sich kurz, nahm seine Mutter in den Arm und verließ das Theater.

Mona folgte den beiden, ohne dass sie es wirklich registrierten.

14

Auf der Straße stand ein Pulk von Theaterleuten. Güldenstern, Rosenkranz, der König, seine Gattin, Maskenbildnerinnen, zwei Techniker – viele hatten keine Lust mehr auf die Premierenfeier, auf der sich der Intendant jetzt feiern ließ.

»Wo gehen wir hin?«, fragte Conny leise.

»Ins Parkschlösschen«, schlug jemand vor.

Alle sahen Jan fragend an.

»Gehen wir«, sagte er.

Zwanzig Minuten später saßen sie alle an einem langen Tisch. Die Bedienung war grob und gestresst. Es gab Toast Hawaii und verschiedene Pizzasorten.

Jan bestellte ein Bier, für seine Mutter einen Wein. Dann sah er Mona fragend an. »Whisky-Cola«, sagte sie.

Zum ersten Mal nahm er sie wahr. Sie war nicht mehr jung, ungefähr Anfang oder Mitte vierzig, sein Alter, schätzte er, und sie hatte dunkle, tiefgründige Augen. Ihre wirren Haare mochte er. Er konnte das ganze gestylte, geklebte und befestigte Zeug, das eine Frisur ergeben sollte und ihm wie Beton vorkam, nicht ausstehen. Sie war durchtrainiert und stark. Und sie hatte eine Erotik in den Augen, die ihn fast ohnmächtig werden ließ.

Er konnte nicht mehr aufhören, sie anzustarren. Was sie bemerkte. Aber es verunsicherte sie nicht. Sie blickte zurück. Ohne zu lächeln.

Was für eine geile Sau, dachte er.

Augenblicklich begann er, sie zu begehren. Wollte unbedingt wissen, wie sie schmeckte.

Sie hingen sich gegenseitig an Augen und Lippen, während die anderen ihre Toasts und Pizzen aßen und über die Premiere redeten.

Es interessierte ihn alles nicht. Es ging ihm nur noch um diese Fremde mit ihrem sinnlichen Körper. Gut, sie war kein junges Mädchen mehr, aber dafür eigenwillig schön, und er wollte sie in dieser Nacht mit nach Hause nehmen. Seine Mutter, diese ganze verfluchte Bande und dieser gewöhnliche Kneipenfraß interessierten ihn nicht mehr.

Er wollte nur noch sie.

»Jan, du warst großartig!«, sagte seine Mutter und lehnte sich entspannt zurück. »Ich habe noch nie so einen wunderbaren Hamlet gesehen, und ich habe geweint. Du bist ein großartiger Schauspieler! Was wirst du als Nächstes machen?«

Jan zuckte die Achseln.

»Hast du noch kein Engagement?«

Jan schüttelte den Kopf.

Seine Mutter hielt einen Moment inne. Dann meinte sie: »Nach diesem Abend werden sich die Angebote überschlagen, da bin ich ganz sicher! Das wird sich in ganz Deutschland herumsprechen, was es hier für einen wundervollen Hamlet gibt! Dein Telefon wird nicht stillstehen!«

»Das ist lieb, Mama, dass du das sagst.« Er küsste sie auf die Wange. »Aber die Zeiten sind anders. Kein Schwein interessiert sich dafür, was hier in Gernersburg passiert.«

»Warum tust du es dann?«, fragte Dorothea empört.

Jan war gefährlich ruhig und zog seine linke Augenbraue hoch. »Wie meinst du das?«

»Warum spielst du hier den Hamlet und vergeudest offensichtlich dein Talent, wenn es doch anscheinend niemanden interessiert?«

Mona nahm Doros Hand und drückte sie fest. »Weil Hamlet eben Hamlet ist. Das muss man wahrscheinlich erlebt und durchlebt und gespielt haben. Und wenn es bei einem Feuerwehrball ist. Jan war so toll, so intensiv, so unglaublich! Ich hätte die ganze Zeit heulen oder schreien können. Ich fühlte mich plötzlich wie ein anderer Mensch. Und er wahrscheinlich auch. Oder noch mehr. Glaubst du nicht auch? Das muss doch der Hammer sein, so was vor Publikum spielen zu dürfen. So eine Gelegenheit darf man sich doch nicht entgehen lassen! Und Gernersburg ist ja nicht aus der Welt. Es wird sich rumsprechen, irgendein wichtiger Theatermensch wird es schon sehen und vielleicht genauso hin und weg sein wie wir. Und dann wird es irgendwie weitergehen.«

»Das glaubst du?«

»Ja. Das glaub ich.«

Jan hatte die ganze Zeit geschwiegen und starrte Mona an. Sie war eine Göttin. Eine Fee. Eine Elfe. Ein Engel. Aus dem Himmel gefallen. Der einzige Mensch auf der Welt, der ihn verstand.

Sein Herz stand kurz vor der Explosion.

Inzwischen hatten alle aufgegessen, und hier und da wechselten sie die Plätze. Als sich der Inspizient neben die Maskenbildnerin setzte, kam Mona zu ihm und setzte sich neben ihn.

Und seine Hand glitt unter dem Tisch zwischen ihre Beine.

Mona war wie elektrisiert. Dieses Gefühl hatte sie Jahre nicht erlebt.

»Lass uns gehen«, flüsterte sie. »Bitte! Ich kann nicht mehr, ich halte es nicht aus!«

Jan stand auf, hob den Arm und winkte der Kellnerin. »Die Rechnung, bitte. Für alles.«

Nur Minuten später hatte Jan bezahlt und hauchte seiner Mutter einen Kuss auf die Wange. »Tut mir leid, aber wir müssen jetzt gehen. Schick mir eine WhatsApp, und dann treffen wir uns zum Frühstück!«

Dann ging er mit Mona hinaus.

Dorothea war fassungslos, aber auch irgendwo glücklich.

15

Sie hasteten durch die Straßen, blieben schwer atmend stehen, fuhren sich ungeduldig über die Körper, unter die Pullover, spürten Haut, küssten sich und rannten weiter. Waren kurz davor, sich mitten auf der Straße fallen zu lassen und es einfach zu treiben. Ganz egal, wer da kam und ihnen dabei zusah. Sie hielten es kaum noch aus, hatten sich nur noch mit Müh und Not unter Kontrolle.

Sie kamen am Theater vorbei. Am Bühneneingang brannte noch Licht. Jan wusste, dass sie bis zu seiner Wohnung noch weitere zehn Minuten laufen mussten.

»Komm!«, sagte er und öffnete die schwere Eisentür. »Komm!«

Dann zog er sie hinter sich her. Durch einen langen Gang an den Werkstätten vorbei, die Treppe hoch zu den Künstlergarderoben, der kleinen Schneiderei, der Maske und dann weiter bis zur Hinterbühne. Am Inspizientenpult brannte ein kleines, armseliges Licht, das die Bühnengassen nicht genügend erleuchten konnte.

Jan kannte sich blind aus. Jeder Schritt war ihm vertraut, schlafwandlerisch schob er jeden Stuhl zur Seite, der im Weg stand.

Wer zum Teufel war hier noch?, fragte er sich. Wer hatte hier mitten in der Nacht noch etwas verloren? Oder wer hatte vergessen, das Theater abzuschließen und das Licht auszumachen?

Er fragte es sich, aber im Grunde war es ihm egal.

Scheißegal.

Bühne und Zuschauerraum lagen im Dunkeln.

Jan ging zum Beleuchtungspult. Er wusste, welche Knöpfe er drücken musste.

Ein leises, surrendes Geräusch, und dann beleuchteten die Scheinwerfer gespenstisch den letzten Akt, die Sterbeszene Hamlets. Ein düsteres, bedrückendes Licht.

»Was tust du?«, flüsterte Mona.

Jan antwortete nicht, sondern zog sie auf die Bühne.

Irritiert blieb sie im Scheinwerferlicht stehen. Sah sich um. Sah in den Zuschauerraum, in dem sie kaum etwas erkannte. Ab der dritten Reihe versanken sämtliche Sitzplätze in undurchdringlichem Schwarz.

»Das ist heute Nacht unsere Bühne«, flüsterte Jan. »Vorhin war es meine, jetzt ist es unsere.«

»Aber wenn hier jemand ist?«, hauchte Mona.

»Hier ist niemand. Und wenn schon. Wenn uns dieser Jemand sieht, dann hält er entweder seine Schnauze, oder ich schlag ihm sämtliche Zähne aus. Vergiss es. Es ist unsere Nacht. Hier, auf der Bühne.«

Mona wurde schwindlig. Sie wusste nicht mehr, ob sie sich in einem Albtraum oder in der aufregendsten Situation ihres Lebens befand.

Als er ihr die Kleider vom Leib riss und mit ihr auf den Teppich des Saales im Schlosse sank, gab sie sich ihm mit allen Sinnen hin und vergaß jeden, der da vielleicht irgendwo in den letzten Reihen oder auf dem Gang sitzen und ihnen zusehen konnte.

Genauso wie Jan war es ihr mittlerweile egal.

Jan Jespik erlebte diese Frau wie selten eine andere zuvor mit all seinen Sinnen. Er roch, er schmeckte, er fühlte und spürte sie, er fraß sich in ihre Haut, er drang in sie ein und hörte, was sie ihm ins Ohr flüsterte oder schrie. Er war wie in einem Rausch, vergaß die

Welt um sich herum, die Lust überschwemmte ihn, er schwitzte, packte sie, tobte, riss sie an sich, umklammerte ihren bebenden Körper und weinte schließlich.

Bis es vorbei war.

Mona lag vollkommen erschöpft da und fühlte sich großartig. Starrte in die gleißenden Scheinwerfer. Sie war die Königin. Die glückliche, befriedigte Königin. Das war das Leben. Das brauchte sie. Hatte es Jahre vermisst. Und wollte es jetzt immer wieder erleben.

Was für ein großartiger, was für ein wahnsinniger Mann.

Sie stand mühsam auf. Das Kreuz tat ihr weh, und das Sperma lief ihr die Beine hinab.

»Komm«, sagte sie, »lass uns irgendwo schlafen und ganz, ganz fest halten. Damit ich morgen weiß, dass das alles nicht nur ein Traum war.«

Beide zogen sich an und sagten nichts mehr.

Jetzt erst merkte Mona, wie verdammt kalt ihr war. Auf der Bühne zog es aus allen Richtungen. Sie zitterte.

»Hast du keine Jacke?«, fragte er.

Sie zog die Schultern hoch. »Doch. Eine hab ich. Und die muss hier irgendwo rumliegen.«

Jan nickte und sah sich um. »Ja, da hinten liegt sie. Gleich in der ersten Gasse. Aber ich weiß noch was Besseres. Komm. Hol sie und geh mir einfach hinterher.«

Er kannte sich aus. Zog sie durch endlose Gänge und Flure, durch Magazine, Werkstätten und Abstellräume, schaltete das Licht an und wieder aus, bis sie schließlich im Kleiderfundus waren.

»Such dir was aus«, sagte er. »Egal. Irgendwas, was dir gefällt. Meinetwegen auch einen Pelzmantel. Es kommt nicht darauf an. Mach und guck, heute ist Weihnachten, aber beeil dich.«

Der Fundus war riesig. Wie verrückt schob Mona die Sachen hin und her, nahm sich eine Wolljacke, eine Fellmütze und einen Pelzmantel aus Nerzen. Den würde sie vielleicht nicht unbedingt tragen, aber vielleicht ließ er sich gut verkaufen.

»Okay?«, fragte sie und sah Jan an.

Jan nickte. »Dann hauen wir jetzt hier ab, und du kommst mit zu mir.«

Mona widersprach nicht. Mit diesem Mann würde sie überall hingehen. Bis ans Ende der Welt.

16

Sie hatten noch zwei Flaschen Wein geleert und sich geliebt bis morgens um fünf. Aufgehört hatte es nur, weil sie beide vor Erschöpfung eingeschlafen waren.

Um acht wachte Mona auf. Jan lag im Tiefschlaf, sah vollkommen unschuldig und harmlos aus. Welcher Irrsinn aufflammen konnte, wenn er wach war, schien unvorstellbar, wenn man ihn jetzt so sah.

Sie verzichtete darauf, ihn zum Abschied zu küssen, um ihn nicht zu wecken, stieg in ihre Jeans, ihren Pullover, zog die Wolljacke aus dem Fundus an, nahm den Nerzmantel über den Arm und schrieb ihre Handynummer auf eine Schiefertafel, die in der Küche hing.

Dann verließ sie die Wohnung.

Jan wachte nicht auf.

Mona fuhr mit einem Taxi zum Hotel. Dort setzte sie sich in den Frühstücksraum und wartete auf Dorothea.

Um kurz nach neun kam sie. Sah aus, als hätte sie gerade einen Waldlauf hinter sich. Frisch geduscht, munter, voller Tatendrang.

Mona hatte noch nicht einmal daran gedacht, sich mit der Bürste durch die Haare zu fahren, sie war ungeschminkt, ungeduscht und fühlte sich auch nach drei Tassen Kaffee noch nicht richtig wach.

»Hi!«, sagte Dorothea, grinste und stellte ihren Tee und ein

Schüsselchen Obstsalat auf den Tisch. »Wie geht's dir? Wie geht's Jan? Wieso bist du hier?«

»Er schläft noch. War wohl alles ein bisschen anstrengend.« Sie sah Dorothea an.

Dann lachten beide.

»Ich hab mich verpisst. Muss einem Mann nicht beim Schnarchen zugucken.«

»Recht hast du. Und jetzt?«

Mona zuckte die Achseln. »Keine Ahnung.«

»Willst du immer noch nach Italien?«

»Nee. Nicht jetzt sofort.«

»Was dann?«

»Ich habe keine Idee. Mein Leben ist eine leere Seite.«

»Du hast mir noch nichts erzählt.«

»Nee. Jetzt brauche ich erst mal noch 'nen Kaffee.«

Mona aß einen Obstsalat, zwei Eier und drei Brötchen, und dann ging es ihr besser.

Sie strahlte, und ihre Wangen hatten sich gerötet.

»Er wollte mich eigentlich wegen des Frühstücks anrufen«, sagte Dorothea leise.

»Vergiss es. Er wird immer noch schlafen. Wir sollten uns mit ihm zum Abendessen verabreden.«

»Hat er keine Vorstellung?«

»Stimmt, warte mal.« Mona nahm ihr Handy und scrollte durch die Seiten. »Nein. Heute nicht. Erst morgen wieder.«

»Gehen wir eine Runde spazieren?«, fragte Dorothea.

»Ja, klar! Gerne!«, sagte Mona sofort begeistert. »Ich dachte schon, du reist ab.«

»Nein. Ich hatte eigentlich vor, ein paar Tage zu bleiben und ein bisschen Zeit mit meinem Sohn zu verbringen. Aber jetzt, wo du da bist, scheint das alles ein bisschen anders zu sein.« Sie lächelte. »Willst du dein Zimmer hier im Hotel behalten?«

Mona schüttelte den Kopf. »Nein. Ich denke, das werd ich nicht brauchen.«

»Du lässt alles auf dich zukommen?«

Mona nickte. »Ja. Als ich vor elf Jahren mein Leben geplant habe und mich auf der sicheren Seite fühlte, ist es total in die Hose gegangen. Ich mache keine Pläne mehr.« Sie sah Dorothea an. »Kann ich den Nerz in dein Zimmer legen? Und meine Tasche vielleicht auch?«

»Na klar.«

»Dann geh ich mal kurz zur Rezeption und checke aus.«

»Ich habe ein Scheißleben hinter mir«, sagte Mona, als sie nebeneinander einen Waldweg entlangwanderten. »Aber wer hat kein Scheißleben hinter sich? Kaum einer. Ich bin sicher nicht die Einzige. Was meinst du? War bei dir alles okay?«

»Nein. Ich hätte vieles anders machen können, aber ich war zu dämlich. Ich habe haufenweise falsche Entscheidungen getroffen und viel verloren.«

»Was denn?«

»Jan war erst sechs, da bekam mein Mann – er war Banker – einen lukrativen Job in London. Ich wollte nicht mit, ich wollte in Berlin und an meiner Schule bleiben und bildete mir ein, eine Fernbeziehung würde unserer Ehe vielleicht guttun. Aber das Gegenteil war der Fall. Tom – mein Mann – hatte bald eine neue Familie in England, und ich musste Jan allein großziehen. Und auch jetzt im Alter steh ich da und bin allein. Hab keinen Mann mehr, mit dem ich reisen und schöne Dinge erleben könnte. Ist echt dumm gelaufen. Und du?«

»Ich glaube, ich hab eine vollkommen richtige Entscheidung getroffen, aber dennoch steh ich auch da und bin allein und vollkommen mittellos. Das, was ich besitze, passt in eine Sporttasche. Ich habe keine Wohnung, kein Auto, keinen Kleiderschrank – nichts. Aber ich bin frei.«

»Wo warst du die letzten Jahre?«

»Im Knast.«

Dorothea zuckte zusammen und blieb stehen. »Echt?«

»Echt.«

»Wie lange?«

»Zehn Jahre.«

»Warum?«

»Das ist eine lange Geschichte.«

»Die du mir jetzt nicht, aber vielleicht irgendwann später erzählen möchtest?«

»Genau.«

»Und was hat der Knast aus dir gemacht?«

»Ich bin nicht mehr die, die ich mal war. Ich war mal sanft, hab nie widersprochen, war immer nett, hab immer gelächelt, hab jedem geholfen, der mich brauchte, ich war eine Mutter und war für alle jederzeit da. Ich habe nächtelang am Kinderbett Lieder gesungen, Händchen gehalten und kalte Waschlappen auf die Stirn gelegt. Hatte das Helfersyndrom. Ich hab Kindergeburtstage gefeiert, Luftballons aufgepustet und aufgehängt, hab Kuchen gebacken und Würstchen heiß gemacht. Ich hab alles getan, was man von mir wollte und erwartete. Ich war spießig und brav und langweilig. Und glücklich? Ich weiß es nicht. Vielleicht ein bisschen. Hin und wieder. Vielleicht auch nicht. Keine Ahnung. Aber jetzt bin ich ein ziemlich harter Brocken. Durch nichts mehr zu erschüttern. Ich lass mir nicht mehr blöd kommen und überlebe es auch, mal eine ganze Woche nicht zu duschen. Ich fresse jeden Scheiß, Hauptsache, es gibt überhaupt irgendwas. Meine Ansprüche sind bis auf null zurückgefahren. Ich lächle nicht mehr, sondern schlage zu. Ich hab mir abgewöhnt, ständig vorsichtig zu sein. Wer mir blöd kommt, der kriegt eins auf die Schnauze. Und vielleicht habe ich darum deinen Sohn vom ersten Moment an geliebt. Weil er genauso verloren ist wie ich.«

Doro zuckte zusammen. »Wie meinst du das?«

»Wir haben beide kein Zuhause, keinen Plan, wissen nicht, wohin. Sind heimatlos. Sind nirgends gemeldet, wissen nicht, wohin wir unsere Post nachschicken lassen sollen. Unsere Zukunft ist ein weißes Blatt Papier. Da ist noch nicht mal ein Strohhalm, an dem wir uns festhalten können.«

»Jan hat mich.«

»Ja. Aber Mütter sind nie die Zukunft.«

»Sondern?«

»Erinnerung. Doro, du weißt doch, wie ich das meine. Jan irrt durch das Universum ohne Halt und ohne Ziel. Auch wenn er dich hat und dich liebt. Das eine schließt das andere nicht aus.«

»Ich versteh dich nicht.«

»Ich mich auch nicht.«

»Was um Gottes willen ist denn mit dir passiert?«

»Ich erzähl's dir. Ganz bestimmt. Aber nicht jetzt und nicht heute. Bitte entschuldige, aber ich bin noch nicht so weit.«

17

Er wachte auf. Schüttelte sich, streckte sich und wagte einen ersten Blick in Richtung Fenster. Es war schon hell.

Er setzte sich auf, durchwühlte das Bett neben sich, obwohl es sinnlos war. Es war leer. Sie war weg. War einfach gegangen. Hatte nicht »Ciao« gesagt und nicht »Adieu«, hatte sich einfach verpisst. Hatte wahrscheinlich die sensationellste Liebesnacht ihres Lebens erlebt und sich dennoch klammheimlich aus dem Staub gemacht.

Was für eine blöde Sau!

Wo war sie, verdammt? Er wollte sie wiederhaben! Hier und jetzt und sofort!

Im Bad pinkelte er ins Waschbecken statt ins Klo, dann ging er in die Küche, um zu sehen, ob es dort noch irgendeine Pfütze Alkohol gab. Die ihm wenigstens dabei helfen konnte, wach zu werden.

Auf dem Küchentisch stand noch eine halb volle Flasche Rotwein. Er trank sie in einem Zug leer.

Und dann sah er, dass sie ihre Handynummer auf die Tafel geschrieben hatte, und rief sofort an.

»Mona!«, brüllte er ins Handy. »Bist du es? Lebst du noch?«

»Ja klar!«

»Dann komm her! Sofort! Bitte! Ich halte es ohne dich nicht aus, ich gehe kaputt, ich denke nur an das, was wir erlebt haben, und ich kann nicht verstehen, dass du weg, dass du nicht bei mir bist!

Wie konntest du mich verlassen? Bitte komm! Oder ich tue mir etwas an! Mona! Wenn ich dir irgendetwas bedeute, dann komm! So schnell wie möglich!« Damit legte er auf.

Mona war fassungslos und sah Dorothea an. »Hast du das gehört?«

Dorothea nickte.

»Er fasziniert mich, weil er ein Genie ist, aber er macht mir auch Angst. Und er lallt rum.«

»Komm, wir gehen zurück. Und dann fährst du so schnell wie möglich zu ihm. Damit er sich beruhigt.«

»Es tut mir so leid«, flüsterte Mona.

»Kein Problem. Wir können uns ein andermal unterhalten. Aber im Moment dreht er ja völlig am Rad.«

»Ich ertrage es nicht«, sagte er, als er sie in die Arme nahm. Sein Gesicht war hochrot, als hätte er einen Blutdruck von zweihundertzwanzig, und seine Augen flackerten. »Ich ertrage es nicht, wenn du mich einfach so verlässt. Ohne ein Wort, ohne eine Nachricht, ohne irgendwas. Ich gehe kaputt. Ich drehe durch. Ich bringe mich um.«

»Still«, sagte sie, »ganz still. Es ist alles in Ordnung.«

Einige Stunden später lagen sie im Bett und verabredeten sich mit Dorothea zum Abendessen. Jan hatte den ganzen Tag noch keinen Bissen hinunterbekommen. Hatte nur getrunken und sich mit ihrem Körper beschäftigt. Bekam nicht genug davon.

Sie dachte an die lange Zeit in ihrer Zelle. Zehn Jahre sind eine Ewigkeit. Ihre Fantasie erstarb, wenn sie gegen die grauen Betonwände stierte, an denen nur ein paar Kinderfotos, Kinderzeichnungen und Bilder von Sonnenuntergängen klebten. Die Lust erstarb in dieser Zelle, sie konnte sich irgendwann noch nicht einmal mehr selbst befriedigen, sie war zu einem Roboter mutiert, ohne jede Lust, ohne jedes Gefühl.

Irgendwann kam Sonny. Aus einer JVA in Brandenburg. Dort hatte es Probleme gegeben, und sie war nach Berlin verlegt worden. Sie hatte lebenslänglich, aber nur noch drei Jahre und drei Monate vor sich, dann konnte sie einen Antrag auf vorzeitige Entlassung stellen.

»Verdammte Scheiße, was hast du getan?«, fragte Mona, als sie zum ersten Mal auf dem Hof nebeneinandersaßen, ihre Gesichter in die Sonne hielten und sich Zigaretten drehten.

Sonny schwieg lange. Und dann sagte sie: »Weißte, ich war mit so einem Arsch zusammen, ich dachte, er ist okay, er hat immer eingekauft für uns, es war immer was im Kühlschrank, echt klasse. Und er hat Jessica, meine Kleine, auch oft vom Kindergarten abgeholt. Aber dann kam ich mal früher nach Hause, und er hat gerade an Jessica rumgemacht, und sie hat geschrien. Da hab ich eine Pfanne genommen, eine gusseiserne, die ich sonst nie benutzt hab, weil sie so scheiße schwer war, und hab sie ihm über den Schädel gezogen, mit aller Kraft.«

»Und?«, fragte Mona entsetzt.

»Nichts und. Ich hab seine Schädelknochen krachen hören, und dann war er tot. Das elende Schwein. Und jetzt sitz ich hier. Seit zwölf Jahren.«

»Und Jessica?«

»Ist bei ihrer Oma aufgewachsen, wohnt aber zurzeit bei ihrem Freund und macht 'ne Lehre zur Einzelhandelskauffrau. Echt cool.«

Und Mona erzählte von Vincenzo.

Sonny und Mona waren von da an nur noch zusammen. Wenn es irgendwie ging.

Sie lagen sich in den Armen.

Und fanden schließlich auch Möglichkeiten, allein und ungestört zu sein in einer Zelle.

Sie liebten sich, und Mona entdeckte die Lust neu.

Aber irgendwann war Sonny weg. Sie hatte es geschafft. Und Mona blieb und hatte noch eine gefühlte Ewigkeit vor sich.

Jahre ohne Liebe und Sex.

Sie verkümmerte.

Beim Abendessen wollte Dorothea all das erfahren, was in den letzten drei Jahren passiert war. Jan erzählte von kleinen Engagements, ein paar versprengten Drehtagen und von der ständigen Existenzangst, wenn das Telefon nicht mehr klingelte. Dorothea fielen ihrerseits einige Anekdoten aus Jans Kindheit ein, sie lachten und amüsierten sich, aber Jan und Mona saßen zunehmend wie auf heißen Kohlen. Sie wollten zurück in Jans Wohnung, ins Bett, die Sehnsucht nacheinander brachte sie fast um den Verstand.

Als sie sich dann endlich wieder in den Armen lagen, stellte die Nacht alles in den Schatten, was Mona bisher mit einem Mann erlebt hatte. Jan war wie ein Raubtier, das über sie herfiel, saugte und biss, er trank gierig ihre Körperflüssigkeiten, sog zischend ihren Geruch ein. Er streichelte, knetete und schlug sie, sie wand sich vor Lust. Und immer wieder nahm er sie, vögelte sie, hob sie hoch, spießte sie auf, sie wusste nicht, wie ihr geschah.

Dann streichelte, reizte und kitzelte er sie bis zum Wahnsinn, bis sie sich vollkommen verlor und schrie, um danach von ihm erneut besessen zu werden.

Es war ein Tanz, ein Kampf der Lust, keine Droge wirkte stärker als dieses Sich-Verlieren im Rausch.

Mona schwanden die Sinne, sie verlor das Gefühl für Raum und Zeit, wusste nicht mehr, wer und wo sie war, sie wollte es auch nicht wissen, sie ließ sich vollkommen fallen in die Hände dieses Mannes, der wie ein Pyromane eine Explosion und ein Feuerwerk nach dem nächsten in ihr entfachte.

Als er schließlich eine Flasche kühlen Champagner über ihren erhitzten und schweißgebadeten Körper goss und jeden Tropfen aufleckte, was sie mit geschlossenen Augen genoss und hoffte, dass es niemals enden möge, flüsterte er: »Jeder Trottel, jeder Dödel, jeder Trampel flüstert seiner Frau ins Ohr: Ich liebe dich. Das könnte ich auch. In jeder Stunde zwanzigmal. Denn es ist wahr: Ja, ich liebe dich. Aber bei mir ist es mehr: Ich verehre dich. Ich bete dich an. Du bist meine Göttin. Sag mir, was du von mir willst, und ich werde es tun. Wer dir etwas antut, den schlage ich tot. Ich knie vor dir nieder. Bin Wachs in deinen Händen.«

Und er warf sich vor ihr nieder, verbarg sein Gesicht in ihrem Schoß und weinte.

Mona hob seinen Kopf an und küsste ihm die Tränen trocken.

»Ist das wahr, was du da sagst?«

»Ich schwöre!«

»Du würdest alles, wirklich alles für mich tun?«

Jan sah sie lange an. Dann nickte er. »Mein armseliges Leben bedeutet mir nichts. Es ist sicherer, es in einem Sessel zu verbringen. Natürlich. Aber ich will kämpfen. Für dich, für mich, für das Glück. Was immer das auch sein mag.«

Sie strich ihm sanft eine Haarsträhne aus der Stirn. Und beschloss in diesem Moment, dass sie ihm ihre Geschichte erzählen würde. Wenn sie jemand verstehen würde, dann er. Und wenn ihr jemand dabei helfen könnte, Gerechtigkeit walten zu lassen und ihr ihren Seelenfrieden wiederzugeben, dann wahrscheinlich nur er.

Jan Jespik. Ihn hatte der Himmel geschickt.

18

Jan hörte das Klacken an der Wohnungstür. Die Zeitung war gekommen.

Er stürzte in den Flur, schmiss die Briefe auf den Schreibtisch, sie interessierten ihn nicht, setzte sich aufs Bett und begann, hektisch die Zeitung durchzublättern, bis er zum Feuilleton kam. Und da sprang ihm die Schlagzeile direkt ins Auge:

»Ein wahnsinniger Hamlet lähmt das Publikum. Bemerkenswerte Premiere am Schlosstheater.«

Jan sah Mona, die gerade aus der Dusche kam, mit irrem Blick an. Seine Augen traten aus den Höhlen.

»Was meint der damit? Ist das positiv oder negativ?«

»Lies!«, sagte sie und zitterte selbst vor Anspannung am ganzen Körper.

»Nein!«, schrie er und vergrub den Kopf in den Armen. »Ich kann nicht. Lies du!«

Mona begann vorzulesen. Leise und voller Angst. Sie war nicht so versiert, dass sie spontan Sätze und Aussagen verändern konnte, sie musste lesen, was da stand.

»Premiere am Schlosstheater. Und man griff zu den Sternen. Shakespeares *Hamlet* wurde geboten. Es gibt wohl kaum ein schwierigeres und komplizierteres Stück in der Weltliteratur. Aber Regisseur Cessnik wagte sich an den schweren Stoff und legte eine sehr schlichte, aber solide Inszenierung vor. Er verzichtete auf aberwitzige Effekte, blieb hart am Geschehen und am gesprochenen Wort, legte Wert darauf, Shakespeares komplizierte Verse jedem Zuschauer verständlich zu machen.

Den Hamlet gab Jan Jespik, ein begabter Schauspieler, der bisher noch nirgends erwähnenswert in Erscheinung getreten ist. Die Rolle scheint ihm auf den Leib geschneidert zu sein. So extrem schwierig und komplex sie ist, er hat sie bravourös gemeistert.

Da steht dieser Mann auf der Bühne: Anfang vierzig, stark, verstört, sensibel, mit Augen, die einem Angst machen, weil sie tief in die Seele blicken.

Jan Jespik *ist* Hamlet. Er opfert sich dieser Rolle, er gibt sich ihr hin, er dreht durch und ist schließlich genauso wahnsinnig wie Hamlet selbst. Er wirft mit schweren Möbeln nach seinem Kollegen, weil er nicht mehr zwischen Sein und Nichtsein unterscheiden kann.

Jan Jespik hat es geschafft, mir einen Schauer nach dem anderen über den Rücken zu jagen. Dieser Abend war eine Offenbarung.

Was für ein grandioser Schauspieler! Er hat dem Publikum seine Seele offenbart. Durch ihn habe ich Hamlet verstanden. Und dieses Kunststück gelingt kaum jemandem auf der Welt.

Ich war wie gelähmt von dieser Inszenierung. Von diesem Hamlet. Von diesem Wahnsinn, den ich mitgenommen habe in mein Leben.

Jan Jespik sei Dank.«

Mona und Jan sahen sich an.

»Hammer!«, sagte Mona. »Und dann steht da noch ein bisschen was über die anderen Schauspieler. Das ist eine Superkritik, Jan! Besser geht es gar nicht. Der Typ ist ja voll auf dich abgefahren, das ist sensationell! Du bist der Star der Stadt!«

»Vielleicht«, sagte Jan leise und mit geschlossenen Augen. »Aber das will ich gar nicht sein. Ich bin Hamlet.«

Mona schwieg.

Jan war wie zu einer Salzsäule erstarrt. Mit Kritik konnte er nicht umgehen, die machte ihn wütend und aggressiv. Aber mit Komplimenten konnte er auch nicht umgehen. Die machten ihn stumm und still und hilflos.

Nach einer langen Pause sagte Mona: »Wenn du um fünf losmusst ins Theater, sollten wir vorher noch irgendwas essen. Pizza?« Er nickte.

Sie nahm ihr Handy und bestellte zwei Pizzen. Jan ging unter die Dusche. Als er im Bademantel zurück ins Zimmer kam, klingelte es an der Tür. Der Pizzabote.

Jan riss die Tür auf. »Hau ab!«, schrie er ihn an. »Scher dich zum Teufel mit deinen Dreckspizzen, ich will sie nicht, ich hab sie nicht bestellt, ich kann sie nicht gebrauchen – ach, leckt mich doch alle!«

Der Pizzabote stand da wie ein begossener Pudel.

»Es ist okay!«, sagte Mona, die angerannt kam, die Pizzen in Empfang nahm und dem Boten einen Schein in die Hand drückte. »Alles in Ordnung. Ciao. Bis zum nächsten Mal!«

Der Pizzabote nickte und sah zu, dass er wegkam.

»Du tickst doch nicht mehr richtig!«, sagte Mona und knallte die beiden Kartons auf den Tisch. »Wir haben beide Hunger, du warst einverstanden, dass ich bestelle, und dann machst du hier so ein Theater, und der arme Pizzabote ist völlig verstört? Was ist denn los mit dir?«

Jan kniete sich vor sie, drückte seinen Kopf in ihren Schoß und flehte: »Ich will jetzt nicht essen, ich will nichts mehr hören von Hamlet, ich will mit dir ins Bett! Ich verzehre mich nach dir, Mona, ich sterbe, verstehst du das? Ich sterbe, so sehr sehne ich mich nach dir. Ich bin Hamlet, aber nicht ohne dich im Zuschauerraum und nicht mit vollem Magen. Wirst du da sein?«

»Ja«, sagte sie und strich ihm übers Haar. »Ja, ich werde da sein und dir zuschauen und dich lieben und dich bewundern und sehnsüchtig auf den Moment warten, wenn wir beide wieder nach Hause kommen …«

»Aber?«, fragte er.

»Aber nur, wenn wir jetzt beide hier diese Pizzen essen. Sonst wird mir nämlich im Theater übel – mir ist jetzt schon schlecht vor Hunger –, und dann falle ich vom Stuhl und werde ohnmächtig, und dann kommt der Notarzt, die Vorstellung wird unterbrochen, das Ganze dauert mindestens eine Viertelstunde, die Zuschauer finden das rasend interessant. So etwas passiert nicht alle Tage, und da ist man immer gern live dabei, weil man später was zu erzählen hat. Deinen Hamlet kannst du dir dann sonst wohin stecken, denn ich stehle dir die Show. Willst du das?«

»Nein«, flüsterte er und drückte sie an sich. »Nein, das will ich nicht, meine Liebe, meine Liebste, es ist alles in Ordnung!« Er ließ sie los, setzte sich und klappte den Pizzakarton auf.

19

Nach der Vorstellung gingen sie mit Doro noch einen trinken. Mona hatte eigentlich nicht vorgehabt mitzugehen, wollte diesen Abend ganz Mutter und Sohn überlassen, aber Jan hatte darauf bestanden. Daher hatte sie zumindest für sich beschlossen, sich so wenig wie möglich am Gespräch zu beteiligen, es sollte sich wirklich nur um Jan und Doro drehen. Sie würde ihn dann ja in der Nacht ganz für sich haben.

Aber Doro fragte sie nach ihrer Zeit im Knast, und Mona erzählte ein klein wenig von Sonny und dann von ihrem Alltag hinter Gittern. Von der unerträglichen Einsamkeit, als Sonny weg war und sie mit niemandem mehr reden konnte. Mehr nicht.

Und sie war froh, als die Fragestunde vorbei war.

Jan redete danach nicht mehr viel. Die Vorstellung war wieder perfekt gelaufen. Aufregung, Anspannung und Stress fielen von ihm ab, und er fühlte sich so erschöpft, dass er das Gefühl hatte, nicht mehr laufen, den Kopf nicht mehr hochhalten und sich überhaupt nie mehr bewegen zu können. Irgendjemand würde ihn nach Hause tragen müssen.

Aber wenig später schleppte er sich doch durch die Straßen, und als sie wieder zu Hause waren, nahm er Mona in den Arm und schlief mit ihr ein. Tief und fest, als hätte er seit einer Woche keinen Schlaf mehr bekommen. Schlief sich die Anstrengungen der Premiere und der zweiten Vorstellung aus dem Hirn und aus den Knochen.

Am nächsten Morgen sprang er aus dem Bett, besorgte Brötchen, kochte Kaffee und nahm beim Frühstück ihre Hand.

»Sag mir, was dir passiert ist!«, bat Jan. »Bitte erzähl's mir. Alles. Es interessiert mich. Warum bist du im Knast gelandet? Zehn Jahre, mein Gott, das ist eine ewig lange Zeit, und in Deutschland muss man schon Massenmörder sein, um so viel absitzen zu müssen. Bitte, vertrau mir! Ich hör dir zu! Heute ist wieder spielfrei. Und wenn ich dir irgendwie helfen kann, dann sag es mir.«

»Okay, ich erzähl dir's, aber ich weiß gar nicht, wo ich anfangen soll.« Mona trank einen Schluck Kaffee und sah aus dem Fenster. Die Katze schnurrte ihr um die Füße, und Mona beugte sich runter, um sie zu streicheln.

Dann sah sie Jan an und lächelte zögerlich. »Oh Mann! Also gut. Wir haben in Berlin in einer Zweieinhalbzimmerwohnung gewohnt. Echt cool. Dritter Stock, kleiner Balkon, alles super. Leo, Lena und ich. Leo war sieben und Lena vier. Die beiden waren soooo süß, dass ich jeden Tag gedacht hab, ich spinne. Wie komme ich zu diesen beiden tollen Kindern von so einem blöden Kerl. Er ist abgehauen, da war Lena gerade auf der Welt. Ich hab keine Ahnung, was er jetzt macht und wo er sich rumtreibt, hab nie wieder was von ihm gehört. Vielleicht fährt er zur See oder ist Fremdenlegionär – mir egal.

Na, jedenfalls waren wir drei ganz auf uns gestellt, ich hab als Friseurin gearbeitet, aber das Geld reichte natürlich hinten und vorne nicht.

Leo ist nach der Schule immer allein nach Hause gegangen und machte schon mal Schularbeiten, ich hab Lena von der Kita abgeholt, und dann haben wir irgendwas gekocht. Milchreis mit Zucker und Zimt oder so. Schön süß und schön ungesund.« Sie lachte. »Na ja, es hat irgendwie funktioniert, aber es war echt schwierig, und ich hab ständig einen verdammten Traum gehabt. Weißt du, einen alten VW-Bus oder ein gebrauchtes, abgewracktes

Wohnmobil für ein paar Euro kaufen, und dann ab die Luzie. Irgendwohin. Mit Leo und Lena um die Welt. Die beiden alles sehen und erleben lassen. Alles erklären. Besser geht es nicht. Da können die Schulen allesamt einpacken.

Jan, verstehst du das? Es gab viele Nächte, da hab ich wach gelegen und nur gerechnet. Es war so verdammt eng. Ich hatte kein finanzielles Polster, und das machte mich wahnsinnig und hat mir eine Heidenangst eingejagt.

Eines Tages wollten wir mal wieder zu ›Dino‹. Das war eine ziemlich düstere, heruntergekommene Pizzeria, aber Dinos Frau Rebecca kochte toll, die Gerichte waren spottbillig, und hinterher spendierte Dino gerne noch einen Grappa für mich und Eis für die Kids. Es war immer ein Fest.

Dieses Mal war alles anders. Söhnchen Vincenzo, der in Deutschland aufgewachsen war, aber dann in Italien sein Glück versucht hatte, war ganz überraschend wieder nach Deutschland zurückgekehrt. Jetzt half er bei seinen Eltern in der Pizzeria aus, bediente uns, und ich fiel fast in Ohnmacht. Der Kerl sah wirklich hammermäßig aus!«

Jan zog eine Grimasse.

»Dino hatte mir davor irgendwann mal erzählt, dass sie jahrelang zu Vincenzo keinen Kontakt mehr gehabt hatten. Er war unerreichbar gewesen, sie wussten noch nicht mal, ob er überhaupt noch lebte.

Als ich dann bei Vincenzo unser Essen bestellte, lächelte er mich an, und ich war wie elektrisiert.«

»Hör auf!«, sagte Jan und stöhnte. »Das will ich nicht hören!«

Mona lachte. »Gott, was bist du für ein Blödmann. Das mit Vincenzo war heftig. Ein Feuer, das in mir zu brennen begann, aber zwischen uns, zwischen dir und mir, gab es gleich eine Explosion, den Urknall! Etwas Größeres gibt es im ganzen Leben nicht, Millionen Menschen erleben so etwas niemals!«

Jan zog sie an sich und küsste sie. »Erzähl weiter!«

»Später hat mir Vincenzo gesagt, dass er sich bereits in mich verliebte, als er uns die Pizza brachte. Ich war für ihn die schönste Blondine, die er je gesehen hatte, una bionda bellissima – damals war ich noch blond –, und er hatte das Gefühl, über seine eigenen Füße zu fallen und den Rotwein über den Tisch zu schütten – so fertig war er, so sehr hatte es ihn erwischt.

Und auch ich konnte kaum essen, weil er mich unentwegt beobachtete. Als wir aufgegessen hatten, holte er noch einen halben Liter Wein und Eis und Cola für Leo und Lena.

Na ja, und dann kam es, wie es immer kommt: Ich schrieb ihm meine Telefonnummer auf einen Zettel und dachte, okay, das war's.

Aber das war's nicht.«

20

Tja, was soll ich dir groß erzählen, ich war verknallt, belauerte das Telefon und traute mich nicht mehr aus dem Haus, um seinen Anruf nicht zu verpassen. Rannte vollkommen fremdgesteuert durch die Gegend.

Drei Tage später rief er wahrhaftig an. Völlig egal, was für einen Bullshit wir geredet und was für Süßholz wir geraspelt haben, jedenfalls lud er mich zum Essen ein, und wir verabredeten uns noch für den gleichen Abend. Er wollte mich abholen. Wo er mich letztendlich hinschleppen würde, war mir völlig egal.

Ich hab dann Leo dazu verdonnert, auf Lena aufzupassen, obwohl er selbst eigentlich noch viel zu klein war, um allein zu bleiben. Der absolute Wahnsinn, mir war selbst nicht wohl dabei, aber was sollte ich machen? Ich wollte dieses Date unbedingt.

Leo hatte ja selbst den absoluten Horror davor, abends allein zu bleiben, aber nickte tapfer, als ich ihn fragte, ob das okay sei. Ich hab ihm erklärt, wie er mich anrufen kann, aber er hat nur geweint, der arme Schatz. Meine beiden Kiddies taten mir so unendlich leid. Aber ich hatte nur noch Vincenzo im Kopf und war vollkommen egoistisch.

Als ich schließlich ging, fragte mich Leo, ob ich jemals wiederkommen würde. Das hat mich geschafft. Ich hab ihn in die Arme genommen, ganz fest an mich gedrückt und ihm versichert, dass ich auf jeden Fall bald wiederkommen würde. Und dann hab ich auch geheult.

Und von der Straße aus sah ich, wie sie beide völlig verzweifelt am Fenster standen und winkten.

Ich wusste echt nicht mehr, was ich machen sollte, wollte nur noch bei ihnen bleiben, aber dann stieg ich doch bei Vincenzo ins Auto.

Ich blöde Kuh. Alles wäre anders verlaufen, und das Schreckliche wäre wahrscheinlich nie passiert, wenn ich an diesem Abend zu Hause geblieben wäre.

Wir sind in ein kleines Lokal gefahren, nur ein paar Straßen weiter. Mehr 'ne Kneipe eigentlich, aber das Essen war nebensächlich. Vincenzo hatte einen kleinen Zweiertisch am Fenster reserviert. Wir tranken Bier und aßen Currywurst mit Pommes. Und redeten. Ich erzählte ihm, dass ich mit meinen beiden Kindern allein lebe. Und dass ich sonst niemanden hab.

Und Vincenzo erzählte von seinen zwei Ferienwohnungen in der Toskana. Außerhalb von Siena. Die hatte er mit jedem ersparten Euro und vor allem mit Eigenleistung gebaut. Hatte drei Jahre lang jede freie Minute auf der Baustelle verbracht. Aber schließlich war er an der beschissenen italienischen Bürokratie gescheitert, hatte nicht eröffnen können, hatte keine Einnahmen und war pleitegegangen. Das muss man sich mal vorstellen! Aus die Maus. Finito. Er hatte kapituliert und war nach Deutschland zurückgekehrt. So kann's gehen.

Ich hab ihn gefragt, was jetzt mit diesen Ferienwohnungen ist.

›Sie verrotten‹, sagte er. ›Die Natur holt sie sich wieder. In den schicken, kleinen, neuen Häusern wachsen die Bäume aus den Dächern. Der Rasen wird zu einer wilden Wiese, die einen Meter hoch wuchert, die Hecken verwildern, und die Häuser sehen aus wie Ruinen.‹

In dem Moment hat mein Telefon geklingelt. Mein Herz klopfte wie wild, als ich abhob und ein völlig aufgelöster Leo ins Telefon schrie, dass seiner kleinen Schwester Schaum aus dem Mund kommt und dass sie stirbt.

Wir sind wie die Irren aus dem Restaurant gerannt, ins Auto gesprungen und mit quietschenden Reifen losgerast. Zwei Minuten später waren wir in meiner Wohnung, Lena lag auf dem Boden, schäumte, würgte, war ganz grün im Gesicht und hat keuchend geatmet. Leo sagte, sie hat Putzmittel getrunken, weil sie dachte, es ist Limo.

Ich hab die Feuerwehr gerufen, und Vincenzo steckte Lena einen Finger in den Hals, bis sie würgte und kotzte. Und das machte er immer wieder. Bis die Feuerwehr kam.

Ich bin im Rettungswagen mit ins Krankenhaus gefahren, Vincenzo blieb beim völlig verängstigten Leo.

Nachts um drei kam ich zurück. Sie hatten Lena den Magen ausgepumpt, sie war jetzt außer Gefahr.

Oh Mann, ich war Vincenzo so dankbar, er hatte Lena wahrscheinlich das Leben gerettet. Wir haben dann auf den Schreck noch eine Flasche Wein getrunken, und er ist bei mir geblieben.

Es fühlte sich alles gut und richtig an. Ich ahnte ja nicht, dass dieser Mann, dieser Retter in der Not, mein ganzes Leben zerstören würde.«

21

Heute Abend ging der Lappen wieder hoch.

Mona hatte am vergangenen Abend bis in die Nacht geredet, sie hatten lange geschlafen, sich immer wieder ineinander verschlungen und einfach nicht aus dem Bett gefunden. Schließlich waren sie aufgestanden, aber nur, um kurz zu duschen und sich anschließend ein paar Spiegeleier in die Pfanne zu hauen. Danach hatten sie noch eine kurze, aber wahnsinnig geile Zeit miteinander verbracht. Es war einfach so. *Hamlet* hatte ihm diese Göttin ins Bett gespült, und er konnte ihr nicht widerstehen.

Jetzt lag sie da und schlief. Fast vollkommen unter dem Bettzeug verschwunden, ein Fuß schaute unter der Decke hervor, und er wurde fast verrückt vor Gier und Liebe.

Er wollte bleiben, wollte zu ihr ins Bett, wollte nichts weiter als sie lieben und ficken und lieben und ficken bis zum Ende. Wollte ihre Geschichte weiter hören, wollte ihr nahe sein. Mit seinen Gedanken, Gefühlen und mit seinem Körper. Scheiß auf dieses Theater, das nichts begriffen hatte und sich nur über verkaufte Eintrittskarten definierte. Das den künstlerischen Erfolg über Platzausnutzung berechnete. Das war für diese Hirnis Kunst! Wenn alle Plätze besetzt waren! Er hätte kotzen können.

Er war ein Künstler! Und er spielte auch vor leeren Reihen, wenn sich unter den drei Zuschauern auch nur einer befand, dessen Herz er erreichte und der ein klein wenig von dem verstand, was *Hamlet* bedeutete.

Und darum musste er heute wieder in diese Hölle gehen und diese Göttin in seinem Bett zurücklassen.

Als er aus dem Haus ging, wurde ihm plötzlich kalt. Er hatte das schreckliche Gefühl, das Stück, den Text vergessen zu haben, denn er schwebte mittlerweile in einer völlig anderen Welt. Dachte nur noch an diese Frau, an ihren wahnsinnigen Körper und an weiße Strände und blaues Meer und Zelte, in denen sie sich liebten. An Sonne, Sand, Wärme und Länder, in denen es keine Theater und keinen Hamlet gab.

Mit schweren Schritten schleppte er sich zum Theater und wusste nicht, ob er die Vorstellung schaffen würde.

Jan Jespik auf dem Weg in seinen Untergang. Offenen Auges.

Matschiger Schneeregen fiel aus dem Himmel. An anderen Ecken der Welt schien die Sonne. Da gab es dreißig Grad im Schatten, Sonne pur, ein warmes Meer, weichen Sand und Hummer und Champagner zum Frühstück. Was wollte er eigentlich noch mit seinem Hamlet? Die Welt bewegen?

Ein Wahnsinn.

Aber er öffnete den Bühneneingang und ging die Treppe hinauf zur Maske. Zu diesen widerlichen Tanten, die besser vorbeilaufende Kundinnen in Kaufhäusern schminken sollten, aber keine sensiblen Schauspieler, von denen sie nicht die geringste Ahnung hatten.

»Gratuliere zu Ihrem Erfolg«, sagte Adele steif. »Die Presse ist ja voll des Lobes.«

»Ja. Das ist wundervoll. Ich habe nichts anderes erwartet.«

»Möchten Sie, dass Ihnen Conny die Haare wäscht?«

»Ich habe nichts dagegen.« Er liebte es, wenn sie frisch gewaschen im zweiten Akt in der Windmaschine flogen.

»Gut. Dann sage ich Bescheid.«

Adele war offensichtlich über jede Sekunde dankbar, die sie nicht in seiner Nähe verbringen musste.

Und er auch.

Conny kam. Lächelte zaghaft, wusch ihm die Haare, föhnte, schminkte und sagte keinen Ton.

Es war unerträglich.

»Ist alles in Ordnung?«, platzte es schließlich aus ihm heraus. »Ich meine, wissen Sie, welches Stück heute Abend auf dem Spielplan steht?«

Conny wurde flammend rot. »Aber sicher. *Hamlet*.«

»Und wer ist Hamlet?«

»Sie.«

»Na also. Dann reden Sie mit mir und gehen Sie bitte davon aus, dass ich noch nicht tot bin, sondern erst im fünften Akt sterbe. Haben Sie das Stück gesehen?«

Conny schüttelte den Kopf und blickte zu Boden. »Ich bin einfach noch nicht dazu gekommen.«

Musste er sich das wirklich gefallen lassen, dass in dieser Klitsche Leute um ihn herumturnten, ihn massierten, schminkten und frisierten, die gar nicht wussten, worum es ging? Die das Stück nicht kannten und einem nur sinnlos irgendwelche Make-up-Pampe ins Gesicht schmierten? Mit dem Bäcker zwei Straßen weiter würden sie es genauso machen. Was hatte das für einen Sinn? Ging es nur darum, etwas dunkler geschminkt zu sein, damit einen die Bühnenscheinwerfer nicht aussehen ließen wie eine blutleere Wasserleiche? Das konnte ja jedes Kind.

Oder ging es darum, Hamlet Konturen zu verschaffen? Seinen Charakter zu unterstützen? Bis in den dritten Rang sollte er der charismatische Prinz von Dänemark und kein unausgeschlafenes Weichei sein. Das war die Kunst der Maske.

Aber da konnten Adele und ihre kleine Azubine Conny einpacken. Es war einfach, wie es war. Er spielte in einer Klitsche. In der tiefsten Provinz. Und alle um ihn herum waren weniger als Mittelmaß, unterste Schublade.

Er verschenkte sein Talent an den Abschaum.

Im Spiegel sah er sein Gesicht und Conny, die sich redlich bemühte.

Er schloss die Augen. Heute war *Hamlet*. Und Hamlet war er.

Zwischen ihm und Güldenstern war seit dem Streit bei der Premiere kein Wort mehr gefallen. Jan interessierte es auch nicht, es reichte ihm, wenn die Konversation auf den shakespeareschen Text auf der Bühne beschränkt war. Er musste sich mit so einem Hirnlosen nicht auch noch privat unterhalten.

Im zweiten Aufzug, zweite Szene, gingen Rosenkranz und Güldenstern mit den Worten »Sehr wohl, gnädiger Herr« ab, und Hamlet entspannte sich. Es war wie eine Befreiung. Er hatte die Bühne für sich.

Aber dann traf es ihn, und zum ersten Mal durchfuhr ihn sein eigener Text bis ins Mark:

»O welch ein niedrer Sklave bin ich!…
Ein blöder, schwachgemuter Schurke, schleiche
wie Hans der Träumer, meiner Sache fremd …
Bricht mir der Kopf entzwei?«

Cessnik hatte inszeniert, dass Hamlet sich die Schläfen halten, in den Himmel blicken und in schrilles, wahnsinniges Lachen ausbrechen sollte.

Aber an diesem Abend war alles anders. Scheiß auf die Absprache, auf die Regie, auf all die hohlen Phrasen, mit denen die Kollegen argumentierten.

Jan Jespik spürte, wie ihm der Kopf entzweibrach. Da lag eine Frau in seinem Bett, für die er all die Liebe empfand, die er in seinem gesamten Leben aufbringen konnte, für die er durchs Feuer gehen und sterben, für die er töten würde. Die Minuten, in denen er nicht bei ihr sein konnte, schmerzten körperlich, er fühlte sich wie bei einer schweren Grippe.

Und da war der Hamlet, der seine Sinne verwirrte, der ihn vollkommen durcheinanderbrachte. Er fühlte sich gefangen in Hamlets Hirn, er spielte, er tobte, er lebte und fühlte, er verlor den Verstand und die Kontrolle, er begriff die Welt, das Universum und den Sinn des Lebens und gar nichts mehr. Er schlingerte in seinen Gedanken wie auf einer Nussschale im offenen Meer.

Er war seinen Gefühlen ausgeliefert. Der Künstler, der sich verlor.

Und darum lachte er nicht, sondern weinte an diesem Abend. Brach zusammen und weinte um Hamlet, seine Liebe, die ganze Welt.

Er schluchzte und konnte sich gar nicht mehr beruhigen.

Die Zuschauer sahen fassungslos zu, wie sich gefühlte Tränenströme über den Bühnenboden ergossen.

Jan Jespik weinte um sein Leben. Er rollte sich, stand auf, rang nach Luft, brach wieder zusammen, schlug die Hände vors Gesicht. Seine Tränenflut nahm kein Ende.

Und der Vorhang fiel.

22

Nach dem zweiten Aufzug war Pause, und Güldenstern kam in Hamlets Garderobe. Er klopfte sogar an, und Jan sagte mit schwacher Stimme: »Ja?«

»Das war großartig«, sagte Güldenstern. »Wahnsinnig. Top. Es hat mich wirklich umgehauen. Ich stand in der ersten Gasse und hätte auch heulen können.«

Jan starrte ihn mit hohlen Augen an, als hätte er kein Wort verstanden. Er sah aus, als wäre er gar nicht bei sich. Aber dann lächelte er. »Das freut mich.«

»War das eine Ausnahme, oder machst du das jetzt jeden Abend? Nur dass wir alle Bescheid wissen …?«

Jan sprang auf und brüllte: »Raus!«

»Was ist bloß mit dir los?«, fragte Güldenstern kopfschüttelnd. »Du bist doch nicht ganz dicht!«

»Wenn deine Mutter vor dir auf dem Tisch zusammenbricht und du vor Angst und Sorge durchdrehst, fragst du sie dann: Machst du das jetzt jeden Abend?«

»Aber Jan, bei aller Liebe, wir spielen hier Theater, wir haben geprobt, eine Absprache getroffen, du kannst doch nicht jeden Tag etwas ändern, nur weil in deinem Leben irgendetwas passiert ist. Das ist nicht professionell, das ist auch nicht dilettantisch, das ist absoluter Irrsinn, mein Lieber!«

»Ich habe geweint, ja, es hat mich überkommen, kapier doch endlich, du, ich, die andern, *Hamlet*, das Theater, das ist das Leben, das öffnet den Menschen die Augen! Mir wurde plötzlich klar, was diese Sätze bedeuten, und darum habe ich geweint. Cessnik hat das nicht begriffen, und darum hat er inszeniert, dass ich lachen soll, der Vollidiot. Aber ich kann dir nicht versprechen, dass ich jeden Abend weine, weil ich nicht weiß, ob ich jeden Abend das in dieser Intensität fühle, was ich heute gefühlt habe.«

Güldenstern stand ziemlich hilflos da und grinste.

Und nickte.

»Vielleicht hast du recht«, sagte er.

»Raus!«, erwiderte Jan.

Er wollte nur noch allein sein.

Als sich Fans und Autogrammjäger frustriert verzogen hatten, weil sie glaubten, Jan Jespik irgendwie verpasst oder übersehen zu haben, schlich sich Jan mit einem Hut aus dem Fundus, den er sich tief ins Gesicht gezogen hatte, aus dem Theater.

Mittlerweile war das Stück seit einer Dreiviertelstunde zu Ende, es waren keine Zuschauer mehr unterwegs, die Kleinstadtgasse lag wie ausgestorben da.

Wenn ich sterbe, möchte ich dies als Letztes sehen, dachte Jan, als er langsam durch die Straßen ging und seine Schritte laut hallten. Das ist ein Bild des Abschieds. Das vor Nässe glänzende Kopfsteinpflaster, das gelbliche Licht der Laternen, das den gespenstisch leeren Straßen Ruhe und Frieden verlieh. Man fühlte sich zu Hause. Nichts konnte geschehen.

Ein guter Ort, um Adieu zu sagen.

Er dachte an Mona. Eine Nacht ohne sie würde er nicht aushalten. Aber sie war wie ein Schmetterling, der von Blüte zu Blüte flog und nirgends zu Hause war. Ungreifbar, wie eine Feder im Wind, die vor Schönheit strotzte, aber die man nicht zu fassen bekam.

Der Gedanke an sie und ihre Geschichte, vor deren Ende er sich fürchtete, machte ihn traurig.

Und er ging immer langsamer.

Wenn seine Schauspielerei überhaupt noch einen Sinn machte, dann nur für sie.

Er blieb stehen. Aus einem beleuchteten Fenster im ersten Stock drang Klaviermusik. Minutenlang stand er still und hörte zu. Dann warf er zum Dank seinen Hut auf den Balkon vor dem Fenster und ging weiter. Bis zu seiner hässlichen Wohnung.

Mit schweren Füßen schleppte er sich die Treppe hinauf.

Und da riss sie schon die Tür auf. Und strahlte. Lächelte ihn an mit dem umwerfendsten Lächeln, das er jemals gesehen hatte. »Ich dachte, du kommst gar nicht mehr«, sagte sie leise.

Er zog sie an sich. »Es ist eine Qual zu spielen, wenn du nicht im Zuschauerraum sitzt«, hauchte er und biss sie ins Ohrläppchen. »Aber jetzt bist du ja da. Jetzt geht mein Leben weiter.«

»In Zukunft werde ich keine Vorstellung mehr verpassen. Und Doro auch nicht. Das haben wir uns heute Abend in ihrer Hotelbar geschworen.«

Er reagierte nicht darauf und schloss die Wohnungstür hinter sich. »Komm! Zieh dich aus! Was möchtest du trinken?«

Mona lachte. »Hast du irgendwo noch einen Schluck Schampus?«

Jan küsste sie auf den Mund, nickte und ging zum Kühlschrank.

Zwei Stunden später, als sie völlig erschöpft und verschwitzt nebeneinanderlagen, sagte Jan: »Bitte, Liebes, bleib bei mir. Hier in dieser beschissenen Wohnung. Gib mir eine Heimat! Da, wo du bist, bin ich zu Hause! Und nur, wenn du im Publikum sitzt, kann ich spielen wie ein Gott! Für dich! Ich weiß, du hast keine Wohnung, aber du hast doch mich! Wir leben hier! Was brauchen wir mehr als ein Bett, eine Dusche und eine Kiste Wein? Es ist alles gut, wenn wir uns haben. Bitte, Liebes, bleib bei mir!«

»Das wird nicht gehen.«

»Warum nicht? Du bist allein, du bist frei! Ich werde nicht ewig mein Talent an diese Klitsche verschwenden. Wir werden nach Wien gehen, nach Berlin, nach Paris, nach New York, wer weiß, wohin? Wir werden jede Nacht zusammen sein, gibt es einen schöneren Himmel auf Erden?«

Mona sprangen die Tränen in die Augen, und sie bedeckte ihn mit Küssen. »Das war die schönste Liebeserklärung, die ich je gehört habe. Aber es geht nicht.«

Jan erschlaffte. »Warum nicht?«

»Wegen meiner Kinder, Jan. Ich weiß nicht, wo sie sind. Ich weiß nicht, wie es ihnen geht, wo sie leben. Ich weiß nicht, wo mein Ex-Mann ist, ob er die Kinder noch bei sich hat oder wo er sie hingebracht hat. Verstehst du das? Erst wenn ich weiß, dass es ihnen gut geht, und wenn ich sicher bin, dass mein Ex in der Hölle schmort, folge ich dir bis ans Ende der Welt.«

Jan wurde ganz still.

»Ich weiß gar nicht, ob ich Leo und Lena noch erkennen würde. Zehn Jahre Knast, und ich hab nichts mehr von ihnen gehört. Kein Telefonat, kein Besuch, kein Brief, kein aktuelles Foto. Vincenzo hat sie mir einfach weggenommen. Warte! Ich werd dir mal was zeigen!« Sie sprang auf, rannte nackt zu ihrer Tasche, kramte darin herum und zog schließlich zwei Fotos aus ihrer Brieftasche. Kroch zurück ins Bett und kuschelte sich an ihn. »Hier, das ist Leo. Da war er sechs oder sieben.« Das Bild zeigte einen hübschen, kleinen blonden Jungen, der etwas vorsichtig, eher skeptisch in die Kamera guckte. »Leo war ein Läufer. Er rannte überall hin, sprang über Gräben und über Zäune, rannte und rannte und rannte. Klein, dünn, drahtig. Ein geborener Leichtathlet. Ich war sicher, dass er mit fünfzehn seinen ersten Marathon laufen würde, ohne es zu merken. Weil es für ihn einfach normal und überhaupt keine Anstrengung sein würde. Und dann fing er an, Fußball zu spielen. Er liebte den Sport, er liebte Fußball.«

Das andere Foto dagegen zeigte ein kleines Mädchen, das wild und fröhlich in die Kamera grinste und ziemlich frech wirkte.

»Und hier Lena. Sie war verrückt nach Tieren. Jedes Tier faszinierte sie, egal, ob es ein Käfer, eine Fliege, ein Hamster oder eine Ziege war. Sie wollte immer Tiere haben, am besten alle. Und wollte sich um alle kümmern. Ich sagte ihr immer wieder, das wäre in einer kleinen Wohnung unmöglich. Sie war so unglücklich und bettelte. Dann wenigstens eine Schildkröte. Oder zwei. Damit die eine nicht so allein ist. Die brauchen nicht viel Platz, fressen nicht viel, und sie hätte jemanden zum Liebhaben …

Es bricht mir im Nachhinein das Herz, aber sie hat ihre Schildkröten nie gekriegt. Dazu kam es nicht mehr.«

»Mein Gott, die kleine Maus ist echt süß«, sagte Jan. »Und sie sieht aus wie du.«

»Ja«, meinte Mona leise. »Das haben mir schon viele gesagt. Und sie war mir auch sonst ziemlich ähnlich.«

Damit nahm sie Jan die Bilder wieder weg und steckte sie in ihre Tasche.

Jan nahm Mona in den Arm. »Alles gut. Wir suchen die beiden. Aber wie kann es denn sein, dass du überhaupt keinen Kontakt mehr zu ihnen hattest? Auch wenn Vincenzo das verhindern wollte – sie hätten sich doch irgendwie melden können!«

»Sicher. Und darum denke ich, dass sie eventuell gar nicht mehr leben. Aber vielleicht sollte ich dir erzählen, wie es weiterging …«

23

Drei Monate später versenkte Vincenzo einen Ring in meinem Prosecco-Glas und fragte mich, ob ich seine Frau werden will. Ich fand den Antrag nicht besonders originell, aber ich war echt gerührt und sagte ›Ja, na klar‹.

In diesem Moment hab ich nicht nur an Vincenzo und an Sex gedacht, sondern auch daran, dass augenblicklich all meine Probleme davonschwammen: Ich hatte einen Mann, einen Vater für meine Kinder, einen Verdiener mit geregeltem Einkommen. All die täglichen Sorgen fühlten sich an wie weggeblasen. Denn die Pizzeria lief gut. Dino und Rebecca würden ihren einzigen Sohn und seine neue kleine Familie niemals im Regen stehen lassen. Es war so wunderbar: Vincenzo liebte meine Kinder, und vielleicht würde ich ja auch noch einmal schwanger werden. Es würde sich alles finden.

Mein Leben hatte sich von heute auf morgen total geändert. Ein Geschenk des Himmels!

Wir haben dann an einem verregneten Herbsttag in einem Kreuzberger Standesamt geheiratet. Vincenzos Eltern waren dabei, meine Kinder und noch fünf italienische Freunde und ihre Frauen. Insgesamt ziemlich armselig.

Irgendwann feiern wir in Italien ein großes Fest und holen alles nach, hatte mir Vincenzo versprochen.

Und ich hatte nur genickt. Alles gut. Hauptsache, es ist schön für uns. Für Vincenzo und für mich. Und was für ein Wahnsinn!

Plötzlich hatte ich eine Familie, eine Heimat, ein Zuhause. Ich war in Sicherheit! Mir konnte nichts passieren.

Doch, ja, wenn ich jetzt drüber nachdenke, ich war schon irgendwie glücklich.

In unserer Hochzeitsnacht haben wir nicht miteinander geschlafen. Ich war total enttäuscht, aber Vincenzo war so besoffen, dass er nur noch fluchend ins Bett fiel und sich nach wenigen Sekunden nicht mehr rührte. Dass ich mein achthundert Euro teures Hochzeitskleid vor seinen Augen fallen ließ und nackt vor ihm stand, hat er gar nicht mehr mitbekommen. Da hat er schon geschnarcht.«

»Bis jetzt hört sich das alles noch relativ normal an«, sagte Jan.

Mona lächelte. »Kann sein. Aber wart's ab. Es gibt Katastrophen, die brechen aus heiterem Himmel über einen herein, und andere nähern sich langsam und unaufhörlich. Das hier war so eine von den langsamen.

Vincenzo war immer fröhlich. Der Strahlemann. Bestens gelaunt, war der neue Papa für Leo und Lena bald wie der liebe Gott, der nie schimpfte, sich nie aufregte, immer nur lobte und streichelte und küsste und Spielzeug und Süßigkeiten mit nach Hause brachte. Einen besseren Papa konnte man sich nicht wünschen. Die beiden neuen Großeltern waren ähnlich herzlich, und wenn Lena und Leo in die Pizzeria kamen, durften sie die ganze Speisekarte rauf und runter essen, samt Nachspeise. Sie befanden sich im Schlaraffenland.

Ich war abgemeldet. War die doofe, spießige Mama, die sich nach Hausaufgaben erkundigte, die darauf bestand, dass das Kinderzimmer aufgeräumt wurde, und die die beiden irgendwann rigoros ins Bett scheuchte. Klar, meine kleine Zweizimmerwohnung war wahnsinnig eng, aber irgendwie haben wir das am Anfang noch super hingekriegt, weil wir so verliebt waren.

Doch dann plötzlich bekam Dino eine Thrombose im linken Bein und fiel wochenlang aus. Alles wurde anders. Vincenzo musste für seinen Vater einspringen und die gesamte Arbeit übernehmen. Wenn er dann nach Mitternacht zu mir kam, fiel er meist todmüde ins Bett und schlief, bevor wir drei Sätze gewechselt hatten. Kein Gespräch, keine Flasche Wein, kein Sex, nichts mehr. Der Alltag fraß uns beide auf.

Manchmal stritten wir uns am Telefon wegen irgendeiner Kleinigkeit, dann war er sauer, schlief wie früher bei seinen Eltern und kam mehrere Tage nicht. Er war eben ein sturer Hund. ›Scusami‹ konnte er nicht sagen.

Aber wenn er kam und nicht gleich wegknackte und auch ich willig und bereit war, dann bekam ich nur noch höchstens vier Stunden Schlaf, weil ich früh aufstehen, die Kinder wegbringen und zur Arbeit musste, während er weiterschlafen konnte. Aber wir waren ihm nie leise genug, das morgendliche Chaos stresste den Herrn, hielt ihn vom Schlafen ab, und ständiger Streit war vorprogrammiert.

Es war einfach kein Zustand.

Und irgendwann kapierte auch unser Strahlemann, dass das alles auf die Dauer so nicht weitergehen konnte. Himmel noch mal! Auf einmal meinte er, ich hätte einfach zu viel um die Ohren, wäre nur noch ein Schatten meiner selbst und wir bräuchten unbedingt eine größere Wohnung, sonst ginge alles kaputt.

Nur zwei Wochen später hatte Vincenzo tatsächlich eine Wohnung an der Angel. Ich konnte es kaum glauben. In Zeiten der allgemeinen und absoluten Wohnungsnot war es eine echte Sensation. Fünf Zimmer, Küche, Bad. Bezahlbarer Altbau. In Neukölln.

Ich verliebte mich in die Wohnung schon, bevor ich sie überhaupt gesehen hatte. Fünf Zimmer, träumte ich vor mich hin, was für ein Glück.

Eine Woche später haben wir dann die Wohnung besichtigt. Oh Mann! Eigentlich horrormäßig. Ein großes Wohnzimmer mit Blick zur Straße. Unerträglicher Krach. Daneben 'ne kleine Küche, Siebzigerjahre, grauenvoll und stark renovierungsbedürftig. Ebenso das Bad mit braunen und grünen Fliesen. Hässlich wie die Nacht und auch ziemlich heruntergekommen. Dann drei kleine Räume, jeder höchstens zwölf Quadratmeter groß, und dazu noch ein winziges Zimmer, das man höchstens als Hauswirtschaftsraum nutzen konnte.

Achthundert warm, sagte der Vermieter, hielt die Hand auf, und Vincenzo schlug ein.

Wir hatten jetzt ein gemeinsames Zuhause. Mehr war ja nicht wichtig. Ein neues Leben konnte beginnen.

Nun stand ich morgens allerdings noch früher, um fünf Uhr fünfundvierzig, auf, um es zu schaffen, meine Kinder in der Schule und in der Kita rechtzeitig abzuliefern und pünktlich im Friseursalon zu erscheinen.

Es wurde alles noch schwieriger, noch stressiger, und die Wohnung entpuppte sich als grauenhaft. Unentwegt dieser unerträgliche Krach von der Straße, und in Küche und Bad ging ständig irgendetwas kaputt. Verstopfte Abflüsse, ein streikender Herd, kalte Heizkörper, ein pfeifender Kühlschrank. Wir hatten keine Knete für Reparaturen oder 'ne Renovierung. Ich fühlte mich richtig zum Kotzen. Nichts hatte sich verbessert. Gar nichts. Im Gegenteil.

Und ich hatte meine Selbstständigkeit aufgegeben. Das lag mir verdammt auf der Seele. Denn ich hatte kein eigenes Zuhause mehr, in dem ich schalten und walten konnte, wie ich wollte. Alle Entscheidungen trafen wir entweder gemeinsam, oder Vincenzo sagte einfach rigoros, wo's langging. Und das war fast ständig der Fall. Aber wenn man verliebt ist, schluckt man alles und kapiert nicht so richtig, was los ist. Weil Liebe einfach blind macht. Und das war mein Problem.«

Mona schmiegte sich in Jans Armbeuge. »Verstehst du? Was ich auch tat, es war immer verkehrt. Ich landete immer in der Scheiße. Doch auch das hätte ich alles noch erduldet und überstanden. Aber das war ja nur der Aufgalopp zu dem, was dann passierte.« Sie sah ihn an und küsste ihn. »Haben wir noch ein bisschen Zeit?«

»Für dich habe ich alle Zeit der Welt.«

24

Ich weiß nicht mehr, wann genau das war, ist ja auch egal, aber auf alle Fälle wohnten wir seit ein paar Monaten in der Neuköllner Wohnung. Ich war wie so oft im Fernsehsessel eingeschlafen, es war kurz vor zwölf, ich stand auf, sah noch mal nach den Kindern, Vincenzo war nicht da. Nun gut, er würde sicher gleich kommen.

Aber er kam nicht. Die ganze Nacht nicht. Wir hatten uns nicht gestritten, und seit wir in der neuen Wohnung wohnten, hatte er nie wieder bei seinen Eltern übernachtet. Ich war völlig durch den Wind, hab gewartet, ein bisschen geschlafen, gehorcht, gewartet, geschlafen – es war die Hölle.

Am nächsten Morgen saß er am Frühstückstisch, als wäre nichts gewesen. Ich hab keinen Ton gesagt, hab mich benommen, als wäre alles ganz normal, und hab ihn nichts gefragt. Aber ich hab gesehen, dass seine Augen rot und übermüdet waren. Er hatte keinen Schlaf bekommen. Der Arme! Fiel fast vom Stuhl vor Müdigkeit. Ich hab es ihm gegönnt. Als sein Telefon klingelte, ging er sofort aus dem Zimmer, flüsterte nebenan, lachte leise.

Als er wieder hereinkam, hab ich ihn gefragt, wer dran war. Es ging um die Tomatenbestellung, sagte er. Sie können die Kisten erst um siebzehn Uhr liefern und wollten wissen, ob das okay ist.

Hm. Na klar. Es kotzte mich maßlos an. Für wie blöd hielt er mich eigentlich?

Das Problem: Ich musste zur Arbeit, während er sich jetzt ausschlafen konnte, um wieder fit zu werden, was auch immer er in der Nacht getrieben hatte.

Aber am nächsten Abend wartete ich nicht erst lange, sondern fuhr spät, als die Kinder ganz fest schliefen, zur Pizzeria.

Es war ein ziemlich kalter Märztag. Mein Atem beschlug die Scheiben, ich konnte kaum etwas erkennen. Die letzten Gäste verließen die Pizzeria.

Nach einer Viertelstunde kam Vincenzo heraus. Mit einem grellblonden Miststück im Arm, vielleicht so Mitte zwanzig. Die Schlampe schmiegte sich an ihn, küsste ihn ständig, konnte kaum laufen, knickte auf ihren High Heels immer wieder um, so betrunken war sie anscheinend, er lachte, fing sie auf, hob sie schließlich hoch und trug sie zu seinem Auto, das ganz am Ende des Parkplatzes stand. Dort ging es gleich zur Sache.

Ich hab mich langsam und vollkommen lautlos angeschlichen. Beide haben mich nicht bemerkt.

Das Miststück saß rittlings auf Vincenzo und stieß gerade einen lustvollen Schrei aus, als ich die Tür aufriss, sodass die Tusse beinah aus dem Auto fiel.

Mein Strahlemann starrte mich an. Leichenblass. Das Miststück blieb einfach sitzen, gab seinen Schwanz nicht frei, was hätte sie auch sonst tun sollen? Sie ließ den Kopf hängen, wartete anscheinend einfach ab, was nun passieren würde.

Ich hab die Tür wieder zugeknallt, bin weinend zu meinem Auto gelaufen und davongebraust.

Du, ich hab so geheult, ich konnte kaum fahren und fast nichts mehr sehen.

Ich hab nur eins gedacht: Das Schwein hat alles kaputt gemacht. Warum musste er diese miese Schlampe vögeln? Gut, wir hatten wenig Zeit füreinander, aber wir waren erst ein paar

Monate verheiratet, und da ging er schon fremd? Das war ja das Allernachletzte!

Zu Hause nahm ich seine Bettdecke und sein Kopfkissen, schmiss alles auf die Couch im Wohnzimmer, ging ins Schlafzimmer und schloss die Tür hinter mir ab.

Ich hab mich in den Schlaf geheult. Und glaubte nach einer Weile ganz fest daran, dass alles nur ein böser Traum gewesen war.

Aber eine Stunde später rüttelte er an der Schlafzimmertür. ›Mona, bitte, mach auf! Ich kann dir alles erklären!‹

Ich hab nicht reagiert und mir die Decke über die Ohren gezogen.

Als ich am nächsten Morgen in die Küche kam, um für Lena und Leo die Brote zu schmieren, saß er schon am Tisch. Als hätte er schon wieder die Nacht durchgemacht.

Mein Gott, siehst du scheiße aus, dachte ich und bewegte mich in der Küche, als wäre er gar nicht da.

Er wollte mit mir reden. Ich fragte ihn, ob er noch richtig tickt. Gleich würden die Kinder kommen, ich musste sie wegbringen und dann in den Salon. Aber ich war so wütend und sagte noch: ›Hau doch ab zu deinem Flittchen oder penn dich aus. Du siehst zum Kotzen aus. Als wenn du dich die letzten drei Tage pausenlos übergeben hättest.‹

Aber wie alle Italiener hatte auch Vincenzo einen Hang zum Kitsch und stand mit einem riesigen Rosenstrauß in der Hand im Wohnzimmer, als ich am Abend nach Hause kam. Überall brannten Kerzen und Teelichter.

Er entschuldigte sich überschwänglich. Es wäre ein Fehler gewesen. In der letzten Nacht habe er begriffen, dass er nur mich liebe. So in der Art.

Ich nahm den Rosenstrauß und legte ihn neben mir auf die Couch. Der Kerl machte mich fertig. Aber vielleicht würde ja doch

alles gut werden. Schließlich hatte er sich entschuldigt und einge-
sehen, dass er Scheiße gebaut hatte.

Dann küsste und streichelte er mich so innig und zärtlich, dass
ich augenblicklich alle Bedenken beiseiteschob.

Die Kinder waren bei seinen Eltern.

Und als ich zwei Stunden später in den Armen meines Mannes einschlief, war ich fest davon überzeugt, dass alles gut werden würde.«

25

Es fiel ihm schwer, das warme Bett zu verlassen, in dem die nackte Frau schlief, die die halbe Nacht geredet hatte. Er hatte alles, was sie gesagt hatte, aufgesaugt wie ein Schwamm, wusste nicht, worauf es hinauslief, und fürchtete sich vor dem, was sie noch alles erzählen würde.

Sie waren gegen fünf Uhr früh eingeschlafen, ineinander verkeilt, verkrallt und umschlungen, als hätten beide Angst, den andern jemals zu verlieren. Drei Stunden später waren sie wieder wach. Verschwitzt, mit schmerzenden Knochen, weil sie sich in dieser unmöglichen Stellung nicht bewegen konnten, aber mit leuchtenden Augen.

Jan hatte eiskalten Weißwein aus dem Kühlschrank geholt und griechische Oliven. Ihre Gläser beschlugen, sie malte ihm ein Herz darauf, er ein lächelndes Gesicht.

»Bist du müde?«, fragte er zärtlich.

»Nicht mehr, aber sicher gleich wieder«, hauchte sie leise.

Er grinste, küsste ihre Nasenspitze, sie prosteten sich mit Blicken zu, tranken gierig den kühlen Wein auf ex, daraufhin nahm Jan beide Gläser, warf sie in hohem Bogen hinter sich gegen die Wand und zog Mona an sich. Und ging mit seiner Zunge auf Entdeckungsreise, bis sie nicht mehr nur wimmerte, sondern laut zu stöhnen begann.

Gegen zwei Uhr mittags standen sie wieder auf. Mona verschwand unter der Dusche, und Jan kochte Kaffee.

Der Kaffeeduft erfüllte die ganze Wohnung und machte ein Zuhause aus dieser kargen Bleibe.

Als sie in seinem Bademantel aus der Dusche kam, ungeschminkt, lächelnd und mit nassen Haaren, hätte er alles für sie gegeben. Seine Göttin.

»Wann musst du los?«, fragte sie.

»Um fünf.«

Wenige Stunden später ging der Vorhang hoch, und sie saß gemeinsam mit Doro im Parkett.

Er spielte für die beiden. Wuchs über sich hinaus, während er im Scheinwerferlicht stand und Shakespeares Verse sprach. Er spürte, dass zu lieben und das Universum zu begreifen ein und dasselbe war.

Er war am Ziel. Hatte sein Leben im Griff und würde jeden vernichten, der dieser Frau, dieser Göttin, zu nahe kam.

Jan Jespik war mittlerweile der Star der Stadt und in aller Munde. Das Theater war für sämtliche geplanten Vorstellungen ausverkauft, und der Intendant überlegte, ob er verlängern und nachfolgende Produktionen nach hinten verschieben konnte.

Hamlet war die Sensation, und sogar Fernsehteams kamen, um darüber zu berichten, Szenen zu filmen und Jespik zu interviewen.

Leute traten zur Seite, wenn er in den Bäckerladen kam, um ihm den Vortritt zu lassen, es hagelte Einladungen zu Abendessen, Vernissagen, Bällen, Festivitäten aller Art.

Jan sagte alles ab.

Der Star machte sich rar. Er wollte seine Ruhe, Zeit für Mona, hin und wieder auch für seine Mutter, und den Kopf frei haben für seine Vorstellungen am Abend.

26

Ich schäme mich fast dafür, dass ich so naiv war, denn es änderte sich nichts. Gar nichts. Was war Vincenzo doch für ein Lügner, ein bugiardo! Und ich ließ mich von ihm immer wieder um den Finger wickeln, ich blöde Gans.

Vincenzo war nächtelang unterwegs, aber ich fuhr ihm nicht mehr hinterher. Es hatte ja keinen Zweck. Er betrog mich. Das Miststück war allgegenwärtig. Spukte in meinen Träumen, war irgendwie immer in seiner Nähe, und ich konnte nichts dagegen tun. Ich dachte an nichts anderes mehr als an diese Schlampe.

Natürlich hab ich nicht mit ihm darüber geredet, weil ich es einfach nicht fertigbrachte. Ich hielt meine Schnauze, versorgte meine Kinder, schnitt im Frisiersalon die Haare und litt ohne Ende, wenn ich daran dachte, was alles passierte, wenn er nicht bei mir war.

Es war an einem Scheißsamstagabend. Ich hatte geduscht, lag auf der Couch und sah eine Unterhaltungsshow, als ich die Schlüssel in der Tür hörte.

Vincenzo kam herein. Im Arm das Miststück.

Ich war so geschockt, dass ich gar nicht reagieren konnte.

Als er sagte, dass er Mariella in der Pizzeria kennengelernt hatte, schrie ich ihn an, dass ich sie ja schon im Auto beim Vögeln erwischt hatte!

Und dann erklärte er mir, dass es Mariella schlecht ginge, weil sie ihren Job verloren hätte und ihre Wohnung, alles eben, bla, bla. Und dass sie jetzt eine Zeit lang bei uns bleiben würde. Bis sie wieder eine Wohnung und einen Job gefunden hätte.

Nur übergangsweise natürlich. Wir hätten ja genug Platz.

In diesem Moment war bei mir Feierabend. In meinem Kopf drehte sich alles. Das war der Albtraum schlechthin. Ich konnte nicht mehr denken, war total geschockt.

Er meinte, sie würde im Hauswirtschaftsraum schlafen. Das wäre doch wohl völlig o. k.

Das war das Einzige, was mir ein wenig Genugtuung verschaffte. Zwischen Eimern, Scheuerlappen und Wäschekörben war sie gut aufgehoben.

Ich saß da und schüttelte den Kopf. Schüttelte und schüttelte und wusste nicht, was ich noch sagen sollte.

Am nächsten Morgen, als ich aufwachte, sah ich, dass das Bett neben mir leer war. Es war wie ein Schlag auf den Kopf mit dem Holzhammer, als die Erinnerung an den Vorabend mit Wucht zurückkam. Die Nacht über hatte ich die ganze Scheiße verdrängt, aber jetzt war alles wieder da.

Ich befand mich in einem Ausnahmezustand. Das Miststück war hier und würde jetzt ganz langsam und subtil damit beginnen, mir den Mann wegzunehmen und meine Familie zu zerstören.

Kleine Blitze zuckten durch mein Gehirn. Migräne. Da war sie wieder. Monatelang hatte ich keine Anfälle mehr gehabt. Jetzt wollte ich nur noch sterben, der Schmerz war irre. Er machte mich wahnsinnig.

Ich hab mich irgendwie ins Bad geschleppt, bin durch den Flur getorkelt und musste mich ständig an der Wand festhalten, um nicht umzufallen.

Im Bad hab ich mich dann vor die Toilette gekniet und das Essen des vergangenen Tages und dieses ganze beschissene Leben ausgekotzt. Und dann stand ich auf und spülte mir am Waschbecken mit Müh und Not den Mund aus.

Im Wandschränkchen hab ich noch ein paar Tabletten meines Migränemittels gefunden. Es war zwar seit drei Monaten abgelaufen, aber ich schluckte dennoch zwei, zog mir meinen Bademantel an und stolperte in die Küche.

Es war irgendwie gespenstisch still in der Wohnung.

Ich schaltete die Kaffeemaschine an und räumte die Spülmaschine aus. Bewegte mich langsam, damit ich im Nacken nicht verkrampfte und die Schmerzen im Kopf nicht noch schlimmer wurden. Dann räumte ich das schmutzige Geschirr vom Abend in die Spülmaschine. Egal, wie todkrank ich bin, ich kann es nicht ertragen, wenn die Küche aussieht wie ein Saustall. Und ich war nun mal die einzige Bescheuerte, die in diesem Haushalt auch nur irgendetwas tat.

In diesem Moment ging die Tür auf, und Vincenzo kam herein. Seine Augen waren blutunterlaufen, seine Haare zerzaust und sein Gesicht verquollen. Ein glücklicher Mann, der eine erfüllte Liebesnacht mit seiner Geliebten verbracht hatte, sah anders aus.

Aber dann dachte ich an das schmale Bett im Hauswirtschaftsraum und hätte mich ausschütten können. Denn Vincenzo tobte im Schlaf. Er wurde wahnsinnig, wenn er nicht genug Platz hatte.

Und dann machte er mich tierisch an, weil ich hier so einen Krach veranstaltete, während seine holde Prinzessin noch ihren Schönheitsschlaf brauchte.

Da brannten bei mir alle Sicherungen durch. Ich sagte ihm, dass er ein mieser Verräter und ein Arschloch sei und dass sie von jetzt an gefälligst ihren Scheiß allein machen sollen. Mariella kann ja abwaschen, wenn ihr die Maschine zu laut ist. Ich bin raus aus der Nummer, und sie sollen mich alle mal kreuzweise und sehen, wie sie fertigwerden.

Ich hatte echt keine Lust mehr. Nie wieder würde ich aufstehen. Würde nichts mehr für sie tun. Nicht einkaufen, nicht kochen, nicht sauber machen, nicht arbeiten. Was für ein befreiender Gedanke.

Aber da waren ja noch meine Kinder, ich konnte nicht einfach so weg. Ich ging ins Bett und fing erneut an zu heulen. Heftiger und länger als zuvor.

Zwei Stunden später hatte ich mich einigermaßen beruhigt, hatte mir Jeans und einen Pullover übergezogen und stand mit rot verweinten Augen in der Küchentür.

Aus dem Radio dröhnte Popmusik, das Miststück schwang die Hüften im Takt, warf dabei Pfannkuchen in Richtung Decke und versuchte, sie mit der Pfanne wieder aufzufangen. Die meisten landeten in der Spüle, aber die Kinder tobten vor Vergnügen. Der Tisch war übersät mit Eierschalen, Essensresten, Brotkrümeln, Joghurt- und Honigklecksen, Vincenzo nuckelte bereits an einer Flasche Wein, ein Glas Orangensaft war umgekippt, und alle waren saumäßig gut drauf.

Ich begriff sofort, dass ich der ungeliebte Spaßverderber sein würde. Das Miststück war witziger und interessanter als ich. Und das spürte auch Vincenzo. Ein Satz von mir, und ich wäre die ›doofe Mama‹.

Das hatte die Schlampe ja prima hingekriegt.

Denn die doofe Mama war dann letztendlich die, die die Sauerei wieder in Ordnung brachte und die Küche sauber machte. Und meine Kinder guckten zu, wie Vincenzo seiner neuen Flamme die Zunge in den Hals steckte.

Ich verließ schweigend die Küche.

Wusste nicht mehr weiter.«

27

Du bist eine tolle Frau‹, hatte Vincenzo mir ins Ohr geflüstert. ›So geil, so schön, die großartigste Frau, die ich je kennengelernt habe. Du bist so klug und so stark, ein Wahnsinn.‹ Kurzum, er spulte das ganze Programm ab. Alles, was ihm einfiel.

In dieser Nacht lag er nicht bei dem Miststück, sondern neben mir, und mein Herz öffnete sich gleichzeitig mit meinen Beinen.

Und was er mir alles für einen Müll erzählte: ›Ich liebe dich, Mona, ich liebe dich ohne Ende. Mariella wird daran nichts ändern. Glaub mir. Und vergiss das bitte niemals. Ich mag Mariella, ich möchte ihr helfen, sie hat es nicht verdient, so in der Scheiße zu stecken, gut, ich vögle sie ab und zu, ich kann einfach nicht anders, aber das bedeutet mir nichts, denn es gibt nur eine Frau, die ich liebe, und das bist du.‹

Ich hab echt nicht gewusst, was ich dazu sagen sollte, und hielt einfach meine Klappe. Denn das war zu viel auf einmal. Aber er hörte gar nicht mehr auf mit dem Schmus: ›Es ist großartig von dir, dass sie hier wohnen darf. Ich bin dir so unendlich dankbar dafür! Und Mariella auch. Ihr müsst euch nur besser kennenlernen.‹

Ich hab ihn dann gefragt, warum er – zum Teufel – nicht treu sein kann, wenn er mich doch so abgöttisch liebt. Warum er mir das alles antut und ich ständig ertragen muss, dass er sie vögelt.

Und da hat er nur gesagt, dass es ihm wirklich wahnsinnig leidtut, aber er kann es nun mal nicht ändern. Er kann einfach keiner Frau widerstehen, aber das hat alles nichts mit uns zu tun, weil er nun mal nur mich liebt. Er hat das noch ein bisschen schwülstiger ausgedrückt, kannst du dir ja vorstellen, Jan, aber so ungefähr war's. Und dann hat er mich geküsst, und ich blöde Kuh hab ihm wieder einmal alles geglaubt, was er gesagt hatte, und gab mich ihm hin. War happy, wenigstens in diesem Moment die Königin seines Herzens zu sein, und genoss es.

An diesem Abend war ich mir sicher, dass ich das Miststück überlebe. Es würde meine Familie nicht zerstören.«

28

Ein paar Tage später, es war nach Mitternacht, und ich schlief schon fast, da hab ich gehört, wie er ins Schlafzimmer kam, die Schlafanzughose auszog und in unser gemeinsames Ehebett stieg.

Oh nein, dachte ich, bitte nicht heute, ich bin so fertig, so müde, so unendlich kaputt, ich brauche ein bisschen Schlaf. Geh doch zu Mariella, dachte ich noch, geh doch zu deiner Hure, und dann schlief ich. Den Schlaf einer vollkommen überforderten und erschöpften Frau.

Zwei Stunden später passierte dann der Hammer. Jan, du glaubst es nicht. Ich wurde schlagartig wach, weil mir die Ecke einer Bettdecke ins Gesicht schlug. Das ganze Bett war in Bewegung, ich hörte heftiges Stöhnen und riss die Augen auf. Mariella saß rittlings auf Vincenzo, und sie trieben es. Neben mir! In unserem Bett! Meine Gefühle waren ihnen scheißegal.

In diesem Moment hab ich kapiert, dass das ganze Drama eine weitere Dimension erreicht hatte. Mein gemeinsames Bett mit Vincenzo war nicht mehr tabu.

Ich sprang auf, zog Mariella aus dem Bett und brüllte: ›Raus! Aber ganz schnell. Vögle meinetwegen auf der Waschmaschine, aber nicht hier bei mir. Nicht in meinem Bett. Das ist mir heilig. Und da hat eine dreckige Hure wie du nichts zu suchen.‹

Mariella begann zu heulen, und in diesem Moment stürzte sich

Vincenzo auf mich und schlug mir ins Gesicht. ›Lass sie los und fass sie nie wieder an!‹, brüllte er.

Ich fiel zu Boden, wischte mir das Blut, das mir aus der Nase lief, aus dem Gesicht und rollte mich zusammen wie ein Embryo, um seinen Schlägen zu entgehen.

Er hat dann noch gezischt, dass ich Mariella in Zukunft in Ruhe lassen soll, sonst könne ich was erleben.

Mariella zog sich schweigend ihre Unterhose und ihr T-Shirt an.

Und dann nahm er sie in den Arm und meinte, sie solle bei ihm schlafen, in unserem Bett! Und ich sollte mich in den Hauswirtschaftsraum verpissen. Und er wollte nie wieder Stress haben, wenn er nach Hause kommt, weil es sonst knallt! Und zwar richtig.

Mariella schmiegte sich an ihn, lächelte und verschwand im Bad.

Ich ging. Begann mein Leben im Hauswirtschaftsraum.«

29

Weißt du, ich habe diese Geschichte noch nie jemandem erzählt«, sagte Mona, während sie in Jans Armen lag, »weil ich Angst davor hatte, dass man die Augen verdreht und sagt, diese dumme Kuh, warum lässt sie sich das alles gefallen, warum nimmt sie nicht ihre Kinder und geht? Wie kann man sich nur so erniedrigen lassen? Auch im Knast hab ich es nur Sonny erzählt, meiner einzigen Freundin. Und als Sonny weg war, hab ich jahrelang meine Klappe gehalten und geschwiegen. Weißt du, wie schwer das ist?«

Jan nickte stumm.

»Das ist das, woran du am meisten kaputtgehst. Dass du dich nicht ausheulen kannst. Dass dir keiner auf die Schulter klopft und sagt, ist scheiße gelaufen, aber du warst halt in einer absoluten Ausnahmesituation. Das hätte ich so gerne gehört, das hätte mir gutgetan und mich aufgebaut, aber ich hab mich nicht getraut zu reden.«

Jan streichelte sie eine Weile schweigend. Dann fragte er: »Aber warum in Allerherrgottsnamen warst du denn im Knast, Liebes? Was hast du denn getan? Zehn Jahre!«

Mona lächelte schwach. »Du hast vollkommen recht, ich hab auch viele Urteile verglichen, und meins war wirklich besonders heftig. Aber es ist leider so. Frauen werden immer noch härter bestraft als Männer!«

»Aber was hast du getan?«

»Bitte, lass mich weitererzählen, damit du mich verstehst. Denn es kam ja noch viel schlimmer. Ich hab ja noch viel mehr ertragen und über mich ergehen lassen. Aber wenn man Kinder, keine eigene Wohnung und kaum Geld hat, kann man nicht einfach gehen. Das funktioniert nicht. Ich sah mich schon auf der Straße. Mit einem Einkaufswagen, zehn Plastiktüten und drei Schlafsäcken. Mir hätte das nichts ausgemacht. Aber so ein Leben bitte nicht für meine Kinder. Niemals. Und ich glaube, Vincenzo wusste ganz genau, dass ich einfach mitspielen musste und erpressbar war. Er spürte es, und er hat es gnadenlos ausgenutzt. Das Schwein. Ich war ganz, ganz unten. Alle konnten auf mir rumtrampeln, und ich musste auch noch Danke sagen und ihnen die Stiefel lecken.«

Jan nahm sie ganz fest in den Arm und drückte sie an sich.

Mona fing an zu weinen.

Als sie sich beruhigt hatte, redete sie weiter.

»Guck mal, normalerweise sagt man, tja, das ist jetzt eine Scheißsituation, aber ich muss da durch. Ich mach das Richtige, kann noch in den Spiegel schauen, und ich glaube an mich. Wenn man so mit sich im Reinen ist, dann übersteht man alles. Aber das war ich nicht, Jan, und das war das Schlimmste überhaupt. Ich hab mich gehasst, hab mich selbst verachtet, mir selbst den Vogel gezeigt, so wie es jede gute Freundin getan hätte. Und gleichzeitig wusste ich keinen Ausweg.«

Sie stand auf, nahm sich die Flasche Wein und trank ein paar Schlucke.

Dann ging sie zum Fenster und blickte hinaus, während sie überlegte.

Er schwieg und sah sie an. Saugte das Bild von ihr in sich auf. Ihre schmale, verletzliche Silhouette. Seine neue Liebe in seinem Hemd, das sie zum Schlafen trug, ihre dünnen nackten Beine, ihre wüsten Haare.

»Vincenzo hat bei der Gerichtsverhandlung so getan, als wäre er der mitfühlende, sorgende und liebevolle Familienvater. Er ist theatralisch in Tränen ausgebrochen – das konnte er hervorragend –, und nach dem Prozess verschwand er von der Bildfläche. Und mit ihm meine Kinder.

Er hat mich nach dem Urteil nicht ein einziges Mal im Gefängnis besucht.

Ich habe meine Kinder nie wiedergesehen. Ich konnte niemanden mehr telefonisch erreichen. Ihn nicht, meine Kinder nicht und meine Schwiegereltern in ihrer Pizzeria auch nicht. Es war, als hätte es sie nie gegeben. War wie ein Spuk. Als wären sie in dem Moment verschwunden, als man mich einsperrte. Das hält kein Mensch aus.«

»Wenn ich Vincenzo jemals gegenüberstehen sollte, schlage ich ihm alle Zähne aus«, murmelte Jan.

Mona sah ihn an, voller Zärtlichkeit.

»Ich liebe dich, Jan Jespik«, sagte sie leise. »Aber dafür ganz besonders. Weil ich weiß, dass du ihm wirklich alle Zähne ausschlagen würdest.«

Er sah sie an, grinste und schwieg lange. Dann fragte er: »Hast du Lust auf Spaghetti? Mit Thunfisch und Oliven und Tomaten und Knoblauch und Zwiebeln und allem, was wir noch so im Kühlschrank finden?«

»Ein Traum, Jespik. Das hört sich alles sehr nach Pasta Trapanese an.«

»Wie auch immer. Wir kochen und essen, und du erzählst weiter. Okay?«

Mona küsste ihn.

30

Du kannst dir vorstellen, Jan, was dann passierte. Vincenzo und Mariella beanspruchten das Schlafzimmer für sich, da zwischen Vincenzo und mir ja sowieso nichts mehr lief und sie zu zweit den Platz brauchten. Ich allein hätte im Hauswirtschaftsraum ja kein Problem.

Es war so entsetzlich. Jetzt war ich nur noch die Putzfrau, die zwischen Wäschekörben und Scheuerlappen schlief. Vincenzo nannte das eine Win-win-Situation für uns alle drei.

Sie ließen sich jede Nacht volllaufen. Nach der Pizzeria in irgendwelchen Bars. Weiß der Kuckuck, wo.

Und dann kamen sie. Um zwei oder drei oder vier. Vollkommen besoffen. Ich konnte kaum schlafen, weil ich panische Angst hatte. Wusste nie, was passieren würde. Es gibt Typen, die schlafen ein, wenn sie besoffen sind, aber Vincenzo wurde aggressiv. Einmal riss er mich mitten in der Nacht aus dem Bett. ›Hast du dir mal die Küche angeguckt? Diesen Schweinestall?‹ Er schubste mich in die Küche. ›Mariella und ich arbeiten in der Pizzeria. Ohne Ende. Während du hier pennst und 'ne ruhige Kugel schiebst. Und wie sieht's hier aus? Hä?‹ Er drückte mein Gesicht in Richtung Spüle, in der ein bisschen Geschirr vom Abend stand. Und dann schlug er mir ins Gesicht. Ich wusste nicht, wie ich mich schützen sollte. Hatte Schiss, dass die Kinder wach werden und das alles mitbekommen würden. Sein Atem stank widerlich nach Alkohol.

›Verschwinde doch einfach!‹, schrie er, als ich am Boden lag.

›Kannst du nicht einfach verschwinden, du blöde Schlampe, dann ist alles in Ordnung, dann ist hier Ruhe! Nimm deine Gören und hau ab!‹

Ich weinte und versuchte, mich gegen ihn zu wehren.

Und Mariella stand in der Tür, sagte keinen Ton und sah zu.

Jede Nacht hatte ich Angst vor dem, was passieren würde, wenn er besoffen nach Hause kam.

Jede Nacht.

Ich hatte eine Freundin, Karina, der hatte ich erzählt, dass mein Kerl echt ausrastete, wenn er besoffen war. Und Karina sagte, wenn es brenzlig werden sollte, dann solle ich sie anrufen. Oder sie schon am Telefon haben, wenn er nach Hause kam. Und sie würde dann die Polizei rufen.

Am nächsten Abend hörte ich Vincenzo und Mariella im Hausflur die Treppe hinaufpoltern, saß in der Küche und versuchte panisch, Karina zu erreichen, als er schon die Tür aufschloss, aufstieß und gegen die Wand krachen ließ. Da wusste ich, dass sie wieder voll waren und es schlimm enden würde. Mariella schoss ihre High Heels von den Füßen, die Küchentür stand offen, und ich sah, dass sie sich auch barfuß kaum gerade vorwärtsbewegen konnte und sich an den Wänden festhalten musste, um nicht lang hinzuschlagen und es bis ins Schlafzimmer zu schaffen.

Plötzlich stand Vincenzo wie der Donnergott in der Küche vor mir, wollte wissen, mit wem ich mitten in der Nacht telefonieren würde, und schlug mir das Handy aus der Hand.

Ich flüchtete ins Wohnzimmer, aber er kam mir hinterher.

Du, Jan, ich weiß nicht mehr, was Vincenzo alles schrie, er wollte wissen, ob ich die Polizei angerufen hatte, er warf mir vor, alles kaputt zu machen, unsere Ehe, unser Leben, alles, er war völlig von Sinnen, prügelte auf mich ein, ich hörte meinen Kieferknochen krachen, als er mich zu Boden schlug, und meine Rippe brach, als er auf mich eintrat. Das Letzte, was ich mitbekam, waren Leo und Lena, die schrien wie am Spieß. Ihr ›Mama, Mama, Mama! Hör auf, lass die Mama in Ruhe! Papa, hör auf!‹ gellt mir heute noch in den Ohren.

Und dann brüllte Vincenzo, sie sollten ruhig sein und sich verpissen, sonst würde es ihnen genauso ergehen wie der Mama. Ich konnte kaum noch atmen, ich dachte, ich müsste sterben.

›Verschwindet!‹, sagte er gefährlich leise zu den beiden.

Leo war leichenblass vor Angst. Er packte seine Schwester am Arm und zog sie mit sich aus dem Wohnzimmer.

Später, im Krankenhaus, hat er mir erzählt, dass sie sich beide im Kinderzimmer eingeschlossen und verschanzt hatten. Sie schoben einen Stuhl unter die Türklinke und einen Tisch davor, damit der Papa nicht reinkommt. Klammerten sich aneinander und weinten ohne Ende.«

31

Komm, hör auf!«, sagte Jan. »Das halte ich nicht aus! Wie konntest du dir das bloß alles gefallen lassen! Ich fasse es nicht und muss mich jetzt betrinken, sonst kann ich dir nicht weiter zuhören.«

»Nein, dann rede ich ein andermal weiter. Du hast heute Abend Vorstellung!«

Jan sprang auf und schrie: »Das ist mir egal. Die Vorstellung kann meinetwegen den Bach runtergehen, das kratzt mich nicht, dieser ganze Horror, den du mir hier erzählst, ist sowieso in meinem Kopf, und ich krieg ihn nicht mehr los. Es verfolgt mich, was man dir angetan hat, das kann ich nicht vergessen und heute Abend so tun, als wäre nichts gewesen. Nein, nein, nein, da kann die Welt untergehen oder mein Kopf explodieren, ich will wissen, wie es weitergeht, was er noch alles mit dir gemacht, wie er dich zerstört hat. Ich will alles wissen. Auch wenn Hamlet daran zugrunde geht!«

Er stürmte zum Kühlschrank, riss die Tür mit einem derartigen Schwung auf, dass sie beängstigend laut gegen den nächsten Schrank krachte, holte eine Flasche Wein heraus, öffnete sie und goss sich ein Wasserglas voll. »Es ist nur Wein, nicht Wodka, beruhige dich, und wenn mein Hirn sich dennoch verabschieden sollte, was durchaus vorstellbar wäre, dann sage ich nichts mehr. Hamlet verstummt. Der Rest ist Schweigen.«

Seine Gesichtshaut war knallrot und sein Blick wirr. Er kippte den Wein in sich hinein und stand vor Mona wie ein aggressiver Orang-Utan, der jeden Moment zum Sprung ansetzt.

Es rührte sie. Denn schließlich waren es die Liebe und das Mitgefühl für sie, die ihn so wütend machten.

»Weiter!«, befahl er.

Die Weißweinflasche war fast leer.

»Komm, Jan, schlaf noch ein bisschen vor deiner Vorstellung. Und wir reden nachher weiter, ja?«

Jan nickte widerwillig.

»Ich werd mal sehn, wie's deiner Mutter geht. Vielleicht ziehen wir noch ein bisschen durch die Stadt, und heute Abend sitzen wir im Theater. Okay?«

Jan nickte erneut mit glasigen Augen.

»Leg dich hin. Vier Stunden hast du noch.«

Jan warf sich aufs Bett.

32

Als er zwei Stunden später mit einem Prosecco gurgelte und ihn dann letztendlich runterschluckte, fühlte er sich wieder einigermaßen wach.

Er verließ das Haus und ging durch die Stadt wie ein Wanderer im nebligen Watt. Nahm nichts um sich herum wahr. Versuchte, sich an seinen ersten Auftritt in der zweiten Szene und seinen ersten Satz zu erinnern. Aber da kam nichts. Es fiel ihm noch nicht einmal ein, was in der Szene passierte.

Er dachte nur noch an Mona.

Sie war Gift für jeden Schauspieler. Ihre Geschichte brachte ihn um den Verstand.

Er taumelte ins Theater, zog sich am eisernen Handlauf zum Bühneneingang hoch, öffnete mit aller Kraft die schwere Eisentür zur Hinterbühne und wandte sich nach links zu den Schauspielergarderoben.

Wolf, der Inspizient, begegnete ihm im Flur. »Hallo, Jan! Alles gut? Schön, dass du schon da bist!«

Wolf war immer heilfroh, wenn all seine Schäfchen im Haus und bei Trost waren, die Vorstellung wie geplant beginnen konnte und sich keine Katastrophen ankündigten. Wolf war ein Gewohnheitstier. Er liebte gleichförmige Tage. Überraschungen machten ihm Angst, dann reagierte er panisch, hysterisch oder gar nicht, denn er konnte nicht improvisieren. Im Ernstfall würde er garantiert die falschen Knöpfe drücken und seine Ansage an die Schauspieler in den Zuschauerraum posaunen.

Aber dass er heute Jan Jespik bereits auf dem Flur zu den Garderoben begegnet war, fand er großartig. Entspannung pur. Denn dieser Schauspieler mochte vielleicht genial sein – das konnte er nicht beurteilen –, aber er hatte unter Garantie einen an der Waffel. Und insgeheim rechnete Wolf jeden Abend damit, dass er nicht erschien. Um Himmels willen: Jan Jespik ist nicht da, telefonisch ist er nicht zu erreichen, was machen wir jetzt? Wer fährt in seine Wohnung und guckt, ob er sich umgebracht hat ...?

Jan saß in seiner Garderobe und starrte auf sein Spiegelbild. Blass, grau, eingefallene Wangen und fettige Haare. Hallo, Hamlet, Prinz von Dänemark! Er musste grinsen. Die dämliche Conny oder die zickige Adele würden es schon richten.

Wo bin ich?, dachte er.

Ihm war immer noch nicht klar, wie das Stück losging. Sein erster Satz?

Und in diesem Moment kam die Panik. Der Schweiß brach ihm aus. Mit zitternden Händen nahm er sein Textbuch und suchte seinen Auftritt. Es kam ihm alles total fremd vor. Als hätte er dieses Stück noch nicht ein einziges Mal gespielt, er fühlte sich wie vor der ersten Stellprobe.

Ihm wurde schwindlig. Sein Spiegelbild verschwamm vor seinen Augen. Er hielt sich am Garderobentisch fest, um nicht vom Stuhl zu fallen.

Extrem leise, ja beinah lautlos öffnete sich die Tür, und Conny steckte ihren Kopf herein. »Herr Jespik«, begann sie vorsichtig, »einen schönen guten Abend. Wie sieht es aus, wollen wir anfangen?«

Jan nickte und stand auf.

Torkelnd folgte er ihr zwei Räume weiter in die Maske.

33

Dorothea Jespik saß zusammen mit Mona wieder im Theater. Nirgends konnte sie ihrem Sohn näher sein als hier. Er war dieser Frau vollkommen verfallen, das spürte sie, zwischen die beiden passte keine Briefmarke mehr, und das war irgendwie auch wunderbar, denn sie mochte Mona sehr. Wenn sie mit ihr zusammen war, fühlte sie sich frei, locker und wieder jung, sie genoss jede Sekunde mit dieser unkonventionellen Frau, obwohl sie immer noch so wenig von ihr wusste. Aber das war egal. Sie wollte ihre Freundschaft nicht mehr missen und hoffte, dass sie auch noch in Kontakt bleiben würden, wenn sich ihre Wege wieder trennten. Obwohl sie in ihr eine neue Freundin gefunden hatte, spürte sie doch eine latente Traurigkeit, denn sie hatte das Gefühl, in der Beziehung zu ihrem Sohn auf der Strecke zu bleiben. So großartig die erste Begegnung am Premierenabend auch gewesen war, mittlerweile fühlte sie sich von ihm gar nicht mehr wahrgenommen.

Dann trat er auf. Seine erste Szene. Und da spürte sie plötzlich die Kraft der Emotion. Noch einmal stärker als je zuvor.

Er war ruhiger, verhaltener, blickte ins hohe Bühnenhaus, als sähe er in den Himmel, ins Universum. Er verstand die Worte, die er sprach, als kämen sie ihm gerade jetzt in den Kopf, als formulierte er zum ersten Mal seine Gedanken. Er war kein Mensch, der ein Stück spielte, sondern einer, der jeden Satz, den er sagte, lebte oder bereits erlebt hatte. In seiner Stimme lagen Schmerz und Angst, Liebe und die Sehnsucht nach Unendlichkeit und Freiheit.

Dorothea fragte sich, was mit ihrem Sohn passiert war. Er war schon bei der Premiere genial gewesen, aber hier war er noch einmal ein anderer. Unbeschreiblich gut. Sensationell! Es gab wahrscheinlich niemanden wie ihn. Er war ein Künstler, der den Sinn verstanden hatte und dem es um nichts mehr ging. Nicht um Geld, nicht mehr um Ruhm, sondern nur noch um die Botschaft dieses Stückes. Er war bei sich angekommen.

Und als sie beobachtete, wie Mona zuhörte, zusah, an seinen Lippen hing, da spürte sie, dass Mona ihn verändert hatte. Durch die Liebe, die er momentan erlebte, war er frei geworden für die großen Gefühle auf der Bühne, die er plötzlich in nie da gewesener Intensität nachempfinden konnte.

Seine Worte klangen so klar, dass sie jeden Satz verstand. Es war wie eine Offenbarung, denn so etwas war ihr bisher bei Shakespeare noch nie gelungen.

Die Tränen liefen ihr über die Wangen, als Hamlet starb.

Sie glaubte eine Weile wirklich, ihren Sohn verloren zu haben.

Aber dann applaudierte sie aus vollem Herzen, als er sich verbeugte und sie den Eindruck hatte, dass er ihr zuzwinkerte.

Doch da konnte sie sich auch getäuscht haben.

Sie warteten vor dem Bühneneingang auf ihn. Da sich Doro nicht wirklich warm angezogen hatte, bibberte sie vor Kälte, hüpfte von einem Bein aufs andere und zog sich den Schal immer fester ums Gesicht.

Und endlich – nach Ewigkeiten – kam er die steinerne Treppe vom Bühneneingang herunter, ohne den eisernen Handlauf anzufassen. Wahrscheinlich wäre er auch daran festgefroren, und das eisige Metall hätte ihm in Fetzen die Haut von der Hand gerissen.

Ein Lächeln erhellte sein Gesicht, als er die beiden sah. Er ging schneller, breitete die Arme aus und umarmte sie.

»Mama! Liebe! Liebste Mama der Welt! Wie schön, dass du hier bist! Mona, meine Geliebte! Wart ihr in der Vorstellung?«

»Aber sicher«, sagte Doro schnell, »ich war bisher in jeder Vorstellung, aber heute warst du besser als jemals zuvor. Besser als in der Premiere. Ich habe dich verstanden, ich habe den Hamlet verstanden, ich habe das Leben an sich verstanden.«

Mona stand da und lächelte nur.

»Lasst uns einen Schluck trinken gehen und ein wenig reden. Denn morgen reise ich ab«, sagte Doro beinah flehend.

»Wie gerne würde ich das, Mama, aber ich kann nicht. Wir können nicht. Wir müssen nach Hause. Dringend! Mona muss mir etwas erzählen. Und ich denke, wir reden die ganze Nacht.« Er sah seine Mutter mit flehendem Blick an. »Bitte, nicht böse sein, aber bleib doch noch ein paar Tage, dann hab ich auch Zeit für dich, aber heute muss Mona weiterreden.«

»Ich finde es schön, dass Mona und du, dass ihr euch gefunden habt. Aber wir – du und ich – wir hatten noch gar keine Zeit füreinander.«

»Ich weiß, Mama, ich weiß. Tut mir echt leid. Es ist alles irgendwie über mich gekommen. Ich kann es nicht steuern, ich halte es selbst kaum aus. Bitte bleib noch ein bisschen, ja?«

»Bringst du mich noch ins Hotel?«, fragte sie enttäuscht.

»Aber sicher.«

»Ich geh schon mal voraus«, sagte Mona. »Lass dir Zeit, Jan.« Dann umarmte sie Doro, hielt sie lange und fest an sich gedrückt. »Gute Nacht, Liebe. Ich würde es auch toll finden, wenn du noch ein paar Tage bleibst!« Sie drückte Doro einen Kuss auf die Wange, drehte sich um und ging.

Doro hakte Jan unter, und wie eine Feder hing ihre Hand in seinem Arm.

»Und sonst?«, fragte er.

»Alles gut. Du hast recht, ich werde wirklich versuchen, noch ein paar Tage zu bleiben. Dieses kleine Städtchen hier gefällt mir.«

»Das wäre toll, Mama.«

Dorothea ging bestimmt fünfzig Meter, bis sie sich endlich traute zu fragen: »Du liebst sie?«

Jan blieb stehen. Überlegte einen Moment. Sah zum Himmel und dann seiner Mutter ins Gesicht. »Ich liebe sie so unendlich, wie ich noch nie einen Menschen geliebt habe. Sie macht mich wahnsinnig. Sie zerreißt mir das Herz. Ich will unbedingt wissen, wer sie ist, was ihr passiert ist, sonst drehe ich durch. Diese Frau ist ein Rausch, ein unergründliches Geheimnis. Und sie ist dabei, es zu lüften und mir alles zu erzählen. Kannst du verstehen, dass ich nach Hause muss?«

Dorothea nickte. »Vielleicht erzählt sie es mir auch irgendwann.«

»Vielleicht.«

Sie waren vor dem Hotel angekommen.

Jan drückte seiner Mutter einen Kuss auf die Stirn. »Danke, dass du in der Vorstellung warst. Danke für alles. Und wenn du bleibst, hören wir voneinander.«

Dorothea nickte. Ein wenig traurig, aber warum? Im Grunde war doch alles in Ordnung.

Sie umarmte ihn noch einmal. »Tschüss, mein Junge, schlaf gut.«

Dann verschwand sie im Hotel.

Jan Jespik ging die ersten fünfzig Meter langsam und dachte an seine Mutter. Dann schmiss er sie aus seinen Gedanken und rannte los.

34

Im Krankenhaus musste man mich physisch und psychisch wieder einigermaßen aufpäppeln, denn ich war bei Vincenzos Attacke gegen die Kommode gekracht, hatte mir den Kiefer gebrochen und die Rippe angeknackst, so war es wohl gewesen, ich konnte mich nicht mehr dran erinnern. Ich war immer noch sehr wacklig und schwach, aber so weit wiederhergestellt. Freute mich wie verrückt auf zu Hause, denn Vincenzo hatte sich bei mir wegen seines Ausrastens tausendmal entschuldigt, ich war halt unglücklich gefallen, aber den Kindern gehe es gut. Sehr gut. Ich solle mir keine Sorgen mehr machen. Und für Mariella habe er eine kleine, erschwingliche Wohnung an der Hand.

Und daher ging ich davon aus, dass die Wohnung jetzt nur uns allein gehörte. Vincenzo, mir und den Kindern. Niemandem sonst. Mariella war Vergangenheit.

Aber als Vincenzo die Wohnungstür aufschloss, stand sie in der Tür zum Wohnzimmer. Sie trug einen pinkfarbenen, etwas zu engen Jogginganzug, hatte nackte Füße, zerzauste Haare, in der Hand eine Zigarette.

Leo und Lena stürzten an ihr vorbei auf mich zu, umarmten mich und hüpften vor Freude. Lena überhäufte mich mit Küssen und ließ mich gar nicht mehr los.

›Ach, du Scheiße!‹, sagte Mariella statt einer Begrüßung. ›Ich dachte, die Tusse kommt erst nächste oder übernächste Woche!‹

Wie erstarrt sah ich Vincenzo an. Ich war so verdammt sauer, dass ich dachte, ich platze.

Und dann erklärte Vincenzo ausführlich, dass Mariella die Wohnung, die er für sie gefunden hatte, dann letztendlich doch nicht bekommen hätte. Tja. Dumm gelaufen.

Und dann bin ich total ausgeflippt. ›Was bist du doch für ein verlogenes, italienisches Weichei!‹, schrie ich. ›Ein richtiger Scheißkerl! Du hast mir die ganze Zeit was vorgemacht! Du hattest nie vor, sie rauszuschmeißen. Du Lügner! Bugiardo! Du traust dich nicht, mir die Wahrheit zu sagen, dass sie ewig hier bleiben wird. Du bist nichts weiter als ein dreckiger, feiger Hund. Werde doch selig mit dieser billigen Hure. Ich werde einen Weg finden, aus dieser Scheiße rauszukommen.‹

Ich klappte zusammen und brach in Tränen aus.

Vincenzo nahm mich in den Arm und schob mich in den Hauswirtschaftsraum. ›Leg dich erst einmal ein oder zwei Stunden hin‹, sagte er. ›Jeder, der aus dem Krankenhaus kommt, ist ziemlich schwach und geschafft. Erhol dich. Nachher trinken wir zusammen Kaffee, und dann sieht die Welt schon ganz anders aus. Mariella ist ein liebes Mädchen, und du bist meine Königin. Ihr werdet euch schon verstehen. Und auch deine Kinder lieben Mariella.‹

Er küsste mich aufs Haar. ›Alles wird gut‹, sagte er immer wieder, ›mach dir keine Sorgen. Und jetzt ruh dich aus.‹

In meinem Kopf drehte sich alles. Ich sah den Hauswirtschaftsraum, Vincenzo, das Licht im Flur wie durch ein dickes zerkratztes Plexiglas. Seine Stimme dröhnte dumpf in meinem Schädel, und ich verstand kaum ein Wort. War so zugedröhnt von starken Schmerzmitteln, lahmgelegt von den Stichen im Kopf und schockiert von Mariellas Anwesenheit, dass ich nichts mehr begriff und nicht mehr klar denken konnte. Ich hatte nur eine diffuse Ahnung: Es war alles wie vorher. Nichts hatte sich geändert. Gar nichts.

Von nun an schlief ich wieder im Hauswirtschaftsraum und hatte zumindest meine Ruhe. War so scheißunglücklich und versuchte, wenigstens meine Kinder ab und zu in den Arm zu nehmen und mit ihnen zu reden. Denn bekocht wurden sie durch die Pizzeria, ich hatte nichts mehr damit zu tun. In meinem jetzigen Zustand hätte ich das auch gar nicht gekonnt. In meinem Kabuff zwischen Waschmaschine, Staubsauger und Wischeimern war ich völlig abgeschottet und hörte nicht, was sich in meinem ehemaligen Schlafzimmer abspielte. Aber hin und wieder schlich ich doch in den Flur und horchte an der Tür.

Irgendwann, es muss Wochen später gewesen sein, hörte ich, wie das Miststück sagte: ›Ich bin schwanger, amore. Im dritten Monat.‹

In diesem Moment muss ich einen Schrei ausgestoßen haben, ich weiß nicht, hab es nicht gemerkt, hab es auch nicht verhindern können, ich kann mich auch nicht daran erinnern, wie ich geschrien habe, aber jedenfalls riss Vincenzo völlig unvermittelt und wutentbrannt die Tür auf, an der ich lehnte.

›Ah so! Du lauschst, über was wir uns unterhalten!‹ Und dann stieß er mich mit voller Wucht von sich. Ich flog durch den Flur und knallte gegenüber, in der Nähe der Wohnzimmertür, an die Wand. Ich hatte das Gefühl, mich nicht mehr bewegen zu können, irgendwas war mit meinem Rücken, und schon wieder durchflutete mich eine Welle von Schmerz, den ich nicht mehr orten oder zuordnen konnte.

Du, Jan, ich schwöre, wenn ich eine Knarre gehabt hätte, ich hätte sie beide abgeknallt.«

35

Schön, dass Sie gekommen sind, Herr Jespik. Wie geht es Ihnen?«
»Blendend. Wie Sie wissen, schwimme ich auf einer Welle des Erfolgs.« Jan lehnte sich auf seinem Stuhl zurück, zog die Ellenbogen nach hinten und plusterte sich auf. »Alles bestens!«

Herrmann, der Intendant, der normalerweise für Schauspieler unerreichbar war und meist durch Abwesenheit glänzte, beugte sich vor. »Allerdings, so einen Erfolg hatten wir lange nicht. Und das liegt an Ihnen, und wirklich nur an Ihnen, Herr Jespik. Das ist mir klar. Daher möchte ich auch die nachfolgenden Stücke verschieben und mit Ihnen verhandeln. Und darum habe ich Sie um diesen Termin gebeten.«

»Aha.« Jan wartete schweigend ab. »Und?«

»Ich würde den Hamlet gerne verlängern. Um drei Monate. Bis zur Sommerpause.«

Jan grinste. »Und wie viel zahlen Sie mir?«

»Das Doppelte.«

Jan lachte. »Ich habe ein anderes Angebot. Sehr lukrativ. Für das Dreifache.«

»Was für eine Rolle? Wo?«

»Noch ist der Vertrag nicht unterschrieben, und noch möchte ich nicht darüber reden.«

»Verstehe.« Herrmann presste vor Wut die Lippen aufeinander und trommelte mit den Fingern der linken Hand auf dem Tisch herum.

Jan wusste, dass er hoch pokerte. Erst gestern Abend hatte ihn sein Freund Heribert angerufen, mit dem er drei Jahre zusammen auf der Schauspielschule in Hannover gewesen war. Jetzt war Heribert Dramaturg am Österreichischen Theater und hatte gesagt: »Du, ich plaudere hier aus dem Nähkästchen, häng es nicht an die große Glocke, aber Alfons Hagmann ist ausgefallen. Der spielt bei uns Büchners *Lenz* in einer dramatischen Fassung von Karl Kronenberg. Alfons ist krank und hat wohl auch heftige familiäre Probleme. Wer weiß, ob er jemals wieder spielen wird. Ich sag dir, Jan, dieser *Lenz*-Monolog ist ein sensationelles Stück. Einfach unglaublich. Bei uns schon seit Wochen ausverkauft. Wir haben es jetzt kurz aus dem Programm genommen, suchen aber Ersatz. Und da sind wir auf dich gekommen, denn dein überragender Erfolg als Hamlet hat sich rumgesprochen. In dieser kurzen Zeit! Ich fasse es nicht, Jan. Wie machst du das? Auf jeden Fall zahlen wir gut. Also nur mal ganz unter uns: Würdest du das machen? Könntest du dir vorstellen, kurzfristig zu übernehmen, und hättest du Zeit und Lust?«

Jan war vor Freude fast umgefallen. »Klar, würde ich das machen. Und natürlich hätte ich Zeit. Für den *Lenz* immer.«

Solange er denken konnte, ja schon in der Schule hatte ihn die Erzählung von Georg Büchner fasziniert. Er hatte immer das Gefühl gehabt, Büchner hätte über ihn geschrieben, ihm in den Kopf geguckt. Lenz – das war er: Jan Jespik.

»Es ist noch nicht spruchreif«, sagte Heribert, »aber es könnte durchaus sein, dass der Alte in den nächsten Tagen auf dich zukommt. Wie lange bist du noch mit dem Hamlet unter Vertrag?«

»Zehn Tage.«

»Das passt. Wenn du dann nach Wien kommst, hättest du allerdings maximal zwei Wochen für deine Übernahme.«

»Ich denke, das kriege ich hin.«

»Na klar kriegst du das hin. Wer den Hamlet gepackt hat, schafft alles. Das wäre doch irre, oder?«

»Ich wage nicht, daran zu denken.«

»Und wir wären mal wieder 'ne Weile zusammen und könnten die Wiener Kneipen unsicher machen.«

»Das wäre echt geil. Heribert, ich würde mich freuen. Danke, dass du mir diesen Floh ins Ohr gesetzt hast, denn wenn es nicht klappt, erschieße ich mich.«

»Hoffentlich nur auf der Bühne, mein Lieber. Aber ich werde mal sehen, was ich für dich tun kann. So long!«

»Okay«, meinte Herrmann jetzt und sah gequält aus. »Ich zahle Ihnen auch das Dreifache, und Sie können Ihren sensationellen Hamlet bundesweit bekannt machen. So etwas braucht Zeit. Das schafft man nicht in ein paar Wochen, aber in einigen Monaten sicher.«

Beide Männer schwiegen und sahen sich an.

Schließlich sagte Jan: »Viele Faktoren kommen zusammen. Ich werde Ihnen immer dankbar sein, dass Sie mir diese Rolle und diese Chance gegeben haben. Ohne Sie würde ich jetzt vielleicht irgendwo einen Eimer Wasser über die Bühne tragen oder einem edlen Herrscher die Tür öffnen und den Lorbeerkranz reichen. Dass Sie meine Qualität erkannt haben, weiß ich sehr zu schätzen. Und ich finde, wir sollten alles daransetzen, dass wir jetzt eine Lösung finden, die uns beiden gefällt.

Ich kann Ihnen leider erst in ein paar Tagen Bescheid geben. Sorry, aber das andere Angebot ist dermaßen reizvoll, dass ich es mir jetzt nicht verbauen möchte. Aber ich komme wieder. Im Winter. Oder im nächsten Frühjahr. Dann machen wir eine Wiederaufnahme und planen das Stück von vornherein gleich für ein halbes Jahr. Mit einem Regisseur, der nicht derart dröge und spießig ist, sondern noch einen Funken Kreativität besitzt, und mit Kollegen, die nicht jeden Abend auf der Bühne nach Hause gehen und ihren Part nur noch abspulen, ohne zu denken, ohne zu fühlen, ohne zu leben und ohne zu reagieren. In so einer abgebrühten, desinteressierten Truppe gehe ich kaputt.«

Herrmann hatte es die Sprache verschlagen.

Jan stand auf und lächelte. »Denken Sie darüber nach!«

Mit einer bühnenreifen Verbeugung verließ er den Raum. Und fragte sich, ob er jetzt völlig übergeschnappt war. Noch hatte er den *Lenz* nicht in der Tasche, denn das, was Heribert erzählt hatte, war kein Vertrag, sondern nur eine vage Geschichte, die noch wie eine Seifenblase zerplatzen konnte.

36

Mona erwachte, weil der Duft von Kaffee durch die Wohnung zog. Jan lag nicht mehr neben ihr, sondern klapperte in der Küche mit Geschirr. Sie sah auf die Uhr. Halb neun. Mein Gott! Was war denn los?

Sie schwang sich schlaftrunken aus dem Bett, fuhr sich mit beiden Händen durch die Haare und stand auf.

Jan kam aus der Küche, nahm sie in den Arm und küsste sie. »Liebes«, sagte er, »spring unter die Dusche, das Frühstück ist gleich fertig.«

»Was ist los? Haben wir einen Termin?«

»Nein, aber ich will endlich wissen, wie deine Geschichte weitergeht. Ich halte es nicht mehr aus!«

Mona nickte und verschwand im Bad.

Nur wenig später, mit nassen Haaren, aber einem heißen Kaffee in der Hand, redete sie weiter: »Jetzt war Mariella die schwangere Königin. Sie sagte, wo's langging, und wurde hofiert. Ich gehörte zum Fußvolk und konnte der Dame alles vor den Arsch tragen. Schließlich musste die Holde, die den ganzen Tag auf der Couch lag und sich irgendwelche hohlen Serien reinzog, geschont werden!

Ich fragte Vincenzo zum hundertsten Mal, warum die blöde Kuh immer noch nicht weg war, und er sah mich fassungslos an. Fragte mich, ob sie so schwanger, wie sie war, vielleicht unter der Brücke schlafen sollte. Und ich meinte, warum denn nicht?

Schließlich wäre sie nicht die Erste, die ihr Balg im Schlafsack unter der Brücke bekommt.

Vincenzo ging ohne ein Wort aus dem Raum und schmiss die Tür hinter sich zu.

Und dann kam es Schlag auf Schlag. Als ich in der Woche darauf im Frisiersalon erschien, präsentierte mir meine Chefin die Kündigung. Ich war noch nicht mal überrascht, nach der ewig langen Fehlzeit wegen meines Krankenhausaufenthalts. Und dann war ich ständig müde, hatte Schmerzen, war depressiv und brachte nie ein Lächeln zustande. Ich war einfach keine Werbung mehr für einen Salon, in dem nicht nur Haare geschnitten wurden, sondern der sich auch als Wellnesstempel für Körper und Seele verstand. Da konnte man keine gestresste Friseurin gebrauchen, die selbst ein Wrack war, am Rande des Nervenzusammenbruchs stand und jeden Morgen gehetzt und am Ende ihrer Kräfte angejagt kam, ungeschminkt, mit tiefen Augenringen und mit dem Wahnsinn im Blick.

Ich hatte schon geahnt, dass Erika bereits seit geraumer Zeit überlegte, mir zu kündigen. Aber sie wusste, dass ich zu Hause erhebliche Probleme hatte, daher hatte sie ewig gezögert, mich rauszuschmeißen. Doch nun ging es nicht mehr. Jetzt war es passiert.

Und ich war am Ende. Mariella und Vincenzo vollkommen ausgeliefert. An Abhauen war überhaupt nicht mehr zu denken.

Es war dieser verdammte Tag, der alles veränderte.

Seit mich Vincenzo vor der Schlafzimmertür niedergeschlagen hatte, konnte ich mich ohne Schmerzmittel überhaupt nicht mehr bewegen. Morgens und abends warf ich die Höchstdosis ein, und dann verschwamm alles wie im Nebel. Ich waberte wie auf Watte durch den Tag. In meinen Ohren rauschte es, als stünde ich am tosenden Meer. Daher verstand ich auch kaum ein Wort, wenn jemand etwas zu mir sagte.

Ich war in einem rauschenden Schwebezustand, den ich nur schwer kontrollieren konnte.

An diesem besagten Morgen saß ich im Bademantel am Küchentisch, trank eine Tasse schwarzen Kaffee und blätterte durch die Tageszeitung, die ich normalerweise fast nie zu Gesicht bekam.

Ich las einen Artikel, der mich eigentlich interessierte, immer und immer wieder, aber verstand kein Wort von dem, was darin stand.

Als die Küchentür aufflog und Mariella hereinkam, erschrak ich derart, dass ich meinen Kaffee verschüttete. Für ein paar Minuten hatte ich die blöde Tusse völlig vergessen.

Bitte, geh wieder, flehte ich innerlich. Hau ab, es war so schön und so friedlich ohne dich.

Aber den Gefallen tat mir Mariella nicht.

Sie trug keinen abgewetzten, beigefarbenen Frotteebademantel wie ich, sondern einen dunkelblauen, seidigen, eng anliegenden Morgenmantel, und ich fragte mich wieder einmal, wo sie den herhatte, denn sie war ja nur mit einer Tasche und mit dem Nötigsten gekommen und besaß nicht mehr als ein armer Obdachloser in seinen Plastiktüten unter der Brücke.

Vielleicht hatte Vincenzo bei der Schlampe ja immer noch die Spendierhosen an.

Mariella setzte sich auch an den Küchentisch, aber so, dass ihr seidiger Morgenmantel auseinanderfiel und ich ihr bis zum Schritt gucken konnte. Eine Unterhose trug sie nicht.

Du kotzt mich an, dachte ich.

Sie wollte, dass ich ihr einen Kaffee bringe, aber ich dachte ja nicht im Traum daran und reagierte überhaupt nicht, sondern guckte stur in die Zeitung.

Also stand sie auf und holte sich selbst einen.

Na also, geht doch, dachte ich.

Wir schwiegen beide. Ich beobachtete Mariella, die die Beine übereinandergeschlagen hatte und mit dem linken Fuß wippte.

Dann fragte sie mich plötzlich, wie das hier nach der Geburt des Babys weitergehen solle, weil es dann in der Wohnung zu eng würde. Ich könne ja auch nicht ewig im Hauswirtschaftsraum schlafen. Leo und Lena müssten sich ein Zimmer teilen, mit Etagenbett, dann hätten wir ein Zimmer fürs Baby. Denn das brauche ja Raum für Bettchen, Wickelkommode, Schmuseecke und so weiter. Nur für mich wäre dann leider überhaupt kein Platz mehr.

Ich hörte auf zu atmen und zu denken. Die Küche und alles um mich herum sah ich wie durch eine dunkle Brille.

Verstand gar nichts mehr.

Mir dämmerte allmählich, dass diese junge Frau, die hier vor mir saß und ihren heißen Kaffee schlürfte, wie ein Monster war, das immer wieder riesige Fleischstücke aus mir herausriss, bis sie mich irgendwann vollkommen aufgefressen hatte.

Mariella, das Ungeheuer, war dabei, mich und meine Familie zu verschlingen und zu vernichten.

Das darf nicht wahr sein, dachte ich.

Und dann fing die verlogene Kuh an, mir Honig ums Maul zu schmieren, von wegen da müssten wir irgendeine Lösung finden, denn ich wäre ja eine ganz Nette, und sie würde mich auch irgendwie mögen. Weil ich den Laden hier ganz gut in Schuss halten würde. Und schließlich bräuchte man ja jemanden, der einkauft und kocht und putzt. Wer solle denn das alles tun, wenn das Baby da ist? Sie wäre da raus aus der Nummer, denn das Baby bräuchte sie ja rund um die Uhr, da könne sie sich nicht um diesen Kram kümmern. Und es wären ja schließlich meine Kinder, die hier den Dreck machten.

Was für eine Frechheit! Meine Kehle war wie zugeschnürt. Ich hatte das Gefühl, keine Luft mehr zu bekommen, und schwieg.

Und sie redete und redete. Wie eine Maschine, die nicht abzu-stellen ist. Wie großartig es doch sei, dass Vincenzo mich und die Kinder hier noch wohnen ließe. Und er hätte zu ihr mal gesagt, komm, lass sie doch hierbleiben, Mona ist wirklich okay, und sie tut so viel.

Sie warf eine Haarsträhne aus der Stirn, grinste blöd und kam plötzlich auf die Idee, dass wir doch Freundinnen werden könnten.

Ich saß da wie versteinert. Konnte mich nicht rühren, nicht reagieren und versuchte zu begreifen: Ich schlief im Hauswirt-schaftsraum und war die Putzfrau. Das war alles. Und wenn ich brav meine Arbeit tat und Vincenzo und der Schlampe den Dreck wegmachte und sie von morgens bis abends bediente, flog ich mit meinen Kindern auch nicht raus.

Ich sollte dem Miststück Mariella, meinem untreuen Mann und bald auch dem neugeborenen Balg den Haushalt führen.

Mariella war die Königin, ich die Arbeitsbiene.

Im Kühlschrank war noch ein bisschen Marmorkuchen. Ich schnitt ein Stück ab, ließ erneut die Kaffeemaschine rattern, und als der Kaffee in den Becher eingelaufen war, brachte ich beides Mariella mit einem ›Lass es dir schmecken‹.

Mariella nickte, biss in den Kuchen und hörte gar nicht mehr auf zu kommandieren: ›Hast du nicht auch ein bisschen Sahne dazu? Ich hab plötzlich so 'n Appetit auf Sahne. Guck doch mal, ich glaube, im Kühlschrank steht noch so 'ne Spritzflasche. Und wenn du schon mal dabei bist, dann mach doch das Fenster mal kurz auf. Ich kriege in letzter Zeit so schlecht Luft …‹

Ich erlebte die ganze Szenerie wie einen Film, sah mich und Mariella, als hätte ich nichts damit zu tun. Es war alles so absurd.

Vielleicht waren es die Schmerztabletten, die Übermüdung, der Stress, die Unverschämtheiten von Mariella, vielleicht war es die Ausweglosigkeit meiner Situation … Ich weiß es nicht, ich kann dir nicht sagen, was in diesem Moment mit mir geschah, jedenfalls hatte ich immer noch das Messer in der Hand, mit dem ich den Kuchen abgeschnitten hatte. Und stand da. Bewegungslos. Mein Verstand hatte sich verabschiedet.

›Es wird übrigens ein Junge‹, sagte Mariella. ›Vincenzo ist so glücklich wie noch nie. Denn dann hat er endlich ein eigenes, leibliches Kind. Einen Sohn!‹

›Ah ja‹, sagte ich, und das Messer in meiner Hand wurde immer leichter.

Wahrscheinlich dachte Mariella, dass in der Küche in diesem Moment Frieden zwischen uns herrschte.

Daher war sie in keiner Weise alarmiert oder vorgewarnt, und der erste heftige und tiefe Stich des Messers traf sie vollkommen unvorbereitet.

Ich wunderte mich, wie einfach es war.

Erst jetzt drehte sich Mariella völlig entsetzt um und sah mir ins Gesicht. ›Was soll das?‹, röchelte sie, und die Spucke lief ihr aus dem Mund. Noch war es kein Blut.

Ich glaube, ich hab gegrinst, als ich erneut zustach. Es war echt nicht schwer. Und gleich noch einmal.

Mariella wirkte wie paralysiert. Sie kämpfte nicht, sie bewegte sich noch nicht mal, war wie eine steife Puppe, die die tödlichen Stiche wehrlos geschehen ließ.

Und noch einmal. Und noch einmal.

Da ich Mariella hasste, war es so denkbar einfach.

Ich hörte gar nicht mehr damit auf, auf sie einzustechen. Und schwieg dabei. Hatte keine Lust, meinem Opfer irgendetwas zu erklären. Sollte es mit seinen Fragen und Gedanken doch ganz allein sein, wenn es starb.

Als ich ziemlich sicher war, dass Mariella tot war, kontrollierte ich dennoch kurz ihren Puls und ihre Atmung, und ging dann zum Telefon und rief die Polizei.

›Einen wunderschönen guten Tag, hier ist Mona Russo, ich habe gerade die Geliebte meines Mannes erstochen. Bregenzer Straße 27. Bitte kommen Sie. Ich warte.‹

Ich setzte mich auf einen Stuhl und sah aus dem Fenster.

Beinah ungewöhnlich schnell zogen am blauen Himmel die Wolken über mich hinweg.

Das werde ich nun wohl lange nicht mehr sehen, dachte ich.«

37

Bevor sie mich holten, trank ich noch einen heißen, starken Kaffee. Es war wahrscheinlich der letzte gute Kaffee für Jahre.

Ich war ungewöhnlich ruhig und zitterte nicht mal, mein Herz schlug langsam und gleichmäßig, als wäre nichts geschehen. Immer wieder und völlig emotionslos hab ich zu der toten jungen Frau am Boden gesehen. Mariella in einer Blutlache. Perfekt. Die dunkelrote Farbe des Blutes passte zu ihrem Nagellack, ihrem dunkelblauen, seidenen Morgenmantel und zu ihrem blonden Haar.

Ich hab mich echt gewundert, dass ich nichts dabei empfand, wenn ich die Tote ansah. Aber Mariella hatte meine Familie zerstört, hatte mich verletzt und erniedrigt und aus mir ein totales Wrack gemacht. Ich war mal stark, fröhlich, attraktiv und begehrenswert gewesen, und jetzt musste ich Schmerz- und Psychopillen schlucken, um überhaupt überleben und funktionieren zu können … Doch nun, als ich sie da so liegen sah, fühlte ich mich auf einmal ganz leicht, ganz frei, als wäre mir ein riesiger Felsblock von der Seele gefallen. Die Welt war nicht mehr ganz so düster, denn Mariella gab es nicht mehr. Und Vincenzo, der Lumpenhund, würde sich auch umgucken. Kein blondes Miststück mehr, das so bereitwillig die Beine breit machte. Keine Orgien mehr in unserem Ehebett! Es würde einsam werden. Arbeit, Haushalt und zwei Kinder! Und keine Putzfrau mehr. Ich hätte am liebsten laut geschrien vor Begeisterung! Das Leben fing noch einmal von vorne an, nicht nur für mich, sondern auch für den Herrn Russo!

Er würde sich verdammt wundern! Auf jeden Fall waren da bei mir kein Mitleid, keine Reue und keine Angst vor dem, was jetzt kommen würde.

Ich hatte einen Menschen getötet. Hatte Mariella umgebracht, und Mariella würde nie wieder aufwachen, würde nie wieder Vincenzo vögeln und meinen Kindern nie wieder einen Pudding kochen. Und würde Vincenzo keinen Thronfolger gebären.

Im Grunde war das großartig.

Da kam nicht das geringste Schuldgefühl. Und auch das Baby in ihrem Bauch interessierte mich nicht.

Wahrscheinlich hatte es so sein sollen.

Ich stand auf, ging ins Schlafzimmer, holte meine kleine Reisetasche aus dem Schrank, packte das Nötigste ein und hörte in diesem Moment, dass die Polizei mit eingeschaltetem Martinshorn angerast kam und vor meiner Haustür in zweiter Spur hielt.

Am Fenster sah ich, wie zwei Polizisten ins Haus rannten, dann hörte ich sie die Treppe hinaufstürmen.

Ich ging zur Wohnungstür, öffnete sie weit und lächelte. ›Bitte, kommen Sie herein. Die Tote liegt in der Küche. Ich habe sie erstochen. Keine Angst, ich laufe nicht weg, ich habe meine Sachen bereits gepackt und fahre dann mit Ihnen zusammen ins Präsidium.‹

Die beiden Polizisten, die schon eine Menge erlebt hatten, waren einen Moment fassungslos. So eine Ansage war ihnen offensichtlich noch nie untergekommen.«

38

Ich wurde dem Haftrichter vorgeführt und kam in Untersuchungshaft. Zum Glück hatte ich eine Zelle ganz für mich allein, ein winziges Duschbad und ein vergittertes Fenster mit Blick auf den Hof.

Wenn Vincenzo mit Leo und Lena zu Besuch kam, fiel ich aus allen Wolken. Nahm sie nur noch schemenhaft war, konnte keine Beziehung zu ihnen aufbauen, konnte nichts mit ihnen anfangen. Ich vermisste sie auch nicht, ich sehnte mich nach niemandem, befand mich in einem Paralleluniversum, war jenseits von Gut und Böse. War irgendwie gar nichts. Das Gefühl der Befreiung nach dem Mord war längst verflogen, ich war so depressiv, dass ich mich kaum noch bewegen konnte. Von meiner Pritsche stand ich nur noch auf, wenn ich unbedingt musste. Wenn es die Beamten verlangten. Ansonsten lag ich nur noch da und hatte die Decke über den Kopf gezogen. Für mich hatte kein neues Leben begonnen, sondern mein Leben war vorbei. So jedenfalls fühlte ich mich.

Wie scheiße es mir ging, hat aber in der Anstalt niemanden interessiert. Vielleicht, weil es in der Untersuchungshaft allen so scheiße geht. Keine Ahnung. Sie haben mir den Knastfraß hingestellt und mich in den Besucherraum geführt, wenn Vincenzo und die Kinder kamen. Das war's. Keiner hat mich je gefragt, wie ich zurechtkomme. Nur Arschlöcher um mich rum. Ich war so weggetreten, konnte nicht mehr lächeln, nett sein, meine Kinder in den Arm nehmen …, nein, ich war so daneben, wusste nicht mehr, ob Dienstag oder Mittwoch ist, fiel über meine eigenen Füße und hätte nicht sagen können, ob ich seit drei Monaten oder drei Jahren im Knast war. Ich nahm meine Kinder in den Arm, aber spürte es nicht, ich sagte irgendetwas, aber wusste nicht, was. Und irgendwann lag ich wieder auf meiner Pritsche, vergaß den Besuch und vergaß, wer ich war und wer ich je gewesen war. Die Welt war mir fremd geworden, ich gehörte nicht mehr dazu.

Vincenzo wusste bei diesen Besuchen auch nicht, was er sagen und wie er mit mir umgehen sollte. Er stand immer noch unter Schock. Vielleicht trauerte er der Schlampe und seinem Thronfolger auch hinterher. Keine Ahnung. Aber zumindest war er, wenn er bei mir war, nett zu den Kindern.

Und er meinte zu mir, dass er sich schreckliche Vorwürfe machen würde. Im Grunde sei er an allem, was passiert war, schuld. Und das stimmte ja auch.

Leo und Lena brachten mir jedes Mal selbst gemalte Bilder mit. Sonne und Wolken, Häuser mit Gärten und darin glückliche Menschen.

Das war so schrecklich. Sobald sie gegangen waren, stopfte ich die Bilder in den Papierkorb. Ich konnte sie nicht ansehen. Konnte es nicht ertragen.

Vincenzo fragte mich einige Male, wie ich es hier in diesem scheußlichen Knast überhaupt aushielte.

Ich meinte, das sei kein Problem. Zu Hause wäre es viel schlimmer gewesen.

Dann kam die Gerichtsverhandlung. Ich erspare dir die ganze Scheiße, die da gelabert wurde, aber es war unerträglich, das sag ich dir. Vincenzo stellte sich nun als edler Retter dar, der eine arme, verlorene Seele wie Mariella mit nach Hause genommen hatte, weil sie ja so schrecklich am Ende war. So allein, so traurig, kein Geld, kein Zuhause … Ach Gott!

Und ich war von der entzückenden, süßen Braut natürlich nicht begeistert, weil ich krankhaft und ohne jeden Grund eifersüchtig war!

Du, das hältst du nicht aus, wenn jemand vor Gericht so einen Bullshit erzählt! Ich hätte mich am liebsten auf ihn gestürzt und ihn auch noch umgebracht. Aber das ging ja nicht. Ich saß da wie doof und musste mir diesen ganzen Schwachsinn anhören!

Und dann erzählte er von unserem Alltag, der Zimmeraufteilung, und an allem war natürlich ich schuld. Immer nur ich, ich, ich. Weil ich nicht mehr mit ihm schlafen wollte und, und, und. Dass ich die Putzfrau für die ganze Bande war, hat er mit keinem Wort erwähnt. Ich war die, die dieses ganze wunderbare Wohnkonzept einer Ehe zu dritt mit Kindern zum Scheitern verurteilt hatte.

Als der Richter fragte, ob er denn eine ständige Beziehung zu Mariella gehabt habe, hat er doch wahrhaftig gesagt, dass das mit Mariella nur sexueller Natur gewesen sei und er allein mich immer geliebt habe. Du, ich hätte über den Tisch kotzen können!

Und meine Kinder fanden Mariella nett und toll. Das hat er auch noch gesagt.

Das kann man wirklich nicht ertragen. Er das Unschuldslamm, Mariella die nette und harmlose Geliebte, zwei glückliche Kinder, nur ich die Durchgeknallte, die ständig überreagierte.

Mein Verteidiger hat dann die häusliche Gewalt zur Sprache gebracht, dass mich Vincenzo mehrmals zusammengeschlagen hat, aber das wurde abgewiegelt. Stand nicht zur Debatte. Schließlich hatte ich ja nicht Vincenzo umgebracht, sondern Mariella, die damit nichts zu tun hatte. Und ich hatte Vincenzos Angriffe nicht zur Anzeige gebracht. Insofern gab es sie nicht. So sah's aus.

Ich verstand die Welt nicht mehr.

Und dann hat der Lumpenhund Vincenzo doch wahrhaftig auch noch behauptet, dass er nicht wusste, dass Mariella schwanger ist.

Das setzte dem Ganzen noch die Krone auf! Da bin ich fast explodiert! Ich bin aufgesprungen. Mein Gesicht brannte! ›Ich hab an der Schlafzimmertür gelauscht, und da hat sie dir erzählt, dass sie schwanger ist und dass du mich gefälligst rausschmeißen sollst‹, schrie ich. ›Und dann hast du mich zusammengeschlagen, weil du mitbekommen hast, dass ich gelauscht hab!‹

Und Vincenzo sagte, ich würde lügen. Er selbst hätte keine Ahnung von der Schwangerschaft gehabt und auch nie geplant, mich rauszuschmeißen. So etwas wäre ihm nie in den Sinn gekommen. Schließlich war *ich* seine Frau und seine große Liebe.

Dann fragte der Richter Vincenzo noch, ob er mich geschlagen hätte.

Die Empörung, die Vincenzo dann spielte, war der Hammer! Eine schauspielerische Meisterleistung. Er beteuerte, dass er so etwas niemals tun würde! Niemals! Wegen amore. Ich war seine große Liebe, Mariella war ihm egal.

Kannst du dir das vorstellen, Jan? Dass jemand so dreist sein konnte! Ich war fassungslos.

Und dann sagte Vincenzo, dass ich psychisch krank sei und in Therapie müsse, dass ich offensichtlich ein echtes Problem im Kopf hätte. Dass ich völlig verrückt sei und hoffentlich Hilfe bekäme. Denn es habe niemals einen Grund gegeben, Mariella zu erstechen.

Und als der Richter dann fragte, ob er mir noch irgendetwas sagen will, brach er in Tränen aus. Er blickte zu Boden und flüsterte: ›Danke für deine Liebe.‹

Was für eine scheinheilige Inszenierung!«

39

Was für eine absurde Situation. Wildfremde Menschen standen auf, um über mich zu richten.

Mein Schicksal wurde hier verhandelt.

Und dann hörte ich den allseits bekannten Spruch: Im Namen des Volkes ergeht folgendes Urteil: Frau Mona Russo wird zu zehn Jahren Haft verurteilt.

Ich hab es echt nicht begriffen, konnte es nicht glauben. Das, was hier passierte, war nicht wirklich, ich war im falschen Film. Ich würde gleich nach Hause gehen, und alles wäre gut.

Und dann begründete der Richter das Urteil und meinte, dass ich natürlich aufgrund der häuslichen Situation hochgradig verletzt gewesen sei. Klar, keine Frage. Aber ich hätte meine Kinder nehmen und Vincenzo verlassen können. Oder ich hätte mich mit Vincenzo und Mariella auseinandersetzen müssen, und gemeinsam hätten wir sicher eine Lösung gefunden. Ja, ja, bla, bla. Wer's glaubt, wird selig.

Dieses dumme Richterschwein hatte keine Ahnung und überhaupt nicht begriffen, was bei uns zu Hause los war! Was für ein Vollpfosten, dachte ich wütend.

Und dann meinte er, dass ich das aber alles nicht getan, sondern einfach zugestochen hätte. Bumm. Zwar nicht geplant, also war es kein Mord, aber Totschlag schon. Man könne nicht einfach mit 'nem Messer zustechen, wenn einem was nicht passt oder wenn man betrogen worden ist. Und deshalb bekäme ich zwar kein lebenslänglich, aber zehn Jahre. Zack!

Die Untersuchungshaft wurde mir angerechnet.

Und dann war die Verhandlung geschlossen.

Du, ich war wie taub. Hatte immer noch nichts begriffen. Sah, wie Vincenzo mit meinen Kindern den Gerichtssaal verließ.

Was für ein Dreckschwein.

Mein Anwalt, diese trübe Tasse, kam zu mir und klopfte sich selbst auf die Schulter. Nach dem Motto, er habe das Optimale rausgeholt. Es hätte auch viel schlimmer ausgehen können.

Du, da hätte ich beinah gelacht. Der Typ war einfach nur dreist.

Und dann hab ich ihm stumm und fassungslos hinterhergesehen, wie er in seinem Anzug und mit wehendem Jackett, mit der Akten/Laptoptasche unterm Arm, den Gerichtssaal verließ.

Ich war einen Moment allein. Nur Sekunden. Dann kamen JVA-Beamte und brachten mich ins Gefängnis und in meinen Haftraum.

Mein neues Zuhause für die nächsten Jahre.

Ich sah Vincenzo und meine Kinder nie wieder.«

40

Jan und Mona lagen still nebeneinander. Sagten nichts, berührten sich nicht.

Jan starrte an die Decke. Und hin und wieder zuckte sein ganzer Körper.

Mona erschrak, aber fragte ihn nicht danach.

Das Schweigen dauerte an.

Erst nach einer Viertelstunde stand Jan auf und sah auf die Uhr. »Ich hab noch ein bisschen Zeit«, sagte er leise, »drehen wir noch 'ne Runde und essen unterwegs eine Kleinigkeit aus der Hand?«

Mona nickte und sprang aus dem Bett.

Auf dem Marktplatz holten sie sich zwei Döner, und dann gingen sie Hand in Hand hinaus aus der Stadt. So friedlich und ruhig hatte Mona Jan noch nie erlebt, aber sie war auch darauf gefasst, dass die Stimmung jederzeit umschlagen konnte.

Direkt hinter der Tankstelle fingen die Felder an.

»Komm, lass uns den Weg da raufgehen, in den Wald«, sagte Jan, und Mona folgte ihm. Sie war so nervös, dass sie kaum atmen und kaum laufen konnte. Hatte Angst vor dem, was er zu ihrer Geschichte sagen würde. Seit wann wollte er spazieren gehen? In den Wald? Das war doch nicht Jan! Jan wollte ins Bett, in die Kneipe oder ins Theater. Mehr nicht.

Sie gingen schweigend nebeneinanderher. Und dann, nach einer Weile, fragte er ruhig: »Mona, was machen wir? Du hast mir alles erzählt, ich könnte platzen vor Wut auf diesen Kerl, ich weiß nicht, ob ich schon jemals so gehasst habe. Liebe, Hass, Zorn, Leidenschaft, Rache und Vergeltung – das gehört alles zu meinem Beruf, das ist mein täglich Brot, damit setze ich mich jeden Tag auseinander. Aber ich habe es noch niemals so wahrhaftig gefühlt wie jetzt in diesem Moment. Es ist, als ob in mir ein Brunnen mit Hass gefüllt ist, aus dem ich bis an mein Lebensende auf der Bühne schöpfen kann.

Ich hatte ja nicht die geringste Ahnung, dass ich dazu überhaupt fähig bin. Ich werde dich rächen, das schwöre ich dir, und wenn mir das nicht gelingt, dann sterbe ich. Es ist mir ernst, Mona. Ich kann nur weiterleben und dich lieben, wenn ich dieses Ungeheuer, diesen Wolf im Schafspelz, vernichte.«

Mona antwortete nicht. Sie war über die Heftigkeit seiner Worte beinah erschrocken. Aber er hatte sie wirklich verstanden und verfluchte sie nicht. Das war ihre größte Angst gewesen. Jetzt jubelte sie innerlich, und ihr Herz raste vor Freude.

»Also, was machen wir?«, fragte er erneut.

»Lass uns nach Italien fahren«, sagte sie leise. »Und meine Kinder suchen. Ich habe im Internet recherchiert wie eine Geisteskranke. Die Pizzeria in Berlin gibt es nicht mehr, ich hab vor einer Weile eine Bekannte gebeten, mal in unserer ehemaligen Wohnung vorbeizugucken, aber da wohnt jetzt eine türkische Familie. Vincenzo und die Kinder sind weg. Dann hab ich versucht, Vincenzo Russo zu googeln, aber das kannst du auch knicken. Da gibt es unendlich viele Einträge. Keine Chance. Ich werde verrückt, solange ich nicht weiß, wo sie sind und wie es ihnen geht, aber ich gehe mal davon aus, dass er mit ihnen zurück nach Italien gegangen ist. Wo sollte er auch sonst hin? Italien ist seine Heimat, da kann er seine Muttersprache sprechen, kennt die Leute, hat alte Freunde. Es ist so schwierig, denn Vincenzo kann lieb und nett und fürsorglich sein, ein Sonntagspapa, zu jedem Blödsinn bereit … Aber die Stimmung kann jederzeit umschlagen, wenn er im Stress, genervt oder besoffen ist. Dann wird er zum Choleriker, dann ist er unberechenbar. Ein echter Dr. Jekyll und Mr. Hyde. Du weißt nie wirklich, woran du bei ihm bist und wie er gerade drauf ist. Und ob er nicht in den nächsten zehn Minuten plötzlich durchdreht. Er mag Kinder, aber sie stören und nerven ihn auch.«

»Ich werde wahnsinnig!«, stöhnte Jan.

»Na klar! Ich auch! Und ich kriege die Krise, wenn ich daran denke, dass die beiden ihm zehn Jahre lang ausgeliefert waren! Er hat sich sicher nicht jahrelang gut um sie gekümmert. Sicher nicht. Sie waren ihm zu viel! Sie gingen ihm auf den Sack!« Mona schlug die Hände vors Gesicht und fing an zu weinen. »Ich darf gar nicht daran denken, was er ihnen vielleicht alles angetan hat! Was sie durchmachen mussten! Oh mein Gott! Jan, bitte, hilf mir! Ich hab so eine Angst, dass meine Kinder tot sind! Oder dass sie irgendwo sind – ich weiß nicht, wo –, aber dass es ihnen verdammt schlecht geht!«

Jan nickte, blickte nachdenklich zu Boden und nickte und nickte. Immer und immer wieder. Schließlich blieb er stehen, stieß einen fürchterlichen Schrei aus und schlug vor Wut mit der Hand gegen den knorrigen Stamm einer alten Eiche.

»Jan! Bist du verrückt? Hör auf!«

Mona umwickelte seine blutende Hand mit ihrem Halstuch und sah ihn eindringlich an.

»Was ist los mit dir?«

Langsam beruhigte er sich und kam wieder zur Besinnung.

Und dann sagte er, während er unaufhörlich hinauf in den Himmel blickte und mit den Augen den schnell ziehenden Wolken folgte: »Ich will dir helfen. Ich muss dir helfen. Ich kann an nichts anderes mehr denken. Ich weiß, wie du dich fühlst. Ich weiß auch, dass du keine Ruhe finden wirst und dich der Wahnsinn einholen wird, wenn du deine Kinder nicht wieder im Arm halten und dich an deinem Ex rächen kannst. Ich will das auch alles für dich tun, aber Mona ...« Er fiel auf die Knie und trommelte mit seinen Fäusten auf den Waldboden. »Ich habe eventuell die Rolle meines Lebens bekommen, Mona. Vorgestern. Ich habe dir nichts davon erzählt, weil ich deine Geschichte nicht unterbrechen und erst zu Ende hören wollte. Und weil das alles noch nicht ganz sicher ist, aber wenn – dann kriege ich einen so sensationellen Vertrag nie wieder.«

»Was?«, fragte sie tonlos.

»*Lenz* von Georg Büchner! Dramatisiert als Monolog! Eine Übernahme! Es ist so unfassbar! Am Wiener Österreichischen Theater! Es ist die Geschichte eines geisteskranken Schriftstellers, der an sich selbst zugrunde geht. Etwas Größeres und Wahnsinnigeres gibt es nicht! Und sie wollen mich als Lenz! Mich!«

Mona schwieg.

Jan rang die Hände. »Mona! Liebe! Das ist die Chance, die Rolle meines Lebens. Es wird für mich niemals mehr eine Rolle geben wie den Lenz. Selbst der Hamlet ist dagegen nichts. Den *Lenz* habe ich schon in der Schule gelesen und bin fast irre geworden. Fühlte mich als Lenz, konnte nichts anderes mehr denken, Büchner hatte mich verstanden. Er öffnete mir die Tür zur Literatur, plötzlich begriff ich, worum es ging, ich WAR Lenz, verstehst du? Ich bin Hamlet, weil ich den Lenz begriffen habe. Und plötzlich soll ich ihn spielen! Am Österreichischen Theater! Mona, falls es klappt, lass ihn mich spielen, und dann gehen wir nach Italien! Bitte! Mach mir das nicht kaputt!«

Mona strich ihm sanft über den Kopf.

Er kniete immer noch vor ihr und schluchzte.

»Komm, steh auf«, sagte sie tonlos. »Wir gehen nach Hause. Lass uns darüber nachdenken.«

41

Liebste! Ich habe gerade eine Idee!«, sagte er wenig später, als sie schweigend in die Wohnung zurückgekehrt waren.

Sie sah ihn mit großen Augen an.

»Warum fährst du nicht mit meiner Mutter? Sie hat jede Menge Geld und kann sich monatelang Hotelzimmer und Ferienwohnungen leisten. Sie ist zu viel allein, reist sehr gerne, und Italien ist ihr Traumland. Sie hat sogar mal zwei Semester in Siena studiert und spricht die Sprache perfekt. Na?« Er strahlte, packte sie an den Schultern und schüttelte sie. »Das ist doch die Sache, Mona! Ihr beide zieht los und findet deine Kinder. Und sowie der *Lenz* vorbei ist, komme ich hinterher.« Er lachte schrill auf. »Was für ein irres Wortspiel. Das hört sich an, als würde ich im Sommer kommen, wenn der Frühling vorbei ist!« Dann wurde er wieder ernst. »Nee, ist das nicht genial? Das ist für uns alle das Beste. Für dich, für mich, für meine Mutter. Und wir halten ständig Kontakt. Sobald etwas passiert, komme ich. Dann scheiße ich auf den *Lenz*, das schwöre ich. Letztendlich geht es doch nur um dich. Letztendlich bist du mir immer die Wichtigste.«

»Es gibt so viele große, wahnsinnige Rollen auf der Welt, Jan. Und so viele Filme, die du drehen könntest. Rollen im Film, mit denen du einem Millionenpublikum bekannt werden würdest. Jetzt nach dem *Hamlet* liegt dir die Welt zu Füßen. Kein Hahn kräht danach, was im Österreichischen Theater gespielt wird! Damit macht man keine Karriere.«

Jans Augen verfinsterten sich. »Es geht mir nicht um die Karriere!«, sagte er scharf, und seine dunklen, blitzenden Augen machten ihr Angst. »Scheiß auf die Karriere. Du hast nichts von dem verstanden, was mich umtreibt. Nichts. Es geht mir um Lenz. Um mich. Um den Wahnsinn des Künstlers. Nur wer wahnsinnig ist, kann ein echter Künstler sein. Nur der. Niemand sonst. Das kannst du nicht verstehen, das nehme ich dir auch gar nicht übel, das ist eben so, damit muss ich leben. Aber du musst mir glauben: Der Lenz ist die Rolle meines Lebens. Da kann ich nicht absagen. Überall, aber nicht da. Wenn es sein muss, lehne ich jedes zukünftige Engagement ab. Nur für dich. Wir werden in Armut auf einer einsamen Insel leben. Das ist mir alles egal. Aber ich muss diesen Lenz spielen. Ich muss mich selbst auf die Bühne bringen, verstehst du? Sonst habe ich vielleicht nie wieder die Möglichkeit. Und dann ist mein Leben vorbei. Vorbei, verweht, nie wieder. Ich habe der Welt nicht zeigen können, wer ich bin.«

Er schwieg und starrte auf seine Füße. »Komm, lass es, ich rede wirres Zeug, du wirst, du kannst es gar nicht begreifen, das geht nicht, weil du nicht meine Gedanken hast.«

Er riss noch einmal die Arme gen Himmel, und dann umarmte er sie. »Es ist spät. Ich muss zur Vorstellung.«

Jan war sehr klar und aufgeräumt, was Mona wunderte. Er machte sich frisch, trank noch einen halben Liter Mineralwasser, was Mona auch wunderte. Sie hätte eher einen halben Liter Wein erwartet.

Dann packte er seine Tasche und küsste sie. »Ich muss los. Wir sehen uns nachher. Ich liebe dich.«

Mona nickte. »Ich wünsche dir eine schöne Vorstellung und warte auf dich. Bis später!«

Eine halbe Stunde später rannte sie ihm hinterher. Sie hatte die eine Karte sicher, die ihr als Angehörige jeden Tag zustand, wenn sie rechtzeitig danach verlangte. Fünfte Reihe Mitte. Doro dagegen musste sich jeden Tag neu um ein Ticket kümmern, aber da die Kassendame wusste, dass Doro Jans Mutter war, war das nie ein Problem gewesen.

Als er wenig später durch den Spalt im Vorhang blickte, sah er Mona da sitzen.

Das Leben ging weiter. Mona war da. Die Vorstellung konnte beginnen.

Nach der Vorstellung gingen sie zusammen nach Hause.

»Mach das am Österreichischen Theater«, sagte sie leise. »Bitte, spiele den Lenz. Ich habe begriffen, wie wichtig er für dich ist. Also erledigen wir erst deine Wichtigkeit und dann meine.« Sie grinste, und in ihren Augen schwammen Tränen. »Wenn deine Mutter mag, fahre ich mit ihr. Alles klar. Und dann werden wir sehen.«

»Das ist toll. Ganz, ganz toll. Aber bitte bleib bei mir, bis der *Hamlet* zu Ende ist. Das sind noch acht Tage.«

»Natürlich bleibe ich bei dir. Ist doch klar.«

Jan Jespik sagte nichts, sondern drückte sie nur an sich.

Ganz fest.

42

M ama, könntest du dir vorstellen, mit Mona nach Italien zu fahren?«

»Ich kann mir so manches vorstellen«, sagte Dorothea und lächelte, »aber warum?«

Jan, seine Mutter und Mona saßen im besten Restaurant der Stadt, hatten bestellt und warteten auf ihr Essen. Es war Jans vorstellungsfreier Abend.

Er sah seine Mutter eindringlich und ernst an. Sie sollte spüren, wie wichtig ihm dieses Gespräch war.

»Bitte, Mama. Sie muss ihre Kinder finden. Leo und Lena. Monas Mann hat sie verschleppt, versteckt, weggegeben, oder er hat sie bei sich. Kein Mensch weiß, was los ist. Mona hat nicht die geringste Ahnung, wo ihr Mann und die beiden sind. Sie hat sie seit Jahren nicht gesehen.«

Dorothea schwieg und schien zu überlegen. »Ja, das weiß ich.«

»Ich werde dir alles detailliert erzählen, was geschehen ist«, sagte Mona leise, »so wie ich es Jan erzählt habe. Und dann wirst du verstehen, warum diese Reise sein muss. Dorothea …« Mona sah ihr in die Augen und legte ihre Hand auf Dorotheas. »Ich glaube, wir beide kommen gut miteinander klar. Ich liebe deinen Sohn. Du bist wie eine Schwiegermutter für mich. Und ich würde mich so freuen, wenn du mitkommst. Denn ich glaube, allein schaffe ich das nicht.«

Dorothea sagte immer noch nichts, aber ihre Augen funkelten, und ihr Mund lächelte kaum merklich.

»Wenn ich mit dem *Lenz* in Wien fertig bin oder wenn ich eine Spielpause habe oder wenn ihr Probleme habt, komme ich. Heiliges Ehrenwort.«

Dorothea atmete tief durch. »Gut. Ich komme mit. Bin gespannt auf deine Geschichte. Und wenn ich an die Mission nicht glaube, kann ich ja immer noch in einen Zug steigen und wieder nach Hause fahren.«

Mona strahlte. »Na klar! Das kannst du!«

»Und wohin fahren wir?«

Mona lächelte. »Das ist ja das Spannende. Ich weiß es nicht genau. Vincenzo ist in Florenz aufgewachsen und hat dort gelebt, bis seine Eltern mit ihm nach Deutschland gingen und dort eine Pizzeria aufmachten. Vielleicht ist er ja zu seinen Wurzeln zurückgekehrt. Insofern sollten wir auch in Florenz mit unserer Suche beginnen, denke ich. Aber es könnte natürlich auch sein, dass es ihn ganz woandershin verschlagen hat. Zu seinem Sehnsuchtsort Capri zum Beispiel oder nach Südtirol, weil er die Berge und die Knödel so liebt. Ich weiß es nicht, Doro, aber irgendwo da draußen in dieser großen weiten Welt sind meine Kinder, und ich habe keine Ahnung, wo. Kannst du dir so etwas vorstellen? Sie zu finden, ist eine Lebensaufgabe. Wenn ich es nicht schaffe, sterbe ich.«

Doro ließ das, was Mona gesagt hatte, auf sich wirken. Dann sah sie Mona an. »Benissimo. Dann fliegen wir als Erstes nach Florenz!«

Jan beugte sich vor und drückte ihr einen Kuss auf die Wange.

Das Essen kam, und während der Kellner die Teller, Näpfe und Soßen, Brot und Beilagen auf den Tisch stellte, redete niemand.

»Guten Appetit«, sagte der Kellner und verbeugte sich leicht.

»Vielen Dank«, meinte Jan und nahm sein Besteck zur Hand. »Lasst es euch schmecken.«

Eine Weile sagte niemand etwas, weil jeder seine Speise kostete.

Dann fragte Dorothea: »Mona, wann willst du los?«

»Wenn Jan seinen *Hamlet* abgespielt hat. Die acht Tage bleibe ich noch bei ihm.«

Dorothea nickte und massierte ihr Ohrläppchen. Das tat sie immer, wenn sie überlegte. »Okay. Dann fahre ich nach Hause, packe meine Sachen, und wir treffen uns in – sagen wir mal zehn Tagen – in Florenz. Was meinst du?«

»Fantastisch.«

Jan Jespik strahlte. »Unglaublich. Mit meiner Mutter kann man unheimlich gut planen. Das war schon in meiner Kindheit so. Sie hat alles perfekt organisiert, und dennoch blieb da immer eine Spur Spontaneität. Muttertier – ich danke dir. Wann habe ich das letzte Mal diesen Spruch gesagt?«

»Schon ewig nicht mehr.«

»Aber heute wieder. Und zur Feier des Tages sollten wir einen Schluck Champagner trinken!«

Jan Jespik bestellte eine Flasche. Wenig später funkelte der Champagner in den Gläsern, und die drei prosteten sich zu.

»Auf uns!«

Sie stießen an.

Und Jan Jespik hatte einen Traum: dass alles gut werden würde.

Die Nacht vor Monas Abreise war ein Abschied.

So zärtlich, so traurig und so leidenschaftlich zugleich. Sie kamen zueinander, liebten sich, waren sich so nah wie nie zuvor und hatten dennoch das Gefühl, sich zu verlieren.

Mona weinte, während er mit ihr schlief.

ZWEITER TEIL

LENZ

43

Lucia schüttelte sich den Staub aus den Haaren, wischte sich die Erde von den Armen, denn sie hatte Radieschen und rote Zwiebeln aus dem Garten geholt, und schlug ihre Holzschuhe gegen die Wand, damit der Lehm abbröckelte, bevor sie die Küche betrat. Sie musste noch schnell die Panzanella fertig machen, den Brotsalat, heute Abend kamen Gaia und Michele vorbei. Vincenzo hatte frei, und Lucia freute sich auf den Besuch.

Lucia und Vincenzo bewohnten ein altes Bauernhaus außerhalb des Ortes, das sie in den letzten Jahren mühevoll hergerichtet hatten. Es war einfach und schlicht, aber zu einem gemütlichen Zuhause geworden.

Lucia war eine kleine, dünne Frau, die nur aus Haut und Muskeln bestand. Ihre langen Haare hatte sie meist zu einem losen Zopf geflochten, und das Schönste an ihr waren ihre großen, dunklen Augen. Sie war Dorfschullehrerin in Vertine und hatte sich sehr um Vincenzos Sohn im Rollstuhl gekümmert. So hatten sie sich kennengelernt, waren ein Paar geworden und hatten schließlich geheiratet.

Kurz darauf hatte Vincenzo im nahe gelegenen Ort Gaiole die Wiedereröffnung des Restaurants gefeiert und es *Trattoria Il Cinghiale* genannt, denn Wildschweingerichte waren seine Spezialität. Hin und wieder ging er auf die Jagd und schoss selbst eines, oder er bekam es von Jagdgenossen.

Wildschweine waren eine Plage in den toskanischen Wäldern, aber für ihn der Hit auf der Speisekarte.

»Ciao, Lucia«, »ciao, Vincenzo«, »buonasera, Michele«, »come stai, Gaia«, »Leo, wie geht es dir?«: Die Begrüßung war lang und herzlich.

»Hoffentlich hast du dir mit dem Essen nicht wieder so viel Mühe gemacht, Lucia«, sagte Gaia.

»Nein, nein, es gibt nur eine Panzanella und ein paar Kleinigkeiten. Nichts Besonderes. Bitte, nehmt Platz!«

»Wie läuft die Trattoria?«, fragte Michele seinen Freund Vincenzo.

»Tutto bene. Obwohl einem ja angst und bange werden kann: Die Vegetarier und Veganer sind auf dem Vormarsch, keine Eier oder Milch, keinen Käse und Fleisch schon gar nicht, da dachte ich, dass ich mit meiner *Trattoria Il Cinghiale* einpacken kann, aber nein! Der Laden expandiert, ich könnte täglich die doppelte Menge Gäste bewirten, die Leute lieben meine Wildschweingerichte. Insofern bin ich wirklich glücklich und zufrieden.«

Lucia stellte eine große Schüssel panzanella auf den Tisch: Brotsalat mit Zwiebeln, Thunfisch, Tomaten, Gurken, Mozzarella und Basilikum. »Bitte nehmt euch!«

Alle begannen zu essen.

Leo, der siebzehnjährige Sohn des Hauses, saß in seinem Rollstuhl am Tisch. Er hatte bisher noch kein Wort gesagt, sondern nur teilnahmslos vor sich hingestarrt und schaufelte nun emotionslos wie ein Roboter das Essen in sich hinein. Er verzog keine Miene, daher konnte man ihm nicht ansehen, ob ihm die panzanella schmeckte oder nicht.

Plötzlich begann er zu würgen, lief knallrot an und spuckte alles, was er im Mund schon durchgekaut hatte, zurück auf den Teller. Er röchelte und rang nach Luft, wobei ihm noch mehr

Speisebrei aus dem Mund und übers Kinn lief und auf sein T-Shirt und seine Hose tropfte.

Alle waren so schockiert, dass im ersten Moment niemand etwas sagen konnte.

Auf einmal begann Leo zu husten, er beugte sich vor, würgte erneut und machte den Eindruck, als würde er gleich seinen gesamten Mageninhalt über den Tisch erbrechen.

»Leo!«, schrie Vincenzo und sprang auf. »Reiß dich zusammen, verdammt noch mal! Wenn du nicht anständig essen kannst, dann lass es bleiben! Hier so eine Sauerei zu veranstalten!«

Alle sahen der Szene zu und waren stumm und starr vor Schreck.

Leo liefen die Tränen übers Gesicht und der Schnodder aus der Nase.

Vincenzo rannte um den Tisch herum, nahm Leos Serviette, wischte ihm damit grob übers Gesicht, knallte die Serviette Leo auf den Schoß, riss den Rollstuhl vom Tisch weg und schob ihn hinaus.

Leo schrie laut auf.

Lucia und ihre Gäste hörten noch, wie Vincenzo brüllte: »Was sollte denn das jetzt wieder? Musst du immer, wenn wir Besuch haben, fressen wie ein Schwein?«

Dann hörte man eine Tür knallen.

Kurz darauf kam Vincenzo wieder herein. »Bitte entschuldigt, es tut mir sehr leid, aber jetzt ist er in seinem Zimmer und wird uns heute Abend nicht mehr stören.« Er lächelte breit. »Kann ich euch noch irgendetwas Gutes tun? Michele, darf ich dir nachschenken?«

»Nein danke, noch nicht«, stotterte Michele.

»Aber er hat sich doch nur verschluckt?«, meinte Gaia leise. »Das ist doch nicht so schlimm! Geht es ihm jetzt wieder gut?«

Lucia ergriff sofort Vincenzos Partei. »Ich denke, wenn Vincenzo nicht dazwischengegangen wäre, hätte er sich bestimmt erbrochen. Ich bin froh, dass es nicht so weit gekommen ist.«

»Kotzen kann er auf Bestellung«, murmelte Vincenzo. »Ein bewährtes Mittel, uns jeden Abend mit Freunden kaputt zu machen.«

Wenig später meinte Lucia: »Ich habe noch ein kleines Lachstatar und eine Käseplatte vorbereitet, wer möchte …? Vincenzo, holst du mal bitte das Ciabatta aus dem Ofen?«

Langsam kam das Gespräch wieder in Gang.

Der weitere Abend verlief ruhig und harmonisch, Vincenzo schenkte ständig Wein nach, und Leo, der in sein Zimmer verbannt war, wurde nicht mehr erwähnt.

Als Lucia das dolce, die Nachspeise, vorbereitete, konnte sie es sich nicht mehr verkneifen, mit der absoluten Neuigkeit herauszurücken, weil sie derartig stolz auf Leo war.

»Ihr wisst ja, dass Leo mit der Schule fertig ist«, sagte sie. »Und stellt euch vor, jetzt hat er einen Ausbildungsplatz bei der Comune bekommen! Er hat sogar schon angefangen, als Buchhalter, und es gefällt ihm! Das kann er mit seinem Rollstuhl gut hinkriegen. Und er schafft es auch zeitlich mit der Dialyse. Dazu bringe ich ihn ja dreimal in der Woche nach Florenz. Ich kann euch nicht beschreiben, wie glücklich ich bin!«

»Das ist ja super!«, meinte Gaia. »Gratulazione!« Sie sprang auf und umarmte Lucia. »Benissimo! Ich freu mich für euch! Sag doch auch mal was, Michele!«

»Ich freu mich auch«, murmelte er brav und grinste in die Runde.

»Ja, wir sind wirklich ungeheuer erleichtert«, sagte Lucia, »die erste Hürde ist genommen, jetzt müssen wir für ihn nur noch eine neue Niere finden.« Sie lachte kurz auf, was aber ungeheuer traurig klang.

Lucia sah, dass Vincenzos Augen glasig waren und seine

Bewegungen immer langsamer wurden, als müsse er sich große Mühe geben, sie zu kontrollieren. Vielleicht hatte er schon viel zu viel getrunken. Sie hatte gar nicht darauf geachtet.

Egal. Sie stellte kleine Teller mit Tiramisu auf den Tisch und lief gerade in die Küche, um die Kaffeemaschine anzuschalten, als Vincenzo sie aufhielt.

»Lucia!«, rief er. »Lucia, bleib hier, wir wollen anstoßen! Komm!« Dabei machte er eine schnelle, zu große Handbewegung und stieß sein volles Rotweinglas um.

Lucia sprang auf, griff eine Küchenrolle, wischte über den Tisch, über Vincenzos Hose und versuchte, den Rotwein auch noch vom Boden aufzunehmen. Als sie unter dem Tisch herumkroch und um seine Schuhe herumwischte, zischte er: »Hör auf damit! Es ist okay. Va bene? Lass es. Wir wollen anstoßen, verdammt!«

Lucia tauchte auf, schmiss die schmutzigen Küchentücher schnell in den Mülleimer und lächelte verlegen. »Na dann …«

Vincenzo goss sich erneut das Glas voll.

»Salute!«, sagte er etwas zu laut. »Salute!«

Alle hoben ihre Gläser. »Salute!«

Vincenzo war zufrieden und sank wieder auf seinen Platz. »Jetzt kannst du weitermachen, meine Taube«, murmelte er.

»Sag mal«, fragte Michele, um die angespannte Situation wieder etwas zu entkrampfen, und tupfte sich den Mund mit einer Serviette ab, »warum bist du mit Leo eigentlich nach all den Jahren in Deutschland nach Italien zurückgekehrt?«

Vincenzo wand sich. »Ich hatte Heimweh. Ganz einfach. Simples, heftiges, beschissenes Heimweh. Und als ich zufällig von einem Freund hörte, dass hier in der Nähe eine kleine Trattoria zu übernehmen wäre, hab ich nicht lange überlegt und zugeschlagen. Das war alles. Manchmal sind es die kleinen Dinge, die ein ganzes Leben verändern.«

Nach dem dolce trank Michele mit Vincenzo noch einige Grappa und ging davon aus, dass ihn Gaia nach Hause fahren würde.

Um Mitternacht verabschiedeten und bedankten sie sich. Gaia packte Michele fest unter der Achsel, schleppte ihn zum Auto und schubste ihn auf den Beifahrersitz.

Vincenzo und Lucia winkten, als Gaia, noch einmal blinkend und hupend, davonfuhr.

44

Am nächsten Morgen saß Vincenzo schon früh vor dem Haus und trank seinen ersten Morgenkaffee.

Lucia rauschte ein paarmal wortlos an ihm vorbei und würdigte ihn keines Blickes.

Aber als sie die Hühner gefüttert hatte, setzte sie sich zu ihm.

»Cenzo«, sagte sie leise. »Was war denn da los heute Nacht? Ich hab gehört, dass du noch mal zu Leo ins Zimmer gegangen bist, als Michele und Gaia weg waren. Du hast mit ihm geredet, und er hat geweint. Wieso?«

»Er weint oft.«

»Nein, das tut er nicht. Er frisst alles in sich rein und weint so gut wie nie. Also: Was hast du nach diesem Abend und nach dieser elenden Spuckszene zu ihm gesagt?«

»Ich hab mich bei ihm entschuldigt, weil ich beim Essen so heftig war. Und das hat ihn so gerührt, dass er geweint hat. Was dachtest du denn?«

Lucia schwieg. Sie dachte gar nichts. Aber sie konnte sich nicht vorstellen, dass Vincenzo Leo mitten in der Nacht wegen einer Entschuldigung noch einmal weckte. Und sie konnte sich auch nicht vorstellen, dass Leo deswegen so gerührt war, dass er laut weinte und schluchzte. Ein paar Tränen vielleicht in den Augenwinkeln, ein Lächeln, ein Danke, aber mehr nicht.

»Dann ist es ja gut«, sagte sie und stand auf. »Und ich hatte mir schon Sorgen gemacht.«

45

Lucia hatte nach der Schule zusammen mit einer Kollegin noch den Elternsprechtag für beide Parallelklassen vorbereiten müssen und kam erst kurz nach zwanzig Uhr wieder. Leo war längst zu Hause und Vincenzo schon seit drei Stunden im Restaurant. Was für ein nerviger Tag! Lucia hatte geglaubt, noch ein bisschen im Garten arbeiten zu können, die Tomaten im Gewächshaus mussten dringend ausgeknipst und von wilden Trieben befreit werden, das Unkraut wucherte zwischen den Rosen, und die Petersilie schoss in die Höhe und wurde ungenießbar, wenn sie nicht schnellstens etwas unternahm. Aber jetzt war sie dafür definitiv nicht mehr in Stimmung.

»Ich bin wieder da-ha!«, rief sie, als sie das Haus betrat und ihre Jacke auszog. »Gleich gibt's Abendessen!«

»Keinen Hunger!«, schallte es von oben aus Leos Zimmer zurück.

Na gut, dann eben nicht. Lucia seufzte. Sie aßen so verdammt selten zusammen. Drei Jobs mit unterschiedlichen Arbeitszeiten waren kaum unter einen Hut zu bringen. Das war der große Nachteil an Leos neuer Anstellung bei der Comune.

Lucia ging in die Küche und schaltete den Fernseher an. Eine Quizsendung hatte gerade begonnen, es nervte sie jetzt schon, und sie schaltete wieder ab. Kochte sich einen Tee und ging dann, mit der Teetasse in der Hand, nach oben zu Leo.

»Schatz!«, rief sie. »Darf ich reinkommen?«

»Meinetwegen.«

Einladend klang das nicht, aber sie öffnete die Tür. Leo saß vor dem Computer und spielte, aktivierte aber sofort den Bildschirmschoner, damit sie nicht sah, was genau es gewesen war.

Sie setzte sich ihm gegenüber in einen Sessel und lächelte ihn an. »Alles gut bei dir? Wie lief's in der Comune?«

»Alles bestens.«

»Ich hab zum Abendbrot Artischocken besorgt.«

»Bitte, Lucia. Es gibt Menschen auf der Welt, die nicht dreimal am Tag was essen können. Ich zum Beispiel. Also lass mich bitte in Ruhe! Ich sag schon Bescheid, wenn ich Hunger hab.«

»Okay.« Lucia fühlte sich wie eine Idiotin. Abgekanzelt wie ein Schulmädchen, dabei wollte sie doch immer nur das Beste. »Tut mir leid.«

»Schon gut.«

»Sag mal, Leo…«

»Ja?«

»Was ich dich fragen wollte …«

»Ja?«

»Gestern Abend, nachdem alle weg waren …«

»Ja?«

»Da ist Vincenzo doch noch mal in dein Zimmer gekommen. Was wollte er denn von dir?«

»Nichts eigentlich. Gute Nacht sagen.«

»Leo, bitte! Ich hab gehört, dass du geweint hast.«

»Himmel! Musst du immer alles wissen?«

Lucia schwieg und sah zu Boden. Dann sagte sie: »Na ja, es hat mir so leidgetan. Vincenzo war nicht gut drauf. Vielleicht hatte er ein bisschen zu viel getrunken. Und dann geht er nachts noch mal in dein Zimmer, und du weinst? Das hat mich verfolgt. Da hab ich mir 'nen Kopf gemacht. Den ganzen Tag über. Er war ja an dem Abend wirklich nicht nett zu dir.«

»Nein, aber das war ja auch kein Wunder. Er war gestresst, hatte seinen einzigen freien Tag, und wir hatten mal wieder Gäste, weil du eben so gerne Gäste hast, aber er nicht! Ich übrigens auch nicht! Und ich hab fast über den Tisch gekotzt. Das war schon heftig. Da ist er halt durchgedreht. Sah vielleicht schlimmer aus, als es war.«

Lucia war bestürzt. Aber sie sagte nichts. »Und was war dann in der Nacht?«

Leo schluckte. »Da hat er sich bei mir entschuldigt. Weil er die Nerven verloren hat. Und …« Leo brach die Stimme.

»Und was noch?«

»Er hat mir gesagt, dass er mir seine Niere nicht spenden kann. Das Ergebnis der Untersuchung hat er gestern erfahren. Sie passt nicht. Weil er eben nicht mein Vater ist und irgendwelche Blutfaktoren dagegensprechen, frag mich nicht. Auf jeden Fall geht es nicht. Und da haben wir beide geweint.«

Für Lucia brach eine Welt zusammen. Vincenzo, Leo und sie hatten so große Hoffnungen darauf gesetzt. Aber jetzt fragte sie sich, warum sie das nicht auch erfahren hatte. Doch sie verkniff sich die Kritik und wollte Vincenzo später zur Rede stellen. Tröstend strich sie Leo übers Haar.

»Das wusste ich nicht«, sagte sie. »Oddio, wie furchtbar! Ich hatte es so gehofft. Und ich würde selbst so gerne helfen, aber du weißt ja, dass bei mir eine Spende wegen meiner Herzrhythmusstörungen nicht infrage kommt. Doch wir finden eine andere Niere, da bin ich ganz sicher, mach dir keine Sorgen!«

Leo sah sie mit leerem Blick an, und seine Augen sagten: Ach ja?

Lucia umarmte ihn. »Kann ich dir noch irgendetwas Gutes tun?«

Leo schüttelte den Kopf.

»Va bene. Dann entschuldige, dass ich dich gestört habe!«

»Schon gut!« Er wandte sich wieder dem Computer zu, und Lucia verließ das Zimmer.

46

Es war weit nach Mitternacht, als Vincenzo nach Hause kam. Oft ging Lucia schon ins Bett und wartete nicht auf ihn, aber an diesem Abend saß sie auf der Terrasse.

»Du bist noch wach?«, fragte er überrascht, aber auch erfreut.

»Ja. Ich dachte, wir könnten vielleicht ein Glas Wein zusammen trinken. Die Nacht ist so schön.«

»Das finde ich wunderbar. Bleib sitzen, ich hole den Wein.«

Wenig später prosteten sie sich zu, der rote Wein funkelte im warmen Schein des Windlichts auf dem Tisch.

»Wie war's im Restaurant?«

»Bene. Gut zu tun, aber nicht übermäßig, sehr angenehm. Wir haben Wildschwein-Tagliatelle angeboten, das läuft immer bestens.«

»Super. Sollten wir auch mal wieder machen. Das mag Leo so gern.«

»Ja. Schläft er schon?«

»Davon gehe ich aus. Jedenfalls ist bei ihm kein Licht mehr. Sag mal, Vincenzo, du hast das Ergebnis der Untersuchung bekommen? Wegen einer eventuellen Nierentransplantation?«

»Ja. Es gibt Schwierigkeiten. Meine Blutwerte sind nicht so toll, daher komme ich als Spender zurzeit nicht infrage.«

»Ach so?«, fragte Lucia erschrocken. »Was ist denn mit deinen Werten?«

Vincenzo zuckte mit den Schultern. »Das konnten sie nicht genau sagen. Zu viel Stress, was weiß ich, könnte aber auch was

Generelles sein. Ich soll mich demnächst noch mal genau durchchecken lassen. Jedenfalls klappt es mit einer Spende im Moment nicht.«

»Eine Katastrophe! Sowohl für dich als auch für Leo!«

»Ja.«

»Warum erzählst du es Leo und nicht mir?«

Die Stimmung kippte augenblicklich.

Vincenzo presste die Lippen aufeinander und zischte wütend: »Weil er ja wohl der am meisten Betroffene ist, oder? Sollte diese ganze romantische Inszenierung hier dazu dienen, mir eine Szene zu machen? Porca miseria, ich hab das Ergebnis gestern Nachmittag erfahren. Als ich nach Hause kam, war der Besuch schon fast da, wann sollte ich was erzählen? Ich hab es mit Leo besprochen, als die Gäste weg waren, er war todunglücklich. Dann hab ich mich hingelegt, und du hast noch ewig hier in der Küche rumgewirtschaftet. Als du nach oben kamst, hab ich schon geschlafen. Und da machst du jetzt so ein Drama draus?«

»Du hättest es mir heute Morgen sagen können. Aber da hast du mir nur gesagt, dass er über deine Entschuldigung so gerührt war, dass er weinen musste.«

»Ja.« Jetzt wurde er laut. »Ich hätte es dir heute Morgen sagen können. Hab ich aber nicht. Verflucht noch mal. Weil ich es nicht wollte. Ich fand, es war nicht der richtige Moment. Entschuldige bitte, Gnädigste! Ich wusste nicht, dass du bei allem zuerst bedient werden willst, zum Teufel. Und wenn du hier nicht sofort dieses Fass aufgemacht hättest, hätte ich es dir bestimmt heute Abend erzählt. Ganz in Ruhe und ganz ohne Stress. Denn jetzt wäre der richtige Moment. Und wir hätten zusammen überlegt, wie es weitergeht. Aber jetzt kannst du mich mal!« Er nahm seinen Stuhl, schleuderte ihn über die Wiese, brüllte noch: »Gute Nacht!«, und verschwand im Haus.

Lucia brach in Tränen aus.

47

Es war zwölf Uhr fünfundvierzig, als der Flieger aus München pünktlich auf die Minute in Florenz landete.

Mona war heilfroh und schüttelte sich erleichtert den Stress aus dem Körper. Fliegen war einfach nicht ihr Ding. So viel Alkohol konnte sie gar nicht trinken, um die Enge und die vielen fremden Menschen um sich herum zu ertragen. Die Gerüche, die stickige Luft, das Ausgeliefertsein an einen Piloten und jede Menge Technik verursachten ihr Übelkeit. Fliegen war die Hölle.

Heute Morgen hatte um sechs Uhr der Wecker geklingelt, Jan war fast augenblicklich wie von der Tarantel gestochen aufgesprungen, hatte Kaffee gekocht und Brot getoastet, während sich Mona im Bad fertig machte. Um sieben waren sie in Gernersburg losgefahren, um halb neun auf dem Flughafen München angekommen, um halb elf ging die Maschine, alles auf den letzten Drücker.

Noch nie hatte Mona so einen Abschied erlebt. Jan drückte sie an sich, als wolle er sie nie wieder loslassen, und sie fühlte sich, als würde sie sterben. Ohne Jan hatte alles keinen Sinn mehr.

»Meine Liebste«, flüsterte er, »wir sehen uns wieder. Ganz bald und ganz bestimmt. Versprochen.«

Mona sagte gar nichts. Sie weinte nur, und Jan küsste ihr die Tränen von den Wangen.

Dann ging er davon.

Daran musste sie ständig denken, als nach der Landung im

Flugzeug plötzlich alle fast gleichzeitig aufstanden, ihr Handgepäck aus den oberen Fächern angelten und sich in den engen Dreierbänken umständlich Jacken und Mäntel anzogen. Mona wurde fast irre und war kurz davor, in Panik wild um sich zu schlagen. Die bedrückende Enge eines Flugzeugs zusammen mit Hunderten Menschen hatte sie heute schlimmer empfunden als das Eingesperrtsein in einer winzigen Zelle der Frauenvollzugsanstalt im dritten Stock mit vergittertem Fenster. Ständig hatte sie im Gefängnis an die Bedrohung durch ein Feuer gedacht, aber hatte die Ängste schließlich überwunden, die Albträume ertragen, und irgendwann waren die horrormäßigen Fantasien verblasst.

Mona brach der Schweiß aus. Sie musste das Chaos des Aussteigens jetzt aushalten. Musste da durch. In wenigen Stunden würde sie Doro treffen, und dann begann ihr gemeinsames Abenteuer. Das durfte sie nicht alles aufs Spiel setzen, nur weil sie sich jetzt nicht unter Kontrolle hatte und ausflippte.

Sie schloss die Augen und atmete ruhig. Wollte die hässlichen Menschen um sich herum nicht mehr sehen, die sie verabscheute und abstoßend fand. Sie fürchtete sich vor jeder zufälligen Berührung und jedem Atemzug. Die Luft schien ihr verpestet von krankem, stinkendem Atem, den fremde Lungen in die Kabine geblasen hatten.

Sie beherrschte sich mühsam, aber war dennoch fast einer Ohnmacht nahe, bis sie endlich spürte, dass sich das Flugzeug langsam leerte, sich Reihe für Reihe lichtete und die Passagiere den Flieger verließen.

Als sie wieder Luft bekam, griff sie ihr Handgepäck und floh ins Freie. So schnell wie möglich.

Und während sie die Maschine verließ und die Treppe zum Rollfeld hinunterlief, begann irgendetwas, das sich anfühlte wie ein neues Leben.

Sie kannte den Flughafen von Florenz nicht und fand ihn grauenvoll. Überraschend klein, kühl, nichtssagend. Ein paar wenige Geschäfte, absolut trübe Tasse.

Und auch im Umfeld nur Schnellstraßen um den Flughafen herum, die man nicht überqueren konnte. Der Aeroporto war eine Verkehrsinsel im vier- und fünfspurigen Straßengewirr, ein Horror, dem man nur per Auto oder Flugzeug entkommen konnte.

Also war sie jetzt noch dreieinhalb Stunden eingesperrt, bis die Maschine mit Doro aus Berlin landete. Du lieber Himmel!

Sie schickte eine WhatsApp an Jan:

> Ich bin gut gelandet, sitze hier im Flughafen-
> gebäude von Florenz und warte auf Doro.
> Ach, wärst du doch bloß bei mir!
> Wir melden uns heute Abend. 🖤🖤🖤🖤🖤

Er antwortete sofort:

> Super. Ich freu mich. Vermisse dich jetzt schon unglaublich!!!
> Wie soll ich das aushalten? Bis bald! 🌍

Sie klappte das Handy zu.

Hoffentlich kommt Doro wirklich, dachte Mona. Hoffentlich war nichts dazwischengekommen.

Sie kaufte sich ein Käsebaguette und eine deutsche Zeitschrift, aß langsam, blätterte die Illustrierte durch und gammelte dann im Flughafengebäude herum. Saß auf einem harten Plastiksitz und starrte aufs Rollfeld, das karg und grau und leblos erschien. Sie fühlte sich nicht wie in der Toskana, sondern irgendwie gestrandet am Ende der Welt in einem namenlosen Aeroporto.

Irgendwann schlief sie eine halbe Stunde mit dem Kopf auf ihrer Reisetasche ein, wachte mit Nackenschmerzen auf und wusste nicht mehr, wie sie die letzten anderthalb Stunden bis zu Doros Ankunft noch totschlagen sollte.

48

Jan schreckte auf. Er schnellte von seiner kargen Pritsche hoch, verschluckte sich vor Entsetzen und musste husten. Rannte zum Fenster und riss die Gardine auf. »Sonne! Meine Sonne!« Er fiel auf die Knie. »Nein! Bitte nicht, geh nicht, ich ertrage die Nacht nicht, nein!«

Jan schrie die Sätze in Panik, dann rannte er wie wild über die Bühne, bis er schließlich die Tür aufstieß und verschwand.

»Halt!«, schrie Regisseur Hofer. »Halt! Komm zurück!«

Jan trat wieder auf. Verschwitzt, mit hochrotem Kopf.

»Wer sagt dir, dass du abgehen sollst, du Striezel?«

»Ich. Ich suche die Sonne.«

»Und ich sage dir, du bleibst auf der Bühne. Renne herum, suche die Sonne, schau aus dem Fenster, ganz egal, aber geh nicht ab. Sonst ist die Szene zu Ende.«

»Wenn *ich* es spiele, ist die Szene nicht zu Ende. Die Leute werden den Atem anhalten und beten, dass ich wiederkomme.«

»Nein! Sie werden abschalten und in ihren Taschen herumkramen. Werden auf ihr Handy gucken. Die Spannung ist zum Teufel.«

»Wer sagt das?«

»Ich.«

»Wie kommen Sie dazu, mein Herr?«

»Ich bin der Regisseur, und ich sage dir hier, wo's langgeht, und niemand sonst.«

»Sind Sie der liebe Gott, mein Herr?«

»Sicher nicht, aber jetzt tu, was ich sage, und beginn noch mal bei: Sonne! Meine Sonne!«

»Ist das hier eine Probe, mein Herr?«

»Ja. Das ist eine Probe.« Hofer verdrehte die Augen. »Und jetzt komm runter, Jan, und lass uns wie zwei vernünftige Menschen reden. Wir sitzen beide im selben Boot. Wenn du scheiße bist, fällt das auf mich zurück, und wenn ich scheiße bin, auf dich.«

»Eben drum möchte ich jetzt PROBIEREN, von der Bühne abzugehen. Und ich werde wiederkommen. Keine Angst, ich gehe nicht in die Kantine und trinke ein Bier, obwohl mir danach ist.«

Hofer fügte sich. »Gut, dann mach.« Er seufzte und sank schwer in seinen Sitz. Jan Jespik war einer der genialsten, aber auch einer der schwierigsten Schauspieler, mit denen er jemals zu tun gehabt hatte.

Jan sammelte sich. Dann begann er von Neuem.

»Da war schon viel Schönes dran«, sagte Hofer seufzend, als Jan die Szene mit einem Zusammenbruch beendet hatte, und stand auf. »Aber auch wenn es dir vielleicht nicht gefällt, müssen wir noch dran arbeiten.«

Jan blieb auf der Erde sitzen und sah Hofer ausdruckslos an.

»Erstens: Geh nicht ab. Es ist kalter Kaffee. Märchentheater. Da geht ein Sehender ab und kommt als Blinder wieder. Ha, ha, ha. Nein – dieses fürchterliche Drama, diesen Prozess möchten die Leute miterleben. Spiel es! Zeig es! Ich weiß, es ist verdammt schwer, aber wenn es einer kann, dann du!

Dieser Lenz ist der Künstler, ein Dichter. Das Wichtigste ist sein Augenlicht: Er muss die Welt sehen, die er dann in seine Poesie verwandelt. Sein Herz interpretiert das, was er sieht, und er gibt dem Ganzen Worte. Das ist alles, was er hat und was er kann. Das ist sein Leben. Und jetzt schwindet sein Augenlicht. Stell dir das vor! Was für eine Katastrophe! Es gibt nichts Schlimmeres. Panik, Jan, Verzweiflung, ist es Blindheit oder Irrsinn? Das alles will ich sehen, zeig es mir auf der Bühne. Die Leute werden genauso leiden wie du.«

Jan schwieg und sah zu Boden.

»Zweitens: Kannst du jeden Abend am Ende dieser Szene stolpern und der Länge nach hinschlagen? Das wäre eine artistische Meisterleistung. Kannst du das?«

»Vielleicht, vielleicht auch nicht.«

»Das geht nicht, Jan. Jede Vorstellung muss jeden Abend gleich sein. Nicht mal so oder so. Theater ist Absprache und keine Improvisation. Wenn du es jeden Abend schaffst, dann mach es, ansonsten möchte ich es nicht wieder sehen.«

Jan wurde wütend. »Wenn du mit mir redest, dann rede mit mir wie mit einem erwachsenen Menschen, der noch alle Tassen im Schrank hat, und nicht wie mit einem Hilfsschüler aus der dritten Klasse!«

Hofer ging nicht darauf ein. »Drittens«, sagte er stoisch. »Mach die Pause nach deinem Zusammenbrechen – wie auch immer du das jetzt jeden Abend machen wirst – nicht zu lang. Als Zuschauer stirbt man dabei tausend Tode. Denn du kauerst mit dem Kopf nach unten. Damit bist du weg und kannst keine Spannung halten. Da kannst du atmen, so viel du willst, das funktioniert nicht. Die Leute gehen innerlich nach Hause.«

Jan schluckte, aber schwieg.

»Viertens: Das *Hamlet*-Zitat ist klasse. Und von Büchner im *Lenz* erwünscht. Lass es. Ganz großartig. Und jetzt fang mit der Szene noch mal von vorne an.«

Jan spielte wie immer um sein Leben. Beherzigte alles, was Hofer gesagt hatte.

Als er fertig war, sah er abwartend und auch ein bisschen aufgeregt in den Zuschauerraum. Erwartete Kritik oder Lob.

»Mittagspause«, sagte Hofer und stand auf.

Jan spürte, dass er seinen Meister gefunden hatte. Hofer war ein ganz anderes Kaliber als Cessnik.

49

Doros Flug hatte fünfunddreißig Minuten Verspätung. Mona dämmerte, vom Warten unendlich müde, auf ihrem Plastiksitz vor sich hin und sah nur hin und wieder auf die sich automatisch öffnende Tür, durch die die Ankommenden kamen.

Plötzlich tippte ihr jemand auf die Schulter. »Buonasera, Signora!«

Mona sprang auf, und es erschien ihr wie ein Wunder, dass Doro leibhaftig und lächelnd vor ihr stand. Sie stieß einen kleinen Freudenschrei aus und nahm Doro in die Arme. »Wie schön, dass du da bist!« Sie drückte sie fest an sich. Am liebsten hätte sie sie durch die Luft geschwenkt und gedreht, aber das schaffte sie nicht.

Doro! Da war sie also. Wie geplant und wie versprochen. Es hatte alles geklappt. Was für ein Glück!

Neben Doro stand ein Koffer, der fast genauso groß war wie sie selbst.

»Du lieber Himmel!«, staunte Mona. »Bist du mit so einem Monster geflogen?«

Doro grinste. »Er ist groß, aber nicht schwer. Komm, lass uns gehen.«

Mona nickte, schulterte ihre Reisetasche, und sie verließen das Flughafengebäude.

Die warme nachmittägliche Frühlingssonne blendete.

»Sonnenbrillenwetter«, meinte Mona und grinste. »Ich hab uns mit meinem Handy ein Hotel in der Innenstadt gebucht. Nichts

Besonderes, aber fürs Erste und für eine Nacht okay. Bis wir wissen, was wir machen und wo wir hinwollen. Komm, wir steigen in ein Taxi, und dann sehen wir weiter.«

Doro blieb stehen. »Nein, vielleicht sollten wir uns doch lieber gleich hier am Flughafen einen Mietwagen nehmen, den wir dann behalten, solange wir ihn brauchen. Ich könnte mir vorstellen, dass es in der Innenstadt schwierig sein wird, einen Mietwagen zu bekommen. Und mit einem Wagen sind wir unabhängig und können machen, was wir wollen.«

»Du bist die Größte«, sagte Mona. »Ja, das ist eine gute Idee, das machen wir.«

Das Hotel lag in der Via Nazionale, direkt in der Innenstadt, nahe dem Bahnhof Santa Maria Novella. Ein unscheinbares Zimmer mit Bad, Fernseher und Frühstück, Blick auf die befahrene Straße, Standard, nichts Schlimmes, aber auch nichts Besonderes. Alle Sehenswürdigkeiten von Florenz waren fußläufig leicht zu erreichen, auch der Mercato Centrale in der Via Sant' Antonino. Dort hatten Vincenzos Eltern eine Trattoria bewirtschaftet und in den Räumen darüber gewohnt. Es war der Ort, an dem Vincenzo aufgewachsen war.

Als Doro in den kleinen, engen Hinterhof des Hotels einbog, fragte sie sich, wie sie hier jemals wieder rauskommen sollte. Umdrehen war undenkbar. Sie würde rückwärts durch die enge Einfahrt zurück müssen.

Egal. Sie stiegen aus und nahmen schon mal das Wichtigste ihrer Sachen mit.

Die Rezeption war ein dunkler Raum, der einen vom ersten Moment an das Fürchten lehrte. Hinter dem Empfangstresen stand eine Frau, die sich ihre langen, strähnigen Haare sicher schon drei Wochen nicht mehr gewaschen hatte und ihnen ein harsches, uninteressiertes »Sì?« entgegenklatschte.

Doro sah Mona mit einem Blick an, der sagte: Warum – zum Teufel – tust du uns so etwas an?

Mona schämte sich bereits, aber zeigte der Strähnigen ihre Buchung auf dem Handy, und diese nickte, tippte auf ihrer Tastatur herum und sagte auf Englisch mit starkem Akzent: »Zweiter Stock, Zimmer 217, Frühstück morgen um sieben, angenehmen Aufenthalt.«

Doro und Mona holten den Fahrstuhl und fuhren schweigend nach oben.

Das Zimmer war mehr als gewöhnungsbedürftig. Ein Doppelbett, ein Fernseher, der nicht funktionierte, keine Sitzgelegenheit, eine ratternde Klimaanlage, die nicht abzustellen, und ein Fenster zur Straße, das nicht zu öffnen war. Das Bad primitiv und zum letzten Mal in den Fünfzigerjahren renoviert, keinerlei Luxus, keine Annehmlichkeiten, niente.

Doro setzte sich resigniert aufs Bett.

»Liebe«, sagte sie leise. »Ich finde es toll, dass du uns eine erste Unterkunft gebucht hast, aber das hier ist unterirdisch.« Sie lachte. »Für eine Nacht wird es gehen, wir werden dieses grausige Zimmer und das wahrscheinlich ebenso schreckliche Frühstück morgen früh überleben. Aber dann suchen wir uns etwas anderes.«

»Tut mir leid«, murmelte Mona. »Es war nicht teuer, und die Bilder sahen ganz okay aus.«

»Alles gut.« Doro lachte. »Ab morgen machen wir es uns ein klein wenig gemütlicher. Ich habe das Geld.«

Mona sagte nichts, sondern drückte Doro nur still einen Kuss auf die Wange. »Und jetzt suchen wir uns etwas zu essen, Doro, ich sterbe vor Hunger!«

Eine Dreiviertelstunde später saßen sie in einer kleinen Osteria und warteten auf eine Pizza für Mona und eine Lasagne für Doro.

Der Kellner hatte bereits einen halben Liter Chianti gebracht, sie prosteten sich zu und sahen sich an.

»Okay«, sagte Mona. »Morgen früh ziehen wir um. Und was machen wir dann?«

»Dann gehen wir zum ufficio anagrafico. Dem Einwohnermeldeamt. Und versuchen zu erfahren, ob Vincenzo hier wieder irgendwo gemeldet ist. Vielleicht geben sie uns Auskunft, vielleicht auch nicht. Wir werden es probieren. Sonst ziehen wir durch die Kneipen und fragen, ob irgendjemand Vincenzo kennt. Kommissar Zufall ist ja manchmal ein sehr guter Mitarbeiter. Man kann sich bloß nicht auf ihn verlassen!«

Mona grinste. »So machen wir das«, sagte sie, »und weißt du, es ist mir scheißegal, wie unser Hotelzimmer ist, ich bin so müde, ich glaube, ich werde schlafen wie ein Stein und nichts davon mitbekommen!«

Doro lächelte und verlangte die Rechnung. »Geht mir genauso. Und morgen wartet eine Menge Arbeit auf uns.«

50

Die Straße war eng und staubig. Vom wolkenlosen Himmel brannte die Sonne erbarmungslos auf die kleinen, einfachen Häuser. Fast alle Fensterläden waren geschlossen. Es herrschte gespenstische Stille. Kein Mensch war unterwegs, nur eine magere Ziege rupfte in einem Vorgarten vertrocknete Blätter von einem dornigen Busch.

Vincenzo und Leo saßen im Auto. In einem kleinen, engen Fiat Cinquecento. Vincenzo fuhr schnell. Zu schnell. Er raste die leicht abschüssige Dorfstraße hinunter, das Auto verschwand fast im aufwirbelnden heißen, feinen Staub. Er krachte durch Schlaglöcher, aber schaffte es immer wieder, den Wagen in seine Gewalt zu bekommen, und raste weiter.

»Spinnst du? Fahr langsamer!«, schrie Leo. »Was ist denn los mit dir? Willst du uns umbringen?«

Vincenzo antwortete nicht.

Die Fenster des winzigen Autos standen offen, Vincenzos Gesicht glühte vor Anstrengung, er schwitzte, sein Hemd klebte am Körper.

Auch Leo schwitzte, die Ärmel seines Hemdes waren hochgekrempelt, seine Arme von Wunden und Narben übersät, aus einigen Wunden lief das Blut in kleinen Rinnsalen die Arme hinab, bis es in der Hitze trocknete und zum Stillstand kam. Aber immer neue Wunden platzten auf, immer mehr Blut lief die Arme hinab.

Leo achtete nicht darauf, und Vincenzo fuhr immer schneller, als wäre der Teufel hinter ihnen her.

Am Ende des Dorfes bog er in eine ebenso schmale, aber asphaltierte Straße ab, die zu einer prunkvollen, riesigen Villa führte. Er steuerte geradewegs auf das Haus zu, drehte im letzten Moment mit quietschenden Reifen ab und raste dann links daran vorbei zu einer großen Terrasse. Diese lief in weiten, leichten Stufen an einem großen, tiefen Pool aus. Das hellblaue Wasser glitzerte verlockend im Sonnenlicht.

»Vincenzo!«, schrie Leo. »Papa! Halt an!«

Vincenzo schien ihn gar nicht zu hören, er reagierte nicht und drehte sinnlose Kreise um den Pool. Und noch einmal, immer schneller. Immer enger.

Und da gerieten die linken Räder des Fiats zu nah an den Rand, fanden keinen Halt mehr, rutschten ab, der Wagen kippte, und beide stürzten mit dem Auto ins Wasser. Versanken blitzschnell. Vincenzo gelang es, den Sicherheitsgurt zu lösen und aus dem offenen Fenster nach oben zu tauchen, aber Leo hatte keine Chance. Das Fenster auf seiner Seite, aus dem er hätte fliehen können, lag auf dem Grund des Pools. Auch er versuchte, den Sicherheitsgurt zu öffnen, es dauerte und kostete kostbare Sekunden. Aber er war eingeklemmt. Schaffte es nicht, sich zu drehen und über Mittelkonsole und Schalthebel zu klettern, er war in heilloser Panik, und die Luft ging ihm aus. So ist das also, dachte er noch, als das Wasser in seine Lunge strömte, und er wusste, dass er nie wieder einen Atemzug nehmen würde. Die Ohnmacht war gnädig, als er ertrank.

Der Pool schien zu brodeln und zu kochen, so viel Luft entströmte dem versunkenen Auto, aber der Fiat mit dem in ihm gefangenen Leo tauchte nicht wieder auf.

Ein paar schwache, letzte, armselige, kleine Luftblasen kamen noch an die Pooloberfläche, leer und halb tot, so wie der Körper in dem gefluteten Auto, dem sie entwichen waren.

Vincenzo saß mit einem kühlen Getränk auf der Terrasse. Machte mit seinem Handy Fotos von dem absurden Bild eines Autos in seinem Pool.

»Wir müssen jemanden organisieren, der den Wagen aus dem Wasser zieht!«, rief er zu einer Person im Inneren des Hauses. »So geht das ja nicht!« Und dann lachte er laut und schallend. Konnte gar nicht mehr aufhören. Die Tränen liefen ihm übers Gesicht. Er setzte seine Sonnenbrille ab, wischte sich mit seinem Ärmel über die Augen, stand auf und ging ins Haus.

Mona erwachte schreiend.

»Was ist los?« Doro richtete sich schlaftrunken auf. »Was hast du?«

Mona antwortete nicht, sondern stand auf, rannte ins Bad und klatschte sich kaltes Wasser ins Gesicht. Leo! Der Traum war so realistisch gewesen. Ihr Herz schlug vor Angst, dass Leo wirklich etwas passiert sein könnte.

Sie ging zurück ins Zimmer, riss die Gardinen auf und starrte in die Dunkelheit. Doro war schon wieder eingeschlafen.

Noch ging die Sonne nicht auf, der Morgen ließ auf sich warten. Aber sie konnte jetzt nicht mehr schlafen. Dachte unentwegt an Leo, ihren kleinen Leo. Er war in Gefahr. Das spürte sie. Ihr liebevoller, zärtlicher Engel. Sie wollte ihn noch einmal sehen. Ihn noch einmal in die Arme nehmen und an sich drücken. Danach war alles egal.

Vielleicht war sie verrückt. Vielleicht überinterpretierte sie alles. Träume hatten ihre eigene Dramaturgie, verknüpften Erlebtes, Gesehenes und Gehörtes, Gelesenes und alle möglichen Gedanken des Bewusst- und des Unterbewusstseins zu einer ganz eigenen kreativen Geschichte. Zu grandiosen Bildern. Stellten unglaubliche Zusammenhänge her. Natürlich. Das wusste sie alles. Sie hatte in ihrem Leben und in langen Knastnächten gelernt,

Träume nicht zu ernst und nicht zu wichtig zu nehmen, sondern eher darauf zu achten, womit sich Herz und Verstand gerade beschäftigten.

Aber dieser Traum war eine Warnung. Das spürte sie. Und jetzt hier in dieser Nacht hatte sie plötzlich das Gefühl, dass sie zu spät kommen könnte.

51

Dorothea sah schon an der Art, wie Mona aufstand und ins Bad stolperte, dass es ein schlechter Tag werden würde.

Beim Frühstück in einem grässlich beigebraun gefliesten Raum hatte sie winzig kleine Augen und wirkte fahrig und nervös. Sie trank einen dünnen, abgestandenen Kaffee nach dem anderen und schwieg vor sich hin.

Und irgendwann, als Doro mit ihrem kargen Frühstück aus trockenen Brötchen und abgepackter Margarine und Marmelade längst fertig war, fragte Mona plötzlich: »War das eigentlich eine Straftat, dass Vincenzo meine Kinder mitgenommen hat?«

Doro zog die Augenbrauen hoch. »Ich denke schon. Ihr wart verheiratet, aber er hatte nicht das Sorgerecht. Stimmt's?«

»Ja, genau.«

»Hätte er das Sorgerecht gehabt, dann wäre es eine Sorgerechtsverletzung und eine Kindesentziehung, aber in deinem Fall ist es klar eine Kindesentführung. Du solltest ihn anzeigen, aber da er mit den Kindern irgendwohin verschwunden ist und niemand ihren Aufenthaltsort kennt, wird die Sache extrem schwierig. Auch die Anzeige läuft ins Leere, da wir seine Adresse nicht haben. Ich kann mir außerdem nicht vorstellen, dass die Carabinieri sehr daran interessiert sind, einen Italiener zu suchen, der angeblich zwei deutsche Kinder entführt hat. Und das vor zehn Jahren.«

Mona nickte und schwieg. »Checken wir jetzt aus und fahren dann gleich zum Einwohnermeldeamt?«

»Ich würde sagen, ja. Es gibt übrigens drei in Florenz. Entweder, die haben einen Zentralcomputer, wovon ich ausgehe, oder wir haben drei Chancen.« Sie grinste. »Und dann suchen wir uns irgendeine schöne Ferienwohnung ein bisschen außerhalb. Die Stadt ist so entsetzlich laut und hektisch. Oder was meinst du?«

»Ich finde das großartig. Nie wieder so ein Hotel wie letzte Nacht. Bitte, buch du das mal, Doro, du hast da sicher das bessere Händchen.«

»Kein Problem«, sagte Doro.

Als Mona wenig später das Gepäck von beiden aus dem Zimmer ins Auto trug, sah ihr Doro dabei zu und dachte: Du bist mein kleines Mädchen, meine Mona, allein gelassen mit deinen unerfüllten Träumen, deinem unfassbaren Leid und deiner schrecklichen Schuld.

Vielleicht kann ich dir helfen.

Wenig später hielten sie vor einem lang gestreckten, dreistöckigen, kalten Bau. »Da wären wir. Soll ich mitkommen?«

»Nicht nötig.« Mona stieg aus dem Wagen, warf die Autotür zu und lief ins Haus.

Doro wusste, dass Mona mit ihren dreieinhalb italienischen Vokabeln aufgeschmissen war, und folgte ihr langsam, sobald sie für ihren Wagen einen Parkschein gezogen hatte.

Es dauerte, bis sie Mona fand. Sie saß in einem Büro am Ende eines dunklen Flurs. Ihr gegenüber eine stoische Frau, die ihren Kugelschreiber in den Fingern drehte und abwechselnd aus dem Fenster, an die Decke oder in den Computer schaute. Mona versuchte mit Händen und Füßen, mit deutschen, englischen und italienischen Brocken ihr Anliegen klarzumachen, und bat sie offenbar schon zum x-ten Mal, doch nachzusehen, ob Vincenzo vielleicht hier in Florenz, in seiner Geburtsstadt, gemeldet war.

Die Signora am Schreibtisch schüttelte den Kopf und murmelte irgendetwas. Wahrscheinlich hatte sie kein Wort verstanden und wollte auch kein Wort verstehen.

»Bitte, hilf mir, Doro«, sagte Mona leise, als Doro in der Tür stand, »diese Frau ist wie ein Berg, der alles an sich abprallen lässt, bitte, hilf mir, sonst schlage ich der Signora hier die Zähne aus und ihr tolles Büro kurz und klein.«

»Entschuldigen Sie, Signora«, sagte Doro auf Italienisch und sah die ignorante Sachbearbeiterin freundlich, aber unerbittlich an. »Aber ich weiß nicht, ob Sie es richtig mitbekommen haben: Meine Freundin vermisst ihre Kinder und ist hochgradig verzweifelt, weil sie nicht weiß, wo sie anfangen soll zu suchen. Sie ist mit den Nerven runter. Können Sie nicht mal in den Computer gucken und nachforschen, ob Vincenzo Russo hier in Florenz gemeldet war oder ist und die Kinder vielleicht auch, per favore?«

Die Sachbearbeiterin faltete seelenruhig die Hände unter ihrem Kinn und sagte: »Nein. Datenschutz. Da könnte ja jeder kommen.«

Das Problem war, dass Mona verstand, was die Frau gesagt hatte.

»Hat diese vertrocknete Behördenzicke eben deutlich gemacht, dass ich mich verpissen soll, wegen Datenschutz und Gedöns?«, zischte sie leise. »Hat sie das gemeint?«

»Nicht ganz, aber so ungefähr, ja!«

Bevor Mona auf die vertrocknete Behördenzicke losgehen konnte, packte Doro sie an der Jacke und sagte: »Komm, Mona, das hat hier keinen Zweck. Wir kommen nicht weiter. Lass uns gehen.«

»Du wirst noch von mir hören, du Missgeburt!«, murmelte Mona auf Deutsch in Richtung Behördenzicke, während Doro sie aus dem Raum zog. »Ihr werdet alle noch von mir hören! Ich werde dieses ganze verschimmelte, vorsintflutliche Einwohner-meldeamt in die Luft sprengen. Ja! Das ist das Beste, damit von diesem stinkenden Scheißhaufen nichts übrig bleibt!«

»Bete zum Himmel, dass hier niemand Deutsch versteht!«, zischte Doro. »Und jetzt halt endlich deine fürchterliche Schand-schnauze, damit wir hier einigermaßen heil rauskommen und nicht noch eingebuchtet werden! Denn wenn irgendein Italiener das verstanden hat, dann bist du dran. Und ich auch.«

Doro lief zum Wagen, Mona folgte ihr. Immer noch bebend vor Wut.

Dann blieb sie wie vom Donner gerührt stehen. »Sie sind ir-gendwo, Doro. In irgendeinem Keller, in einem Verlies, in einem dreckigen Stall. Sie sind am Ende. Vielleicht in Lebensgefahr, krank, elend oder was weiß ich. Ich habe heute Nacht geträumt, dass Leo jämmerlich ertrunken ist, weil Vincenzo ihm nicht ge-holfen hat. Los, komm! Wir gehen jetzt in jede Bar! In jedes Res-taurant! Wir fragen überall. Bitte, Doro!«

Doro nickte. »Ja, okay. Steig ein. Wir brauchen jetzt sowieso erst mal einen Kaffee.«

52

Hofer probte am nächsten Tag mit Jan einen anderen Part des Monologs, einen wesentlich leichteren. Einen, den man in einer Probe auch abspulen konnte, um zu sehen, ob alle Regieanweisungen verinnerlicht waren, aber in dem man nicht seine Seele offenbaren und sein Wesen entblößen musste.

Jan war Hofer dankbar dafür, er fühlte sich immer noch völlig ausgelaugt und konnte die Problematik des Erblindens gar nicht mehr denken. Sie war plötzlich außerhalb seiner Vorstellungskraft.

Gleichzeitig kam er sich vor wie ein gezähmter und dressierter Rebell, und das kotzte ihn schon wieder an.

Wenn es so weiterging, würde er seine künstlerische Potenz verlieren. Seine Kraft. Seine Kreativität. Seine Gedanken. Seine Einmaligkeit.

Das war seine Angst.

Hofer und er. Das war ein Duell auf Leben und Tod. Vielleicht nicht für Hofer, aber für ihn, Jan Jespik, schon.

Jan wohnte in einem möblierten Haus in der Wiener Altstadt. In einem Gebäude, das die Welt vergessen hatte zu restaurieren. Es verschwand völlig zwischen den pompösen Altstadtbauten, die stolz die hochherrschaftliche, vergangene Zeit repräsentierten, die sie auf dem Buckel hatten. Und mittendrin dieses graue Haus, das keiner bemerkte. Schmal und schlicht und ziemlich heruntergekommen.

Es war gerade mal vier Meter breit und zweistöckig. Im Parterre eine winzige Küche und ein winziges Bad aus den Siebzigerjahren. Darüber eine Art Stube und im zweiten Stock ein Schlafzimmer.

Das Haus war vollgestopft mit Schränken, Kommoden, Regalen, einer Couchgarnitur und weiterem Zeug. Jan hatte kaum Platz für seine zwei Koffer und seine Reisetasche.

Die Vermieterin, Elfriede Kornbichler, war eine hagere Frau mit einem riesigen grauen Dutt auf dem Kopf.

Wenn der echt ist, dachte Jan, dann sind ihre Haare mindestens zwei Meter lang, wenn nicht, ist das ein banales Vogelnest.

»Passen Sie auf, dass Ihre Katze hier nicht irgendwas kaputt macht oder zerkratzt! Dann setze ich Sie augenblicklich wieder auf die Straße!«

»Meine Katze ist sanft und verschmust und hat sich an meine Umzieherei gewöhnt. Sie fühlt sich überall dort wohl, wo ich bin, und hat noch nie etwas kaputt gemacht!«

»Na, hoffen wir's!«, meinte Frau Kornbichler ungläubig und warf einen argwöhnischen Blick auf das Untier im Katzenkorb, das sich nicht regte, aber dessen schwarze Augen funkelten.

Jan knallte seine Schlüssel in der Küche auf den Tisch, ging hoch ins Schlafzimmer und warf sich aufs Bett. Sah die Schrankwand vor sich, grässlicher Gelsenkirchener Barock, aus der Elfriedes Sachen quollen. Bettdecken, Wolldecken, Geschirrhandtücher und ein paar Bücher, die er sich noch nicht genauer angesehen hatte. Dazu alte Platten und Kartons voller Fotos.

Elfriede war überall. Steckte in jeder Kommode, in jeder Schublade. Fürchterlich.

Es ist nicht deins, sagte er sich, du bist in der Fremde, du lebst hier nicht, bleib nicht, werde nicht verrückt, geh hinaus.

Wie Lenz.

Wien erblühte im Frühling. Die Tage waren warm, die Abende lau. Man trug ein T-Shirt bis in die Nacht, um den Sommer zu begrüßen, den man ersehnte. Die Menschen saßen in den Bars, Cafés und Restaurants, aßen und tranken im Freien und genossen ihr Leben und ihre Freiheit.

Jan lief durch die Stadt. Rannte beinah. Wusste nicht, wohin, aber fühlte sich glücklich. Es reicht, wenn ich mit mir im Reinen bin, dachte er sich, alles andere ist unwichtig. Ich brauche keine weiteren Menschen, ich bin mir selbst genug.

Und der Text des *Lenz* wirbelte durch seinen Kopf: *Müdigkeit spürte ich keine, es nervte mich nur manchmal, dass ich nicht auf dem Kopf gehen konnte.*

Jan lachte und machte ein paar Sprünge. Tiefes Glück durchströmte ihn. Und er sprang immer und immer wieder.

Als ihn Passanten merkwürdig anstarrten, hörte er damit auf, setzte sich auf eine Bank und wurde ganz traurig.

Mona war so weit weg. Mona brauchte ihn.

Und er konnte nicht zu ihr.

> Liebe, die Probe heute war wirklich großartig.
> Aber auch so, dass ich nicht mehr weiterweiß.
> Verstehst du? Ich bin am Ende der Fahnenstange.
> Halte mich nicht länger für einen Gott, ich bin
> ein armer Wurm, der am liebsten in der Erde
> verschwindet. Vielleicht schmeißen sie mich raus,
> und dann komme ich zu dir, Liebe, Herzallerliebste,
> dann reden wir nie wieder über Theater,
> dann will ich nie wieder etwas davon hören.

Du Spinner. Natürlich willst du. Das ist dein Leben.
Du bist mittendrin in einem Prozess,
du hast deinen Weg nur noch nicht gefunden,

aber das kommt.
Das kommt garantiert.
Glaub mir.

                                  Wenn du nur da wärst.

Ich möchte dich …

                                            … ich weiß.

Ich liebe dich.

                                          Ich dich auch.

Als Jan zurückkam, fühlte er sich unendlich erschöpft. Kroch in seinem Haus die Treppe hoch wie ein alter Mann. Konnte sich in seinen kühnsten Träumen nicht mehr vorstellen, jemals wieder auf einer Bühne herumzuspringen wie ein junger Gott. Öffnete eine Flasche Rotwein und begann zu trinken. Diese Unterkunft hier bei der Kornbichler kotzte ihn an, der *Lenz* kotzte ihn an, das Theater kotzte ihn an, Wien kotzte ihn an. Er hatte keine Lust mehr. Diese ganze Psychoscheiße. Diese Quälerei. Immer am Rande des Wahnsinns und der Existenz. Immer stand sein Leben mit auf dem Spiel. Immer musste er alles, was ihn selbst betraf, mit in die Waagschale werfen. Das war unfair. Warum machte er nicht einen normalen Job? Montag bis Freitag, täglich neun bis siebzehn Uhr. Und am Wochenende abschalten. Da gab es eine Trennung zwischen Leben und Beruf. Aber die gab es bei ihm nicht. Nie. Wenn er im Theater versagte, war sein Leben zu Ende. Jede Vorstellung fühlte sich an wie ein Balanceakt auf einem schwankenden Drahtseil über der Schlucht. Wenn man abstürzte, war alles vorbei.

Die erste Flasche war leer, er öffnete eine zweite. Seine Mutter war eine kluge Frau. Warum zum Teufel hatte sie ihn nicht davon abgehalten, Schauspieler zu werden, verdammt? Warum hatte sie sehenden Auges akzeptiert, dass er seine Seele für einen Beruf opferte, der ihn irgendwann umbringen würde?

Er ließ Wasser in die Badewanne ein, zog sich aus, und als zwei Drittel der Wanne gefüllt waren, glitt er langsam hinein. Schloss die Augen. Atmete tief durch. Und genoss die Wärme. Entspannte sich total. Dachte an Mona. Sehnte sich nach ihr.

Und schlief ein.

Ganz langsam sank er unter Wasser. Seine Träume verblassten, seine Gedanken versiegten, und seine Atmung setzte aus.

Es war still. Seine Haare waberten im warmen Wasser, der Schaum knisterte, wenn die winzigen Bläschen zerplatzten.

Jan Jespik war dabei zu ertrinken.

Die Katze saß im Badezimmer und schrie.

Er hörte ihr Geschrei und Gejammer, und in einem letzten Anflug von Lebensgier schoss er aus dem Wasser nach oben, schlug wild um sich, rang nach Luft und keuchte. In Panik klammerte er sich am Badewannenrand fest und begriff ganz allmählich, dass er noch einmal davongekommen war.

Sturzbetrunken dem Tod von der Schippe gesprungen.

Morgen wieder Hofer.

Er ahnte jetzt, wie es war, tot oder blind zu sein.

Es war nicht so, dass man gar nichts mehr fühlte, gar nichts mehr sah.

Nein.

Man sah und fühlte etwas anderes. Etwas, das mit dieser Welt nichts, aber auch gar nichts zu tun hatte.

Und das war überaus beruhigend. Ein Gefühl von Freiheit.

53

Die Tür zur Probebühne öffnete sich laut quietschend. Man musste sie mit Gewalt aufdrücken, und auch schließen ließ sie sich nicht ganz. Es war eine fürchterliche Tür, im Grunde musste man da mal die Bühnentechniker dransetzen, aber es interessierte keinen. Es war ja nur die Probebühne. Auf der Probebühne war grundsätzlich alles hässlich, unbrauchbar, nur ein Provisorium und vollkommen desolat.

Jan hasste es, wenn die Proben dort stattfanden. Das war immer der Fall, wenn abends auf der Hauptbühne mit aufwendigem Bühnenbild gespielt wurde. Dann ließ es sich technisch nicht einrichten, alles nur für eine Vormittagsprobe des *Lenz* umzubauen. Aber Jan konnte sich glücklich schätzen, dass sein Stück überhaupt auf der großen Bühne Premiere hatte, statt nur im Studio vor 99 Plätzen gezeigt zu werden, wie es bei Einpersonenstücken sonst die Regel war.

Es war beinah unmöglich, auf der Probebühne die Szene zu erfühlen und zu erspielen und sich in die Rolle fallen zu lassen, weil rein äußerlich nichts, aber auch gar nichts stimmte. Das war, als würde man König Ludwig II. und sein Märchenschloss zwischen Mülltonnen im Hinterhof inszenieren.

Hofer kam herein. Wie immer strammen Schritts, voller Elan und Energie. Er warf sein Textbuch aufs Regiepult, rieb sich voller Erwartung die Hände, sah Jan an, der stur die Augen geschlossen hielt, und sagte: »Guten Morgen, Jan. Ich hoffe, es geht dir gut und du hast gut geschlafen. Lass uns anfangen. Fünfte Szene.«

Jan öffnete die Augen, setzte sich aufrecht hin, blinzelte ins Probenlicht und sagte: »Sehr, sehr gerne. Ich bin gespannt darauf. Aber ich kann den Text nicht. Sorry.«

Die beiden Männer starrten sich an. Schweigend.

»So kann ich nicht arbeiten«, presste Hofer schließlich zwischen geschlossenen Lippen hervor, »das weißt du.«

»Ja, ja, ich weiß. Tut mir auch leid, aber ich war gestern zu kaputt. Konnte nicht mehr lernen. Lag in der Badewanne, bin eingeschlafen und wäre beinah ertrunken. Und dann hab ich nur noch geschlafen. Hab das gebraucht.«

»Vielleicht solltest du nicht so viel saufen, wenn du nach Hause kommst.«

Jans Hände ballten sich zu Fäusten. Dann zischte er scharf und gefährlich leise: »Es geht dich einen Scheißdreck an, was ich mache, wenn ich nach Hause komme, ja? Ich kann in der Nase popeln, ein Schaf ficken, meine Katze foltern oder gregorianische Gesänge aus dem Fenster grölen. Ich kann machen, was ich will. So viel ist schon mal klar. Und ich kann auch zwanzig Stunden schlafen oder in der Badewanne ersaufen. Alles mein Bier. Hast du das begriffen, Hofer?«

Hofer zuckte mit den Achseln und blieb ganz ruhig. »Du kannst machen, was du willst, wenn du am nächsten Tag hier bei deiner Arbeit funktionierst. Wenn nicht, wird man dir auf den Zahn fühlen. Denn wir haben nicht viel Zeit für die Proben. Und Zeit ist Geld. Wenn die Premiere in die Hose geht, ist das vor allem *dein* Schaden. Das Ende einer Karriere kommt schneller, als du denkst, mein Lieber. Manchmal über Nacht.«

»Es ist so erbärmlich, dass du dir hier ins Hemd machst, nur weil ich meinen Text noch nicht kann. Wo ist denn dein Problem? Für andere Regisseure ist das täglich Brot!«

»Kann sein. Für mich nicht. Ich probe auch nicht mit einer Balletttänzerin, die sich das Bein gebrochen hat.«

»Der Vergleich hinkt.«

»Eben!« Hofer lachte. »Ohne ihr Bein kann die Tänzerin nicht tanzen. Und ohne Text kannst du nicht spielen.«

»Pass mal auf, Hofer. Du bist mein Traumregisseur, ich verehre dich, aber ich möchte hier mal die Fronten klären. Ich bin nicht dein Hilfsschüler, der fünfundzwanzigmal in sein Heft schreiben muss: Ich werde nie wieder meine Schularbeiten vergessen. Nein, mein Lieber! Ich bin Jan Jespik!«, brüllte er. »Und wenn du mit mir nicht arbeiten willst, gehe ich. Also hör jetzt auf, mich anzuscheißen, nur weil ich den Text noch nicht singen kann. Und dann bei so einem Wahnsinnstext. Zweieinhalb Stunden Monolog. Hallo! Wenn ich nur in jedem zweiten Bild drei Sätze zu sagen hätte, würde ich mich auch nicht lumpen lassen. Da glänze ich von der ersten Minute an. Aber selbst da haben die lieben Kollegen noch bis zur Hauptprobe das Textbuch in der Hand. Also bitte!«

Jan Jespik war jetzt krebsrot.

Hofer sagte gar nichts.

»Na los!«, forderte Jan angriffslustig. »Fangen wir an! Sag mir, was du dir in diesem Bild so alles gedacht hast. Vielleicht fällt es mir dann leichter, den Text zu lernen, wenn ich bereits vor Augen habe, ob ich dabei abwaschen oder in die Hose pinkeln soll!«

Niklas Hofer raffte sein Textbuch und seine Papiere zusammen und verließ die Probebühne.

Jan Jespik war perplex. Das hatte er nicht erwartet.

Aber gut.

Er ging auf die Toilette, dann setzte er sich wieder auf die Bühne und begann, den Text zu lernen. Schließlich musste man jede Minute nutzen, in der man nicht betrunken, übermüdet oder liebestoll war.

Abends kam Jan Jespik zurück in sein heruntergekommenes Haus. Sechs Stunden lang hatten sie nach der Mittagspause den fünften Aufzug geprobt. Ohne gelernten Text und mit dem Buch in der Hand.

Jan war fix und fertig, aber auch voller Hochachtung vor dem, was sich Hofer ausgedacht hatte. Seine Inszenierung würde sensationell werden, wenn er, Jan Jespik, funktionierte.

Zum ersten Mal hatte Jan begriffen, wie sehr Hofer auch von ihm abhängig war. Deswegen tat er ihm beinah leid.

Er wollte an diesem Abend nichts mehr von Mona hören, wollte nichts mehr essen, nichts mehr trinken, nur noch lernen.

Der fünfte Aufzug. Die ganze Nacht würde er daran arbeiten.

Das Publikum war ihm egal. Daran dachte er gar nicht.

Es ging ihm nur noch um Hofer.

Auf irgendeine Weise liebte er ihn.

Und er wollte, dass es Hofer genauso ging.

54

FLORENZ

Mona und Doro entwickelten bei der Suche nach Vincenzo schnell eine Routine. Sie waren voller Enthusiasmus und fragten sich durch die Innenstadt von Florenz, besuchten Cafés, Restaurants, Osterien und Trattorien, tranken zehnmal am Tag einen Kaffee, aßen hier einen Salat, dort eine Vorspeisenplatte oder ein Pastagericht. Sie zeigten Vincenzos Foto herum, das leider zehn Jahre alt war, aber wenn sie ein Lokal betraten, erfüllte sie jedes Mal die Hoffnung wie eine lodernde Flamme. Und immer, wenn sie es verließen, waren sie am Boden zerstört.

Von Tag zu Tag wurde es schwieriger, sich gegenseitig wieder aufzubauen, zu trösten, sich neu zu motivieren.

Seit zwei Wochen ging das nun so. Zum Glück wohnten sie in einer wunderschönen Ferienwohnung in Fiesole, einem Städtchen etwa zehn Kilometer von Florenz entfernt. Dort konnten sie abends, wenn sie das lärmende, chaotische und quirlige Florenz verließen, abschalten, sich auf die Terrasse setzen, den Blick über die toskanischen Hügel schweifen lassen und in Ruhe darüber reden, was sie erlebt hatten. Dort tankten sie Kraft für den nächsten stressigen Tag in Florenz.

»So kommen wir nicht weiter«, sagte Doro eines Abends. »Wenn Vincenzo wirklich in Florenz in der Gastronomie arbeiten würde, hätten wir ihn jetzt aufgespürt. Hier können wir, glaube ich, nichts mehr machen, als zu den Carabinieri zu gehen. Vielleicht wissen die was, was das Einwohnermeldeamt nicht weiß.

Ich hab keine Ahnung, wie da die Aufgabenverteilung ist. Und eigentlich müssten ja die Carabinieri deine Kinder suchen, oder etwa nicht? Das ist meines Erachtens hier in Florenz unsere letzte Chance, auch wenn sie zugegebenermaßen nach all den Jahren nicht allzu Erfolg versprechend ist. Ansonsten müssen wir es doch noch auf Capri oder in Südtirol oder am Meer oder sonst wo versuchen.«

»Okay. Du hast recht. Dann lass uns morgen zu den Carabinieri gehen.«

55

Es tut mir sehr leid, Signora, aber da kann ich Ihnen keine Auskunft geben«, sagte der Carabiniere, der stramm vor ihnen stand. »Die Bestimmungen für den Datenschutz werden ja immer strenger. Man kann sich mittlerweile bei allem, was man sagt, in die Nesseln setzen.«

»Bitte verstehen Sie doch!«, sagte Dorothea eindringlich, die die gesamte Problematik zuvor auf Italienisch dargelegt hatte. »Können Sie nicht mal ein Auge zudrücken und eine Ausnahme machen, maresciallo, und nachsehen, ob Vincenzo Russo mit seinen Stiefkindern Leo und Lena hier gemeldet ist? Wir können ja nicht an jedem einzelnen Haus klingeln und fragen. Wenn sie hier nicht sind, sind sie vielleicht in Palermo, Napoli oder Milano. Oder irgendwo auf dem Land oder in einem toskanischen Bergdorf. Oder sie sind in der Karibik, in Neuseeland, in Australien oder auf dem Mond. An wen sollen wir uns denn wenden? Was sollen wir machen? Wo sollen wir anfangen zu suchen? Es ist zum Verzweifeln.«

Der Carabiniere war ganz still, sah die beiden Frauen an und schien zu überlegen.

»Haben Sie schon Anzeige erstattet?«, fragte er schließlich.

»Nein.«

»Dann tun Sie es. Und dann kann ich nachsehen, ob die Familie Russo hier wohnt.«

Dorothea sah Mona an. »Wenn du Anzeige erstattest, bekommst du Auskunft«, erklärte sie.

»Soll ich das machen?« Mona wirkte vollkommen verunsichert.

»Natürlich! Warum nicht? Kann doch nicht schaden! Vincenzo hat sich jahrelang nicht mehr mit Leo und Lena blicken lassen, da ist eine Anzeige das Mindeste, was du gegen ihn unternehmen kannst.«

Mona nickte. »Okay.«

»Va bene, maresciallo. Meine Freundin möchte jetzt sofort Anzeige erstatten.«

Der Carabiniere wirkte nicht besonders erfreut, aber er setzte sich an seinen Computer und sah Mona an. »Haben Sie Ihren Ausweis dabei?«

Mona nickte, zog ihn aus ihrer Tasche und gab ihn dem Carabiniere.

Dieser schrieb die Daten unendlich langsam und umständlich ab und gab Mona den Ausweis zurück. »Grazie. Ihr Mann heißt?«

»Vincenzo Russo, geboren am 11. April 1975 in Florenz, mein Sohn ist Leo ...« Dorothea übersetzte alles, was Mona sagte, gewissenhaft, und der Carabiniere tippte es in seinen Computer.

»Sie erstatten also Strafanzeige wegen Kindesentführung?«

»Ja.«

»Wann hat Ihr Mann die Kinder entführt?«

»Vor ungefähr zehn Jahren.«

Der Carabiniere riss vor Überraschung derart die Augen auf, dass ihm die Brille von der Nase rutschte. »Und warum sind Sie dann nicht schon vor zehn Jahren zu mir gekommen?«

»Ich saß in Berlin im Gefängnis. Ich habe die Geliebte meines Mannes erstochen. Jetzt bin ich wieder frei und suche meine Kinder. Mein Mann ist mit ihnen abgetaucht.«

Doro übersetzte alles Wort für Wort.

Der Carabiniere war fassungslos und schüttelte unaufhörlich den Kopf.

Er tippte weiter irgendetwas in den Computer, druckte schließlich zwei Seiten aus und ließ sie sich von Mona unterschreiben.

»Gut«, sagte er. »Dann will ich mal nachsehen.«

Unendliche qualvolle Minuten lang saß er am Computer und sagte kein Wort.

Schließlich stand er auf. »Es tut mir sehr leid«, sagte er, »aber in Florenz ist kein Vincenzo Russo gemeldet. Auch die Kinder finde ich hier nicht. Ich habe es mit einem speziellen Suchprogramm über fünf Jahre zurückverfolgt. Es kann natürlich sein, dass er hier mal gemeldet war, aber das lässt sich in diesem Programm nicht abfragen. Mi scusi.«

»Werden Sie die Kinder suchen?«, fragte Doro.

»Certo. Wir haben ja jetzt die Anzeige. Wir kümmern uns darum.«

Doro übersetzte, und Mona nickte. »Va bene. Grazie.« Sie stand auf. »Komm, lass uns gehen.«

»Vielen Dank für Ihre Mühe!« Dorothea lächelte dem Carabiniere zu, und beide Frauen verließen das Büro.

Mona blieb auf dem Flur stehen und sagte erbost: »Niemals wird der Typ irgendetwas tun. Er kann meine Anzeige auch sofort verbrennen oder wegschmeißen, er hat sie jetzt wahrscheinlich schon vergessen. Das bringt alles nichts. In diesem Land kannst du verschwinden, entführt, vergewaltigt oder getötet werden, es interessiert keinen!«

»Na, ganz so ist es nicht«, sagte Dorothea. »Aber komm, wir trinken irgendwo was und überlegen, wie wir jetzt weitermachen. Ich denke genau wie du, hier verschwenden wir nur unsere Zeit.«

56

Am Abend saßen sie auf der Terrasse ihrer Ferienwohnung bei einem leichten Essen mit Mozzarella, Tomaten und Schinken und nippten an ihrem Rotwein.

»Was ist?«

»Nichts.«

»Na klar hast du was.«

Mona verdrehte die Augen. »Es kotzt mich alles so maßlos an. All das, was wir machen, bringt nichts. Wir suchen die Nadel im Heuhaufen. Und wenn uns der Zufall nicht zu Hilfe kommt, suchen wir auch in zehn Jahren noch.«

»Das wissen wir doch jetzt noch nicht«, sagte Doro sanft und brachte Mona damit erst recht auf die Palme.

»Doch, das weiß ich! Du, die sind hier nicht. Ich bin so sauer! Er kann überall auf der Welt mit Leo und Lena sein. Überall! Aber sicher nicht hier! Vielleicht hat er mich ganz bewusst nicht im Knast besucht, damit die beiden sich nicht verplappern! Was für ein stronzo!«

Mona war krebsrot im Gesicht. Mit zitternden Händen zündete sie sich eine Zigarette an.

Dorothea verstand ihre Verzweiflung und konnte ihre Wut völlig nachvollziehen.

»Va bene, va benissimo«, höhnte Mona. »Wir sind viel zu nett und brav und freundlich. Können Sie uns bitte verraten, ob hier irgendwo dieser Kerl wohnt, der meine Kinder geraubt und vielleicht missbraucht, verkauft oder umgebracht hat? Würden Sie bitte so nett sein, Signore? Nein? Na, macht nichts, dann probieren wir es eben woanders, aber vielen Dank auch. Tante grazie! Molto gentile! Wir lächeln, wir bitten, wir grüßen, wir bedanken uns. Fehlt noch, dass wir einen Knicks machen! Es stinkt mir, Doro. Es wäre richtiger, alles kaputtzuschlagen oder eine Bombe zu schmeißen. Dann fangen sie nämlich erst an, wirklich nach ihm zu suchen. Ich kann gar nicht so viel fressen, wie ich kotzen könnte.«

Doro legte ihre Hand auf Monas. »Beruhige dich. Vielleicht sollten wir morgen früh Fiesole verlassen. Wir müssen neu denken. Florenz bringt jetzt nichts mehr. Fahren wir weiter und klappern wir das Umland ab. Und wenn das nicht hilft, dann eben doch Capri. Ich weiß, wir finden ihn. Ganz bestimmt. Ich spüre das. Vielleicht nicht morgen, aber wir finden ihn. Hundertprozentig. Und dann kannst du ihn zur Rede stellen und ihm hinterher die Fresse polieren.«

Zum ersten Mal lächelte Mona wieder.

Und Doro spürte, dass diese Ausdrucksweise, die so gar nicht die ihre war, ungeheuer befreiend gewirkt hatte.

57

WIEN

Als er erwachte, durchfuhr ihn ein eiskalter Schreck: Heute war Premiere.

Schon wieder so ein fürchterlicher, endgültiger Abend, an dem es um alles ging, an dem man nicht versagen durfte, und immer kam es auf ihn an. Nur auf ihn. Heute ganz besonders. Heute waren keine Kollegen auf der Bühne, denen er Möbel an den Kopf werfen konnte, keine, die ihn bei einem totalen Blackout oder Hänger retten konnten, keine, die ihm zuzwinkerten, was so viel hieß wie: Keine Sorge, du schaffst das schon. Wir sitzen alle in einem Boot.

Heute Abend saß nur er allein in diesem Boot. Und niemand sonst.

Der ganze Abend, die Premiere, der Erfolg, der Ruhm, alles stand und fiel nur mit ihm ganz allein. Und wieder spielte er um sein Leben, um seine Existenz.

Warum war ihm, als würde er sich bei jeder Premiere von der Klippe stürzen? Und überall ragten spitze Felsen aus dem Wasser, die ihn aufspießen würden, wenn er nicht präzise genug sprang …

Warum hatte er sich dafür entschieden, sich von Engagement zu Engagement zu hangeln und darauf zu warten, dass das Telefon klingelte und ein Angebot kam? Und wenn nicht, drohte die Verarmung, der Ruin, die ganze Existenz stand immer wieder von Neuem auf dem Spiel. Warum nur hatte er diesen verdammten Weg eingeschlagen, der nur aus Angst bestand?

Er musste verrückt gewesen sein.

Und heute war wieder so eine verfluchte Premiere.

Er stand auf und schleppte sich wie ein Hundertjähriger durchs Zimmer zum Sofa, auf dem die Katze lag und schlief. Er setzte sich neben sie und kraulte sie. Warum bin ich nicht als Katze auf die Welt gekommen, dachte er, ich hätte immer ein warmes Zuhause, würde gefüttert und beschmust, hätte keine Sorgen, keine Probleme und keine Existenzängste.

Auf einmal war ihm merkwürdig schwindlig und schwummrig zumute. Ein Glas Weißwein, dachte er, vielleicht geht es mir dann besser.

Er stand auf und wollte Richtung Küche schlurfen, doch plötzlich wurde ihm heiß. In seiner Brust fühlte es sich an, als würde ein Gewitter losbrechen. Sein Brustkorb wurde immer enger, und dann, wie aus heiterem Himmel und ohne Vorwarnung, durchfuhr ihn ein diffuser Stich, als hätte ein Schwert sein Herz durchbohrt.

Jan Jespik schrie auf und klammerte sich an die scheußliche Schrankwand, um nicht lang hinzuschlagen und sich auf dem Couchtisch das Kreuz zu brechen oder den Schädel zu spalten. Er spürte, dass er am ganzen Körper zitterte, Arme und Beine zuckten wie wild, er hatte sich nicht mehr unter Kontrolle, schaffte es gerade noch unter höchster Anstrengung, sich den einen Meter zurück zur Couch zu hangeln und fallen zu lassen. Sein Herz raste, und ihm wurde klar, dass dies seine letzte Stunde war. Dies war ein Hirnschlag, ein Herzinfarkt oder Schlaganfall, irgend so etwas, auf alle Fälle tödlich.

Todesangst durchflutete ihn wie eine Hitzewallung, die den Körper innerlich verbrennt, und er begriff, es gab kein Vertun mehr und keine Hilfe, er würde sterben. Bevor er den Lenz auf der Bühne gelebt und erlitten hatte, bevor er der Welt mitteilen konnte, wer Lenz gewesen und wer *er* war, kam er dem größten Drama, das die Welt je gesehen hatte, mit seinem Tod zuvor. Er würde sterben. Es war vorbei.

Nein, schrie er innerlich, das darf nicht sein, das darf nicht passieren, er wollte aufspringen und das Fenster aufreißen, um Hilfe rufen – aber er konnte sich nicht rühren, lag wie gelähmt auf dem Sofa und rang nach Luft. Konnte nicht atmen. Wenn sein Herz nicht in dieser unbezwingbaren Panik stehen blieb, dann würde er stattdessen jämmerlich ersticken.

Unfähig, auch nur den kleinen Finger zu bewegen, lag er da wie gelähmt und musste ertragen, wie sich das Zimmer in dem winzigen, vollgestellten Wiener Haus immer schneller zu drehen begann. Er klammerte sich am Sofa fest, um nicht durch den Raum geschleudert zu werden und sich die Knochen zu brechen. Alles drehte sich, schlimmer als die Walzerbahn auf einem Rummel. Das hatte er ein einziges Mal erlebt und hatte sich auch dabei dem Tode nahe gefühlt.

»Mach ein Ende! Ich kann nicht mehr!«

Jan wusste nicht, ob er es geschrien oder nur gedacht hatte, doch tatsächlich ebbte allmählich der Schwindel ab. Er lag da wie erstarrt, und der Raum drehte sich nicht mehr, sondern schwebte wie im Nebel an ihm vorbei. Die Möbel waren schwerelos, und all die üblichen Straßengeräusche hörte er von ganz weit weg, ganz fremd und wie durch Watte.

Wie aus einer anderen, bereits überirdischen Welt kam ihm das Ende von Lenz in den Sinn, dem es ähnlich ergangen war: *Es war eine entsetzliche Leere in ihm, er fühlte keine Angst mehr, kein Verlangen, sein Dasein war ihm eine notwendige Last …*

Das war der Beweis. Er war Lenz, die Premiere war bereits gespielt und durchlebt. Hier in dieser hässlichen, kleinen Wiener Stube.

Jan Jespik lachte schrill und schloss die Augen.

Er war bereit zu sterben.

Irgendwann wachte er auf. Klatschnass, schweißgebadet und zu Tode erschöpft. Er fühlte sich wie ein vollkommen Untrainierter nach einem Marathonlauf. Und wunderte sich, noch am Leben zu sein.

Ganz allmählich fiel ihm wieder ein, wer er war und was heute anstand. Premiere im Österreichischen Theater mit dem *Lenz* von Georg Büchner.

Ein Blick auf die Uhr. Nur noch drei Stunden.

Oh Gott!

Ihm wurde schon wieder speiübel, und er wusste nicht, was er tun sollte, um die nächste Panikattacke zu verhindern. Um nicht wieder in diesen Zustand des totalen Kontrollverlustes am Tor zum Wahnsinn zu rutschen. Die Angst davor ließ ihn erneut in Schweiß ausbrechen.

Auf allen vieren kroch er die Treppe hinab und unter die Dusche. Setzte sich auf den Boden und ließ das warme Wasser über sich laufen.

Und allmählich kam er zu sich und beruhigte sich.

Er hatte noch einen beinah unmenschlichen Ritt vor sich.

Wusste nicht, was er anstellen sollte, um diesen ganzen Spuk zu überleben.

Vielleicht würde ihn Hofer erschlagen.

Das würde er sogar verstehen.

Aber er hatte eine wunderbare Vision: Die Premiere war vorbei, er hatte es irgendwie überstanden und kam irgendwann in der Nacht wieder in dieses kleine, hässliche Haus, zog sich die Decke über den Kopf und hatte einfach nur seine Ruhe.

Und dann würde er schlafen, einfach nur ganz fest und tief schlafen und – bitte – nie wieder aufwachen.

Liebe, drück mir die Daumen, es geht mir
so schlecht, ich habe Todesangst,
ich weiß nichts mehr, kann nichts mehr,
habe alles vergessen, es wird ein Desaster,
eine Katastrophe, oh mein Gott, steh mir bei!

Blödsinn. Du schaffst das! Hundertprozentig!
Du musst nur an dich glauben. Ich bin sogar
tausendprozentig davon überzeugt, dass du
sensationell sein wirst! Meine Güte, Jan,
die Welt wird kopfstehen! Wenn es jemand kann,
dann du! Ich bin jede Sekunde bei dir!
Schick mir bitte eine WhatsApp,
sobald der Applaus vorbei ist.
Damit sich mein Herz beruhigen kann.
Schade, dass ich nicht dabei bin.
Ich würde vor Liebe explodieren,
weil es das Geilste überhaupt ist,
dich auf der Bühne zu sehen. Vertrau darauf!
Keine Angst! Toi, toi, toi! Ich liebe dich.

Jan schickte nur ein verzerrtes, weinendes Fratzengesicht zurück.
Und schlich wenig später ins Theater. Wie ein alter Mann, der
seinen Rollator vergessen hat.

58

Der Tag war mild. Sie hatten ein Ferienhaus in Radda bezogen, saßen bei einer Flasche Weißwein auf der Terrasse, und ab und zu zog ein lauer Wind durch die Zweige des Nussbaums. Wenn sie darauf achteten, hörten sie ein leises Rauschen, wie den Gesang der Meeresbrandung in einer warmen Sommernacht.

»Jan hat gerade geschrieben, Doro«, sagte Mona. »Er hat heute Premiere und ist natürlich mal wieder völlig durch den Wind und möchte sterben. Aber wenn er dann rausgeht, spielt er wie ein junger Gott. Das wissen wir.«

Doro lachte leise. »Ja, das wissen wir. Schick ihm bitte auch ein Toi, toi, toi von mir. Wir drücken alle Daumen!«

Mona nickte und tippte noch einmal kurz in ihr Handy.

»Komm«, sagte Doro und nahm ihr Weinglas. »Lass uns auf ihn anstoßen. Er wird das schaffen. Gar keine Frage. Auf dass es eine tolle Premiere wird!«

Sie tranken einen Schluck kühlen Weißwein, und dann sagte Mona: »Ach, Doro, was hab ich doch für ein Glück, dich kennengelernt zu haben. Du bist mir eine wirkliche Freundin. Die erste und einzige in meinem Leben! Es ist so wunderbar! Ich danke dir!«

Doro war ganz gerührt und meinte: »Wie lieb von dir! Ich genieße die Zeit mit dir auch sehr. Aber wieso hattest du noch nie eine Freundin? Jedes Mädchen hat doch eine Freundin!«

»Ja, vielleicht, aber ich nicht. Meine Mutter hat sie alle madig gemacht und vergrault. Das ging schon im Kindergarten los. Sobald ich eine Freundin hatte und gerne mit ihr spielte, war meine Mutter extrem widerlich. Wenn ich sie mal mit nach Hause brachte, denn zu anderen durfte ich nicht gehen, dann sagte sie: ›Liebes Kind, entschuldige, aber was ist das denn? Was hast du denn da an? In dieser Hose hast du so einen prallen, fetten Hintern, das ist wirklich schlimm. Ganz grässlich. Das kann man nicht mitansehen. Deine Mutter sollte sich schämen, dass sie dich so gehen lässt. Da zeigt ja die ganze Stadt mit Fingern auf dich!‹

Und meine Freundin brach natürlich in Tränen aus und traute sich kaum, bis zur Tür zu laufen, weil meine Mutter sie mit ihren vernichtenden Blicken geradezu aufspießte. Sie kam nie wieder.

Und so ging es mir mit jedem oder jeder. Meine Mutter hat sie alle verschreckt und verjagt. Ich hab meine Mutter dafür gehasst. Und dann blieb ich lieber allein.«

»Das ist ja unvorstellbar!«, stöhnte Doro.

»Ja, sie hatte für jeden etwas. Ich weiß gar nicht mehr die Namen. Bei der einen sagte sie: ›Gott, hast du fettige Haare! Die stinken ja schon. Geh mal nach Hause duschen. So kommst du mir nicht herein!‹ Dabei wusste ich, dass bei ihr die Haare schon zwei Stunden nach dem Waschen wieder fettig aussahen. Da konnte sie gar nichts dafür.

Einen Jungen fragte meine Mutter, ob er zu viel auf Schweinen geritten sei, weil er so fürchterliche O-Beine hatte, einem Mädchen, das mich immer abschreiben ließ, sagte sie, sie solle mal mit ihren Eltern sprechen. Ihre Höckernase müsste unbedingt operiert werden. So sehe sie ja aus wie die böse Hexe, und solche hässlichen Menschen wären früher auf dem Scheiterhaufen verbrannt worden.«

Doro stand fast der Mund offen. »Im Ernst? Ich glaub es nicht!«

»Ja. Ich muss dir sicher nicht alle Beispiele erzählen. Meine Mutter war jedenfalls zufrieden, als niemand mehr kam und ich immer nur allein war. Und nirgends hingehen durfte. Die anderen trafen sich – ich war immer allein zu Hause. Ich habe keine

Kindergeburtstage gefeiert und wurde natürlich auch nirgendwo mehr eingeladen. Wenn ich ein bisschen zu spät aus der Schule kam, weil ich mit einer Freundin noch im Park gesessen und mich ein wenig verquatscht hatte, schaltete meine Mutter die Eismaschine an. Die hatte sie sich für ihre widerlich süßen Cocktails gekauft, die sie sich abends immer zusammenmixte und vor dem Fernseher trank. Und dann schüttete sie das Eis in die Spüle, und ich musste die Hände reinstecken. Es war so schlimm! Tat so weh! Und wenn ich anfing zu schreien, weil ich es einfach nicht mehr aushielt, schlug sie mich und sagte: ›Fünf Minuten noch. Und das nächste Mal überlegst du dir vorher, ob du nicht lieber nach Hause kommst, anstatt draußen rumzubummeln!‹«

»Das ist kaum zu ertragen, was du da erzählst!«

»Oder sie sagte: ›Du bist 'ne halbe Stunde zu spät. Mittagessen ist bereits vorbei. Und Abendessen daher auch. Verschwinde in dein Zimmer und lass dich vor morgen früh nicht mehr blicken!‹ Ich hatte morgens nur einen Apfel gegessen und war zur Schule gerannt. Und dann musste ich den ganzen Tag hungern. Ich weiß nicht, was schlimmer war. Das Eiswasser oder der Hunger.«

»Lebt deine Mutter noch?«

Mona schüttelte den Kopf. »Nein.«

»Und dein Vater?«

»Er verließ meine Mutter, da war ich noch ein Baby. Sicher aus gutem Grund. Jedenfalls hab ich ihn nie kennengelernt und möchte ihn jetzt auch nicht mehr kennenlernen.«

»War deine Mutter psychisch krank?«

Mona schwieg und kratzte sich die Handinnenflächen. »Ich weiß nicht.«

»Wie ist es mit ihr weitergegangen?«

»Das ist eine schlimme Geschichte. Ich hab sie noch nie jemandem erzählt. Auch Jan nicht.«

Doro sah sie liebevoll an und nahm ihre Hand. »Bitte!«, sagte sie.

59

Heute war endlich wieder der Tag, auf den sie sich schon die ganze Woche gefreut hatte. Um sechzehn Uhr Tischtennis-Training in der Turnhalle Schöneberger Straße. Mona war gut, sie war schnell und wurde jede Woche besser. Martin, ihr Trainer, lobte sie jedes Mal, weil sie sich hervorragend konzentrieren und blitzschnell reagieren konnte.

»Ende des Monats sind Bezirksmeisterschaften. Wenn deine Eltern einverstanden sind, kannst du mitmachen«, hatte er jetzt schon zwei Mal gesagt und ihr einen Zettel in die Hand gedrückt, den sie zu Hause unterschreiben lassen sollte. »Du wirst eine der Besten sein«, meinte er und zwinkerte ihr zu. »Ich halte große Stücke auf dich!«

Mona war so stolz und so glücklich, aber da gab es noch ein großes Problem. Ihre Mutter. Sie fürchtete, dass sie diese Einverständniserklärung nie unterschreiben würde.

Als Mona nach der Schule nach Hause kam, sah ihre Mutter noch blasser als sonst und ziemlich ungepflegt aus. Früher war sie immer wie aus dem Ei gepellt gewesen, aber in letzter Zeit wusch und kämmte sie ihre Haare tagelang nicht mehr. So extrem wie an diesem Tag war es Mona noch nie aufgefallen.

»Hi, Mama!«, sagte Mona, als sie in die Küche kam.

Ihre Mutter machte gerade eine Büchse Ravioli auf und schüttete den Inhalt in einen Kochtopf.

»Oh, Ravioli! Toll! Super!«, sagte sie, obwohl sie ihr zum Hals heraushingen, denn es gab sie drei- bis viermal in der Woche.

Sie versuchte, ihre Mutter zu umarmen, indem sie sie von hinten mit ihren dünnen Ärmchen umschlang, aber ihre Mutter reagierte gar nicht, drehte sich noch nicht einmal um. »Wie war's in der Schule?«, fragte sie stattdessen tonlos.

»Super. Alles okay.« Von ihrer Drei im Diktat erzählte sie nichts, ihre Mutter hätte sich fürchterlich aufgeregt. Die Noten Drei, Vier und Fünf kamen für sie einer Sechs gleich, eine Zwei war überhaupt nicht gut, aber noch irgendwie zu ertragen, nur eine Eins ließ sie gelten. Bei einer Drei gab es schon Ärger, und sie hätte ihr auf jeden Fall das Tischtennis-Training am Nachmittag gestrichen.

Also hielt Mona die Klappe.

Die Ravioli waren lauwarm, und Elvira schüttete einen Teil davon auf Monas Teller. Sie selbst aß nichts.

»Danke, Mama!«, sagte Mona und zwang sich zu einem Lächeln. Elvira saß ihr gegenüber und schwieg.

Nach einer Weile sagte Elvira: »Ich hab dich am Wochenende gebeten, dein Zimmer aufzuräumen, aber das hast du nicht getan!«

»Ich hab aufgeräumt!«, platzte Mona sofort raus und wusste in diesem Moment, dass es ein Fehler gewesen war.

»Nein, das hast du nicht! Dein Schreibtisch sieht aus wie ein Schlachtfeld. Dein Bett war nicht gemacht, darunter habe ich ein paar dreckige Socken gefunden, dein Schlafanzug lag zusammengeknüllt im Bad. Nennst du das Aufräumen? Hat das irgendetwas mit Ordnung zu tun? Und dann überall dieser Krimskrams, der herumsteht. Auf deinem Nachttisch, auf dem Fensterbrett, auf dem Schreibtisch, in den Regalen vor deinen Schulbüchern … Püppchen hier, Figuren da, dieser ganze unnütze Kleinscheiß. Das ist widerlich. Und es ist völlig unmöglich, in deinem Zimmer sauber zu machen. Wie soll man da Staub wischen? Wie? Hä? Sag mir das mal!«

Mona schwieg und starrte auf ihren Teller. Die Ravioli in ihrem Mund schmeckten auf einmal sauer wie Erbrochenes.

»Antworte mir!«

»Es tut mir leid!«

»Ich möchte, dass du deinen widerlichen Saustall heute Nachmittag blitzblank aufräumst und bis in die letzte Ecke sauber machst. Ist das klar?«

Mona schossen die Tränen in die Augen. »Ich mach das alles morgen, ganz bestimmt, Mama, ich verspreche es dir, aber nicht heute, da habe ich Tischtennis-Training. Bitte!«

»Ich habe gesagt, du machst das heute, und aus.«

»Bitte, Mama, lass mich zum Training!« Mona brach in Tränen aus.

Ihre Mutter verharrte einen Moment. Ihre Augen fixierten Mona und wurden immer starrer und eisiger. »Worum geht es dir überhaupt? Nur um dein Scheißtischtennis. Um nichts anderes. Weißt du, was das ist? Das ist Stumpfsinn! Für die Blöden! Und da macht meine Tochter mit, weil ihr ansonsten alles egal ist, weil sie sich um nichts schert, weil ich ihr völlig egal bin. Ich bin deine Mutter, aber das interessiert dich nicht, Hauptsache, du kommst zu deinem verdammten Scheißtischtennis!«

»Aber du bist mir doch nicht egal, Mama!«, schrie Mona unter Tränen und versuchte, ihre Mutter zu umarmen, aber die stieß sie weg.

»Was hab ich nur für eine Tochter! Du tust nicht das, was ich dir sage, du versuchst, fürchterliche, asoziale Kinder ins Haus zu schleppen, du vernachlässigst die Schule, bringst schlechte Zensuren nach Hause …«

»Aber das ist doch nicht wahr, Mama!« Mona heulte und konnte kaum sprechen. »In meinem letzten Zeugnis hatte ich nur Einsen und Zweien und zwei Dreien.«

»Du willst dich nicht anstrengen«, fuhr Elvira unbeirrt fort, »du willst mir keine Freude machen, du bist ein böses Kind, und so etwas habe ich auf die Welt gebracht!«

Jetzt weinte auch Elvira.

Mona konnte es nicht ertragen. Sie stürzte sich auf ihre Mutter, umklammerte sie, schluchzte und stammelte unter Tränen: »Aber das ist doch nicht wahr, Mama, ich geb mir so eine Mühe, ich hab dich doch lieb, sag mir, was ich machen soll, ich tu alles, was du willst, aber sei mir nicht böse, Mama, bitte nicht, bitte, bitte, bitte, Mama!« Sie konnte sich gar nicht mehr beruhigen, konnte gar nicht mehr aufhören zu weinen.

Nie mehr würde sie zum Tischtennis gehen, wenn ihre Mutter das nicht wollte. Es war wirklich nicht wichtig. Vielleicht konnte sie stattdessen die Wohnung durchsaugen, vielleicht war ihre Mutter dann wieder ein bisschen fröhlich und ihr nicht mehr böse.

»Ich bin so enttäuscht von dir!«, wiederholte ihre Mutter noch einmal, unbeeindruckt von der Verzweiflung ihrer Tochter. »Aber bitte: Geh doch zu deinem Scheißtischtennis. Mach und tu. Mir egal. Da bekommt man ein Kind und ist so glücklich, hat so viele Hoffnungen … Doch letztendlich wird man immer nur enttäuscht. So ist das. Vielleicht kannst du gar nichts dafür. Ich weiß es nicht. Vielleicht ist es so im Leben. Aber ich habe das Gefühl, ich bin allein. Du hast mich schon vor langer Zeit allein gelassen.«

»Nein, nein, nein, Mama, nein! Ich hab dich nie allein gelassen, und das würde ich auch nie tun! Niemals!« Mona heulte und zitterte, ihre Bewegungen waren fahrig, sie wusste nicht mehr ein noch aus, ihre Mutter war wie ein Eisklotz, reagierte auf nichts mehr.

»Mama, bitte!«, schrie Mona. »Ich hab dich doch lieb! Ich hab doch sonst niemanden auf der Welt, nur dich! Mama, bitte, es tut mir leid, verzeih mir, bitte!«

Elvira stand auf, schniefte und winkte ab. »Schon gut, mein Kind.« Sie erwiderte Monas Umarmung. »Schon gut. Geh zum

Tischtennis, meine Kleine, das bringt dich auf andere Gedanken. Ich komm schon zurecht.«

»Aber ich kann doch bei dir bleiben, Mama!«

»Nein, nicht nötig. Geh nur.«

»Bist du mir noch böse, Mama?«

Elvira antwortete nicht mehr, sondern ging ins Schlafzimmer. Mona hörte noch, wie die Tür hinter ihr zufiel.

Sie überlegte, was sie jetzt machen sollte.

So war ihre Mutter ja nicht zum ersten Mal. Mona war es leid, so unendlich leid. Es war ein ständiger Terror, und sie hatte ihm nichts entgegenzusetzen. Denn egal, was sie tat, morgen würde ihre Mutter wieder genauso sein, würde ihr die gleichen Vorwürfe machen und ihr all das verbieten, was sie gerne mochte.

So ging das seit Jahren.

Mona wusste keinen Ausweg aus ihrem Dilemma. Und sie versuchte zu retten, was zu retten war. Als Erstes räumte sie in Windeseile die Küche auf, wusch ab, wischte Tisch und Arbeitsfläche sauber, stellte alles weg, was man irgendwie wegstellen konnte, dann holte sie aus der Abstellkammer einen zusammengefalteten Karton, ging in ihr Zimmer, klappte ihn auf und wischte ihren ganzen geliebten Krimskrams hinein, bis Regale, Schreibtisch und Fensterbrett blitzblank waren. Anschließend schob sie den Karton so unter den Schreibtisch, dass er kaum mehr zu sehen war.

Dann öffnete sie leise die Schlafzimmertür. Ihre Mutter lag auf dem Rücken und schien ruhig zu schlafen.

Ohne den geringsten Laut schloss Mona die Tür wieder, ging in ihr Zimmer, holte ihre Sporttasche und verließ das Haus.

Die Turnhalle war nur wenige Schritte entfernt.

Mona spielte an diesem Nachmittag wie eine junge Göttin. Für sich und für ihre Mutter und für die ganze Welt.

Martin war begeistert und voll des Lobes. »Du machst dich wirklich«, sagte er. »Hast du die Einverständniserklärung dabei?«

»Noch nicht«, sagte Mona und wurde flammend rot. »Aber nächste Woche bestimmt.«

»Das ist aber auch die allerletzte Chance«, meinte Martin. »Vergiss es nicht, sonst kann ich dich nicht mehr anmelden.«

»Alles klar«, meinte Mona, packte ihre Sachen zusammen und wollte gerade nach Hause gehen, als Robert sie ansprach.

»Hej«, meinte er, »spielen wir noch 'n Match, oder musst du weg? Ich hab dich gesehen. Du bist echt gut.«

Mona wurde knallrot. Robert war drei Jahre älter als sie. Alle Mädchen im Verein fanden ihn toll, und jetzt wollte er mit ihr spielen? Das war das Größte überhaupt. »Klar«, sagte sie, »ich hab noch Zeit. Super.« Sie packte ihre Sachen wieder aus und stellte sich an die Platte.

»Los geht's!«, meinte Robert, lächelte und schlug auf.

Mona konzentrierte sich und kämpfte um jeden Ball.

Nach einer guten Stunde hatte Robert ganz knapp gewonnen.

»Du spielst wirklich irre«, sagte er anerkennend. »Wenn du so weitermachst, bist du irgendwann Berliner Meisterin.«

»Revanche?«, fragte Mona.

»Ja, sehr gerne. Aber nicht heute. Nächste Woche wieder nach dem Training, wenn du willst.«

»Okay. Super! Also dann, tschüss!«

Robert winkte kurz und ging.

Mona packte wieder ihre Tasche. Sie war verschwitzt, ausgepowert und total glücklich. Noch nie hatte ihr ein Spiel so einen Spaß gemacht wie das mit Robert. Und dass er nächste Woche wieder mit ihr spielen wollte, konnte sie gar nicht fassen.

Sie ging nach Hause und hoffte, dass ihre Mutter jetzt ausgeschlafen und guter Laune war. Und nicht darauf geachtet hatte, dass sie eine Stunde später nach Hause kam als sonst. Sie könnte ihr einen Tee kochen. Das würde sie bestimmt freuen.

Als Mona die Wohnungstür aufschloss, war es in der Wohnung still. Sie schaltete das Flurlicht an und horchte. Ein übles, diffuses Gefühl beschlich sie, dass irgendetwas anders war als sonst.

»Mama!«, rief sie. »Ich bin wieder da!«

Keine Antwort. Aber das war nichts Besonderes, denn ihre Mutter antwortete selten, wenn sie rief oder nach Hause kam.

Mona zog sich die Schuhe aus, setzte ihre Sporttasche ab und ging ins Wohnzimmer. Von ihrer Mutter keine Spur. In der Küche auch nicht. Die Wohnung schien wie ausgestorben.

»Mama?«

Keine Antwort.

Jetzt bekam Mona Angst. Wenn sie weggegangen wär, hätte sie ihr bestimmt einen Zettel hingelegt. Das tat sie normalerweise. Wenn sie nicht sauer war. Oder wenn sie es nicht vergaß, weil sie eine Flasche Wein getrunken hatte.

»Mama?«

Mona öffnete die Tür zum Schlafzimmer. Schlief sie etwa immer noch?

Sie lag auf dem Bett. Mit einer Plastiktüte über dem Kopf, um den Hals Paketklebeband gewickelt. In mehreren Schichten. Sie hatte es offensichtlich immer und immer wieder um ihren Hals geschlungen und festgezogen, um auch nur den kleinsten Atemzug zu verhindern.

Mona sah dieses Bild, aber konnte es nicht verstehen. Sie stürzte sich auf ihre leblose Mutter und versuchte, das Klebeband zu lösen, irgendwie abzupulen, als wenn da noch irgendetwas zu retten gewesen wäre, aber es gelang ihr nicht. Dann rannte sie los, holte eine Schere und schnitt das Klebeband von unten, vom Hals her auf, bis sich die Plastiktüte löste und wieder mit Luft füllte.

Sie zog sie ihrer Mutter vom Kopf.

Als sie sie ansah, wusste sie, dass es kein Vertun mehr gab. Ihre Mutter war tot.

Ganz still saß sie auf der Bettkante und versuchte, sich vorzustellen, was geschehen war. Ihre Mutter war wütend gewesen. Sie war enttäuscht von ihr und verzweifelt, weil Mona nicht die Tochter war, die sie haben wollte.

Mona wurde schwarz vor Augen. Sie war schuld. Sie war böse gewesen, hatte nichts richtig gemacht. Nur wegen ihr wollte ihre Mutter sterben, und dann hatte sie sich die Plastiktüte übers Gesicht gezogen. Aber das hatte nicht funktioniert. Sie hatte immer weiter geatmet. Also hatte ihre Mutter das Teufelsklebeband geholt, mit dem sie immer alles geregelt hatte. Sie hatte Uhren, Bilder, Lampen und Steckdosen damit befestigt, nichts je ordentlich reparieren lassen, sondern immer nur mit diesem Teufelsklebeband hantiert. Und nun hatte es ihr sogar beim Sterben geholfen.

Damit es um Gottes willen auch endgültig war.

Mona war nicht nur böse gewesen, sie war auch nicht pünktlich nach Hause gekommen. Wahrscheinlich hatte ihre Mutter gewartet und war immer verzweifelter geworden. Ihre Tochter kam nicht. Ihre Tochter war unzuverlässig, sie ließ sie im Stich, ihr war alles andere wichtig, nur nicht ihre Mutter …

Mona begriff, dass sie an allem schuld war. Nicht nur, dass sie ihre Mutter ständig enttäuscht hatte, wahrscheinlich hätte sie sich auch nicht umgebracht, wenn sie pünktlich zu Hause gewesen wäre und ihr einen Tee gekocht hätte.

Sie hatte alles falsch gemacht. Hatte ihre Mutter auf dem Gewissen.

Wenig später waren Polizei und jede Menge Menschen im Schlafzimmer und eine Frau, die Mona von all dem fernhalten wollte.

Sie konnte sie von nichts mehr fernhalten. Mona hatte das Schlimmste gesehen, was ein kleiner Mensch überhaupt sehen und ertragen konnte.

Mona schrie und weinte. »Mama, bitte, es tut mir leid, bitte, sei mir nicht böse, es tut mir so leid, es tut mir so leid, Mama, bitte …«

Ihr Trainer Martin und auch Robert riefen in den folgenden Wochen noch ein paarmal an, aber erreichten sie nicht.

Mona lebte von nun an im Heim.

Zum Tischtennis ging sie nie wieder.

60

Die Sonne ging bereits unter, Mona und Doro hatten einen Ausflug in den nächsten Ort gemacht und saßen nun auf einer kleinen Piazza auf einer Bank, von der aus man weit übers Land gucken konnte. Der Brunnen in ihrem Rücken spuckte kein Wasser, und die Kirche war verschlossen.

»Dieses kleine Dorf ist entzückend«, sagte Doro, »aber ich hab Hunger. Ich würde jetzt wirklich allmählich ganz gerne etwas essen.«

»Va bene. Ich guck mal, was es hier im Umkreis Hübsches gibt. Fisch oder Fleisch oder vegetarisch?«

»Egal.«

Mona scrollte in ihrem Handy herum. »Oh Mann, Jan hat jetzt seine Premiere, in einer knappen halben Stunde geht der Lappen hoch. Hoffentlich macht ihm seine Nervosität nicht alles kaputt, denn ich bin sicher, er wird atemberaubend gut sein.«

»Wenn Jan nicht sensationell ist, ist er tot«, murmelte Doro und hielt ihr Gesicht in die Sonne. »Hast du schon ein Restaurant gefunden?«

»Noch nicht. Moment. Hier vielleicht – oder nein, da kann man nur drinnen sitzen …«

Mona googelte noch ein, zwei Minuten weiter. Plötzlich stieß sie einen leisen, heiseren Schrei aus und klappte das Handy zu. »Doro«, stammelte sie, »Doro, ich werd wahnsinnig.«

Ihr Gesicht war flammend rot, und ihre Hände zitterten.

»Was ist los, Liebes?«

Sie öffnete das Handy wieder. »Hier, Doro, hier, das ist er! Ich habe ihn gefunden! Guck hier! *Trattoria Il Cinghiale!* In Gaiole! Und jede Menge Bilder von innen und außen, die Speisekarte, Öffnungszeiten und hier das Bild des Chefs: Vincenzo mit Fischplatte. Er ist kaum gealtert … Oh Gott, Doro, das ist er, ohne Zweifel! Was machen wir denn jetzt?«

Doro nahm Mona das Handy aus der Hand und sah sich schweigend und ganz in Ruhe die Website an.

Mona sprang auf und lief auf der Piazza auf und ab. Verdammt noch mal, er ist es, dachte sie. Verdammt noch mal, er ist es wirklich. Ihr wurde heiß, ihr Puls raste, das Blut dröhnte durch ihren Schädel. Sie blieb stehen, hatte das Gefühl, ohnmächtig zu werden, und hielt sich krampfhaft an einem Baum fest. Jetzt nicht schlappmachen, sagte sie sich, du bist so nah dran, du bist so verdammt nah dran! Auf dem Foto wirkte Vincenzo so fremd, so anders, aber doch war sie sicher, dass er es war. Und eine diffuse, heftige Erregung durchflutete sie. Da war ihr Mann. Leibhaftig. Greifbar. Der, der ihr all das angetan hatte! Sie hätte schreien können, aber stattdessen lief sie zurück zur Bank. »Doro«, wiederholte sie. »Was machen wir denn jetzt?«

»Jetzt fahren wir zu dieser Trattoria«, meinte Doro ganz gelassen. »Wie weit ist das?«

Mona checkte die Entfernung kurz in ihrem Handy. »Ungefähr fünfzehn Kilometer.«

»Na, dann los!« Doro grinste. »Ich habe ohnehin Appetit auf Wildschwein.«

»Nein, auf gar keinen Fall! Ich will nicht, dass er mich sieht und weiß, dass ich hier bin. Niemals! Das kannst du knicken!«

»Aber die Trattoria können wir uns doch mal angucken, oder?«

»Wenn du meinst? Aber nur aus sicherer Entfernung.«

Doro nickte.

61

Die Straße nach Gaiole war kurvig und eng, und die wenigen Kilometer kamen Mona endlos vor. Aber das lag an ihrer Nervosität, die sie kaum unter Kontrolle bekam. Sie zitterte am ganzen Körper. Als Doro sie bat, ihr ein Taschentuch zu geben, konnte sie es kaum aus der Packung nesteln.

Der Ort mit mehreren Hotels – eine gute Voraussetzung für das Betreiben einer Osteria – war schnell durchfahren, und Doro parkte auf einem Parkplatz am Ortsausgang.

»Komm«, sagte sie und legte der zitternden Mona einen Arm um die Schultern, »gehen wir. Wir werden uns sehr bedeckt halten, Vincenzo wird uns weder sehen noch erkennen.«

»Lass uns nach Hause fahren«, hauchte Mona schwach.

»Aber ich bitte dich!«, meinte Doro energisch. »Wir machen eine Riesenreise, suchen wochenlang, und kurz vor dem Ziel steckst du den Kopf in den Sand? Das geht ja gar nicht und ist, als würde man einen Marathonlauf nach einundvierzig Kilometern beenden! Keine Angst. Niemand tut dir etwas. Nur ich, wenn du jetzt nicht mitkommst!«

Mona beruhigte sich allmählich.

Sie fanden die Trattoria direkt auf der Piazza mit einer großen gelb-grün gestreiften Markise über der Terrasse. Darüber in Leuchtschrift: *Trattoria Il Cinghiale.*

In einen Hauseingang gedrückt blickten sie zur Trattoria.

»Nicht, dass er herauskommt und uns sieht!«, flüsterte Mona.

»Komm, hör auf. Wir sind zwei unscheinbare Touristinnen. Mich kennt er gar nicht, und vergiss nicht: Es sind zehn Jahre vergangen. Außerdem erkennt man jemand anderen nicht an einem Ort, an dem man ihn niemals vermuten würde. Mach dir keine Sorgen.«

Mona nickte und rückte sich nervös die Sonnenbrille zurecht.

»Wollen wir nicht doch hineingehen?«, fragte Doro leise.

Mona schüttelte den Kopf. Bewegte sich nicht und schien gar nicht mehr zu atmen. Starrte nur noch geradeaus.

»Da! Da ist er!«, hauchte Mona tonlos, und Doro legte den Arm um sie, weil sie das Gefühl hatte, Mona würde gleich in Ohnmacht fallen.

»Siehst du ihn? Oh mein Gott!«

Doro musterte ihn. Ein Mann in mittleren Jahren, schlanke Figur, streng zurückgegeltes dunkles Haar, kraftvoll. Ein Bild von einem schönen Italiener.

»Komm, fass dir ein Herz, wir gehen jetzt rein! Und du redest mit ihm. Ganz ruhig und in Frieden. Was soll denn passieren?«, fragte sie noch einmal.

»Nein! Niemals!« Mona war beinah entsetzt. »Dann fliegt alles auf. Drinnen wird er mich erkennen. Dann weiß er, dass ich hier und ihm auf den Fersen bin.«

»Aber vielleicht könnt ihr einfach ganz ruhig miteinander sprechen, und er sagt dir, wo deine Kinder sind!«

»Nein!« Monas Augen funkelten wild und wütend. »Nein!«

Doro überlegte einen Moment. Monas Strategie war ihr überhaupt nicht klar. Daher sagte sie sanft: »Komm, da drüben in der Seitengasse ist eine kleine Bar, dort nehmen wir einen caffè, und gleichzeitig haben wir die Trattoria im Auge.«

In der Bar entspannte sich Mona und wirkte mittlerweile ganz ruhig.

»Mona, das ist doch grandios! Wir haben es geschafft! Du hast ihn gefunden! Meine Güte, nach all den Recherchen, Polizei, Einwohnermeldeamt und zwei Wochen Sucherei! Unglaublich! Du weißt jetzt, wo er ist. Dass er hier arbeitet. Herauszufinden, wo er wohnt, sollte kein Problem sein. Was sind deine weiteren Pläne?«

»Ich will nicht, dass er weiß, dass ich aus dem Knast raus bin. Und er soll nicht ahnen, dass ich ihn gefunden habe. Ich muss unsichtbar bleiben für ihn.«

»Okay. Und wie willst du dann deine Kinder finden?«

Mona zuckte die Achseln, trank einen Schluck Kaffee und blickte an die Decke.

»Wirst du ihn beobachten?«

»Auf jeden Fall. Als Erstes muss ich herausfinden, wo er wohnt. Und vielleicht sind ja Leo und Lena bei ihm.«

»Stimmt. Das könnte sein. Und du willst wirklich nicht mit ihm reden?«

»Nein!« Mona warf den Kopf heftig in den Nacken. »Sag mal, Doro, du kennst doch die Geschichte! Begreifst du denn nicht? Ein falsches Wort von mir, und er schlägt mich tot. Und diese ganze Hoffnung, dass meine Kinder noch irgendwo leben, dass es ihnen gut geht, ist Bullshit. Das hab ich aber jetzt erst kapiert. Er ist mit ihnen nie wieder in den Knast gekommen, weil er sie da vielleicht bereits umgebracht hatte. Weil es sie nicht mehr gab, Doro. Überleg doch mal, sie wären jetzt fast erwachsen. Sie wussten all die Jahre, wo ich war. In welchem Knast. Glaubst du nicht, dass sie mich in der ganzen langen Zeit sonst versucht hätten zu erreichen, zu kontaktieren, wie auch immer? Ich war ihnen doch zehntausendmal näher als Vincenzo, den sie noch nicht so lange kannten. Sie mussten doch eine fürchterliche Sehnsucht gehabt haben, aber sie haben sich nicht gerührt. Niemals. Keine Karte, kein Brief, kein Telefonat, niente. Und warum nicht? Weil sie tot sind, Doro. Tot, tot, tot!«

Doro sah sie bestürzt an. »Jetzt verzweifle bitte nicht so kurz vor dem Ziel! Denn wieso hattest du dann überhaupt gesucht? Du hast Vincenzo gefunden. Das ist schon mal ein Erfolg! Und überleg doch mal: Vincenzo ist mit deinen Kindern raus aus Berlin und nach Italien gegangen, und wer weiß, was er ihnen alles erzählt hat, sie waren doch noch so klein! Es ist überhaupt nicht gesagt, dass sie tot sind! Warum sollte er sie umbringen? Das ist doch Blödsinn! Nein, beruhige dich, Liebe. Komm. Wir haben es fast geschafft!«

»Ich möchte endlich Gewissheit. Ich will wissen, was mit meinen Kindern ist.«

»Das versteh ich. Und dann?«

»Dann werde ich Jan anrufen. Er wird mir helfen. Er wird es richten.«

62

Er war sich nicht sicher, ob ihn jemand auf die Bühne ge-
schubst hatte oder ob er allein gegangen war. Es war irgendwie geschehen. Jedenfalls stand er plötzlich im gleißenden
Scheinwerferlicht, und dann dachte er nicht mehr daran, dass
dies jetzt seine Premiere war, er erahnte nur die vielen schwei-
genden, atmenden Menschen und fühlte sich aufgefangen und
akzeptiert. Er war mitten in seiner Welt, nichts konnte ihm passieren.

Eine grandiose Kraft durchströmte ihn.

Er war Lenz, hatte etwas zu sagen, die Welt hörte ihm zu, es
war alles in Ordnung.

Es war das eingetreten, was er sich immer erträumt hatte.

Jan spielte wie im Rausch. Er haderte mit sich, er zürnte, war
demütig und sanft, er tobte und schrie, verlor die Fassung und den
Verstand, er lachte und weinte, begriff die Welt und verstand sich
gleichzeitig selbst nicht mehr. Er verlor sich in Melancholie, ana-
lysierte die Natur, erspürte die Seele von Gestein, Metall, Wasser
und Pflanzen, war mit sich im Reinen und empfand eine unaus-
sprechliche Harmonie und Seligkeit in sich. Dann wieder fraß er
bis zum Erbrechen, um danach hungernd den Himmel anzufle-
hen, ihm wieder ein wenig Appetit zu schenken. Er war gierig
nach Leben und Liebe, fühlte sich aber todgeweiht. Und verzweifelte darüber.

Das Publikum sah und hörte gebannt zu, fasziniert von der

Bandbreite menschlichen Denkens und Fühlens, die ihm ein Schauspieler präsentierte, der über sich selbst hinauswuchs. Es spürte, dass es hier eine absolute Sternstunde der Schauspielkunst erlebte.

Letztes Bild. Lenz lag auf einer kargen Pritsche in seinem Zimmer im Haus des Pfarrers. Er zuckte mit Armen und Beinen. Bekam sie nicht unter Kontrolle.

»Hör auf damit!«, sagte er zu sich selbst. »Lass das. Lieg jetzt endlich still. Lenz möchte schlafen.« Das Zucken hörte eine Weile auf, dann ging es umso heftiger wieder los. Er stand auf. Schüttelte sich, lief im Kreis herum. Dann lachte er. »Es ist so unglaublich. Gibt es irgendjemand auf dieser Welt, den ich hasse? – Nein! Gibt es jemanden, den ich liebe? – Nein. Habe ich einen Wunsch? – Nein! Bleibt mir eine Hoffnung, dass es irgendwann besser wird? – Nein!« Er lachte immer lauter. »Fazit: Ich habe nichts. Gar nichts. Ich habe nichts. Gar nichts. Gar nichts. Ich habe nichts. Ich verliere meine Gedanken, wenn ich sie nicht ständig wiederhole, es tut mir leid, aber sonst weiß ich nicht mehr, wo ich war und wo ich bin. Und ich war gerade an dem Punkt zu begreifen, dass ich nichts, aber auch gar nichts habe.«

Er sah zum Fenster, stand langsam auf, holte ein Messer aus dem Schubfach und begann langsam und genüsslich, sich die Pulsadern aufzuschneiden.

Blut tropfte auf den Boden, immer mehr, wurde zu einer kleinen Pfütze, einem kleinen See.

»Ach, wenn ich doch einmal nur noch schlafen könnte!«

Ganz langsam kippte er nach vorn und fiel auf den Boden in seine eigene Blutlache.

»Es ist mir alles egal«, flüsterte er.

Ein paarmal bäumte er sich noch auf, hob die Hand, aber wurde immer schwächer und schwächer. Schließlich bewegte er kraftlos nur noch ein paar Finger.

Dann bewegte er sich nicht mehr.

Blieb ruhig.

Lenz war tot.

Der Vorhang fiel.

Der Vorhang ging wieder auf, und Jan Jespik stand mühsam auf, taumelte fast, war immer noch im Rausch des Stückes, war immer noch Lenz und nicht Jan. Kam erst ganz langsam zu sich und verbeugte sich dann – blutbesudelt – vor seinem Publikum.

Ein Applaus ohne Ende.

Josef am Inspizientenpult drückte auf die Stoppuhr.

Zwölf Minuten Standing Ovations.

Hofer liefen die Tränen übers Gesicht.

Schließlich kam auch er auf die Bühne und verbeugte sich zusammen mit Jan.

Zum Schluss – nach unzähligen Vorhängen – fiel Jan vor seinem Publikum auf die Knie.

Und der Vorhang schloss sich zum letzten Mal.

Es ist vorbei, Liebe.
Und ich denke,
es war die Nacht meines Lebens.
Ich habe alles gegeben,
habe meine Seele offenbart,
habe mein Innerstes nach außen gekehrt,
habe getan, was ich konnte.
Das Publikum hat mich verstanden,
und mein Regisseur war glücklich.
Was will man mehr?
Jetzt trinke ich noch ein Feierabendbier,
und dann gehe ich in die Falle.
Und du?

Jan, Lieber, du bist der Größte!
Wie wunderbar! Ich wünschte,
ich wäre bei dir und könnte mit dir feiern!

Aber stell dir vor: Ich habe Vincenzo gefunden!
Heute, in Gaiole, einem Ort im Chianti,
wo er in einer Trattoria arbeitet.
Ich werde versuchen herauszufinden,
wo er wohnt. Vielleicht finde ich meine Kinder!!!

> Das ist großartig! Das ist die Chance!
> Bleib dran! Aber lass ihn nicht wissen,
> dass du ihm auf der Spur bist.
> Und dann komme ich. Da wird Vincenzo sehen,
> was Sache ist. Und deine Kinder nehmen wir mit!

Lieber, du bist wundervoll!
Was würde ich bloß tun,
wenn ich dich nicht hätte!
Ich bin so stolz auf dich!
Und habe so eine Sehnsucht!

> Wir spielen nur vier Wochen.
> Dann bin ich bei dir.
> Und wenn du mich brauchst?
> Dann bin ich da. Das weißt du.

Danke. Das tut mir so gut.

> Schlaf schön. Bis morgen.

63

Es war ein wüster Traum. Vincenzo stand unter einer knorrigen, alten Zeder mit dem Rücken zu ihr und blickte übers Land, sie näherte sich leise, tippte ihm auf die Schulter, und als er sich umdrehte, sah sie in seinen Augen dieses ungläubige »Bist du es wirklich?«. Sie schenkte ihm ihr schönstes Lächeln und rammte ihm das Messer in den Bauch. Sein entsetzter Blick fragte jetzt »Was tust du da?«, und sie stach immer wieder zu. Es ging so leicht. War wie ein tödlicher Tanz.

Ihr war bewusst, dass sie träumte, sie wollte ihren Traum verlängern, festhalten, immer weiterträumen, so sehr genoss sie die Bilder, die sich vor ihren schlafenden Augen abspielten – aber es ging nicht.

Sie wachte auf und bekam den Traum nicht zurück. Dabei hätte sie Vincenzo so gern beim Sterben zugesehen.

Dennoch war sie ausgeruht und voller Tatendrang, als sie aufstand. Heute würde sie herausfinden, wo er wohnte. Heute war der Tag, auf den sie seit zehn Jahren gewartet hatte.

Aber Doro war krank. Schleppte sich mit Kopfschmerzen an den Frühstückstisch, hatte keinen Appetit, noch nicht einmal Lust auf Kaffee, ihr war todsterbensübel und irgendwie diffus schwindlig.

»Muss ich mir Sorgen machen?«, fragte Mona sanft.

»Nein.« Doro lächelte mühsam. »Ich bin einfach ziemlich kaputt. Muss vielleicht nur mal richtig lange schlafen.«

»Na klar, wenn du das kannst, dann mach es. Beneidenswert.

Offensichtlich gibt es Menschen, die sich einfach gesund schlafen können. Ich konnte das früher auch mal, aber jetzt nicht mehr. Nach fünf Stunden ist Schluss, dann holt mich mein verkorkstes Leben ein.«

»Es tut mir so unendlich leid, Mona, gerade heute, wo wir herausfinden wollten, wo Vincenzo lebt und ob deine Kinder irgendwo sind … Ausgerechnet da mache ich schlapp! Bitte, entschuldige, aber ich wäre dir keine große Hilfe, sondern nur ein Klotz am Bein.«

»Meinst du, du hast dir beim Abendessen im Restaurant was eingefangen?«

»Vielleicht. Kann sein, dass die Dorade nicht mehr gut war. Irgendwie schmeckte sie bitter.«

»Oh mein Gott! Musst du dich übergeben?«

»Ich hoffe nicht!«

»Ich hoffe doch! Die Dorade muss raus!«

»Mona, nicht böse sein, aber ich geh ins Bett, ja?«

»Kein Problem.« Mona umarmte Doro. »Schlaf schön.«

Doro war im Schlafzimmer verschwunden, und Mona wusste nicht, wohin mit sich. Sah immer wieder auf ihr Handy, ob vielleicht eine WhatsApp von Jan gekommen war, aber nein. Wahrscheinlich schlief er auch noch. Die ganze Welt schlief. Vielleicht sollte sie sich auch wieder hinhauen. Schließlich konnte es eine lange Nacht werden. Sie nahm die Fernbedienung des Fernsehers zur Hand und zappte durch die Programme. Italienische, französische, rumänische, amerikanische, arabische, weiß der Teufel, was, dabei wollte sie nur mal eine deutsche Stimme hören, und wenn es die in einer albernen Kochsendung war. Aber das funktionierte hier in diesem Kaff offensichtlich nicht.

Also schmiss sie sich auf die Couch, stellte sicherheitshalber den Handywecker auf zwanzig Uhr und schloss die Augen. Am Abend würde sie etwas essen, sich langsam auf den Weg machen, und der Tanz konnte beginnen.

Im Grunde hatte sie überhaupt nicht vor, so lange zu schlafen, aber es war gut, wenn der Wecker sie daran erinnerte, was es an diesem Abend, in dieser Nacht noch zu erledigen gab.

Mona schlief drei Stunden, dann stand sie auf und platzte fast vor Energie. Aber noch konnte sie nichts unternehmen. Es war Mittag, die Sonne knallte herunter, aus Doros Zimmer kam kein Laut. In Mona kroch die Wut hoch. Wie konnte Doro an einem so verdammt wichtigen Tag krank sein? Einfach pennen? Das war unglaublich, und das machte sie wütend. Doro war nicht zu gebrauchen. Im entscheidenden Moment machte sie schlapp. Wozu fuhr sie mit einer Freundin durch die Weltgeschichte, wenn die dann im Bett lag, sobald es wirklich wichtig und brenzlig wurde? Jetzt war Mona wieder allein. Was für eine verdammte Scheiße.

Dabei fiel ihr siedend heiß ein, dass sie ohne Doro selbst würde Auto fahren müssen. Nach all den Jahren ohne Übung hatte sie auf der Reise keine Lust verspürt, sich wieder damit zu beschäftigen. Doro war gern und fabelhaft gefahren. Jetzt wurde ihr klar, dass ihr Verhalten dumm gewesen war, denn sie hatte sich von Doro abhängig gemacht.

Es nervte sie alles so kolossal.

Sie setzte sich auf die Terrasse, aber es war zu heiß. Dann ging sie wieder hinein und guckte, ob noch irgendetwas Essbares im Kühlschrank war.

Sie schnitt sich einen Mozzarella und eine Tomate auf und setzte sich an den kleinen Tisch unter dem Nussbaum.

Toll, dachte sie. Toll. Wenn ich irgendetwas hasse, dann ist es, Zeit totschlagen zu müssen.

Und sie dachte an Vincenzo, spürte, wie ihr heiß und kalt wurde. Als hätte sie Schüttelfrost, als fieberte ihr ganzes Dasein nur dem Moment entgegen, wenn sie ihn heute Abend sehen und verfolgen würde.

64

Jan hatte es sich angewöhnt, nach den Proben im Kaffeehaus einen Kaffee zu trinken und ein Stück Sachertorte zu essen, ein wenig Thomas Mann oder Stefan Zweig zu lesen und dann langsam nach Hause zu schlendern. Die Sachertorte war ihm genug als Abendessen. Er wollte nichts anderes mehr. Er fühlte sich satt.

Vielleicht noch eine Weißweinschorle hinterher, um die penetrante Süße in seinem Mund wegzuspülen.

Heute saß er schon am Nachmittag dort. Er hatte keine Probe mehr, die Premiere war vorbei, heute gab es die verdammte, verfluchte zweite Vorstellung. Die Luft war raus. Kein wichtiger Mensch mehr im Publikum, keine Presse, nichts. Er hatte keinen Bock. Keine Lust, die Last der Gedanken und der Gefühle wieder auf sich zu nehmen wie am Abend zuvor, der voller Spannung, Aufregung und Erregung gewesen war. Und heute wieder alles fühlen, nacherleben, leiden ohne Ende, lachen und weinen, ein ganzes Leben voller Emotionen in zwei Stunden? Nein.

Es war ihm zu viel. Diesen Kraftakt schaffte er jetzt nicht noch einmal. Sie müssten ihm eine spielfreie Woche gönnen, dann könnte er sich wieder daranmachen ...

Jan Jespik bestellte sein Stück Sachertorte und einen Kaffee. Der Kellner kannte ihn schon, lächelte ihm zu und brachte das Übliche. Direkt am Nebentisch saß ein Mann. Um die fünfzig wahrscheinlich, mit langem, ungepflegtem Bart, dafür kaum Haare auf dem Kopf. Seine kleinen Schweinsäuglein verschwanden hinter dicken, hängenden Lidern. Seine Lippen waren schmal, und wenn er lachte, bleckte er die Zähne wie ein tollwütiger Hund. Und das tat er, als ihm der Kellner seinen Kaffee brachte. Er entblößte kleine, stumpfe Beißerchen und ein dickes, rot geschwollenes Zahnfleisch, das kein Mensch sehen wollte.

Der Arme. Er war hässlich und machte sich noch hässlicher, wenn er lachte. Egal, was er tat, er kam unsympathisch und widerwärtig rüber.

Das hätte Jan nun nicht weiter gestört, wenn dieser Widerling nicht unentwegt in der Nase gebohrt, sein Ergebnis betrachtet und dann aufgefressen hätte.

Das konnte Jan nicht ertragen. Er spürte, wie es in ihm zu beben begann. Er war hier in einem der besten Cafés von Wien und musste sich so etwas nicht bieten lassen. So einen Ekel.

Jan Jespik zitterte, stand kurz vor der Explosion. Ihm war übel. Seine Torte konnte er nicht mehr essen. Nie wieder würde er hier ein Stück Torte essen können. Er war kurz davor, sich zu übergeben, als er aufsprang und den Widerling anschrie: »Hören Sie damit auf, mein Herr! Hören Sie auf damit, Ihre Popel zu fressen, mir wird übel davon! Ich flehe Sie an!«

Im Café wurde es schlagartig still. Zahlreiche Augen richteten sich auf Jan Jespik.

»Was hast 'n du für ein Problem?«, murmelte der Bärtige grinsend und entblößte sein dickes, rotes Zahnfleisch.

Jans Magen drehte sich fast um. Er winkte ab und setzte sich wieder. Rührte aber seine Torte nicht mehr an, starrte auf den Tisch und wusste nicht, wohin mit sich.

Der Bärtige popelte weiter, reizte dabei seine Nase derart, dass er einen Niesanfall bekam und auf den Tisch, auf den Sitz neben sich, in seinen Kaffee, überallhin nieste. Er ließ es geschehen, hielt sich weder die Hand vor die Nase, noch schnäuzte er sich.

Jan kam fast um vor Ekel und schlug die Hände vors Gesicht.

Schließlich sprang er auf, riss einen Geldschein aus seinem Portemonnaie, ließ ihn auf den Tisch segeln und rannte raus, als wäre der Teufel hinter ihm her.

Draußen setzte er sich auf eine Bank und hielt sein Gesicht in die Sonne. Er musste sich entspannen, musste wieder zu sich kommen, den Ekel und den Frust vergessen, sonst konnte er heute Abend nicht spielen.

Ein paar Minuten saß er da. Atmete tief durch. Alle viere von sich gestreckt.

Bis ihn eine Stimme hochfahren ließ. »Hi!« Der Bärtige stand spindeldürr, aber breitbeinig vor ihm. »Was passt dir denn nicht? Hast du ein Problem mit mir?«

In diesem Moment brannten bei Jan Jespik alle Sicherungen durch. Er sprang auf und stürzte sich auf den Bärtigen, Traum und Realität verschwammen, Sein oder Nichtsein, das Leben wurde zur Bühne. Normalerweise war es umgekehrt, aber heute war alles anders, er war nicht bei Verstand, schlug ihm ins Gesicht, einmal, zweimal, dreimal, sah ihn verschwommen wie im Nebel, wusste nicht mehr, was er tat. Sein Opfer war für ihn plötzlich nicht mehr der Widerling aus dem Kaffeehaus, es war Vincenzo, und er ließ seine Faust mit Wucht gegen dessen Kiefer krachen. So fühlte es sich also an! Dies war die Generalprobe, die Premiere würde noch größer werden. Er war bereit, beherrschte seine Rolle. Der Bärtige versuchte, sich zu wehren, biss, kratzte und versuchte zuzuschlagen, traf Jans Auge, aber dann gab ihm Jan mehrere Tritte, die den Hünen umwarfen, sodass er über den Asphalt rutschte und im Rinnstein liegen blieb.

Jan Jespik trat ihm noch dreimal, so fest er konnte, in die Nieren, dann brüllte er: »Und in Zukunft benimm dich gefälligst, Vincenzo, du Drecksack!«, richtete seine Jacke und ging davon.

Niemand schien auf die Szene aufmerksam geworden zu sein, und wenn, hatte es niemanden interessiert. Keiner hatte eingegriffen.

Als Jan wenig später ins Theater kam, entspannte er sich und hatte den Vorfall bereits vergessen. Denn gab es etwas Schöneres als diese Flure, diese »hohlen Gassen«? Und in den Garderoben diesen Mief nach Stiefelfett, Schweiß, muffigen Jacken und Urin? Oder manchmal sogar nach Kot und billigem Eau de Toilette, das beides Brechreiz verursachte?

Dies alles ahnte ja kein Zuschauer. Aber Theater beinhaltete diese Gerüche. Weil es lebte, weil lebendige Menschen schwitzten, sich vor Angst wortwörtlich in die Hosen machten und sich mit Kaufhausparfüm umnebelten.

Er setzte sich an seinen Schminktisch. »Hallo«, sagte er zu seinem Spiegelbild. Und fürchtete sich plötzlich wieder vor dem, was er heute Abend eventuell nicht schaffen würde. Sein Gesicht verzog sich zu einer Fratze, die geschminkt werden wollte.

65

Im Maskenstuhl entspannte er sich. Die Maskenbildnerin Betty tupfte ihm das Make-up aufs Gesicht.

»Was haben Sie denn mit Ihrem Auge gemacht?«, fragte sie. »Ich habe das Gefühl, es ist nicht ganz in Ordnung und schwillt an!«

»Echt?« Jan beugte sich vor, um sich im Spiegel besser zu sehen. »Kann sein. Ich habe vorhin ein Mittagsschläfchen gehalten, vielleicht hab ich da unglücklich draufgelegen. Schminken Sie das weg, bitte.«

»Na klar, das mache ich.«

Betty kleisterte ihm noch mehr Make-up ins Gesicht. Jan war es egal.

»Ich habe Sie bei der Generalprobe gesehen«, flüsterte sie. »Sie sind großartig. Ich musste weinen. Ich werde es mir noch ein paarmal ansehen. Sie sind ein Genie, Herr Jespik.«

Jan blieb die Spucke weg. Was war denn das für eine großartige Frau? Und sie tat nichts weiter, als ihm das Make-up aufs Gesicht zu klatschen? Was für eine Göttin!

Als sie ihm nach dem Schminken den Umhang abnahm und sagte: »So, dann wären wir jetzt so weit«, küsste er sie auf die Stirn.

»Danke!«, sagte er und ging in die erste Gasse.

Noch eine Viertelstunde, dann würde der Zuschauerraum voll sein.

Wahrscheinlich gibt es kein Theater auf dieser Welt ohne hinein-geschnittene Löcher im Vorhang. Und keinen Schauspieler, der nicht schon in Kostüm und Maske dahinter gestanden und in den Zuschauerraum gestarrt hat, ob er ein bekanntes oder gar ein geliebtes Gesicht entdeckt. In der Hoffnung, dass da irgendeine Seele ist, für die er an diesem Abend all die Situationen neu den-ken und neu entwickeln könnte. Höchste Konzentration. Nicht auf den Text, den beherrscht er, das ist nicht das Problem. Aber er muss die Mühsal auf sich nehmen, die Gefühle wieder in ihrer größten Intensität entstehen zu lassen. Das ist schwierig, und das tut weh.

Natürlich gehört das zu seinem Beruf, das weiß er, aber es schmerzt weniger und ist nicht derart anstrengend, wenn er es für ein bekanntes oder geliebtes Gesicht tut. Weil er dann sicher ist, dass da jemand wirklich zuhört, nicht einschläft, sondern mit-denkt und mitleidet.

Denn er kann nicht zig oder hundert Vorstellungen spielen, im-mer und immer wieder, jeden Abend dieselben Gesten und Worte, die gleichen Gefühle und Blicke vor dem nur erahnten Publikum, das im Dunkeln sitzt, unsichtbar für den Schauspieler. Es atmet zwar und regt sich ab und zu, aber er sieht niemanden. Blickt in kein Gesicht. Spielt ins Leere.

Er braucht einen Menschen, für den er die ganze Dramatik des Stückes wieder neu erlebt, als wäre es der Tag der Premiere. Für den er staunend dasteht und in Tränen ausbricht, als wäre es zum allerersten Mal.

Und entsprechend der großartige Moment, wenn der Schau-spieler plötzlich durch das Loch im Vorhang jemand Bekanntes entdeckt.

An diesem Abend wird er nur für diesen Menschen spielen. Wird lieben und leiden und zur Hochform auflaufen. Wird das Stück neu fühlen und neu denken.

Beinah gewohnheitsmäßig sah Jan durch das Loch im Vorhang, vorsichtig bemüht, die samtigen Falten nicht zu bewegen, damit kein Zuschauer etwas bemerkte. Aber niemand achtete darauf. Alle suchten nach ihren Plätzen, zwängten sich durch die Reihen, begrüßten oder entschuldigten sich, blätterten in ihren Programmheften, flüsterten sich etwas zu, putzten sich die Nase, steckten sich noch einen Bonbon in den Mund. Niemand achtete auf den Vorhang, denn noch war ja auf der Bühne nichts los.

Er hatte gute Augen. Bis zur zwanzigsten Reihe konnte er jedes Gesicht erkennen, solange das Saallicht noch eingeschaltet war.

Beinah hätte er sich abgedreht und wäre wieder in der ersten Gasse verschwunden, um sich auf seinen Auftritt vorzubereiten, da sah er sie, als sie sich gerade setzen wollte.

Susi. Blond, lockig, mit knallroten Lippen und ein bisschen prall. Er hatte mit ihr ein Verhältnis gehabt, bevor er den Hamlet spielte.

Susi war immer bereit gewesen. Sie hauste in einer Einzimmerwohnung in Hannover, studierte Soziologie und lebte von der monatlichen Unterstützung ihrer Eltern. Wenn er kam, zündete sie Kerzen an und ließ sich ausziehen. Wenn er wegblieb, war es auch nicht schlimm.

Susi war nicht leidenschaftlich und wild wie Mona, sie war süßlich und willig, stellte keine Ansprüche, strahlte ihn an und machte die Beine breit. Jan fand sie praktisch, mehr nicht. Als er ihr sagte, dass er die Stadt verlassen und in Gernersburg den Hamlet spielen würde, lächelte sie und gab ihm einen Kuss zum Abschied. Das war alles.

Er hatte nie verstanden, warum sie in Gernersburg nicht zu seiner *Hamlet*-Premiere gekommen war, aber es war ihm letztendlich auch vollkommen egal gewesen.

Doch jetzt hier, in Wien, saß sie plötzlich im Publikum.

Er brauchte fünfzehn Sekunden, um es zu begreifen.

Und dann stellte er sich in die erste Gasse. Fuhr sich durch die Haare. Schluckte.

Der Inspizient nickte ihm zu und gab das Zeichen.

Musik setzte ein.

Im Zuschauerraum wurde es leiser.

Als die Musik verklang, war es still. Kein Ton war mehr zu hören, kein Räuspern, kein Knistern – nichts. Alle warteten auf Lenz, auf Jan Jespik.

Und dann kam er. Stand da.

Und fing an zu reden: »*Wer von euch war schon mal im Januar im Gebirg? Es ist verdammt kalt und nass, der Nebel macht mich wirr. Ich bin nicht müd, aber es ist schad, dass ich nicht auf dem Kopf gehen kann.*«

66

Sie stand am Bühneneingang und wartete auf ihn, so wie sie schon immer auf ihn gewartet hatte.

»Hi, Susi«, sagte er und küsste sie auf die Wange. »Wie kommt es, dass du hier bist?«

»Ich hab meinen Opa besucht. Er lebt in Wien, und da dachte ich …«

»Gute Idee. Was machen wir?«

»Du warst echt geil, Jan, das Stück war super, ich hab Lust auf Pizza.«

»Okay. Gehen wir.«

In seinem Inneren tobte es. Einerseits wollte er lieber allein sein und fand Susi lästig. Andererseits hatte er diese Vorstellung für sie gespielt. Und in seinem tiefsten Inneren hatte er es ihr hoch angerechnet, dass sie ihm an diesem Abend zuhörte, seine Gefühle nachvollzog und sich zwei Stunden nur für ihn und seine Seelenqualen interessierte.

Also warum nicht?

Niemand würde es je erfahren.

Susi verschlang mit Heißhunger ihre Pizza und dann noch die Hälfte von seiner, und dann folgte sie ihm in sein enges, schmales Haus. Zog sich bereits aus, bevor er die Flasche Wein geöffnet hatte, und dann konnte er es einfach nicht lassen. Mona war weit, sie war seine große Liebe, dies hier würde nichts daran ändern, also bitte. Da war keine Liebe im Spiel, sondern nur Gier an diesem einen Abend. Besser: in einem schwachen Moment.

Er war schließlich auch nur ein Mensch.

Aber Gier reichte anscheinend nicht. Susi lag wie hingegossen vor ihm auf dem Bett, doch er fühlte sich nicht wirklich erregt. Er versuchte hektisch, erotische Situationen mit Susi aus der Vergangenheit vors innere Auge zu rufen oder irgendeine andere sexuelle Fantasie. Doch es stiegen nur Bilder von Mona hoch, und Mona hatte in dieser Nacht in seinem Kopf nichts zu suchen.

Es funktionierte einfach nicht.

Er versagte.

»Sorry«, sagte er schließlich, »tut mir leid, ich bin vielleicht noch zu kaputt von der Vorstellung.«

»Kein Thema«, sagte Susi und zog sich an. Hauchte ihm einen Kuss auf die Stirn und verließ das Haus.

Gott sei Dank ist sie nicht hiergeblieben, dachte Jan noch, Gott sei Dank.

Aber er bezweifelte, dass er in dieser Nacht würde schlafen können.

Fühlte sich zum Kotzen.

Mona und das Theater drehten sich und wirbelten durch seinen Kopf. Beides war ihm wichtig, beides war das, was ihn ausmachte, was seine Zukunft bedeutete. Wenn ihm eines von beiden entglitt, hatte er auch das andere verloren. Sein Leben war an zwei Seiten fest verankert.

Er hatte einen Fehler gemacht, als er mit Susi ins Bett gegangen war.

Sein Versagen war die logische Konsequenz.

Er musste sich auf das wirklich Wichtige konzentrieren, um nicht auf ganzer Linie zu scheitern.

Morgen wieder Lenz. Er ging ins Bad, um zu pinkeln, sah dabei sein Gesicht im Spiegel und begann zu brüllen. Raufte sich die Haare und schrie sein Spiegelbild an: »*Jetzt ist es mir so eng, so eng! Sehn Sie, es ist mir manchmal, als stieß' ich mit den Händen an den Himmel; oh, ich ersticke!*«

Dann brach er weinend zusammen.

67

Endlich war der Abend gekommen. Mona trat ans Fenster. Der Fast-Vollmond stand weiß und grell über dem Wald und tauchte die Landschaft in kaltes Licht, wie von einer Neonröhre beleuchtet.

Sie sah auf die Uhr. Zehn vor elf. Doro war nur kurz mal wie ein Gespenst erschienen, hatte sich etwas zu trinken geholt und war wieder im Schlafzimmer verschwunden. Also keine Chance, dass sie sie fahren würde. Mona musste sich mit dieser verdammten Karre auseinandersetzen und gleichzeitig Vincenzo beobachten. Sie wurde schon wieder wütend.

Aber jetzt musste sie los, um Vincenzo auf gar keinen Fall zu verpassen.

Leise verließ sie das Haus und startete den Wagen. Das Licht fand sie schnell, zum Glück regnete es nicht, so brauchte sie den Scheibenwischer nicht zu suchen. Ihr zitterten die Knie. Automatik war sie noch nie im Leben gefahren. Der Schalthebel stand auf P wie Parken, das hatte ihr Doro mal erklärt. R war für den Rückwärtsgang, N war unwichtig, und mit D fuhr der Wagen los. Okay. Sie schaltete auf D, und der Wagen rollte an. Super. Sie musste nur Gas geben und bremsen. War ja ein Kinderspiel.

In den ersten zwei Minuten war sie noch ein wenig unsicher, dann hatte sie sich daran gewöhnt und fand das Auto cool. Total easy.

Bis zur *Trattoria Il Cinghiale* in Gaiole brauchte sie auf der kurvigen Straße eine knappe halbe Stunde. Um diese Zeit war Gott sei Dank so gut wie niemand mehr unterwegs.

Als sie angekommen war, parkte sie in sicherer Entfernung, hatte das Restaurant aber gut im Blick und wartete tief in den Sitz geduckt ab.

In der Trattoria war Licht, im Inneren saßen noch einige wenige Gäste.

Sie sah Vincenzo, der die Rechnungen brachte, abkassierte und anschließend die Gläser abräumte. Mona fasste sich an die Stirn, die vor Aufregung glühte, als hätte sie hohes Fieber.

Hin und wieder schlenderte jemand über die Piazza, in der Ferne lachende Stimmen. Ab und zu knatterte eine Vespa durch die Nacht.

Ein Pärchen kam aus der Trattoria und ging zum Auto. Die Absätze der Frau klapperten laut auf dem Asphalt.

Dann war es wieder ruhig.

Plötzlich sah sie Vincenzo, wie er das Restaurant verließ.

Ihr Puls begann zu rasen.

Vincenzo. Nach so vielen Jahren sah sie ihn jetzt zum ersten Mal aus der Nähe. Er sah verdammt gut aus. Sie fing an zu zittern, ihr Herz schien in ihrem Inneren Purzelbäume zu schlagen.

Er ging zielstrebig quer über die Piazza und kam direkt auf sie zu, als wolle er sie zur Rede stellen.

Mona brach in Panik aus. Sie duckte sich, tat so, als würde sie in ihrer Handtasche auf dem Beifahrersitz etwas suchen, und wartete mit klopfendem Herzen.

Aber Vincenzo hatte sie anscheinend gar nicht bemerkt, sondern stieg seelenruhig in ein Auto, das einige Meter entfernt parkte, und fuhr davon.

Mona startete den Motor und folgte ihm, ließ aber großen Abstand und hoffte, ihn nicht zu verlieren. Gleichzeitig betete sie, dass er jetzt, in der Nacht, wo nur noch wenige unterwegs waren, nicht bemerkte, dass ihm ein Wagen folgte.

Am Ortsausgang bog er nach rechts ab.

Die einspurige Straße bergauf fuhr er schnell. Mona konnte sich beim besten Willen nicht vorstellen, dass er es nicht bemerken und misstrauisch werden würde, wenn ihm ein Wagen in dieser Einsamkeit folgte. Daher ließ sie sich zurückfallen, achtete nur darauf, ihn nicht ganz zu verlieren.

Die Fahrt zog sich bestimmt über fünfzehn Kilometer. Dann fuhren sie nacheinander an dem kleinen Örtchen Vertine vorbei, aber circa einen Kilometer nach Ortsende war da für Mona auf einmal nur noch schwarze Nacht. Sie sah keine Rücklichter mehr. Geriet in Panik, ihr Herz schlug so wild, dass es wehtat. Sie wusste nicht mehr, wohin, fuhr langsam weiter. Und gelangte an eine Kreuzung. Verflucht, dachte sie verzweifelt, jetzt trickst du mich auf den letzten Metern aus, du Scheißkerl, das darf doch wohl nicht wahr sein!

Sie spürte den Zorn in ihrem Hals, stand mitten auf der Kreuzung und trommelte wütend auf das Steuerrad. Hätte schreien mögen.

Aber dann sah sie auf einmal ein Stück weiter links ein schwaches Licht aufblenden. Die automatische Beleuchtung eines Hauses.

Sie parkte den Wagen am Straßenrand und lief zu Fuß durch die Nacht. Langsam gewöhnten sich ihre Augen an die Dunkelheit, und sie meinte, etwas weiter entfernt das Haus ausmachen zu können.

Alles war still. Mona war eigentlich vollkommen angstfrei, aber in diesem Moment fürchtete sie sich und fragte sich, wovor. Vielleicht vor dem Moment, wenn er plötzlich vor ihr stehen würde.

Als sie schließlich vor dem Haus angekommen war, sah sie, dass Vincenzos Wagen in der Einfahrt parkte und zwei Fenster im ersten Stock erleuchtet waren. Am Klingelschild stand groß und deutlich der Name: RUSSO.

Va bene. Mona hatte genug gesehen. Sie musste sich am Zaun festhalten, um nicht umzufallen. Hier lebte er also. Dieses Schwein hatte ihr Leben gestohlen und lebte in diesem toskanischen Haus, das für eine große Familie reichte, vergnügt und selbstgerecht vor sich hin.

Aber gut, nun wusste sie Bescheid. Sie würde ihn weiter beobachten und darauf warten, dass der *Lenz* abgespielt war.

Jan würde kommen. Würde sein Versprechen halten. Und Vincenzos letztes Stündlein würde schlagen.

68

Betty sah sich immer wieder im Spiegel an, aber ihr eigenes Spiegelbild machte sie nur noch nervöser. Sie wusste nicht mehr, wo sie hingucken sollte. Es war jetzt zehn vor sieben. Normalerweise saß Jan Jespik um halb sieben in der Maske. Manchmal sogar noch früher. Er wollte nicht hetzen.

Sie hatte sich darauf eingestellt und erwartete ihn stets bereits um Viertel nach sechs. Manchmal massierte sie ihm noch den Kopf und den Nacken, und er genoss die Zeit und die Ruhe, die er hatte.

Sieben vor sieben. Er war immer noch nicht da.

Sie riss die Tür auf und sah auf den Gang. Er war menschenleer und still. Hier ging es nur um Jan Jespik. Nur um Lenz. Wenn er nicht da war, fiel die Vorstellung aus, und das Theater war tot.

Oh Gott! Vielleicht war etwas passiert?

Sie verließ die Maske und raste über den Flur die Treppe hinunter, durch die erste Gasse bis zum Inspizienten.

»Josef!«, rief sie. »Jan ist noch nicht da! Normalerweise müsste er bereits seit einer halben Stunde hier sein!«

Josef nahm stumm sein Mikro, knipste es an und sagte: »Herr Jespik, bitte in die Maske! Herr Jespik, bitte begeben Sie sich unverzüglich in die Maske!«

Dann nickte er Betty zu. »Er wird schon kommen«, meinte er ruhig. »Und wenn er in zehn Minuten immer noch nicht da ist, dann gib mir Bescheid. Dann überlegen wir weiter.«

Josef war wie ein Fels in der Brandung. Nichts konnte ihn erschüttern, und Betty war fast ein wenig beruhigt. Nun gut. Wenn Jan nicht da war, dann fiel das Stück eben aus. Dann konnte sie nach Hause gehen und fernsehen. Gar kein schlechter Gedanke.

Als sie die Tür zur Maske öffnete, hoffte sie einerseits inständig, dass er da jetzt sitzen und grinsen würde, und andererseits insgeheim auch, dass Jan Jespik nicht kommen würde. Einfach mal einen Abend freihaben. Sie betete innerlich um diese kleine Sensation, diese Glücksnische, und wusste gleichzeitig, dass es nicht richtig war. Lieber Gott, du weißt, wie ich es meine, dachte sie.

Nach einer weiteren Viertelstunde begriff sie, dass der liebe Gott sie offenbar erhört hatte, denn Jan Jespik tauchte nicht auf.

Um halb acht wurde so ziemlich jeder im Theater nervös. Der Regieassistent, der auch Abendspielleiter war, rief um Viertel vor acht den Intendanten an.

»Was sollen wir machen? Das Theater ist voll. Ausverkauft.«

»Habt ihr versucht, bei Jespik anzurufen?«

»Natürlich, zigmal! Da geht niemand ans Telefon. Hugo ist sogar hingefahren, es macht niemand auf, er ist offensichtlich nicht zu Hause.«

»Verdammte Scheiße!«, sagte der Intendant, und dann schwieg er lange. »Ich komme.«

»Okay.«

Es gab niemandem im Theater, der nicht übernervös war. Es grassierte diese Überspannung aus Sorge und lustvoller Sensationsgier. Endlich passierte mal etwas. Vielleicht war Jan Jespik tot, vielleicht hatte er sich das Leben genommen, der Typ dafür war er allemal, vielleicht lag er schon irgendwo, aber man hatte seine Leiche noch nicht gefunden. Schließlich hatte ja auch noch niemand seine Wohnung aufgebrochen und durchsucht. Alles war möglich.

Bis auf den Intendanten schwebten alle Mitarbeiter des Theaters auf einer spannungsvollen und lüsternen Woge der Neugier, und es gab so manchen, der sich auf einen handfesten Skandal und die anschließenden Schlagzeilen freute. Endlich war mal wieder etwas los am Theater, Jan Jespik, dem Irren, sei Dank!

Für Flora Gossen, Ankleiderin am Theater, die den Schauspielern blitzschnell Hemden und Blusen überstülpte, sie in die Hosen schüttelte, bei den Frauen Korsagen in Windeseile zuhakte, Schuhe bereitstellte, Perücken zurechtrückte und Mäntel überwarf, war der *Lenz* eine kleine Erholung. Sie musste sich nicht um zehn Schauspieler kümmern, sondern nur um einen, und der steckte den ganzen Abend nur in drei unterschiedlichen Kostümen. Und auch da ging es beim Umziehen langsam zu, kein Ritt gegen die Zeit und Kampf um jede Zehntelsekunde.

Flora liebte Jan Jespik. Er war immer freundlich, ordentlich und warf seine Sachen nicht in der Gegend herum. Das imponierte ihr. Sie hatte Schauspielerinnen erlebt, die während ihrer Menstruation ihre blutigen Unterhosen auf dem Boden in der Garderobe herumliegen ließen und die Toilette nicht spülten, oder Schauspieler, die ihre Schließmuskel nicht mehr unter Kontrolle hatten. Ihr war nichts Menschliches fremd, aber Jan Jespik war ein feiner Kerl. Sie hatte ihn ins Herz geschlossen.

Und jetzt war er nicht da. Sie machte sich wirklich Sorgen. Nicht auszudenken, wenn ihm etwas passiert war!

Regelrecht traurig ging sie zum Inspizientenpult und begrüßte Josef. Der meinte: »Wir warten noch maximal zehn Minuten, dann macht der Intendant eine Ansage und schickt die Leute nach Hause. Bleibt uns ja nichts anderes übrig.«

Flora nickte und wurde immer trauriger.

Sie ging am Pult vorbei auf die Bühne. Das hatte sie noch nie getan. Sie fürchtete sich richtig. Schließlich konnte der Vorhang unvermittelt aufgehen, und dann stand sie da.

Ängstlich sah sie sich um. Die Bühne. Ein durch und durch

magischer und geheimnisvoller Ort. Eigentlich ein überschaubarer Raum, in welchem Bühnenbild auch immer, aber wenn der Vorhang aufging, war es das Tor zur Welt. Das Fenster in die Unendlichkeit.

Flora erschauerte.

Aber sie traute sich dennoch, durch das kleine Loch zu schauen, das die Schauspieler in den Vorhang geschnitten hatten und vor dem sie immer, jeden Abend, mindestens einen Schauspieler stehen sah. Auch Jan Jespik hatte schon hindurchgeguckt.

Sie war ganz aufgeregt. Ihr Herz schlug bis zum Hals.

Das Theater war bis auf den letzten Platz besetzt, die Leute unterhielten sich, grummelten, die Anspannung vor einem großen Abend durchzog regelrecht spürbar den großen Saal.

Und da sah sie ihn.

In der dritten Reihe.

Jan Jespik saß einfach da. Ruhig und gelassen blätterte er im Programmheft.

Flora konnte sich gerade noch beherrschen, nicht laut zu schreien, sie stolperte und fiel fast, konnte kaum noch laufen, stürzte zum Inspizienten. »Josef«, keuchte sie, »er ist da! Er sitzt im Zuschauerraum in der dritten Reihe!«

Josef starrte sie an. »Wie?«

»Jan Jespik sitzt in der dritten Reihe!«

Josef war wenig später derjenige, der Jan Jespik behutsam aus dem Zuschauerraum führte.

»Es wird alles gut, Jan«, sagte er leise. »Wir unterhalten uns, wenn du aus dem Krankenhaus zurück bist.«

Jan lächelte. »Schade. Ich wollte endlich mal zugucken. Wollte mal sehen, wie ich bin.«

Hinter ihm schlossen sich die Türen des Notarztwagens, der ihn in die nächste Klinik brachte.

69

Sein Blick war milchig trüb. Schemenhaft nahm er wahr, dass er im Bett lag, in einem kalkweißen Zimmer, wahrscheinlich im Krankenhaus. Das war das Schlimmste überhaupt.

An der Wand dem Bett gegenüber hing ein Bild von einem Wald im Gebirge. Durch den Wald floss ein Bach. Das war alles. Mehr Leben hatte der Maler dem Betrachter nicht zugemutet. Berg und Wald und Bach. Kein Mensch, kein Tier.

Es beruhigte ihn nicht, im Gegenteil, es machte ihn wütend.

Außerdem zog durch sein Zimmer der Nebel, und darum konnte er nichts deutlich erkennen.

Sein Kopf sank zurück ins Kissen. Ich werde verrückt oder blind, dachte er. Was ist schlimmer?

Jan lag bewegungslos und achtete auf seine Augen. Blinzelte, kniff sie zusammen, versuchte, sie scharf zu stellen. Lieber Gott, dachte er, nimm mir alles, die Stimme, die Beweglichkeit meiner Beine, die Kraft meiner Arme, nimm mir, was du willst, aber nicht meine Augen. Das könnte ich nicht ertragen.

Eine gefühlte Ewigkeit später kam eine Schwester ins Zimmer. »Guten Morgen, Herr Jespik!«, schmetterte sie fröhlich. »Wie geht es Ihnen?«

»Blendend!«, antwortete er und verzog angewidert sein Gesicht, weil ihm ihr forscher, übertrieben heiterer Ton unsagbar auf die Nerven ging. »Sagen Sie, was ist heute für ein Tag?«

»Freitag.«

»Und seit wann bin ich hier?«

»Seit zwei Tagen.«

Das, was Jan in diesem Moment langsam begriff, war entsetzlich. Er war seit zwei Tagen im Krankenhaus und hätte gestern und vorgestern Vorstellung gehabt. Er hatte den *Lenz* verschlafen. Das war das Schlimmste, was überhaupt passieren konnte.

»Hatte ich Mittwoch Vorstellung? Und Donnerstag?«

»Keine Ahnung! Aber wenn Sie es sagen, wird es wohl so gewesen sein.«

»Aber ich war hier?«

»Ja.«

»Reden Sie mit mir, verdammt noch mal, warum sind Sie so despektierlich, dass ich Ihnen alle Würmer einzeln aus Ihrer dicken Nase ziehen muss? Wer hat gestern und vorgestern gespielt?«

»Na, Sie jedenfalls nicht, Herr Jespik. Sie waren ja hier bei uns. Vermutlich sind die Vorstellungen ausgefallen.«

Jan nickte und nickte und nickte.

»Haben Sie noch einen Wunsch?«, fragte die Krankenschwester.

»Nein danke. Ich bin wunschlos glücklich.« Seine Stimme triefte vor Ironie.

Die Schwester lächelte und verließ den Raum.

Jan wurde heiß und kalt. Er setzte sich auf und entdeckte am Boden Krankenhauspantoffeln. »Schluss – aus – Ende«, murmelte er leise vor sich hin. »Ich war wohl nicht ganz bei Trost, aber jetzt geht es mir gut, und darum gehe ich jetzt nach Hause. Jeder tickt mal nicht ganz richtig, aber jetzt ticke ich wieder normal. Sorry und tschüss!«

Jan stand auf, ging zum Spind, in dem er tatsächlich seine Sachen fand, und zog sich an.

Dann verbeugte er sich leicht in Richtung Fenster und verließ den Raum.

Er hastete durch den Flur, torkelte ein wenig, aber fing sich immer wieder, indem er sich an der Wand festhielt.

Als er vor dem Krankenhaus stand und die klare, frische Luft einatmete, hatte sich der Nebel verzogen, und sein Blick war wieder klar.

70

Jan stürmte in das Büro des Intendanten. Es war kurz vor zwei, und Gottlieb Wegner brütete über einer Kalkulation für ein Stück im kommenden Herbst. Er sah auf.

Jan stand in der Tür, glühend rot und mit blutunterlaufenen Augen. In ihm tobte der Zorn, er bebte, knetete seine zitternden Hände und zischte: »Du hast das Stück abgesetzt? Ich spiele heute Abend nicht?«

»Nein«, entgegnete Wegner ruhig. »Du spielst heute Abend nicht. Das hast du ganz richtig erkannt. Haben sie dich denn schon wieder aus dem Krankenhaus entlassen?«

Jan ignorierte die Frage. »Und warum spiele ich nicht, wenn ich fragen darf?«

»Weil du im Moment krank bist, Jan, nicht ganz bei Trost, was weiß ich. Und da will ich kein Risiko eingehen. Mach eine Therapie, ruh dich aus, werd gesund und komm zu Kräften. Es war wohl alles ein bisschen viel in letzter Zeit.«

Jan Jespik war jetzt nicht mehr krebsrot, sondern leichenblass. »Du schmeißt mich raus?«

»Aber nein! Wir werden den *Lenz* wieder aufnehmen. Er ist großartig, einmalig, er ist die Rolle deines Lebens, Jan. Aber jetzt brauchst du erst einmal eine kleine Auszeit. Das ist für alle das Beste: für dich, für mich, für das Theater. Und dann fangen wir irgendwann ganz neu wieder an. Wenn du dich stabilisiert hast.« Wegner lächelte milde.

Es brachte Jan auf die Palme. Das war das Letzte, was er ertragen konnte.

Er stützte sich auf den Schreibtisch und beugte sich zu Wegner hinunter, kam seinem Gesicht bis auf fünf Zentimeter gefährlich nahe. »Was weißt du, was für mich gut ist und was nicht, du Schlabbenschammes!«, zischte er. »Wer bist du eigentlich, dass du es wagst, mir zu sagen, was richtig oder was falsch für mich ist? Bist du der liebe Gott oder was?« Jan brüllte jetzt und spuckte Wegner dabei pausenlos ins Gesicht.

Wegner wich angewidert zurück.

»Ich bin Lenz, ich bin hier der Künstler unter diesen ganzen hirnlosen Idioten, die nicht zwei und zwei zusammenzählen können und gar nicht wissen, wo sie arbeiten. Die gar nicht begriffen haben, was ein Theater ist.« Er kaute sich seine Fingernägel ab und redete weiter.

»Ich bin es, Wegner. Ich spul es nicht ab. Ich bin irre, wenn Lenz irre ist, ich bin krank, wenn Lenz krank ist, ich komme jeden Abend an die Grenzen meiner psychischen Belastbarkeit, der Wahnsinn tobt und kreist in meinem Kopf. Ich bin Jan. Ich bin Lenz. Ich bin wir beide. Wann begreifst du das endlich?«

Wegner reagierte überhaupt nicht, sondern sah auf seine Schreibtischplatte und spielte mit seinem Kugelschreiber.

Jan hatte das Gefühl, ins Leere gesprochen zu haben, zu einem, der nichts, aber auch gar nichts von dem verstanden hatte, was er gesagt hatte. Der auch nichts verstehen wollte, weil ihm alles egal war, weil es ihm am Arsch vorbeiging. Jan war für ihn ein Irrer und Punkt.

Und darum hoffte er in diesem Moment wahrscheinlich auch nur, dass Jan Jespik jetzt endlich verschwinden würde. Er hatte wegen ihm und seiner Mätzchen schließlich genug zu tun, um einen Ersatz zu engagieren und den Schaden so gering wie möglich zu halten.

Jan wusste genau, was in dem Schädel dieses Theaterbüro-kraten vor sich ging, noch nie war ihm das so klar gewesen, und darum sah er in diesem Moment rot.

»Nichts hast du begriffen!«, schrie er. »Rein gar nichts. Du bist ein tumber Tor, ein Nichts, ein Niemand! Warum arbeitest du nicht im Schlachthof und schneidest in Todesangst schreienden Rindern die Kehle durch? Etwas anderes tust du hier auch nicht, du Idiot, nur dass deine schwachsinnige Arbeit weniger blutig ist und du deine weiße Weste behältst.«

Jan wischte mit einer gewaltigen Bewegung alles von Wegners Schreibtisch, was darauf lag. Wegner bäumte sich auf vor Schreck und sah den tobenden Irren vor sich mit angstgeweiteten Augen an.

»Aber von der Qual des Schauspielers haben Vollpfosten wie du überhaupt noch nie etwas gehört. Leute wie du, ohne Ahnung und Gefühl für ihre Schauspieler, haben am Theater überhaupt nichts verloren. Leute wie du sollten sich hier verpissen. Aber schnell!«

Jetzt reichte es Wegner. Er sprang auf und ging drohend auf Jan zu. »Raus!«, schrie er. »Geh mir aus den Augen und lass dich nie wieder blicken. Und den *Lenz* kannst du vergessen. Ein für alle Mal. Da finde ich einen besseren Schauspieler, der nicht derartig den Verstand verloren hat wie du!«

Das war zu viel. Jan rannte um den Schreibtisch herum, packte Wegner am Jackett und ließ seine Faust in sein aalglattes Gesicht sausen. Es krachte fürchterlich.

Wegner schrie auf. Der behäbige Mann versuchte gar nicht, sich zu wehren.

Jan schlug weiter auf ihn ein, brach ihm die Nase, und Wegners Trommelfell platzte.

Der Intendant ging zu Boden. Jan war wie im Rausch und trat auf ihn ein, bis er sich nicht mehr regte.

»Arschloch!«, war das Letzte, was Jan noch als Verabschiedung sagte, bevor er den Raum verließ.

Ob Wegner noch lebte oder nicht, interessierte ihn nicht.

Er war fertig mit Wien.

Schade um den *Lenz*.

71

Komm, Katze«, sagte er kurz darauf lockend, beinah schnurrend, »komm, meine Kleine, ab ins Körbchen, wir machen eine Reise, eine Reise ins Ungewisse, vielleicht deine längste Reise überhaupt.«

Die Katze sah ihn an. Und er hatte – wie schon so oft – das Gefühl, dass sie jedes Wort verstand.

Jedenfalls stieg sie in den Korb. Langsam und bedächtig. Als würde sie ganz gelassen davon ausgehen, dass sie bald wieder in einer anderen Stadt, in einer anderen Wohnung zu Hause sein und sich auf einem anderen Sofa niederlassen würde.

Sie war es so gewohnt. Es war ihr egal. Und vielleicht fand sie Tapetenwechsel auch ein klein wenig interessant.

Er legte Frau Kornbichler ein paar Scheine hin, seiner Meinung nach mehr als genug, schnappte sich seine Tasche und den Katzenkorb, zog die Tür ins Schloss und warf den Schlüssel in den Briefkasten. Er war fertig mit Wien. Ein für alle Mal. Stieg in seinen Wagen und fuhr los. Zum Stadtpark.

Dort lief er eine Weile unschlüssig durch die Gegend. Sein Herz war auf einmal so ungeheuer schwer, wie er es niemals für möglich gehalten hätte. Die Tränen liefen ihm übers Gesicht, und er ließ sie laufen.

Schließlich setzte er sich auf eine Bank und stellte den Katzenkorb neben sich.

»Tschüss, mein Liebchen«, flüsterte er und weinte schon wieder,

»ich wünsche dir nette, liebe Menschen, ein warmes Haus, immer reichlich zu fressen, viel Spaß und ein langes Leben. Ich muss Tschüss sagen, meine Süße, unsere Wege trennen sich hier, ich weiß nicht, wie mein Leben weitergehen wird, ich kann dich nicht mitnehmen.«

Er beugte sich hinunter, wollte sie streicheln und auf die Nase küssen, aber sie hatte sich zusammengerollt und sah ihn nur mit einem Auge an.

Sie hat mir nicht zugehört, stellte er fest. Und es machte ihn noch unglücklicher.

»Ciao, liebe Katze«, sagte er leise, stand auf und ging davon.

Zu der Zeit, gegen Abend, war kaum noch jemand im Park. Niemand hatte ihn gesehen und sein Weggehen bemerkt.

Irgendjemand würde die Katze finden und in sein Herz schließen. Da war er ganz sicher, und damit tröstete er sich.

Bevor er ins Auto stieg, schrieb er Mona eine WhatsApp.

> Liebe, ich bin auf dem Weg zu dir.
> Hatte Krach mit dem Intendanten.
> Alles Idioten hier. Wien kann mich mal!
> Ich komme! Ich freue mich!
> Ich liebe dich! Bis ganz bald!

Und sie antwortete sofort.

> Ich glaube es nicht! Du kommst wirklich?
> Oh mein Gott, ich freue mich so sehr,
> ich könnte platzen vor Glück! Fahr vorsichtig!
> Komm heile zu mir zurück!

Als er ihre genaue Adresse vom Ferienhaus erhalten hatte, machte er sich auf den Weg. Richtung Süden, nach Italien.

Auf ihn wartete jetzt die größte und schwerste Rolle seines Lebens. Eine Herausforderung ohne Regisseur und ohne Probe. Die Improvisation der Realität. Er würde Rache üben. Für Mona.

Rache hatte ihn schon immer fasziniert. Sie hatte etwas Göttliches an sich. Durch Gerechtigkeit das Gleichgewicht auf Erden wiederherstellen und damit den Seelenfrieden erlangen.

Das war das Größte überhaupt!

Bereits jetzt war er aufgeregter als vor jeder Premiere. Die Proben musste er durch Planung und Vorbereitung ersetzen, und dann gab es nur eine einzige Vorstellung. Und es war nicht gespielt, sondern echt. Er würde nichts andeuten, sondern es wirklich tun. Musste sich nichts merken, nichts einstudieren, es würde keine Wiederholung geben. Keine Chance, einen Fehler auszubügeln.

Das Publikum waren nicht zweihundert, fünfhundert oder tausend Leute, sondern die ganze Menschheit.

Er war Gott. Er würde richten.

Vor Glück schnürte sich ihm der Hals zu, so überwältigt war er von seinen Gedanken.

Während er durch Österreich nach Italien fuhr, jubilierte er innerlich. War knallwach, brauchte keinen Kaffee und keine Pause.

Wegner und Hofer sollten sich sauer einkochen mit ihrem Österreichischen Theater, er hatte Größeres vor. Die ganze Welt würde von ihm sprechen und sich an ihn erinnern, was ein *Hamlet* oder ein *Lenz* niemals schaffen würden.

Er lachte laut, schlug vor Wonne mit der flachen Hand aufs Lenkrad und fuhr noch schneller.

Niemand konnte ihn mehr aufhalten.

Nach sechs Stunden ohne Pause war er kaputt und hielt auf einem Parkplatz. Zwei, drei Stunden die Augen schließen, dann wollte er weiterfahren. Und während er noch rechnete, schlief er schon ein.

Morgens um vier wachte er auf. Vollkommen zerschlagen. Ein Kaffee wäre jetzt gut, aber er war nicht auf einem Rastplatz, sondern auf einem einfachen Parkplatz nur mit Toiletten. Noch immer schwindlig vor Müdigkeit, startete er schweren Herzens den Motor und fuhr weiter.

Nach dreißig Kilometern machte er einen ausgiebigen Stopp und besorgte sich Kaffee und zwei Croissants. Das Leben konnte weitergehen.

Er hatte nur noch vier Stunden vor sich. Ein Klacks. Das schaffte er lässig und wäre zum Frühstück dann bei Mona.

> Setz rechtzeitig den Kaffee auf! Wenn alles glattgeht,
> bin ich zwischen neun und zehn bei dir!

Nur Sekunden später antwortete sie.

> Nimm den Fuß vom Gas, du Wahnsinnsakrobat.
> Wir haben zusammen alle Zeit der Welt.
> Ganz egal, wann du hier ankommst,
> pass verdammt noch mal auf dich auf!
> Ich brauche dich!

Jan sprangen die Tränen in die Augen, und er nahm den Fuß vom Gas.

Um Viertel vor zehn erreichte er das Ferienhaus von Mona und Dorothea.

Er hielt davor, hupte aber nicht, sondern stieg mühsam aus. Seine Knochen waren steif, jetzt rächte sich, dass er sich stundenlang nicht bewegt hatte. Sein ganzer Körper tat ihm weh, und er fühlte sich so müde, so ausgelaugt und kaputt wie schon seit ewigen Zeiten nicht mehr.

So wollte er Mona eigentlich nicht gegenübertreten.

Aber in diesem Moment stürmte sie schon aus dem Haus, fiel ihm um den Hals, drückte ihn an sich, schluchzte und bedeckte sein Gesicht mit Küssen.

»Oh Gott«, flüsterte sie, »ich hab mir solche Sorgen gemacht, als du tagelang nichts mehr von dir hast hören lassen. Du musst mir erzählen, was los war. Aber jetzt bist du ja hier, du bist endlich wieder bei mir!«

Jans Müdigkeit verflog. Er hob Mona hoch, schwang sie durch die Luft, drehte sich mit ihr, und sie jauchzte und schrie, bis er sie absetzte.

»Alles gut?«, fragte sie.

»Alles bestens. Ich hab mich noch nie besser gefühlt.«

»Komm, lass uns reingehen.«

Mona flatterte vor Glück und fraß Jan mit den Augen auf. Sie setzten sich an den Küchentisch, und Mona schenkte Kaffee ein.

Doro kam etwas schwach und blass aus ihrem Zimmer. Man sah ihr an, dass sie krank gewesen war, aber sie strahlte. »Wieso bist du denn jetzt schon hier, mein Junge?«, fragte sie. »Wir dachten, du spielst noch vier Wochen?«

Jan lächelte. »Ich bin überarbeitet, ich hab freibekommen. Nach einer Pause werde ich weiterspielen. Die Kollegen sind echt nett zu mir. Sie kümmern sich, meine Gesundheit liegt ihnen am Herzen. Und darum bin ich jetzt hier.«

Doro runzelte die Stirn. »Einfach so? Ich meine, das Theater verkauft doch die Karten weit im Voraus? Die planen, die können doch ein Stück nicht einfach für unbestimmte Zeit absetzen?«

»Offensichtlich schon. Lass es gut sein, Mutter. Es ist alles gut und richtig, so wie es ist. Aber du siehst selbst ein bisschen blass aus.«

»Ja, ich hab mir einen Infekt eingefangen, aber langsam wird's wieder.« Dann schwieg Doro nachdenklich.

Jan aß, als hätte er eine Woche gehungert, trank gierig mehrere Tassen Kaffee, und schließlich zog Mona ihn vom Tisch hoch und in ihr Schlafzimmer. »Komm, leg dich hin. Du bist kaputt, deine Augen sind längst untergegangen, du fällst ja fast vom Stuhl.«

Jan stolperte hinter ihr her.

Mona zog ihn aus und legte ihn ins Bett.

»Ich will jetzt nichts mehr hören«, flüsterte sie, »will nicht wissen, warum du nach Tagen des Schweigens so plötzlich hier bist, will auch keinen Sex mehr, ich will jetzt nur noch, dass du schläfst. Und wenn du ausgeschlafen bist, reden wir, va bene?«

Jan nickte. Und noch bevor Mona ihn zugedeckt hatte, schlief er bereits.

72

Jan schlief den ganzen restlichen Tag und die Nacht durch. Offensichtlich hatten ihn nicht nur die lange Fahrt, sondern auch die letzten Tage in Wien sehr viel Kraft gekostet. Er war völlig erschöpft in Italien angekommen.

Aber früh am nächsten Morgen erwachte er erfrischt, sprang aus dem Bett, und als er sah, dass Mona noch fest schlief, rannte er aus dem Haus. Barfuß über Wiesen, durch kleine Wäldchen und durchs Gestrüpp. Endlich war er wieder ein Mensch und konnte leben. Endlich war er Jan Jespik und nicht mehr Hamlet oder Lenz oder wer zum Teufel auch immer. Er kriegte sich gar nicht mehr ein vor lauter Freude und jubelte laut.

Niemand hörte ihn. Niemand war um diese Zeit unterwegs, er war ganz allein mit seinem Glück. Wegner und Hofer waren in seinen Gedanken so unendlich weit weg, als hätte er sie vor zehn Jahren zum letzten Mal gesprochen. Er streifte durch die Hügellandschaft – fast »durchs Gebirg« wie Lenz, aber noch nicht einmal das war ihm bewusst. Er war einfach nur trunken vor Glück und sonnte sich in seiner Freiheit, die er so in dieser Intensität noch nie erlebt hatte.

Er warf sich auf eine Wiese und schrie und lachte laut.

Strampelte mit den Beinen und fühlte sich stark, nahezu unsterblich.

Er verharrte. Schloss die Augen. Genoss den Moment.

Summte leise. War ganz bei sich.

Das Leben war ein Geschenk.

Aber irgendwann war der Rausch vorbei. Ihm wurde kalt, sein T-Shirt war klamm und nass, die Realität holte ihn ein, und er schleppte sich zurück. Mit einem schmerzenden, unsichtbaren Splitter im Fuß und quälendem Durst. Und ihm wurde bewusst, dass er außer dem T-Shirt nichts als eine Unterhose trug. Er musste verrückt gewesen sein, einfach so loszulaufen.

Sobald ihm das alles klar wurde, war der Rückweg extrem beschwerlich.

Als er zurück zum Ferienhaus kam, saßen Mona und Doro bereits am Frühstückstisch. Doro ging es wesentlich besser, sie sah beinah erholt aus.

»Wo warst du denn?«, fragte Mona ohne jeden Vorwurf in der Stimme. »Ich hab gar nicht gehört, dass du aufgestanden bist.«

»Ich bin einfach rausgelaufen. In die Sonne, in den Morgen … Ihr habt es so verdammt schön hier, es ist kaum auszuhalten.«

»Komm, setz dich. Willst du 'n Kaffee?«

»Au ja. Gleich. Geh nur kurz unter die Dusche.«

Nur eine Viertelstunde später saß er am Frühstückstisch und fühlte sich wie in Abrahams Schoß. So glücklich war er in seinem ganzen Leben noch nie gewesen. Der Rausch und die befriedigte Eitelkeit nach einer Premiere waren etwas Großes – aber die Zufriedenheit, hier zu sein, in der wunderschönen Landschaft, am Morgen, wenn die Sonne über die Berge kroch, dieses Eins-Sein mit der Natur, war noch einmal etwas ganz anderes. Etwas Existenzielles.

Scheiß auf das Theater, die Kunst, den Rausch und den Erfolg. Hier spielt sich das wahre Leben ab, dachte er. Hier spürte er, wer er war. Lenz. Sicher. Auch. Ein wenig. Aber er lebte, und es reichte, in den Gedanken zu baden, die ihn entzückten, um zu wissen, dass er nicht Lenz, sondern so ganz anders war.

Jan Jespik eben.

Am liebsten wäre er explodiert, so gut ging es ihm.

Später bereitete Doro eine Pastasoße für das Mittagessen vor, und Mona und Jan gingen spazieren. Mona hatte ihm mithilfe einer Lupe, die Doro immer dabeihatte, den Splitter aus dem Fuß gezogen, und dann waren sie losgelaufen. Etwas verwirrt, weil sie sich so lange nicht gesehen, aber immer noch nicht geliebt hatten.

Jan küsste sie, streichelte sie, konnte kaum geradeaus gehen, bekam nicht genug von ihr.

»Herr Jespik, beherrschen Sie sich!«, sagte Mona sanft. »Hier nicht. Bitte nicht. Nicht zwischen Schlangen, Zecken und Skorpionen. Zu Hause gerne. Ich freue mich auf unser breites italienisches Bett mit den schweren Bettdecken, unter denen man ersticken könnte.«

Jan küsste sie erneut, aber nickte. »Du glaubst nicht, wie gut es mir tut, endlich in deiner Nähe zu sein, weit weg vom Theater, nur hier mit dir am Ende der Welt … Weiß der Teufel, ich glaube, mein Leben am Theater ist zu Ende. Es ist so wunderschön hier mit dir, einfach so …«

Er seufzte, und sie drückte ihn an sich.

Und im selben Augenblick dachte sie, verdammt, er war jetzt so weit weg von ihrer Geschichte, so im Glücksrausch, er würde es nie tun.

Verdammt.

73

Am späten Nachmittag lagen sie glücklich nebeneinander, und Mona sagte leise: »Ich weiß ja jetzt, wo er wohnt und wo er arbeitet. Wollen wir hinfahren und mal gucken?«

Jan Jespik nickte gedankenverloren.

Mona fragte sich, ob er überhaupt verstanden hatte, was sie gesagt hatte.

Aber wenig später meinte Jan: »Ja. Ich möchte ihn sehen. Zeig ihn mir und sag mir alles, was du weißt.«

Und da spürte sie, dass er wieder bei ihr war.

»Da ist er!«, flüsterte Mona, obwohl die Fenster des Wagens geschlossen waren und niemand sie hören konnte. »Fahr noch ein kleines Stück zurück, denn wenn er mich sieht, ist alles aus.«

»Er wird dich nicht erkennen, Mona.«

»Egal. Ich will kein Risiko eingehen.«

Jan setzte den Wagen ein paar Meter zurück.

»Ich hab ein paarmal vor seinem Haus gestanden, aber meine Kinder nicht gesehen. Ich weiß nicht, wo sie sind, Jan.«

Jan nickte.

Es war wunderbares Wetter, ein warmer Abend, und sie sahen schweigend zu, wie Vincenzo draußen die Tische eindeckte.

Jan beobachtete Vincenzo aufmerksam. Dieser attraktive Italiener war also einmal ihr Mann gewesen. Der, der ihr so viel angetan, ihr ganzes Leben verpfuscht und sonst was mit den Kindern gemacht hatte.

Auch Mona starrte unentwegt hin zu Vincenzo, aber sie war ganz ruhig, schien weder nervös noch angespannt.

Obwohl sie ihn doch so abgrundtief hasste.

»Ich werde jetzt hingehen, mich draußen hinsetzen und eine Kleinigkeit essen. Dann kann ich ihn mir genau ansehen und vielleicht ein paar Worte mit ihm wechseln.«

»Nein!« Mona war vollkommen entsetzt. »Das kannst du nicht machen!«

»Warum nicht?« Jan lächelte. »Er kennt mich doch nicht, ich bin ein völlig Unbekannter, ein Tourist wie tausend andere auch.«

»Tu's nicht! Ich glaube, es ist nicht gut, wenn du ihn kennenlernst!«

Jan grinste und küsste sie auf die Wange. »Keine Angst. Ich kann ihm auch die Eier abschneiden, wenn ich ihn sympathisch finde. Mach dir keine Sorgen.« Damit öffnete er die Autotür, stieg aus und schlenderte über die sonnige Piazza zum Restaurant.

Jan setzte sich, blinzelte in die Sonne, schenkte Mona im entfernten Auto ein Lächeln, obwohl er nicht wusste, ob sie es wahrnehmen würde, und sah auf die Uhr. Es war jetzt halb sieben. So früh gingen Touristen nur selten und Italiener auf gar keinen Fall essen. Im Restaurant saß nur ein Pärchen, das sich an den Händen hielt und miteinander flüsterte.

Va bene, dachte Jan, dann ist Vincenzo wenigstens nicht im Stress und hat vielleicht Zeit für ein paar Worte.

Es war für ihn wie die erste Leseprobe. Sich erst einmal ganz vorsichtig an das Stück und die Geschichte herantasten. Manche Schauspieler stellten sich auf der Leseprobe, wenn man sich begrüßte, kennenlernte und das Stück mit verteilten Rollen erst einmal laut las, wie die letzten Dilettanten an, die kaum einen Satz unfallfrei über die Lippen brachten. Andere versuchten schon zu gestalten, zu betonen und in die Rolle einzusteigen. Das hielt er immer für Angeberei und Narzissmus und hatte es gehasst. Er selbst blieb bei den Leseproben, die er überhaupt nicht ausstehen konnte, immer eher kühl und sachlich. Talentfrei, sozusagen. Wie ein Roboter, vollkommen emotionslos.

Und genauso betrachtete er jetzt auch sein erstes Zusammentreffen mit Vincenzo Russo.

»Buonasera!« Vincenzo kam strahlend auf ihn zu und reichte ihm die Karte. Er hatte makellose weiße Zähne, volles Haar und glühende, aber gleichzeitig lachende dunkle Augen.

Beneidenswert, dachte Jan. Ein starker, schöner Mann in der Blüte seiner Jahre.

»Möchten Sie etwas essen?«, fragte Vincenzo.

Jan grinste. »Sieht man mir an der Nasenspitze an, dass ich Deutscher bin?«

Jetzt grinste auch Vincenzo. »Entschuldigung, ich wollte Ihnen nicht zu nahe treten, aber irgendwie schon, ja. Möchten Sie sich lieber auf Italienisch unterhalten?«

»Nein, nein, alles gut. Ich hätte gern ein großes Bier und einen kleinen Salat.«

»Va bene. Ich kann Ihnen auch unseren heutigen Tagestipp empfehlen: Wildschweinspieß in Tomaten-Knoblauch-Soße!«

»Das hört sich verlockend an, aber da komme ich lieber ein andermal wieder, wenn die Sonne untergegangen ist. Danke. Im Moment reicht mir ein Salat mit Ciabatta, bitte.«

»Sehr gern.« Vincenzo nahm die Karte wieder mit und ging ins Restaurant.

Ein netter Typ, dachte Jan. Eine makellose Fassade, und dahinter so ein Scheißkerl. Nicht auszuhalten. Vielleicht hätte er doch auf Mona hören sollen, denn wahrscheinlich wäre es besser gewesen, er hätte nie mit ihm gesprochen.

Wenig später brachte Vincenzo Besteck, Serviette und Ciabatta und kurz darauf ein großes, kühles Bier und einen appetitlichen Salat.

»Grazie!«

»Prego!«

Irgendwie kapierte er das alles nicht mehr so ganz. Worum ging es Mona? Offensichtlich doch darum herauszufinden, wo ihre Kinder waren. Aber warum fragte sie ihn nicht? Sie wollte sich rächen, okay, das konnte er nach all dem, was geschehen war, gut verstehen, aber dann würde sie auch nie erfahren, was mit Leo und Lena geschehen war.

Warum war er und nicht sie hier und beobachtete diesen Mann? Im Ristorante saßen Sohn und Tochter nicht. Das war schon mal klar. Also was sollte das alles? Warum ging sie nicht endlich hinein und redete mit ihm? Auch wenn die Situation eskalieren sollte – egal, er war ja jetzt an ihrer Seite. Aber dann würden sie vielleicht endlich wissen, was Sache war. Und vielleicht lösten sich ja auch alle Ängste und Sorgen in Wohlgefallen auf.

Aber das war wahrscheinlich ein anderes Stück, und seine Rolle war eine andere.

Aus diesem Grund hatte er Leseproben auch immer so unerträglich gefunden: Dort musste man das lesen, was da stand. Eine Wahl hatte man nicht, es gab keine Textalternative, keinen Plan B.

Der Salat war sehr gut, das Bier herrlich erfrischend, und als Jan bezahlte, gab er ein fürstliches Trinkgeld.

Vincenzo bedankte sich mit einer Verbeugung. »Ich würde mich freuen, Sie wiederzusehen. Wir haben in dieser Woche ein besonderes Highlight auf der Karte: vier verschiedene Fleischsorten, Wildschwein, Rind, Lamm und Ente gegrillt, gedünstet, gebraten und gebacken, mit Salat und Baguette. Absolut fantastisch. Sollten Sie einmal probieren.«

»Sehr gerne. Ich denke schon, dass ich wiederkomme. Arrive-derci.«

Vincenzo gab ihm zum Abschied die Hand.

Jan drehte sich um und ging.

Als er ins Auto stieg, fragte Mona: »Und? Was meinst du?«

»Er ist ein höflicher, freundlicher Mann. Mehr kann ich nicht sagen. Wir haben ja kaum zwei Worte gewechselt.« Er sah sie an. »Willst du nicht hineingehen und ihn fragen, wo Leo und Lena sind? Ich komme mit und helfe dir.«

»Nein, das will ich nicht«, sagte sie kalt.

Jan startete den Motor und fuhr los.

Er war zutiefst verunsichert. Aber das war normal. Noch hatte er keine einzige Leseprobe erlebt, nach der er nicht vollkommen verunsichert gewesen war.

74

Mona und Jan waren übereingekommen, dass Jan an diesem Tag Vincenzos Haus beobachten sollte, das war ungefährlicher, als wenn Mona es tun würde.

Er parkte den Wagen an einer möglichst unauffälligen Stelle, von wo aus er dennoch das Haus der Russos gut im Blick hatte. Es war rustikal, von einem zugleich wild wuchernden und doch gepflegten Garten umgeben, mit unendlicher Blumenpracht und Gemüsebeeten, deren Ertrag wahrscheinlich reichen würde, um mehrere Familien zu versorgen.

Offensichtlich war Vincenzo wieder verheiratet, denn er sah eine hagere Frau im Garten schuften. Und dann kam am Abend ein Behindertenbus und brachte einen jungen Mann im Rollstuhl nach Hause. Fassungslos beobachtete Jan die Szene. War das Leo? Monas Sohn? Das Alter könnte ungefähr passen, dachte Jan. Aber was war um Gottes willen mit ihm passiert? Da musste er unbedingt mit Mona drüber reden, denn von einer Behinderung hatte sie nie etwas erzählt. Das war offensichtlich erst nach ihrer Verhaftung passiert. Hatte Vincenzo etwas damit zu tun? Hatte er dem Jungen etwas angetan? Und wo war Lena? Von ihr hatte er den ganzen Tag keine Spur gesehen. Vielleicht lebte sie gar nicht mehr.

Jan begriff, dass er die Initiative ergreifen und mit Vincenzo reden musste. Sofort.

Mona hatte das Stück geschrieben, sie war die Autorin, da stand schwarz auf weiß, was er zu spielen hatte. Aber er war

Regisseur und Schauspieler zugleich und hatte die Rolle des Racheengels und durchaus die Macht, das eine oder andere zu verändern. Er durfte streichen oder hinzufügen, solange er nicht den Sinn oder die Aussage des Stückes veränderte. Und das hatte er nicht vor, aber kleine Korrekturen waren erlaubt. Seine eigene Kreativität konnte die Geschichte nur bereichern.

Jan schrieb Mona eine WhatsApp.

> Liebste, ich komme noch nicht nach Hause,
> beobachte weiter, mach dir keine Sorgen.
> Wir reden später. Baci

Wenig später betrat er erneut die Trattoria.

Vincenzo erkannte Jan sofort. »Buonasera!«, rief er. »Wie schön, dass Sie wiedergekommen sind! Bitte nehmen Sie Platz! Vielleicht da vorn am Fenster mit Blick auf die Piazza?«

»Sehr schön. Danke.« Jan setzte sich, und Vincenzo reichte ihm die bereits aufgeklappte Karte.

»Ich glaube, ich nehme die Fleischplatte, die Sie mir gestern empfohlen haben. Und dazu ein Mineralwasser und einen halben Liter Pinot Grigio.«

»Benissimo.« Vincenzo nahm die Karte und entfernte sich.

Jan hatte bewusst wieder einen frühen Zeitpunkt für seinen Restaurantbesuch gewählt, um Ruhe zu haben, und als Vincenzo die Getränke brachte, fragte er: »Sagen Sie, könnten wir uns ein wenig unterhalten? Jetzt, wo kaum Gäste im Lokal sind?«

»Worüber?«, fragte Vincenzo, und Jan bildete sich ein, dass er alarmiert wirkte.

»Bitte, nehmen Sie Platz! Möchten Sie auch etwas trinken? Es geht auf mich!«

Vincenzo schüttelte den Kopf, setzte sich aber. Sah Jan abwartend an.

»Ich möchte mich vorstellen, mein Name ist Wiskowsky, ich bin der Anwalt von Frau Mona Russo, Ihrer Ex-Frau. Oder immer noch Ehefrau? Sind Sie eigentlich rechtskräftig geschieden?«

»Ja, sind wir«, sagte Vincenzo erschrocken und plötzlich sehr einsilbig. »Kommen Sie zur Sache. Ich habe nicht viel Zeit.« Er sah sich nervös um.

»Ihre Ex-Frau ist aus der Haft entlassen worden und sucht jetzt ihre Kinder. Ihren Sohn Leo und ihre Tochter Lena. Sie waren in Ihrer Obhut, und Ihre Frau hat die beiden während ihrer zehnjährigen Haftstrafe nicht gesehen, Sie haben sie ihr entzogen. Frau Russo hat das Recht zu erfahren, wo sich ihre beiden Kinder zurzeit aufhalten, um Kontakt zu ihnen aufzunehmen.«

Vincenzo starrte Jan an, als hätte er chinesisch geredet.

»Wie bitte? Was erzählen Sie da? Was für Kinder? Mona war meine Frau, ja. Sie hatte einen Sohn. Leo. Er lebt bei mir. Ja. Ich habe mich all die Jahre wie ein Vater um ihn gekümmert. Aber wer ist Lena? Ich kenne keine Lena. Was ist denn das für ein Schwachsinn?«

Jan fehlten die Worte. Alles hatte er erwartet – das nicht.

»Ich sage Ihnen nur eins«, fuhr Vincenzo fort. »Diese Frau ist wahnsinnig! Vollkommen unzurechnungsfähig! Das hat sie sich wohl alles im Knast ausgedacht, aber es ist völliger Blödsinn. Es gibt keine Tochter Lena. Ich habe jedenfalls keine kennengelernt. Und jetzt entschuldigen Sie mich.«

Vincenzo entfernte sich kopfschüttelnd.

Jan legte für seine Getränke einen Zehneuroschein auf den Tisch und verließ das Restaurant. Die Fleischplatte interessierte ihn nicht mehr. Er musste nach Hause. Mit Mona reden.

75

Die Sonne war noch nicht untergegangen, als Jan am Ferienhaus eintraf und auf die Terrasse kam. Mona und Doro saßen an einem gedeckten Abendbrottisch und tranken Rotwein.

Jan begrüßte beide mit einem Kuss auf die Wange.

»Wie schön, dass du da bist!«, sagte Doro. »Komm, setz dich! Möchtest du etwas essen?«

»Ja. Ein bisschen.« Ihm war nicht nach essen zumute, aber er konnte jetzt Mona nicht zu einem Gespräch unter vier Augen bitten.

Obwohl sein Thema hochbrisant war.

Aber er musste es vorsichtig angehen.

Sie aßen, tranken, und Jan saß wie auf heißen Kohlen. Er ließ Mona nicht aus den Augen. Was für eine liebenswerte, schöne Frau. Sie hatte viel erlebt, Schlimmes durchgestanden, aber dies alles hinter sich gelassen. Sie suchte verzweifelt ihre Kinder, und ihr Mann sagte, es habe nie eine Tochter Lena gegeben. Jan hatte Vincenzo mit seiner Frage auf dem falschen Fuß erwischt, und seine impulsive Antwort hatte ehrlich geklungen. Total glaubwürdig. Und das hatte Jan völlig aus der Bahn geworfen. Denn entweder war ihr Ex-Mann Vincenzo ein eiskalter, brutaler Verbrecher, der Lenas Existenz schon tausendmal verleugnet hatte, oder Mona war eine Lügnerin. Und das konnte er sich bei ihr einfach nicht vorstellen. Die Geschichte, die sie ihm erzählt hatte … Niemals konnte sich irgendein Mensch so etwas ausdenken.

Als Doro den Tisch abräumte, sagte Jan: »Komm, Mona, lass uns noch einen kleinen Verdauungsspaziergang machen. Runter bis ins Dorf und zurück?«

»Muss das sein?«, grunzte Mona. »Ich bin kaputt und würde gerne ins Bett, Jan Jespik. Mit dir!«

»Bitte!«

Sein Blick war so eindringlich, dass sie seufzend aufstand. »Va bene. Ich hole nur noch meine Jacke.«

Sie gingen eine Weile schweigend. Jan hatte den Arm um sie gelegt, der Mond leuchtete hell durch die Blätter der Bäume. Irgendwann blieb er stehen und sagte leise: »Mona, ich habe den ganzen Tag Vincenzos Haus beobachtet, und am frühen Abend ist ein Behindertenbus gekommen und hat einen Jungen im Rollstuhl gebracht. Fünfzehn, sechzehn Jahre alt. So um den Dreh. War das Leo?«

»Im Rollstuhl? Leo im Rollstuhl? Oh mein Gott! Leo hat leidenschaftlich Fußball gespielt! Was hat er mit ihm gemacht? Oder der Junge war nicht Leo.«

Jan war ganz ruhig und nahm Monas Hand. »Mona, ich habe heute auch mit Vincenzo gesprochen.«

Sie sah ihn mit weit aufgerissenen Augen an.

Jan redete weiter. »Ich hab ihn gefragt, wo deine Kinder sind, und er war völlig fassungslos und meinte: Leo lebt bei mir, ich habe mich all die Jahre um ihn gekümmert. Und das würde ja zu einem Jungen im Rollstuhl passen, aber es gäbe keine Lena. Da wäre nie eine Tochter Lena gewesen.«

Mona starrte ihn an. Er konnte ihr Gesicht nur schemenhaft erkennen. Aber er sah, wie ihre Züge entgleisten. »Waaaaas?«, schrie sie. »Das wagt dieser bugiardo, dieser dreckige Lügner, zu behaupten? Ich fasse es nicht! Ich habe diese beiden Menschlein unter Qualen zur Welt gebracht! Bei Leo lag ich zwölf Stunden in den Wehen, bei Lena waren es acht, ich war jedes Mal fix und fertig und wollte sterben, und dieser stronzo sagt, es gibt keine Lena? Mein Mädchen! Meine Süße! Mein Engel! Hallo? Und hat er nicht Lena das Leben gerettet, als sie das Putzmittel getrunken hat? Oh mein Gott, was hat er mit ihr gemacht, wenn er sie verleugnet, wenn er sagt, dass es sie gar nicht gibt? Oh mein Gott!« Sie fing an zu weinen und redete schluchzend weiter. »Er sieht gut aus, er ist charmant, das weiß ich alles, sonst wäre ich damals auch nicht auf ihn reingefallen, und darum wollte ich auch nicht, dass du dich mit ihm unterhältst, denn jeder fällt auf ihn rein, aber jetzt siehst du mal, was er für ein Mistkerl ist! Er lügt, ohne rot zu werden. Mein Sohn ist schwerbehindert, weil er ihm irgendetwas angetan hat, und er wagt es auch noch zu behaupten, es hätte mein Mädchen gar nicht gegeben? Ich fasse es nicht!«

Jan schwieg.

»Wahrscheinlich hat er sie umgebracht«, meinte Mona tonlos und fiel auf die Knie. »Und darum erzählt er, dass es dieses kleine Mädchen nie gab. Damit wir aufhören zu suchen. Damit wir nicht doch noch irgendwo ihre Leiche finden.« Sie schlug die Hände vors Gesicht.

Jan wusste gar nicht mehr, was er denken sollte, aber er glaubte Mona. Vincenzo war offenbar ein Blender. Er hatte eine glanzvolle, einnehmende Fassade, und dahinter schlummerte das Böse. Er war offensichtlich ein ganz schlimmer Finger, der aber immer davonkam, weil ihn jeder sympathisch fand und alles glaubte, was aus seinem schönen Mund herauskam. Denn auch seine Sprache war geschliffen und extrem höflich.

Ein perfekter Mitarbeiter für die Mafia. Er würde seine Kontrahenten um den Finger wickeln, in einen Hinterhalt locken und mit einem Lächeln erschießen.

Jan setzte sich neben Mona auf den Boden und umarmte sie.

»Wir hatten diese Neuköllner Wohnung«, echauffierte sich Mona erneut, »da lebten wir, ich hab das alles gemanagt, mit dem

Frisiersalon, mit dem Miststück, frag doch mal nach beim Einwohnermeldeamt, da sind Leo und Lena gemeldet gewesen, und er hat sie wahrscheinlich auch nie offiziell abgemeldet, als er mit ihnen nach Italien abgehauen ist. Na klar, sie waren ihm lästig. Zwei Kiddies sind 'ne Menge Stress, wenn man andere Pläne, andere Berufsaussichten und andere Frauen hat, die sind im Weg, klar, die muss man entsorgen. Und sicher wollte er sich an mir rächen. Wegen der Schlampe Mariella. Und was gab es da Besseres als die Kinder? Und hinterher sagt man, die hat es nie gegeben. Fragt ja keiner nach. Wer hat die beiden denn in Deutschland vermisst? Niemand! Meine Eltern waren tot. Und Vincenzos Eltern hatten offensichtlich die Pizzeria aufgegeben, waren nach Italien zurückgekehrt und tun alles, was ihr Sohn sagt. Na klasse. Da kann man ein Mädchen beseitigen, ohne dass es jemand merkt. Ab auf die Müllkippe. Zerstückelt in kleinen Portionen. Was für ein Wahnsinn! Sei froh, dass du nicht eins auf die Fresse gekriegt hast, als du nach Leo und Lena gefragt hast! Denn wahrscheinlich warst du der Erste, der das getan hat, und nun ist er alarmiert. Jetzt schläft er vielleicht nicht mehr ganz so gut, der süße, liebe, charmante, hübsche Vincenzo, dieser Wolf im Schafspelz. Und vielleicht kriegt er jetzt die Panik, und wer weiß, was er dann tut! Oh mein Gott!« Sie schrie laut auf.

Jan sagte keinen Ton mehr. Dann drückte er sie fest an sich und flüsterte: »Ich versteh dich. Und jetzt hab ich auch kapiert, dass es nichts bringt, mit Vincenzo ein Gespräch zu führen und ihn zu fragen …«

»Nein, es bringt nichts!«

»Ja, das verstehe ich jetzt.«

Mona begann, leise zu weinen.

Jan küsste sie aufs Haar. Wie konnte er nur an ihr zweifeln. Wie konnte er nur glauben, dass man so ein riesiges Problem locker beim Wein in einer Trattoria oder sonst wo lösen konnte.

Er war ein Idiot.

Er würde alles für sie tun.

Es war ganz einfach. Er musste sich nur ans Skript, an den Text halten. Manchmal waren Leseproben gar nicht so verkehrt.

76

Er hatte nach dem Spaziergang mit Mona den ganzen Abend getrunken. Fast einen Dreiviertelliter Grappa. Ihm war kotzübel, und er versuchte, sich zu konzentrieren, um sich nicht zu übergeben.

In Gaiole war es still. Die letzten Touristen waren in ihren Unterkünften verschwunden, in den Restaurants gingen die Lichter aus.

Ein unglaublicher Friede lag über dem kleinen toskanischen Ort, nur noch in wenigen vereinzelten Fenstern brannte Licht.

Jan wartete im Auto und zwang sich, wach zu bleiben. Er wollte eigentlich nur noch seinen Kopf aufs Lenkrad fallen lassen und bis zum nächsten Morgen schlafen.

Aber er hielt die Augen offen, starrte in die Nacht und auf die stille Piazza im gelblich warmen Licht.

Und endlich kam er. Vincenzo verließ das Restaurant, zog sich eine leichte Jacke über und ging lässig und locker über die Piazza.

Er lief auf dem schmalen Bürgersteig die Dorfstraße entlang. An einem verwaisten Spielplatz vorbei, der am Ortsausgang lag.

Jan begriff trotz seines umnebelten Kopfes, dass es jetzt sein musste. Wenn er Glück hatte, war er hier unbeobachtet.

Er fuhr los. Drückte aufs Gas. Raste durch die Dorfstraße, sah Vincenzo, diese aufrechte Gestalt mit beschwingtem Gang auf dem Weg zu seinem Wagen. Sah den Mann, der Mona zerstört und ihre Kinder versteckt oder vernichtet hatte. Der sich jetzt auf den Feierabend freute und sich keiner Schuld bewusst war.

Dieser stronzo.

Das alles schoss Jan in Bruchteilen von Sekunden durch den Kopf, als er sich darauf konzentrierte, das Steuerrad festzuhalten, während er direkt auf Vincenzo zuhielt und sein Wagen ungebremst und mit voller Gewalt in diesen gesunden, schönen und völlig ahnungslosen Körper krachte.

Es knallte. Ein schreckliches Geräusch. Ein brutaler Schlag. Heftig und dumpf. Jan tat er regelrecht weh. Er spürte ihn in den Ohren, im Kopf und in jeder Zelle seines Körpers.

Vincenzo wirbelte durch die Luft, flog auf den Asphalt und blieb bewegungslos liegen.

Jan hielt an, schaute sich kurz gehetzt um, aber niemand war unterwegs. Er stieg aus und lief zu Vincenzo.

Vincenzos Augen zitterten in Todesangst. »Hilfe!«, brachte er mühsam hervor. »Bitte! Hilfe!«

Jan reagierte blitzschnell. Jetzt kam es darauf an.

Er sprang wieder in sein Auto, fühlte sich plötzlich stocknüchtern und hellwach, setzte zurück, weit genug, um Schwung nehmen zu können, und raste erneut über den schwer verletzten Körper. Der Motor seines Wagens heulte auf, als er noch einmal über den Menschenberg zurücksetzte.

Irgendwann würde er ja wohl tot sein.

Jan sah sich um und in den Rückspiegel. Die Straße war immer noch leer und still. Offensichtlich hatte keiner etwas gesehen oder bemerkt.

Den ersten Akt hatte er bravourös gemeistert.

Er fuhr ein letztes Mal über Vincenzo und brauste davon.

Ein paar Kilometer weiter wurde ihm übel. Er hielt am Straßenrand und übergab sich.

Anschließend fühlte er sich etwas besser, aber dennoch war ihm immer noch hundeelend.

Langsam torkelnd und sich mühsam auf den Beinen haltend, ging er um das Auto herum. Der rechte Kotflügel war eingedrückt, und die Stoßstange hing etwas schief herunter.

Was so ein weicher, menschlicher Körper doch für einen Schaden anrichten konnte.

Er musste sehen, dass er aus Italien herauskam. Irgendwie. Koste es, was es wolle. Bevor dieses ganze Drama publik wurde, die Polizei ermittelte und man im Internet alle Einzelheiten lesen konnte.

Jan setzte sich hinters Steuer und fuhr los.

Nur weg. Nach Deutschland. Irgendwohin. Ins Ungewisse.

77

Es ist jetzt zwanzig nach zwölf«, sagte Doro und trank ihren letzten Schluck Rotwein. »Ich bin stehend k.o. Wo ist Jan denn nach eurem Spaziergang noch hin? Wo treibt er sich rum? Warum kommt er nicht nach Hause? Ich habe bisher keine Fragen gestellt, er ist erwachsen, du bist es auch, und offensichtlich zieht ihr beide an einem Strang, aber jetzt nervt es mich. Jetzt will ich wissen, was hier gespielt wird.«

Mona sah zu Boden und drehte eine Haarsträhne zwischen ihren Fingern immer wieder zu einer langen Schlange. Die Nervosität war ihr deutlich anzumerken.

»Spuck's aus«, sagte Doro. »Was wird hier gespielt? Vielleicht hätte ich dich früher fragen sollen, nicht erst um halb eins, aber ich dachte jeden Moment, er kommt. Jetzt glaube ich nicht mehr daran, jedenfalls nicht heute Nacht.«

»Doro, er ist nicht wegen dir und nicht wegen mir hierhergekommen. Das hast du sicher bemerkt.«

»Sondern?«

»Er wollte Vincenzo fragen, wo Leo und Lena sind.«

»Warum fragst du ihn nicht selbst?«

»Weil ich von ihm keine vernünftige Antwort bekomme. Ich kenne Vincenzo. Er grinst und sagt: ›Mach dir keine Sorgen. Es ist alles gut. Ich werde ihnen ausrichten, dass sie sich bei dir melden sollen. Das werden sie sicher tun. Wenn nicht, kann ich es auch nicht ändern.‹«

Doro schwieg.

»Es hat keinen Zweck«, fuhr Mona fort. »Und außerdem ist er dann vorgewarnt. Er kann dafür sorgen, dass ich sie wirklich nicht finde.«

»Und was soll Jan ausrichten, wenn es so aussichtslos ist?«

»Ein Gespräch unter Männern läuft anders, Doro. Wir sind im Mafialand, da ticken die Menschen anders. Hier verliert man nicht viele Worte, da fliegen die Fäuste. Und das ist noch das Harmloseste.«

Vollkommen entsetzt funkelte Doro Mona wütend an. »Und das lässt du zu?«

»Bleib ganz ruhig.« Sie legte ihre Hand auf Doros Arm. »Jan ist nicht blöd und nicht leichtsinnig. Er hat sich gut vorbereitet. Er weiß, was er tut. Und das Überraschungsmoment liegt bei ihm. Vincenzo wird völlig überrumpelt sein.«

Doro war starr vor Schreck. »Was glaubst du, was er tut?«

»Ich weiß es nicht. Jan hat nicht mit mir darüber gesprochen und mit niemandem sonst. Er macht das alles mit sich allein aus. So ist er eben. Das weißt du.«

Doro schwieg. Dann sagte sie leise: »Aber er ist nicht da, Mona. Ist nicht nach Hause gekommen. Es ist kurz vor eins. Die Restaurants sind doch schon lange geschlossen.«

Mona nahm sie in den Arm. »Mach dir keine Sorgen. Jan ist klug und vorsichtig, er plant genau. Er hat eine gute Intuition und kann spontan reagieren. Insofern ist er Vincenzo in allem weit voraus. Geh jetzt schlafen, glaube fest an deinen Sohn und mach dir bitte keine Sorgen.«

Ohne ein weiteres Wort stand Doro auf und schleppte sich von der Terrasse ins Haus. Die Sorge um Jan lastete so schwer auf ihr, dass sie kaum laufen konnte.

Und insgeheim verfluchte sie den Tag, an dem sie Mona zum ersten Mal begegnet war.

Mona blieb noch draußen sitzen, sah in den klaren Sternenhimmel, roch ganz bewusst den betörend süßen Duft von Jasmin an der Hauswand und schickte ihre fünfte WhatsApp an Jan. Versuchte noch einmal, ihn anzurufen. Alles ohne Erfolg.

Dann gab sie es auf. Wusste, dass sie ihn in dieser Nacht nicht mehr erreichen würde.

Irgendetwas war passiert, das war völlig klar. Sie hoffte inständig, dass Vincenzo endlich sein Fett weggekriegt hatte.

Warum Jan allerdings nicht nach Hause kam und zum Verrecken nicht zu erreichen war, machte sie ganz verrückt vor Angst.

Jan, Liebster, was ist passiert? … Was hast du getan? … Geht es dir gut? Wo bist du, um Himmels willen? … Weißt du noch…, das Haus im Süden …, am Meer …, wir wollten doch ein neues Leben anfangen …

Unentwegt starrte sie auf ihr Handy, ob eine Nachricht gekommen war.

Sie würde in der Nacht kein Auge zumachen.

78

Immer wieder klappten seine Augen zu. Schlafen. Einfach nur schlafen. Ganz friedlich. Nur schlafen.

Schon dreimal hatte er sich dieser Sehnsucht hingeben wollen, aber im allerletzten Moment hatte ihn sein Überlebensinstinkt aus dieser tödlichen Versuchung geholt, als er auf der Autobahn bereits auf die Leitplanke zugerast war. Gerade noch hatte er das Steuerrad herumreißen können.

Jan war fertig. Konnte nicht mehr. Mit dem letzten Rest Kraft und kaum mehr im Besitz seiner Sinne rollte er halb ohnmächtig irgendwo auf einen Rastplatz und fiel bereits in dem Moment, als er den Zündschlüssel herumdrehte, in Tiefschlaf.

Als er erwachte, waren Stunden vergangen. Die Sonne stand bereits ziemlich hoch am Himmel, und im Wagen wurde es heiß.

Er öffnete die Tür, stieg aus dem Auto und streckte sich. Der Durst, den er augenblicklich verspürte, war fast unerträglich. Hektisch suchte er im Auto nach einer Wasserflasche, aber fand keine. Verdammt.

Er stützte sich auf die Motorhaube und sah sich um. Wo war er? Er hatte keine Ahnung.

Mühsam versuchte er, sich zu erinnern und aus den Gedankenfetzen irgendein Bild zusammenzusetzen, das ihm einen Eindruck über das verschaffte, was geschehen war.

Aber es gelang ihm nicht.

Er wusste nur noch, dass er in Gaiole auf Vincenzo gewartet hatte. Stundenlang. Es war so fürchterlich langweilig gewesen, und er hatte ständig getrunken. Grappa aus der Flasche. Das war alles, was er wusste. War Vincenzo dann irgendwann aus dem Restaurant gekommen? Er konnte sich nicht erinnern.

Warum war er hier auf diesem verfluchten Rastplatz mit Shop, Toiletten und Restaurant? Und wo genau war er?

Wie lange war er noch durch die Nacht gefahren, ohne es zu merken? Im Vollrausch?

Du lieber Himmel! Da hatte er ja Heerscharen von Schutzengeln gehabt! Und warum war er überhaupt losgefahren? Warum lag er nicht bei Mona im Bett und schlief seinen Rausch aus?

Auf keine dieser Fragen wusste Jan eine Antwort, und er wurde sich selbst unheimlich.

War er dabei, seinen Verstand zu verlieren?

Er ging los. Stolperte mehr, als dass er lief. Vielleicht hatte er letzte Nacht auch verlernt zu laufen. Es gab nichts mehr, was in seinem Körper noch funktionierte. Wahrscheinlich würde er nie mehr über eine Bühne »schreiten« können.

Er fand die Toiletten und erlebte das befreiendste Pinkeln seines Lebens. Alles floss aus ihm heraus: der Alkohol, das Gift, die Angst, die Sorgen, die Ungewissheit und der Nebel der vergangenen Nacht. Ihm war, als würde er wieder klarer sehen, als würde alles von ihm abfallen.

Mit einem zerknüllten Zehneuroschein und ein paar versprengten Münzen in seiner Hosentasche kaufte er sich im Shop einen Kaffee, eine Flasche Wasser und ein panino und ging zurück zum Auto.

Vollkommen fassungslos und irritiert sah er sich um, als würde ihm auf diesem fremden Rastplatz eventuell die Erleuchtung kommen. Denn allmählich fand er es gruselig, dass er wirklich nicht wusste, was passiert war, und er spürte, dass ihm die Angst vor dem Ungewissen im Nacken saß wie eine eis-kalte Hand.

Als er den Kaffee getrunken und das panino gegessen hatte, ging es ihm etwas besser, aber die Erinnerung kam nicht zurück. Er hatte einen kompletten Filmriss.

Er überlegte jetzt, ob er zurück zu Mona fahren sollte. Vielleicht konnte sie ihm erzählen, was in der vergangenen Nacht vorgefallen war.

Aber dann dämmerte ihm, dass er vielleicht doch auf der Flucht war. Verflucht. In dem Fall wäre es das Verkehrteste umzukehren.

Jan wusste nicht weiter. Ein Mensch ohne Erinnerung war handlungsunfähig.

Er griff zu seinem Handy. Hatte noch achtzehn Prozent Akku-leistung. Sah auf einen Blick, dass er zig WhatsApps und Sprach-nachrichten hatte. Von Mona.

Er rief sie an. Sie war sofort am Apparat, völlig atemlos und aufgeregt, und als sie seine Stimme hörte, schrie sie auf vor Freude. »Du lebst?«

»Ja sicher, mein Engel, pass auf. Ich weiß nicht, was gestern Nacht geschehen ist, ich war betrunken.«

»Jan, Doro hat heute Morgen Brötchen geholt, und da hat ihr die Bäckersfrau erzählt, dass es in der Nacht in Gaiole einen schweren Unfall gegeben hat. Ein Mann ist in der Nacht von einem Unbekannten, der Fahrerflucht begangen hat, überfahren worden. Der Mann ist tot.«

Jan schwieg.

»Jan?«

»Ja.«

»Was ist passiert? Sag es mir!«

Jan schwieg einen Moment, dann sagte er: »Ich habe absolut keine Ahnung. Aber ich bin auf dem Weg nach Deutschland. Wir sehen und hören uns. Ciao, amore, ich liebe dich. Alles wird gut.«

Damit legte er auf.

Hatte er etwa wirklich Vincenzo über den Haufen gefahren? Und wusste es nicht mehr?

Langsam und mit angehaltenem Atem ging er um seinen Wagen herum und sah sofort den eingedrückten Kotflügel und die herunterhängende Stoßstange.

Und plötzlich wurde ihm derartig übel, dass er sich am Auto festhalten musste, um nicht umzufallen.

Bitte nicht, nein!

79

Warum hast du mich heute Nacht nicht geweckt, als du den Anruf bekommen hast, verdammte Scheiße? Die Carabinieri informieren dich, dass mein Vater stirbt, und du lässt mich schlafen?« Leo saß am Küchentisch, schlug mit seinem Kaffeebecher unaufhörlich auf den Tisch und war außer sich vor Zorn. »Was hast du dir denn dabei gedacht, verflucht noch mal?«

»Nichts, Leo. Nichts«, sagte Lucia kraftlos. Sie war völlig verweint und kaum noch in der Lage zu stehen. Sie wirkte, als würde sie jeden Moment tot umfallen.

Mit zitternder Hand schenkte sie sich auch einen Kaffee ein und setzte sich Leo gegenüber. »Als das Telefon klingelte, war ich im Tiefschlaf, Leo, und schreckte hoch. Ich weiß noch nicht mal mehr, wie spät es war. Eins oder zwei? Ich hab nicht auf die Uhr geschaut, ich hab nur gehört, wie jemand fragte, ob er richtig sei bei Russo und dass Vincenzo einen schweren Unfall gehabt hätte und überfahren worden sei … Leo, ich war völlig durcheinander, ich dachte, es ist nur ein böser Traum, aber dennoch bin ich – ohne nachzudenken – in meine Jeans gestiegen und so schnell wie möglich zur Piazza gefahren. Und da haben sie mir gesagt, dass Vincenzo tot ist. Und selbst in diesem Moment hab ich es nicht begriffen. Ich dachte immer noch, ich träume.

Und als ich wieder nach Hause kam, hab ich eine Tablette genommen, bin ins Bett gefallen und hab geschlafen und dachte, wenn ich aufwache, ist alles wieder gut, das war der schlimmste

Albtraum, den ich je hatte. Erst heute Morgen hab ich kapiert, dass er wirklich tot ist.« Sie nahm Leos Hände in ihre. »Entschuldige, ich hätte dich wecken sollen. Aber ich hab es nicht geschafft, ich war nicht ganz bei mir. Entschuldige.«

»Schon gut.« Leo schwieg und sah Lucia nicht an. »Er ist tot?«, fragte er leise. »Wirklich tot? Bist du ganz sicher?«

Lucia nickte. »Ja. Es tut mir so leid.«

Leo sagte nichts mehr, bewegte sich nicht, stierte nur noch vor sich hin, während ihm vollkommen lautlos die Tränen übers Gesicht liefen. Und schließlich flüsterte er: »Kann ich zu ihm? Wenn ich ihn nicht sehe und nicht noch einmal anfassen darf, begreife ich es nicht.«

»Bestimmt. Ich werde dafür sorgen.«

Quälend lange saßen beide weiter schweigend voreinander.

»Jetzt habe ich niemanden mehr«, sagte Leo schließlich. »Jetzt habe ich alle verloren.«

»Du hast doch mich! Ich werde immer für dich da sein!«

»Ja«, sagte Leo, und es klang so traurig und resigniert, dass es Lucia das Herz zerriss.

Dann rollte Leo aus der Küche.

Lucia stand wankend auf und nahm ihre Sachen, um zum Bestatter zu fahren und die Beerdigung zu besprechen.

80

Mona hatte beobachtet, dass Lucia weggefahren war. Leo war jetzt offensichtlich allein zu Haus.

Sie stieg aus dem Auto, sah sich noch einmal um und ging dann zur Tür. Stand davor und wusste nicht, was sie machen sollte.

Hatte Angst. Fürchtete sich vor ihrem eigenen Sohn. Wusste nicht, wie er reagieren würde, wenn er sie sah.

Oh Gott.

Zehn Jahre lang hatte sie sich vorgestellt, wie dieser Moment sein würde. Hatte von diesem Wiedersehen geträumt. In allen Variationen. Bestimmt zweimal im Monat. Sie sahen sich wieder. Standen sich gegenüber. Irgendwo auf dieser Welt. Und sie fand es faszinierend, dass sie wahrhaftig zweimal im Monat eine andere Variante geträumt hatte. Es war unglaublich kreativ gewesen, aber zugleich auch unheimlich beängstigend. Denn es gab nie ein Happy End.

Und nun war sie da, diese Situation. In der Realität.

Sie spürte, wie ihre Beine versagten und sie sich am Türrahmen festhalten musste, um nicht umzufallen.

Wenn ich jetzt gehe, komme ich nie wieder, dachte sie. Dann werde ich ihn in diesem Leben nicht mehr wiedersehen.

Und dann endlich, nach gefühlten Minuten, fasste sie sich ein Herz und klingelte.

Es dauerte lange, aber schließlich öffnete er.

Sie erschrak. Er war kein Kind mehr, sondern ein Mann. Das

hatte sie ganz vergessen. Und er saß im Rollstuhl. Das hatte sie gewusst, aber jetzt, so direkt vor ihr, war es etwas ganz anderes.

Sie sahen sich an. Keiner von ihnen sagte einen Ton.

Schließlich meinte er ganz unsicher und ungläubig: »Mama?«

Mona nickte.

»Was willst du hier?«

»Mit dir reden«, hauchte sie. »Bitte, kann ich reinkommen?«

»Hast du eine Spritze dabei, oder bist du unbewaffnet?«

»Leo, bitte!« Sie war kurz davor, in Tränen auszubrechen, und zitterte am ganzen Körper.

Leo zog missbilligend eine Augenbraue hoch und fuhr den Rollstuhl zur Seite, sodass sie eintreten konnte. Er schloss die Tür und rollte voraus ins Wohnzimmer. Sie folgte ihm.

»Also gut. Wieso bist du hier?«, fragte er.

»Ich hab dich gesucht.« Sie flüsterte, so unsicher war sie.

Er lachte kalt.

»Ich hab dich wirklich gesucht«, wiederholte sie leise. »Es tut mir leid, dass es zehn Jahre gedauert hat, aber aus dem Knast kann man keine Besuche machen.«

»Und?«

»Darf ich dich umarmen?«

»Nein. Mittlerweile bist du eine Fremde für mich. Und es ist gut, dass ich endlich so weit bin. Es hat mich viel Arbeit gekostet. Mach sie mir nicht kaputt.«

Mona wusste partout nicht, was sie noch sagen sollte. »Ich habe gehört, es geht dir gut?«

Leo lachte schrill und unerträglich laut. »Ja, ja, ja, es geht mir gut! Super! So, wie es einem geht, wenn ein Bein ab ist, wenn man im Rollstuhl sitzt und dreimal in der Woche zur Dialyse muss, weil man zum zweiten Mal auf eine neue Niere wartet. Die erste, die ich vor zehn Jahren bekommen habe, hat schlappgemacht ... Und heute Nacht ist mein Vater tödlich verunglückt. Ja, Mama, aber danke der Nachfrage, es geht mir richtig gut!«

Mona zuckte zusammen. »Entschuldige.«

»Ich entschuldige gar nichts«, erwiderte Leo gefährlich leise. »Denn du bist kein Mensch, du bist eiskalt, egoistisch, unfassbar gemein, sadistisch und hast so viel Empathie wie ein Hackklotz. Menschen wie du haben auf dieser Welt nichts zu suchen. Und sie dürften vor allem keine Kinder kriegen.«

Mona schluckte. Schlimmer konnte es nicht kommen.

»Wieso bist du hier?«, fragte Leo scharf.

»Ich hab mit einer Freundin eine Reise gemacht, und jetzt sind wir hier gelandet, und ich wollte mal sehen, wie es dir geht.«

»Wieso bist du hier? Gerade jetzt?«, hakte er noch schärfer nach.

Mona tat, als verstünde sie die Frage nicht. »Ich bin aus dem Knast gekommen. Und darum bin ich hier. Bei dir. Ich hab dich so vermisst.«

»Ich denke mal, dass es kein Zufall ist«, sagte Leo sehr langsam und eiskalt, »dass du hier plötzlich auftauchst, und genau zu diesem Zeitpunkt wird mein Vater umgebracht.«

»Vincenzo ist nicht dein Vater«, entgegnete Mona.

»Ich weiß, aber es ist mir scheißegal, mit wem du in Wahrheit gefickt hast, denn Vincenzo *ist* mein Vater!« Die Tränen schossen ihm in die Augen, und er korrigierte sich. »Er *war* mein wirklicher Vater! Er war immer für mich da! Er hat alles für mich getan! Er war alles, was ich auf der Welt hatte!« Leo schluchzte.

Mona strich ihm sanft übers Haar.

Leo explodierte fast und schrie unter Tränen: »Fass mich nicht an, verdammt noch mal! Erklär mir, warum du jetzt hier angeschissen kommst. Dich plötzlich wieder an mich erinnerst. Sag's mir! Wer hat ihn umgebracht? Und warum?«

Es war nicht nur unsagbare Wut, es war eine Anklage, und

Mona zuckte zusammen. Es war wohl ein Fehler gewesen, mit Leo sprechen zu wollen.

»Ich habe keine Ahnung, was passiert ist. Aber ich schwöre dir, ich habe nichts damit zu tun.«

Sie rang mit sich. Eigentlich wollte sie fliehen und dieses Haus nie wieder betreten, aber dann fiel sie vor ihrem Sohn auf die Knie, versuchte, ihn zu umarmen, und flüsterte: »Kannst du mir das, was damals geschehen ist, verzeihen?«

Leo wand sich angewidert, als wäre sie eine Python, löste ihre Hände und schob sie von sich weg. »Nein, Mama, niemals. Gib dir keine Mühe, und jetzt hau ab. Ich will dich nie wiedersehen.«

»Ich bitte dich um Entschuldigung!«

»Ja, das hab ich gehört, aber es ist mir egal. Abgelehnt. Verpiss dich!«

»Leo, lass uns Frieden miteinander schließen!«

»Nein. Wie komme ich dazu?«

»Ich bin deine Mutter!«

»Nein, das bist du nicht! Du bist nicht meine Mutter, du bist eine Hexe, du bist mein Henker!«

»Bitte, Leo!«

»Nein, ich will nichts mehr mit dir zu tun haben. Nie mehr im Leben! Und wenn du jetzt nicht abhaust, rufe ich die Carabinieri! Ich werde sie dir ohnehin auf den Hals hetzen und ihnen sagen, dass dein plötzliches Auftauchen und die Tatsache, dass mein Vater gerade jetzt ermordet worden ist, kein Zufall sind.«

»Tu das«, sagte sie kalt und mit bösem Lächeln, »tu das, wenn du dich dann besser fühlst. Aber ich habe mit der ganzen Geschichte nichts zu tun, und du wirst mich niemals finden. Du nicht, und die Carabinieri schon gar nicht.«

»Das werden wir ja sehen«, meinte Leo wenig überzeugt.

Mona stand auf. »War's das?«, fragte sie leise.

»Verpiss dich, Mama. Ein für alle Mal«, zischte Leo, und sein Blick war voller Hass.

»Va bene. Dann habe ich wohl alles richtig gemacht mit dir. Leb wohl. Oder auch nicht.«

Sie verließ Türen schlagend das Haus.

Leo sah ihr nach, wie sie den Weg bis zur Straße hinunterging. Und weinte.

Mona wusste, dass sie ihren Sohn zum letzten Mal gesehen hatte. Und weinte auch.

81

Bitte! Lass uns wieder miteinander reden! Ich halte es nicht aus, wenn wir uns anschweigen«, sagte Mona, als sie ins Ferienhaus zurückgekommen war.

Doro nickte. Sie holte sich ein Glas Wasser, und beide setzten sich auf die Terrasse.

»Ich habe Jan heute Vormittag endlich erreicht«, begann Mona. »Er ist jetzt schon wieder auf dem Weg nach Deutschland, und es geht ihm gut. Mehr hat er nicht gesagt. Ich hab keine Ahnung, warum er so plötzlich abgehauen ist, und ich befürchte mal, er weiß es selbst nicht.«

»Aber jetzt ist er weg!«, meinte Doro. »Der Unfall in Gaiole. Hat er damit zu tun?«

Mona schwieg.

»Er hat Vincenzo totgefahren.«

Mona nickte und sah zu Boden.

»Das wusstest du?«

»Nein, das wusste ich nicht. Aber ich hab es geahnt. Bitte, Doro, an einem bestimmten Punkt ist Jan nicht mehr zu bremsen.«

»Ohne dich wäre das alles nicht passiert.«

Mona sah zu Boden. »Kann sein. Ich hätte ihm meine Geschichte nicht erzählen dürfen. Einem Mann wie Jan darf man absolut gar nichts erzählen. Denn aus einem Funken wird bei ihm sofort eine Explosion.«

Doro sah Mona wütend an. »Natürlich! Alle Menschen um dich

herum machen Fehler, drehen durch, sind unzurechnungsfähig, explodieren oder morden sogar. Nur du hast mit all dem selbstverständlich nichts zu tun! Du stehst fassungslos da und kannst nichts dafür. Du Unschuldslamm. Dabei bist du diejenige, die an allem schuld ist. Du bist die, die das Böse in die Welt bringt!«

»Aber bitte, Doro! Ich kann doch wirklich nichts dafür! Was redest du denn da für einen Scheiß? Ich konnte doch nicht wissen, dass er so schrecklich reagiert und dass es so kommt!«

»Du bist nicht weniger verrückt als er, aber er will das Gute, er will dir helfen, und du willst das Böse. Du willst Rache! Du willst vernichten. Ich verachte dich, Mona, das hab ich jetzt kapiert, ja, ich hasse dich. Ich will nichts mehr mit dir zu tun haben!«

Doro stand auf und ging ins Haus.

Mona lief ihr weinend hinterher. »Bitte, Doro, lass uns darüber reden, ich bin doch genauso verzweifelt wie du! Lass uns gemeinsam überlegen, wie wir Jan retten können! Meine Kinder sind im Moment egal, jetzt geht es nur noch um Jan! Wir lieben ihn doch beide!«

Bevor Mona Doro gewaltsam in den Arm nehmen und an sich drücken konnte, knallte Doro ihr die Schlafzimmertür vor der Nase zu und schloss ab.

Mona ging davor auf die Knie und flüsterte durch den Türspalt: »Liebe, Jan ist, wie er ist. Wir können ihn beide nicht ändern.«

»Lass mich in Ruhe!«, zischte Doro.

82

Doro war erschreckend blass, ihre Wangen waren eingefallen und ihre Augen blutunterlaufen, als sie wenig später wieder aus ihrem Zimmer kam. Sie würdigte Mona keines Blickes und sprach kein Wort.

Mona war nervös und fahrig, konnte das Schweigen überhaupt nicht ertragen, und schließlich brach es ohne jede weitere Einleitung aus ihr heraus: »Ich habe dir ja wie Jan auch meine Geschichte erzählt, Doro. Daraufhin sind wir nach Italien gefahren, um meine Kinder zu suchen. Aber ich hätte nie gedacht, dass Jan derart ausrastet! Und dann ist das passiert, was passiert ist. Bitte, Doro! Ich kann echt nichts dafür, und es tut mir alles so unendlich leid. Er hat Vincenzo totgefahren! Ich hab keine Ahnung, ob er das bewusst getan hat, ob er das wollte, oder ob es ein Unfall war. Vielleicht war er besoffen und hat nicht mehr gewusst, was er tat. Ja, vermutlich, denn er erinnert sich an nichts mehr. Das sagte er mir jedenfalls am Telefon. Siehst du! Er wollte ihn also nicht umbringen! Ich würde ja so gern mit ihm darüber reden, würde ihn so gern fragen, was zum Teufel in ihn gefahren ist, aber ich konnte nicht länger mit ihm reden. Ich weiß nur, dass er auf dem Weg nach Deutschland ist und dass er noch lebt.« Sie sprang auf und lief nervös hin und her. »Du, auch ich kann das alles überhaupt noch nicht glauben! Krieg es einfach nicht in meinen Kopf. Aber Jan ist nun mal ein Wahnsinniger. Ein total Durchgeknallter. Und das werden wir beide wahrscheinlich nie so richtig begreifen.«

Doro schwieg.

»Er ist heute noch zurück in Deutschland, Doro! Sie können ihm nichts tun, sie werden ihn nicht verhaften, kein Mensch weiß, dass er es war. Nur du und ich. Und wir beiden Hübschen halten die Schnauze.« Sie versuchte, zaghaft zu lächeln. »Es ist alles in Ordnung, Liebe, aber bitte gib nicht mir allein die Schuld an allem, was passiert ist. Ich wusste wirklich nicht, was er vorhatte. Sonst hätte ich ihn davon abgehalten.«

»Ganz bestimmt?«, fragte Doro skeptisch.

»Aber sicher! Ich wollte doch nicht, dass er zum Mörder wird! Um Gottes willen! Ich hab ihm einfach nur meine Geschichte erzählt. Mehr nicht.«

Doro schwieg.

Mona kniete sich vor ihr auf den Fußboden und sah sie an. »Aber vielleicht sollten wir uns auf die Socken machen und auch sofort nach Deutschland fahren. Zu ihm. Und diesen ganzen Spuk hier vergessen.«

»Ich denke, du suchst deine Kinder?«, fragte Doro kühl. »Und wenn Jan bald in Sicherheit ist, wie du sagst, dann kannst du doch weitersuchen, damit du endlich weißt, woran du bist, und mit diesem Kapitel abschließen kannst. Sonst fängst du in einem Vierteljahr wieder von vorne an!«

»Das mag sein. Aber ich denke im Moment nur an Jan. So wie du wahrscheinlich auch. Und mein Bauch sagt mir, dass es jetzt wichtiger ist, nach Deutschland zurückzufahren, als nach Leo und Lena zu suchen. Wir sollten alle weg sein. Raus aus Italien. Nicht, dass plötzlich doch noch irgendjemand irgendetwas gesehen hat, und dann tauchen die Carabinieri hier auf, und wir müssen blöde Fragen beantworten und uns zur Verfügung halten. Das wäre wirklich das Letzte. Und darum finde ich, wir sollten packen und abhauen. Gleich jetzt. Noch einen Kaffee, und dann ab.«

»Aus dir spricht das total schlechte Gewissen.«

Mona zog die Augenbrauen hoch. »Nein, ganz bestimmt nicht. Und warum auch? Ich habe nichts verbrochen, aber ich fühle mich solidarisch mit Jan, und ich möchte nicht für ihn antworten, für ihn lügen und an seiner Stelle festgehalten werden. Ich will nur noch weg. Wenn meine Kinder leben, leben sie auch in einem halben Jahr noch, und wenn sie tot sind, werden sie nicht mehr lebendig. Es ist nur die Ungewissheit, die ich ertragen muss, und das tue ich seit zehn Jahren. Also komm, jetzt ist Jan der Wichtigste, und wir sollten in Deutschland für ihn da sein. Wer weiß, in welch tiefes Loch er nach diesem Unfall gefallen ist. Ich könnte mir vorstellen, dass er damit überhaupt nicht klarkommt.«

Doro seufzte. »Das alles ist ein Wahnsinn. Aber wahrscheinlich ist es wirklich besser, wenn wir auch verschwinden. Oh mein Gott. Ich gehe schnell meine Sachen packen, und dann nur weg.«

Bereits eine Stunde später hatten sie ihre Taschen im Auto verstaut und das Haus sauber hinterlassen.

Sie fuhren abwechselnd, bis sie Italien verlassen hatten, durch Österreich gefahren waren und endlich die deutsche Grenze überquerten. Es gab zwar keinen Grund, aber dennoch atmeten beide innerlich auf.

Während Mona gefahren war, hatte Doro vor sich hin gedöst und kaum ein Wort gesprochen.

Das ist ja kein Zustand, dachte Mona, aber sie vertraute darauf, dass Doro irgendwann wieder zu sich kommen und sie wieder ganz normal miteinander umgehen würden.

Sie übernachteten in einem winzigen Ort gleich hinter der Grenze. Dort gab es maximal zehn Häuser und einen Gasthof mit Fremdenzimmern. Üppig wuchernde Geranien vor den Fenstern, die Gaststube vollständig mit Holz vertäfelt, klobige Tische mit Bänken, verstaubte Blumenkränze an den Wänden, ein Kruzifix über der Tür, düstere Beleuchtung, da die Lampenschirme über den Tischen mit dickem gelbem Stoff bespannt waren.

In der Luft hing kalter Rauch.

Um neunzehn Uhr saßen sie an einem Fenstertisch mit Blick auf den Parkplatz.

Keine von beiden sagte ein Wort. Das Schweigen zwischen ihnen war schneidend und unangenehm.

»Wir sind raus aus Italien, das ist schon mal viel wert«, meinte Mona nach einer Weile, »aber Jan ist noch nicht bei mir, und das macht mich ganz krank.«

»Was möchtest du trinken?«, fragte Doro. Ihr Ton war immer noch knapp und eisig.

»Bestell am besten einen Liter Hauswein. Ganz egal, welchen. Und dann etwas später noch mal dasselbe. Ich kann mich heute nicht mit so einer Pfütze in einer Dreiviertelliterflasche aufhalten.«

»Mona, bitte!«

»Komm, hör auf!« Mona zog eine Grimasse. »Ich werde heute nicht mehr Auto fahren und mich auch nicht aus drei Metern Höhe vom Balkon stürzen. Ich will nur trinken, um endlich schlafen zu können und um zu vergessen, dass Jan immer noch so unendlich weit weg ist.«

»Und was willst du essen?«

»Erst mal noch nichts. Mal sehen. Mir ist irgendwie kotzübel.«

Und wieder schwiegen sie. Dann sagte Doro: »Unsere Reise ist zu Ende, Mona. Ich setze dich morgen in München am Bahnhof ab, gebe den Mietwagen zurück, und dann trennen sich unsere Wege. Ich fahre nach Berlin, und du machst das, was du unbedingt tun musst, aber du lässt mich in Ruhe. Ich wünsche dir viel Erfolg bei der Suche nach deinen Kindern, aber ich bin raus aus der Nummer.«

Mona starrte Doro fassungslos an. »Sag mal, spinnst du?«, schrie sie, und ihr Gesicht war flammend rot. »Was ist das denn jetzt für eine hochdramatische, überkandidelte Scheiße? Wir sind

Freundinnen! Schon vergessen? Du bist mir die liebste und teuerste Freundin, die ich je hatte. Und bloß weil dein Sohn in seinem Irrsinn irgendwelchen Mist gebaut hat, schickst du mich zum Teufel? Das eine hat doch mit dem andern überhaupt nichts zu tun!«

Während Mona hocherregt war, blieb Doro ganz ruhig. »Doch. Das eine hat mit dem andern sehr wohl zu tun. Sicher, ihr beide liebt euch. Aber ihr tut euch nicht gut. Ihr zieht euch gegenseitig in den Abgrund. Ihr seid so ein Katastrophenpaar wie Romeo und Julia, Bonnie und Clyde, Thelma und Louise oder weiß der Teufel wer sonst noch. Die Weltliteratur ist voll von Paaren, die sich lieben, aber unaufhaltsam auf den Abgrund zusteuern. Weil ihre Liebe zu groß ist für diese Welt. Kann sein. Oder weil sie jeden Konflikt überbewerten und mit dem Tod bestrafen wollen. Ihr beide seid vielleicht füreinander geschaffen, aber dem Untergang geweiht. Und ich kann es nicht ertragen. Jan hat für dich gemordet, weil er generell kein Halten kennt. Wahrscheinlich hab ich mich mitschuldig gemacht, weil ich es zugelassen habe. Und das werde ich mir nie verzeihen. Aber jetzt will ich eure Liebe nicht weiter unterstützen.«

»Hörst du dir eigentlich zu? Kriegst du gerade mit, was du für einen Bullshit erzählst?«, unterbrach Mona Doro entsetzt.

»Aber sicher. Ich habe ja noch keinen Liter Wein getrunken.«

Mona sah Jans Mutter mit nervös hin und her flackernden Augen an. »Ich sag dir eins, Doro, und das ist kein hohler Spruch: Ich kann ohne ihn nicht leben. Und ich will ohne ihn auch nicht mehr leben.«

Doro nickte. »Das mag sein, aber ich kann nicht mit der Frau befreundet sein, die meinen Sohn zerstört.«

Mona nickte und stand auf. »Mir ist übel, Doro. Tut mir leid, aber ich glaube, mir wird schlecht. Ich krieg das alles nicht mehr gebacken. Bitte entschuldige.«

Sie stand auf und ging langsam aus dem Raum, als hätte sie Angst, zu fallen und lang hinzuschlagen.

Doro blieb sitzen.

Und in diesem Moment wurde Doro klar, dass sie nur einen einzigen Wunsch hatte: Endlich wieder allein zu sein, um von diesem ganzen Irrsinn nicht mehr berührt zu werden.

In den letzten Stunden vor ihrem Abschied hatten sie überhaupt nicht mehr miteinander gesprochen. Doro hielt im Parkverbot vor dem Münchner Hauptbahnhof, stieg aus und holte Monas Gepäck aus dem Kofferraum. »Hier, bitte! Das Tor zur Welt!«, sagte sie theatralisch, aber es war irgendwie völlig daneben. »Voilà! Von hier aus kommst du überall hin, ganz wie du willst.«

Mona nickte und sah Doro an. »So muss es doch nicht zu Ende gehen, Doro?«, sagte sie leise. »Bitte! Tu mir das nicht an!«

Doro reagierte nicht darauf, sondern nahm Mona nur kurz und alles andere als herzlich in den Arm. »Mach's gut, Mona, pass auf dich auf! Ich wünsche dir alles Gute! Ciao!«

»Ciao!«

Mona konnte überhaupt nicht verstehen, warum Doro ihre Freundschaft und ihre gemeinsame Zeit einfach so vom Tisch wischte, nur weil Jan getan hatte, was er offensichtlich tun musste. Da konnten sie beide nichts dafür. Aber Doro gab ihr die Schuld. Was für eine dämliche Zicke.

Mona sah ihr hinterher, als sie davonfuhr. Keine Träne, kein nettes Wort, nichts. Und sie wurde immer wütender. Diese blöde Kuh konnte sie mal!

Denn das war nicht okay, was Doro getan hatte. Dass sie sie jetzt einfach so im Regen stehen ließ. Und wenn Jan sie, Mona, wirklich liebte, würde er jetzt auch mit seiner Mutter endgültig brechen. Sollte sie doch mit ihrer Wärmflasche auf der Couch vor dem Fernseher verschimmeln.

DRITTER TEIL

ROMEO UND JULIA

83

HAMBURG

St. Georg, Hamburg. Ein grauenvolles Zimmer in einem miesen Hotel. Erster Stock, ein Austritt statt Balkon, Linoleumfußboden überall, Couch und Sessel mit orangefarbenem Plastik überzogen. Ein Spiegel an der Decke, in der Dusche ein ungeleertes Eimerchen mit benutzten Kondomen. Offensichtlich ein Puff, ein Stundenhotel, egal, was machte das schon.

Hier war Jan gestrandet, wann genau, wusste er nicht mehr, er hatte fast nur vor der Glotze gehangen und war im Bier ertrunken.

Hin und wieder zog er durch die Straßen, sah in die Schaufenster armseliger Geschäfte, in denen gebrauchte Handys, Modelleisenbahnen, Fotoapparate und Bügeleisen angeboten wurden, lief zum Hafen, ernährte sich von Fischbrötchen und verschwand am späten Abend in irgendwelchen Bars, die noch nicht einmal drittklassig waren. Das glitzernde, betörende Hamburg, das er suchte, fand er nicht.

Jan war ein Verlorener und fühlte sich von Tag zu Tag unwohler und immer mehr fehl am Platz. Ein Engagement schien nicht in Sicht. Vielleicht war nach dem *Lenz*-Desaster ohnehin seine Karriere im Arsch. So etwas sprach sich in Windeseile herum. Aber egal.

In der Nacht fielen drei Schüsse. Jan sprang alarmiert aus dem Bett, riss das Fenster auf, hörte Schreie, Menschen rannten durch die Straße, und wenig später dröhnten Feuerwehr- und Polizeisirenen durch die Nacht.

Okay, dachte Jan. Dies hier ist also auch nicht der Ort, den ich suche.

Er rannte nach unten, lief durch die Straßen und sprach den *Lenz*. Schrie Lenz' Gefühle in die Nacht, die Leute drehten sich um und beobachteten ihn fassungslos. Es war seine letzte Rettung, sich den Text immer wieder zu vergegenwärtigen, so unsagbar heftig war der Schmerz, ihn nicht auf einer Bühne präsentieren, ihn nicht mehr spielen zu können.

Weinend brach er zusammen.

Niemand beachtete ihn.

So war das Leben. Jeder war für sich selbst verantwortlich und hatte seinen eigenen Blues. Und wenn er an seinem verlorenen *Lenz* zugrunde ging, dann interessierte das keine Sau.

Und immer wieder der Gedanke an Vincenzo. Diese entsetzliche Schuld, die auf ihm lastete und sich anfühlte wie ein Eisenring um seinen Hals, der sich unerbittlich immer enger zuzog. Er hatte getötet. Er war ein Mörder und hatte niemanden, mit dem er reden konnte. Niemanden, der wenigstens ein bisschen Last von seinen Schultern nehmen würde.

Er schleppte sich zurück in sein fürchterliches Hotel mit der Neonröhre an der Decke und der düsteren Nachttischlampe mit bräunlichem Schirm, die so gar keine Helligkeit spendete, sondern den Raum nur in ein dunkles, dreckiges Licht tauchte.

Offensichtlich konnte er ohne Theater nicht sein. Das spürte er hier mit jeder Faser seines Körpers, denn das Theater könnte auch eine Katharsis sein für seine Schuld. Er brauchte die Bühne. Verdammt noch mal. Ohne Bühne war er ein Nichts. Und er brauchte Mona.

War die Bühne wichtiger oder Mona?

Er überlegte hin und her. Aber kam zu keinem Ergebnis.

84

Leo redete kein Wort mehr. Starrte an die Decke oder aus dem Fenster und schwieg. Wenn Lucia ihn etwas fragte, bekam sie als Antwort einen leeren Blick. Nie auch nur den Anflug eines Lächelns.

Er hatte sich bei der Comune freigenommen und saß den ganzen Tag am Fenster.

Vielleicht würde er eine ganze Woche oder noch ewig hier sitzen bleiben.

Auch sein Computer interessierte ihn nicht mehr.

Lucia war vollkommen verzweifelt.

»Was ist mit dir?«, fragte sie immer wieder. »Mein Schatz, mein Lieber, sprich mit mir! Bitte! Sag mir, wie ich dir helfen kann.«

Leo reagierte nicht.

»Ist es wegen Vincenzos Tod?«, fragte Lucia leise.

Leo schüttelte den Kopf.

»Weswegen dann?«

Leo sah sie an, und in seinem Blick lagen so viel Traurigkeit, Qual und Verzweiflung, dass sie sich nicht traute weiterzufragen.

»Sie war hier«, sagte Leo leise nach einer langen Pause.

»Wer?«

»Meine Mutter.«

»Was? Wann?«, fragte Lucia entsetzt.

»Vorgestern. Und deswegen war ich heute bei den Carabinieri.«

Lucia schwieg, wusste nicht mehr, was sie denken sollte.

Und dann erzählte Leo die ganze Geschichte.

Der Carabiniere in Gaiole hieß Silvano Ciufini und war ein Riese. Er bewegte sich schwerfällig durch den Raum und war wahrscheinlich der einzige Mensch in der Polizeistation, der die Akten aus der obersten Regalreihe ohne Probleme herausziehen konnte.

Neben dieser beeindruckenden Erscheinung fühlte sich Leo in seinem Rollstuhl noch winziger als ohnehin schon.

»Was kann ich für Sie tun?«, fragte Ciufini freundlich und bot Leo Kaffee an, den dieser aber dankend ablehnte. Er war auch ohne Kaffee schon nervös genug.

»Ich lebe seit zehn Jahren mit meinem Vater und meiner Stiefmutter hier ganz in der Nähe in Vertine. Zu meiner leiblichen Mutter habe ich keinen Kontakt mehr und mein Vater auch nicht. Die Ehe meiner Eltern war eine Katastrophe. Als die beiden sich trennten, gingen mein Vater und ich nach Italien, meine Mutter blieb in Deutschland, und wir haben nie wieder von ihr gehört.«

»Ja, gut, und?«, fragte Ciufini. Für irgendwelche Familiengeschichten hatte er keine Zeit.

»Mein Vater hat meine Mutter gehasst.«

»Ho capito. Das kommt vor.«

»Und meine Mutter hat meinen Vater noch viel mehr gehasst.«

»Va bene. Bitte, kommen Sie zur Sache. Worum geht's?«

»Mein Vater ist Vincenzo Russo, er ist vor zwei Tagen ermordet worden. Wurde absichtlich mehrmals überfahren. Hier in Gaiole.«

Jetzt ging Ciufini ein Licht auf, und er wirkte wesentlich interessierter. »Aber ja! Dieser schreckliche Unfall, der kein Unfall war, sondern Mord!«

»Genau. Das war mein Vater! Und genau jetzt, nach zehn Jahren ohne Kontakt, kreuzt plötzlich zeitgleich meine Mutter bei mir auf? Bitte! Das kann doch kein Zufall sein!«

Ciufini sah Leo, der den Tränen nahe war, ruhig an. »Doch. So blöd es klingt, aber es könnte ein Zufall sein. Zufälle im Leben sind oft so dämlich, dass man sie sich niemals ausdenken würde.«

»Meine Mutter, die meinen Vater hasst, ist hier, und mein Vater stirbt, und das ist ein Zufall?«

»Vielleicht?«

»Ich bitte Sie, maresciallo!«

»Sie glauben also, Ihre Mutter hatte irgendetwas mit der Tat zu tun?«

»Aber natürlich!«

»Und? Haben Sie irgendwelche Beweise? Eine Videoaufnahme? Einen Zeugen?«

»Nein.«

»Vielleicht gibt es noch zehn weitere Personen, die Ihren Vater hassen? Die kann ich doch jetzt nicht alle verhaften? Es ist wirklich ein verdammter Zufall, dass sich Ihre Mutter gerade jetzt in Italien aufhält. Aber das ist auch alles. Beweise dafür, dass Ihre Mutter mit dem Mord zu tun hat, haben wir demnach nicht.«

»Befragen Sie sie, ob sie für die Tatzeit ein Alibi hat!«

»Wie ist denn der Name Ihrer Mutter?«

»Mona Russo.«

»Va bene. Und wo wohnt sie? Hat sie hier eine Ferienwohnung?«

»Keine Ahnung. Aber das wird man doch herausfinden können.«

Ciufini schnaufte. »Haben Sie eine Handynummer von Ihrer Mutter?«

»Nein.«

»Was fährt Ihre Mutter für einen Wagen?«

»Ich weiß es nicht. Einen silbernen. Wahrscheinlich ist es ein Mietwagen. Und das wird man doch auch herausfinden können?«

Ciufini seufzte. »Sicher. Wenn es sich wirklich um einen Mietwagen handelt und sie ihn selbst angemietet hat. Aber wenn das ein Freund oder eine Freundin getan hat, dann sehen wir alt aus. Genauso ist es mit der Ferienwohnung. Sie kann auch nur die Begleitperson gewesen sein, und die wird nicht immer eingetragen. Leider nur in den seltensten Fällen.«

Leo war völlig konsterniert und desillusioniert. »Dann können Sie gar nichts machen?«

»Nein. Leider erst mal nicht. Bringen Sie mir Beweise, eine Zeugenaussage, jemanden, der irgendetwas beobachtet hat. Der den Wagen Ihrer Mutter gesehen hat und Zeuge des Unfalls geworden ist. Wir werden uns natürlich erkundigen, ob irgendwelche Unfallwagen zur Reparatur gebracht worden sind, aber da werden wir nicht viel Erfolg haben. Der Täter wäre sicher nicht so dumm, mit dem Schaden in eine ortsansässige Werkstatt zu fahren. Und insofern … Die Sache ist ziemlich aussichtslos. Zumal Ihre Mutter Deutsche und vermutlich bereits in die Heimat zurückgekehrt ist. Aber wollen Sie, dass wir die Anzeige trotzdem aufnehmen?«

»Ja, bitte, tun Sie das. Auch wenn es nichts bringt. Dann ist es zumindest aktenkundig. Denn ich weiß, dass meine Mutter die Mörderin meines Vaters ist!«

85

Mona, Liebste, wo bist Du? Bitte, melde Dich!

Nur Sekunden später kam die Antwort:

Jan, Lieber, wir sind auch wieder in Deutschland,
es ist alles okay, aber ich halte es nicht aus,
ich kann nicht leben ohne Dich! Doro ist nach Berlin
gefahren, ich bin wieder allein unterwegs. Sag mir,
wo du bist, dann komme ich zu dir. Ganz egal,
was passiert, gemeinsam kriegen wir alles auf die Reihe!

Ich bin in Hamburg. In einem Scheißhotel.
Das Allerletzte. Weiß nicht, wohin.
Suche ein Engagement.

Hamburg. Okay. Ich komme zu dir.
Und dann sehen wir weiter.

Mona, das wäre so wunderbar,
es macht mich wahnsinnig, mit mir allein zu sein.
Ich brauche jemand, der mir meinen Irrsinn
abnimmt und in seine Bahnen lenkt.
Dessen Gedanken ich übernehmen
und in die Welt tragen kann.

Mona, ich halte es nicht aus ohne Engagement.
Ich weine dem *Lenz* hinterher! Wie gut ginge es mir,
wenn ich ihn noch hätte. Ich wäre der
ausgeglichenste Mensch unter der Sonne.

Ich bin für dich da. Immer. Und ich komme.

Bitte, beeil dich! Lass mich nicht so lange warten!

Und er schickte zwanzigmal das Emoji des Affen, der sich entsetzt die Augen zuhält. Dazu ein weinendes Gesicht, ein paar Herzen und Küsse.

Jetzt ging es ihm zwar nicht gut, aber besser.

In diesem Moment klingelte Jans Handy. Er sah, dass es seine Agentin war, und sein Herz begann zu klopfen, ihm brach der Schweiß aus. Er nahm ab.

»Wir haben eine Anfrage, Jan«, sagte sie ohne lange Vorrede. »Vereinigte Städtische Bühnen Krefeld-Mönchengladbach. *Romeo und Julia.* Der Romeo fällt wegen Krankheit dauerhaft aus. Trauen Sie sich einzuspringen?«

»Sicher. Ich hab den Romeo schon zweimal gespielt. In Braunschweig und in Luzern …«

»Genau, deswegen habe ich ja auch an Sie gedacht.«

»Aber ich bin zu alt für die Rolle.«

»Ach was. Am Theater ist man nie zu alt. Sie haben zehn Tage. Ist das für Sie in Ordnung?«

»Im Ernst? Nur zehn Tage?«

»Jan«, sagte die Agentin eindringlich. »Die Nummer mit dem *Lenz* war nicht toll. Die ist rum in der Branche. Auch wenn der *Hamlet* genial war. Sie brauchen jetzt wieder einen Erfolg, der der Szene und der Theaterwelt zeigt: Jan Jespik ist zurück, der kann wieder, der ist auf dem Damm, auf den ist Verlass. Der Romeo könnte unter diesen Umständen die wichtigste Rolle in Ihrer Karriere sein!«

Jan überlegte nicht lange und sagte Ja.

Mona, Liebste, du glaubst es nicht:
Ich habe ein Engagement!
Ich fasse es nicht!
Ich werde den Romeo in Krefeld übernehmen!
Wie findest du das?

Das ist ja fantastisch!

Mir bleiben aber nur zehn Tage bis zur Premiere.
Das ist so eigentlich nicht zu schaffen.
Es ist vollkommen unverantwortlich.
Aber ich habe dennoch akzeptiert,
weil ich nicht ganz dicht bin und Sachen mache,
die man wirklich nicht tun sollte,
und weil ich so eine Sehnsucht nach der Bühne habe.
Ich weiß auch nicht, was mit mir los ist.
Ich mache einen Fehler nach dem anderen
und bin ziemlich fertig mit der Welt.

Liebster Jan, mach dir keine Sorgen,
zusammen schaffen wir alles.
Und darum komme ich, so schnell ich kann.
Ich werde dir helfen und alles von dir fernhalten,
was dich stören könnte,
damit du trotz allem ein toller Romeo wirst.
Ich glaube da ganz fest an dich.
Du wirst großartig sein, der größte Liebhaber aller Zeiten.
Mein Romeo!

Danke! Oh, wie sehr freue ich mich auf dich!
Und wenn ich den Romeo in den Sand setze – egal!
Dann gehen wir endlich auf unsere einsame Insel!

Ich fahre jetzt nach Krefeld
und sag dir Bescheid,
sobald ich eine neue Adresse habe.

Ich kann es kaum erwarten!

Ich auch nicht!

Mein Romeo!

Sie schickte ein großes rotes, pochendes Herz.

86

Das Telefon klingelte.

Lucia schreckte hoch, und sofort drehte sich alles.

Sie zwang sich zur Ruhe und zu langsamen Bewegungen, schaltete das Licht an und warf einen Blick auf die Uhr. Zwei Uhr zweiundfünfzig. Wer zum Teufel rief sie denn mitten in der Nacht an?

»Pronto«, meldete sie sich verschlafen.

»Mi scusi, Signora, hier ist das Universitätsklinikum Careggi in Firenze, mein Name ist Dottoressa Vaselli. Wir haben eine Niere für Ihren Sohn Leo, wir müssen noch ein paar Untersuchungen durchführen, aber sie könnte passen. Können Sie so schnell wie möglich herkommen?«

»Ja, natürlich!«, schrie Lucia. »Wir fahren sofort los!«

»Wann können Sie hier sein?«

Lucia zitterte am ganzen Körper und konnte vor Aufregung gar nicht denken. »In zwei Stunden. Es ist weit von hier aus nach Florenz.«

»Gut. Leo darf jetzt nichts mehr essen und trinken. Und bitte telefonieren Sie nicht mit dem Handy, wir müssen Sie jederzeit erreichen können.«

»Va bene.«

»Bis gleich. Beeilen Sie sich.« Die dottoressa legte auf.

Lucia sprang auf, kam fast ins Trudeln, hielt sich am Schrank fest, riss die Tür auf und stürmte zu Leo ins Zimmer. »Leo!«, brüllte sie. »Komm, wach auf, zieh dich an, wir müssen ganz schnell ins Careggi, sie haben eine Niere für dich!«

Leo schoss hoch und brauchte zwei Sekunden, um zu begreifen. Dann nickte er. Die Tränen liefen ihm übers Gesicht, als er sich anzog und sich vom Bett in den Rollstuhl schwang. Lucia schob ihn ins Bad und griff die Tasche, die seit Langem für diesen Fall gepackt bereitstand.

Dann zog sie sich selbst an, und wenige Minuten später startete sie den Motor ihres Wagens.

Bevor sie losfuhr, drückte sie Leo einen Kuss auf die Wange. »Alles wird gut, Leo. Heute beginnt dein neues Leben. Schade, dass dein Vater das nicht mehr erlebt hat. Er wäre unwahrscheinlich glücklich. Alles wird gut.«

Leo lächelte. Und presste die Lippen zusammen, um nicht schon wieder zu weinen.

87

Als Jan in Krefeld ankam, hielt er direkt in der Nähe des Theaters und ging zur Pforte.

In der kleinen gläsernen Loge saß eine ältere, dicke Frau mit weißen Haaren und grimmigem Blick und löste Kreuzworträtsel.

»Ja?«, sagte sie knapp, ohne aufzusehen, als Jan vor ihr stand.

»Guten Abend«, sagte er. »Mein Name ist Jan Jespik.«

»Wie schön«, meinte sie. »Sie kommen ein bisschen spät, die Vorstellung läuft schon.«

Jan spürte, dass er zu kochen begann. »Ich will auch nicht in die Vorstellung, denn sonst würde ich ja an der Kasse stehen und nicht hier an der Pforte, gute Frau«, sagte er scharf, und das »gute Frau« klang wie »fette Schlampe«.

Jetzt erst sah sie auf. »Ach so. Wie schön. Was kann ich denn für Sie tun, guter Mann?«

Das geht ja hier gut los, dachte Jan und sagte eisig: »Ich bin Schauspieler, eben angereist, habe eine stundenlange Autofahrt hinter mir und übernehme den Romeo. Soll hier ab morgen probieren. Habe kein Zimmer und kein Dach überm Kopf. Könnten Sie mir eventuell und ausnahmsweise in Ihrer unendlichen Güte dabei behilflich sein, eine Bleibe für die Nacht und die nächste Zeit zu finden? Das wäre überaus reizend.«

Die gute Frau bewegte sich nicht, riss aber ihre Schweinsäuglein auf und sah Jan lange an. »So, so. Sie übernehmen also den Romeo. Ist ja hochinteressant. Ja, da kann ich vielleicht etwas für

Sie tun. Gehen Sie am besten erst mal in die Kantine, trinken Sie ein Bier, essen Sie eine Kleinigkeit, und um 23 Uhr 30 habe ich Feierabend. Dann bringe ich Sie zu einer unserer Theaterwohnungen, die frei ist. Einverstanden?«

»Das ist großartig, Frau …?«

»Miller. Wie Müller mit i statt ü. Wie die Luise in *Kabale und Liebe*, leicht zu merken.«

In diesem Moment grinsten sich beide an.

»Danke. Echt nett von Ihnen. Um halb zwölf bin ich hier!«

»Zur Kantine immer den Gang entlang, dann hinten links die Treppe runter, und dann hören Sie schon den Krach.«

Jan fasste sich an die imaginäre Mütze, schenkte ihr noch ein Lächeln und ging den Gang entlang. Hätte am liebsten vor Freude gepfiffen. Aber hinter den schweren Eisentüren lief ja die Vorstellung.

88

Die Wohnung lag in einer trostlosen Nebenstraße Krefelds, erster Stock, nach vorne raus. Weit und breit kein Busch, kein Baum, kein Grün in Sicht. Die Häuserfronten grau und deprimierend.

Frau Miller parkte mit ihrem hundert Jahre alten ausgebleichten Polo fast direkt vor dem Haus, Jan hielt hinter ihr.

»Erwarten Sie jetzt keinen Palast«, sagte sie, »aber es ist okay. Schon mehrere Schauspieler, die Gastverträge hatten, haben hier gewohnt, und alle waren zufrieden. Wie war noch mal Ihr Name?«

»Jan. Jan Jespik. Aber Jan reicht.«

»Sehr schön.« Sie wirkte zufrieden. »Wundere dich bitte nicht, Jan, im unteren Stockwerk sind die Mormonen. Da gibt es Veranstaltungen, Versammlungen, und an den Wochenenden wird viel gesungen und gebetet und geredet und was weiß ich.«

»Kein Problem. Das stört mich nicht.«

»Gut. Das dachte ich mir. Die sind auch alle nett und harmlos, aber man muss wissen, wo die Unruhe herkommt.«

Der liebe Gott meint es nicht gut mit mir, dachte Jan, als er hinter Frau Miller, die sich mit ihren dicken Beinen nur mühsam am Geländer die Treppe hochzog, herging: erst ein Kinderspielplatz vor der Nase, dann eine Bude vollgestellt mit dem Krempel der Frau Kornbichler und jetzt die singenden Mormonen. Das konnte doch wohl alles nicht wahr sein!

»Da wären wir!«, sagte Frau Miller schwitzend und nach Luft japsend und schloss die Wohnungstür auf. »Guck dich um. Ein

Zimmer, ist tagsüber hell, mit Einbauschrank, kleine Küche, und hier links ein kleines Bad, was will man mehr. Zu Fuß nur fünfzehn Minuten bis zum Theater. Mit deinen langen Beinen schaffst du es vielleicht in zehn. Ist das nichts?«

»Das ist klasse. Super! Was kostet der Spaß?«

»Sechshundertfünfzig im Monat warm.«

Jan starrte sie an.

»Tja.« Frau Miller zog die Augenbrauen hoch und zuckte die Achseln. »Wir sind in Krefeld. Die Wohnungspreise sind in den letzten Jahren explodiert. Ich habe zwei Zimmer und zahle neunhundertfünfzig kalt!«

»Geht in Ordnung. Ich nehme die Wohnung. Und bin dir außerordentlich dankbar.«

»Na, dann ist es ja gut. Wann kommen deine Sachen?«

»Das weiß ich noch nicht. In den nächsten Tagen. Im Moment habe ich das Nötigste im Wagen. Aber ich denke, das wird sich alles finden.«

Frau Miller schien da zwar ihre Bedenken zu haben, aber sie sagte nichts und drückte ihm einen Schlüsselbund in die Hand. »Hier. Der kleine ist für oben, der große für unten, der hier für den Briefkasten. Alles klar?«

»Alles klar.«

»Gut, dann geh ich mal. Wenn noch was ist – ich bin morgen wieder an der Pforte.«

»Danke!« Er umarmte sie kurz, und ein Strahlen ging über ihr Gesicht.

Was für ein netter Mensch. Wenn er sich jetzt auf der Bühne nicht allzu dämlich anstellte, konnte er ein echter Gewinn für das Theater sein.

Jan saß auf dem Bett. Super. Eine tödlich weiche Matratze. Da konnte er in drei Tagen seine Knochen sortieren. Alles sehr spartanisch möbliert: ein Schrank, eine Kommode, ein Fernseher, Geschirr für maximal zwei Personen. Die Ausstattung wie in einem Hotelzimmer. Nun ja, es würde irgendwie gehen. Schon Heerscharen von Schauspielern hatten diese Wohnung überlebt. Also, was soll's.

> Mona, Sonne meines Herzens,
> ich bin in Krefeld, hab sogar schon eine Wohnung,
> fange morgen an zu proben,
> muss lernen wie ein Verrückter,
> aber es wird alles gehen. Bitte komm!
> Ich wohne in der Gartenstraße 37, erster Stock,
> zehn Minuten vom Theater entfernt, alles super.
> Versuche zu überleben ohne dich.
> Wann bist du hier?

Muss mal gucken, wann die Züge gehen.
Schreib dir, sobald ich kann. Ich lieb dich.

> Ich dich auch.

Was für ein wahnsinniger Job, der einen immer wieder mit diesen abartigen Situationen konfrontierte.

An der Decke baumelte eine nackte Glühbirne.

Die schaltete er an, schlug sein Reclamheft auf und begann, seine Rolle zu lernen:

> *Das ist der Liebe Unbill nun einmal.*
> *Schon eignes Leid will mir die Brust zerpressen,*
> *dein Gram um mich wird voll das Maß mir messen ...*
> *Ach, ich verlor mich selbst; ich bin nicht Romeo.*
> *Der ist nicht hier: er ist – ich weiß nicht, wo.*

Jan legte das Heft zur Seite. Was zum Teufel machte er hier in dieser kahlen, beschissenen Wohnung? Was wollte er mit diesem Text? Mit dieser Rolle?

Er konnte sich nicht auf den Text konzentrieren, weil er unaufhörlich an Vincenzo denken musste. Wahrscheinlich war er nicht nur betrunken, sondern auch verrückt gewesen. Hatte vollkommen den Verstand verloren. Und jetzt wurde er den dunklen Schatten nicht mehr los, der sich wie ein Albtraum über jeden seiner Gedanken legte. Vielleicht hatte er mit dem Mord an Vincenzo den größten Fehler seines Lebens gemacht. Und wofür? Dafür sicher nicht.

Das Stück kotzte ihn jetzt schon an.

Er krümmte sich auf der weichen Matratze zusammen, dachte auch an Mona, die nicht bei ihm war, und weinte. Schlief ein und vergaß sogar, sich zuzudecken.

89

Als er am nächsten Morgen erwachte, fror er, hatte Halsschmerzen und Schüttelfrost. Zum Teufel, dachte er, was mache ich jetzt, wenn ich auch noch krank werde? Wenn ich eine Erkältung bekomme, heiser werde, von Hustenkrämpfen geschüttelt und wenn mein Geist im Fieberwahn wirres Zeug fantasiert, sich an keinen Text und keinen Vers erinnern kann?

Er fühlte sich so allein, so schlapp und müde, so verloren und verzweifelte schließlich. Verfluchte sein Dasein, seine Existenz und diesen Irrsinn, der ihn dazu getrieben hatte, Schauspieler zu werden. Es gab keinen schlimmeren Beruf. In jedem anderen Job konnte man sich abmelden, die Krankschreibung rüberreichen und sagen: Tut mir furchtbar leid, aber ich bin krank, ich komme in zwei Wochen wieder, wenn ich wieder gesund bin.

Auf der Bühne ging das nicht. Jeder spielte mit dem Kopf unterm Arm. Nur der Tod galt als Entschuldigung. Man rang sich das Letzte ab, quälte sich den paar Hundert Zuschauern zuliebe, die man nicht enttäuschen wollte. Kämpfte sich sterbenskrank durchs Stück und schlug sich unter Wert. Jede Krankheit war ein psychisches und physisches Versagen. Der strahlende Held durfte nicht schwächeln, der klassische Liebhaber durfte nicht husten und niesen oder sich in der Liebesszene die Nase putzen. Das ging alles gar nicht, danach musste sich die Erkältung verdammt noch mal richten.

Aber dann gab es dieses Phänomen der Gesundung durch

Bühnenpräsenz. Ganz gleich, wie krank man sich auf die Bühne schleppte – wenn man in die Rolle eintauchte, war man gesund. Denn ein Hamlet, ein Romeo, ein Lenz, ein Don Carlos, ein Prinz von Homburg oder wer auch immer hatten keine Schniefnase, sie hatten vor allem mit ihrer Psyche zu kämpfen. Und das begriff der Körper in der Regel.

Das war das Einzige, worauf Jan vertrauen konnte, wenn er jetzt krank wurde, denn er brauchte seinen klaren und scharfen Verstand, um diesen gewaltigen Text wieder zu lernen. Jetzt im Nachhinein erschien ihm der *Hamlet* dagegen wie ein Spaziergang.

Jan lernte. Verkroch sich den ganzen Tag in seiner kargen Stube und paukte den Text in seinen fiebrigen Kopf. Er aß kaum, inhalierte unter einem Handtuch, trank heißen Tee, rieb sich den Oberkörper mit Mentholsalbe ein und holte sich aus der Apotheke alles, was irgendwie helfen konnte.

Der Text kam leider nicht so leicht zurück, wie er gehofft hatte. Er erinnerte sich nur bruchstückhaft, aber nicht sauber so, wie es auf der Bühne erforderlich wäre, und verzweifelte immer mehr. Die Masse dieses schweren Textes war in der kurzen Zeit unmöglich präzise zu schaffen.

Der Schweiß brach ihm aus, er bekam Panik. Hätte er doch abgesagt! Wäre er einfach nur zu seiner Mutter gefahren und dort geblieben!

Hätte er doch nur einmal irgendwo, irgendwann und irgendwie Ruhe. Es ginge schon nicht ans Leben! Seine Mutter würde ihn nicht verhungern lassen. Warum immer wieder diese Krise bis hin zur Existenzangst?

Er spürte den Sinn des Textes, aber er verstand die Worte nicht. Darum konnte er sie auch nicht denken und sprechen.

Schließlich öffnete er eine Flasche Weißwein und trank und las und lernte, obwohl sein Kopf immer schwerer und der Text immer unverständlicher wurden.

Er tigerte durchs Zimmer, wusste nicht, wohin mit sich. Mona würde kommen. Sicher. Aber wann? Heute Abend? Heute Nacht? Oder erst morgen?

Eigentlich sollte er jede Minute zum Lernen nutzen, aber er konnte nicht, dachte nur an seine Schuld und an Mona und daran, dass all das Leid und Elend endlich ein Ende haben würden. Dass sie bald wieder in seinen Armen liegen würde, sie wieder eins sein würden. Sie drei: Mona, die Bühne und er. Das Leben würde noch mal von vorn beginnen und wundervoll werden.

Alle Viertelstunde sah er auf die Uhr. Spürte, wie ihm der wichtige Tag, den er zum Lernen brauchte, zwischen den Fingern zerrann und verloren war, aber er konnte es nicht ändern. Konnte an nichts anderes denken als an sie.

Um kurz nach zehn abends brummte sein Handy.

Jan, Lieber,
bin gerade am Krefelder Bahnhof angekommen.
Bis gleich!

Sein Herz explodierte fast. *O sprich noch einmal, holder Engel!*
Und jetzt verstand er den Text und lernte ihn in Sekundenschnelle.

O sel'ge, sel'ge Nacht! Nur fürcht ich, weil
mich Nacht umgibt, dies alles sei nur Traum,
zu schmeichelnd süß, um wirklich zu bestehn.

Jan rollte sich vor Freude auf dem Boden hin und her und hustete sich die Seele aus dem Leib. Sie würde kommen, wahrhaftig!
Er lachte und weinte zugleich.

90

Nur eine halbe Stunde später stand sie vor seiner Tür.

»Komm rein«, sagte er leise. »Sei nicht böse, dass ich dich nicht umarme, aber ich bin ein bisschen krank. Erkältet.«

Mona lächelte. »Das macht mir nichts.« Sie umarmte und küsste ihn und folgte ihm in die Wohnung.

Als Erstes zog sie ihre Schuhe aus, setzte sich aufs Bett und sah sich um.

»Oh!«, sagte sie. »Hier gibt es ja nicht viel. Äußerst karg, würde ich sagen.«

»Ja. Aber es funktioniert.« Er grinste. »Ich bin so froh, dass du da bist!«

»Ja?«, fragte sie.

»Ja.« Und erst jetzt ging er zu ihr und küsste sie noch einmal.

Mona ließ sich fallen. Alles würde gut werden. Da war sie ganz sicher.

»Es tut mir so schrecklich leid, Mona, aber ich habe so gut wie überhaupt keine Zeit für dich. Ich muss so viel und so schnell lernen wie noch niemals zuvor. Ich Idiot hätte diese Rolle niemals annehmen sollen. Und jetzt bin ich auch noch krank!«

Mona nickte. »Nicht so schlimm. Das kriegen wir alles hin. Hauptsache, wir sind zusammen.«

Jan lächelte, nahm ihr Gesicht in beide Hände und küsste sie. »Liebes, ich bin so glücklich, ich freu mich so, dass du da bist, und ich verspreche dir, wenn dieses Stück in circa zwei Monaten abgespielt ist, dann fahren wir beide los, dann heben wir die Welt aus den Angeln und suchen deine Kinder. Dann nehme ich kein neues Engagement an, dann geht es nur noch um dich. Und wir werden sie finden, das verspreche ich dir!«

Mona schwieg lange und sah ihn nachdenklich an.

»Komm, Jan, denk nicht mehr daran«, sagte sie leise. »Meine Kinder sind jetzt im Moment nicht wichtig, denn ich glaube, es ist keine so gute Idee, wenn du wieder nach Italien einreist. Du bist wichtig. Nur du.«

Es war nach Mitternacht. Sie lagen sich in den Armen, und Jan wusste nicht mehr ein noch aus. Plötzlich sprang er auf, befreite sich aus ihrer Umklammerung, lief zum Fenster, riss es auf, atmete die kühle Nachtluft tief ein und drehte sich um. »Ich blick nicht mehr durch!«, sagte er. »Willst du nun deine Kinder suchen oder nicht? Vincenzo ist tot. Das müsste dir doch ein Fest sein! Aber nein, du willst von all dem plötzlich nichts mehr wissen. Es ist zum Kotzen, Mona! Was ist los mit dir? Verarschst du mich, oder was? Ich habe für dich gemordet, ich habe Vincenzo über die Klinge springen lassen – glaubst du, das ist mir leichtgefallen? Ich bin Gott sei Dank aus Italien raus, aber ich habe jede Nacht Albträume, Verfolgungsängste, ich habe mich in ein mieses Schwein verwandelt, in einen Mörder, damit kann ich nicht umgehen, ich gehe kaputt daran. Ich kann mich selbst nicht mehr leiden. Und jetzt willst du nicht weitersuchen? Jetzt ist dir plötzlich alles egal? Ich fasse es nicht! Bin ich denn dein Idiot? Ich habe meinen Beruf, meine Zukunft für dich geopfert, wahrscheinlich habe ich mein Leben zerstört, und jetzt ist dir auf einmal alles wurscht? Die Kinder können dich mal, und wir gehen zur Tagesordnung über, oder wie?«

Während er sprach, rastete er aus, sprang durch den Raum wie ein Irrer, wischte Gläser und Flaschen vom Tisch, stand vollkommen neben sich.

Sie ließ ihn toben. Dann sagte sie leise: »Komm zu dir, Jan, und hör zu: Es gibt keine Kinder. Einen Sohn, ja, aber keine Tochter.«

Jan ließ sich aufs Bett sinken und starrte sie an. »Ich versteh nicht.«

»Ich habe einen Sohn. Leo, das weißt du«, wiederholte Mona stoisch. »Aber das war's dann auch. Vincenzo hat dir die Wahrheit gesagt. Ich habe keine Tochter. Mein Sohn hat bei Vincenzo gelebt, meine erfundene Tochter brauchen wir also nicht mehr zu suchen.«

»Ich habe Lust, dich zusammenzuschlagen.«

»Lass mich dir meine Geschichte erzählen.«

»Ich glaub dir kein Wort mehr!«

»Bitte, ich schwöre dir bei meinem Leben und bei dem Leben meines Sohnes, dass ich dir *jetzt* die Wahrheit erzählen werde. Bitte, Jan, glaub mir!«

»Das heißt, alles, was du mir bisher erzählt hast, war gelogen?«

Mona nickte.

»Aber im Knast warst du zehn Jahre lang?«

»Ja.«

»Warum?«

»Ich werd es dir sagen, Lieber. Ich schwöre. Ich werd es dir erzählen, die ganze Wahrheit.«

Es zerriss ihn regelrecht, er wurde fast ohnmächtig vor Wut. Er hatte ihr geglaubt. Er hatte für sie getötet. Für eine Frau, die ihm Märchen erzählte und ihn anlog, wenn sie den Mund aufmachte?

Diese schöne Frau war eine gottverdammte, widerliche Lügnerin.

Er wollte sie schütteln und schlagen, wollte die Wahrheit aus ihr herausprügeln und beherrschte sich nur mit größter Mühe.

»Erzähl«, sagte er, und sein ganzer Körper glühte, als würde er innerlich brennen. War wie ein Vulkan kurz vor der Eruption. »Erzähl!«

91

Mona schrie vor Schmerzen. »Bitte, Shorty, mach doch was, hol den Krankenwagen, das Baby kommt, oh mein Gott, mein Bauch platzt, ich halt das nicht aus!«

Aber Shorty lag mit verdrehten Augen auf der Couch und reagierte gar nicht. Von dem, was sie geschrien hatte, hatte er offenbar nicht das Geringste mitbekommen. Er war total zugedröhnt, in den nächsten zwölf bis vierundzwanzig Stunden würde er nicht ansprechbar sein.

Mona begriff allmählich, dass sie sich selbst helfen musste, wenn sie ihr Baby nicht mutterseelenallein und von aller Welt verlassen auf dem verdreckten Flokati bekommen wollte.

Shorty war im Land der Träume, sie war hart in der Realität aufgeschlagen. Sie kroch durch den Raum, um das Telefon zu erreichen. Die nächste Wehe warf sie zurück. Sie krümmte sich auf dem Teppich, wurde fast verrückt vor Schmerzen.

Das ist doch nicht normal, dachte sie, derart schreckliche Schmerzen, wenn man ein Kind bekommt? Da muss was kaputt sein, da kann irgendetwas absolut nicht stimmen.

Als sie das Telefon erreicht hatte, rief sie die Feuerwehr. Brüllte ihre Adresse und schrie um Hilfe.

Shorty schmatzte im Traum wie ein zufriedener Welpe und ruderte mit den Armen in der Luft herum. In diesem Moment spürte sie, dass sie ihn hasste und niemals wiedersehen wollte. Es war sein Kind, aber er würde es nicht zu Gesicht bekommen.

Knapp zehn Minuten später war die Feuerwehr da, holte sie aus der Wohnung und raste mit ihr ins Krankenhaus.

Nur zwei Stunden später gebar Mona einen wunderschönen, gesunden Jungen, 50 Zentimeter lang, 3300 Gramm schwer. Sie schloss ihn in ihr Herz, nannte ihn Leo, hielt ihn im Arm, gab ihm die Brust und flüsterte: »Nur du und ich, ich und du. Und niemand sonst.« Und war so unendlich glücklich.

Als sich Shorty zu ihr ins Krankenhaus schleppte, war Leo bereits 52 Stunden alt, kämpfte mit einer Neugeborenen-Gelbsucht und war gerade nicht bei ihr am Bett.

Shorty sah zum Kotzen aus. Wie ein Gespenst. Hatte fettige Haare, ein bleiches Gesicht, Schweiß auf der Stirn und stinkenden Atem. Seine Arme bewegte er fahrig wie eine Tänzerin, die ein flatterndes Tuch darstellen will.

»Hi!«, sagte er.

Sie reagierte gar nicht.

»Wie geht's dir?«

»Einigermaßen. Und dir?«

»Beschissen.«

»Na, das ist ja normal.«

Shorty bekam einen wehleidigen Zug um den Mund. »Mir geht's dreckig, Baby.«

»Verpiss dich, aber schnell!«

»Ist es ein Junge oder Mädchen?«, fragte er.

»Geht dich nichts an. Verpiss dich!«

Shorty stand da, mit hängenden Armen und wusste nicht ein noch aus. »Ich versteh nicht ...«, sagte er.

»Nee. Du verstehst nie was.« Sie schob sich in ihrem Bett hoch, setzte sich und klemmte sich ein Kissen in den Rücken, obwohl beim Sitzen der Dammschnitt immer noch spannte und brannte. »Shorty, hör zu ...«

In diesem Moment ging die Tür auf, und die Schwester brachte

Leo von der Untersuchung zurück. Sie stutzte einen Moment, dann lächelte sie und sagte zu Shorty: »Oh, ich nehme mal an: der Vater?«

Mona nickte kaum merklich.

»Sie haben einen wunderschönen, gesunden Jungen bekommen. Herzlichen Glückwunsch«, sagte sie und legte Shorty das Baby in den Arm.

Mona gab es einen Stich. Ihr hatte noch niemand gratuliert. Auch Shorty hatte kein Wort über die Geburt verloren, hatte nicht gesagt, dass er glücklich sei, sich freue, dass sie es wundervoll hingekriegt hatte, was auch immer … Er lebte ja nur in seiner Drogenwelt, heute Abend hatte er sicher schon wieder vergessen, dass er einen Sohn hatte.

»Gib ihn mir! Bitte!«, schrie Mona und streckte die Hände nach dem Baby aus, aber Shorty hörte sie gar nicht, sondern tanzte mit unsicheren Schritten mit dem Baby durchs Zimmer, obwohl er sich selbst kaum auf den Beinen halten konnte.

Die Krankenschwester lächelte, ging aus dem Raum und schloss die Tür.

Mona stemmte sich aus dem Bett, schleppte sich zu Shorty und riss ihm das Baby aus den Händen.

»Wie oft hab ich dir nun schon gesagt, dass du dich endlich verpissen sollst!«, fauchte sie.

Shorty nickte und lächelte, nickte erneut, und dann ging er zur Tür.

»Okay«, sagte er.

»Verschwinde aus der Wohnung und wirf die Schlüssel in den Briefkasten. Ich komme in den nächsten Tagen nach Hause, und dann will ich dich nicht mehr sehen. Ich will dich überhaupt nie wieder sehen!«

»Okay, okay, ist ja gut«, sagte Shorty wieder, lächelte, nickte noch ein paarmal und ging.

Mona war sich nicht sicher, ob er irgendetwas verstanden hatte.

Aber sie hatte ihr Baby wieder. Leo, der schmatzend nach ihrer Brust verlangte.

Leo war wiederhergestellt, die Neugeborenen-Gelbsucht war überstanden. Mona quälte sich mit ihm in der Tragetasche aus dem Taxi, ging ins Haus, nahm die Post aus dem Briefkasten und stieg in den zweiten Stock. Ihr Herz raste.

Sie schloss die Wohnungstür auf, stellte das schlafende Baby in der Tasche ins Schlafzimmer und betrat das Wohnzimmer.

Shorty lag auf der Couch, um sich herum Flaschen, volle Aschenbecher, dreckige Klamotten und eine gebrauchte Spritze.

Er sah sie mit großen Augen an, als sie hereinkam.

»Hi!« Er grinste schwach.

»Sag mal, was soll das?«, schrie sie ihn an. »Das ist meine Wohnung! Schon vergessen? Und ich hab dir gesagt, du sollst dich verpissen, aber schnell, und wenn ich aus dem Krankenhaus komme, bist du verschwunden. Auch schon vergessen?«

Shorty zog die Schultern hoch. »Wo soll ich denn hin?«

»Keine Ahnung! Irgendwohin! Zu irgendeinem Freund, unter die Brücke, was weiß ich. Aber hier ist Feierabend für dich. Ich brauche die Wohnung für Leo und mich. Ich will deinen Dreck nicht mehr, diesen ganzen Scheiß, ich will keine Alkoholexzesse mehr auf der Couch, keine Spritzen mehr im Badezimmer und ständig einen beinah bewusstlosen Mann, der irgendwo rumliegt und vor sich hin dämmert. Ich hab die Schnauze voll, verstehst du? Und jetzt verschwinde!«

Shorty reagierte nicht. Lag da mit geschlossenen Augen.

Mona drehte durch. Sie öffnete das Fenster und warf alles hinaus auf den Hof, was Shorty gehörte: Klamotten, Taschen, Tüten, Tabak, Schuhe und seine geliebte Gitarre.

In diesem Moment sprang er auf und fiel durch den Schwung der Bewegung beinahe um. »Bist du verrückt?«

»Du hattest zwei Tage Zeit, aber du hast mich nicht ernst genommen. Jetzt kannst du deine Klamotten im Hof zusammensuchen. Gib mir die Wohnungsschlüssel!«

Shorty zog sie aus seiner Hosentasche und knallte sie auf den Tisch.

»Tausend Dank! Und jetzt: Hau endlich ab!«

Mona bugsierte ihn raus aus der Wohnungstür. Im Hausflur drehte er sich um. »Bitte, lass mich das Baby noch mal sehen! Bitte!«

»Nee! Warum?« Sie trat ihm mit Wucht in die Eier, er torkelte und konnte sich gerade noch am Treppengeländer festhalten.

Mona schmiss die Wohnungstür zu.

Sie sah noch nicht mal aus dem Fenster, um ihm zuzugucken, wie er seine Habseligkeiten zusammenraffte und zu seinem kleinen Polo schleppte. Es war ihr alles egal. Shorty war Vergangenheit, Leo die Zukunft.

Aber sie war allein und hatte keinen Job und kein Geld. Die Miete für die Anderthalbzimmer-Wohnung bekam sie von der Sozialhilfe. Noch lebte sie von der Stütze, aber es musste irgendetwas passieren. Doch sie wusste nicht, was.

92

Dr. Poerschke war ein alter, hagerer und überaus strenger Mann. Er hatte ein faltiges, zerfurchtes Gesicht, aber immer noch dichtes weißes Haar. Wegen seiner entsetzlichen O-Beine konnte er kaum laufen. Seine Augen waren hinter herabhängenden Lidfalten verschwunden, und sein Mund war weniger als ein Strich.

Leo ging mittlerweile in die Kita, war ein fröhliches, zufriedenes Kind, und die alleinerziehende Mona hatte die Ausbildung zur Arzthelferin, die sie in der Schwangerschaft abgebrochen hatte, fertig gemacht.

Sie arbeitete bei Dr. Poerschke, der ständig schlecht gelaunt, missmutig, herrisch und unwillig war, bereits Angst und Schrecken verbreitete, wenn er nur den Raum betrat, ohne auch nur ein einziges Wort gesagt zu haben. Sie hasste seine sarkastische, verletzende Art, er behandelte jeden Menschen von oben herab, war Gottvater persönlich, wahrscheinlich konnte er gar nicht anders. Aber sie wunderte sich Tag für Tag, dass immer noch Patienten in seine Praxis kamen, denn er behandelte sie nicht viel besser.

Neben ihr am Tresen saß seine Frau Angela. Eine ganz Zarte, Stille, die alles ertrug und in sich hineinfraß. Zu Mona war sie freundlich, aber verschlossen, da fiel kein privates Wort. Mona konnte sich den Dreißigjährigen Krieg im Hause Poerschke blendend vorstellen, und sie verstand auch, dass man es wahrscheinlich nur auf Angelas Art ertragen konnte. Aber sie hatte in Angela keine Verbündete, keine Vertraute, der sie ihr Herz ausschütten konnte, was Dr. Poerschke, Patienten oder auch eigene Probleme betraf.

Mona fühlte sich wie in der Höhle des Löwen.

Auf dem Nachhauseweg holte sie Leo ab, und der kleine Junge forderte: wollte essen, spielen, schlafen, wollte aufs Töpfchen, wollte dies und das. Aber unterhalten konnte sie sich mit ihm nicht. Da gab es niemanden, der sie aus ihrer Einsamkeit herausholte.

Mona wusste nicht mehr, was sie tun sollte. Ihr Leben, ihr Beruf, ihre Arbeit, alles kotzte sie an. Und auch Leo kotzte sie an. Der kleine Kerl. Er konnte ja nichts dafür. Seine Augen strahlten, wenn er sie ansah, er reckte seine Ärmchen nach ihr und bettelte um Liebe und Nähe. Aber sie konnte nicht darauf eingehen. Sie war zu gestresst, war zu allein.

Manchmal stopfte sie ihm das Essen in den Mund, so schnell konnte er gar nicht schlucken. Und wenn er dann irgendwann alles wieder ausspuckte, ohrfeigte sie ihn. Leo schrie und weinte, sie schlug wieder zu. Es war eine Spirale ohne Ende.

Mona war hilflos, rannte mit dem schreienden Kind durch die Wohnung und sang ihm Lieder vor. »Kommt ein Vogel geflogen ...« Aber sie konnte nicht singen, sondern schniefte und weinte, und schließlich brüllte sie ihm das Lied ins Ohr.

Und Leo brüllte noch mehr.

Mona flippte aus.

Nachts lag sie in ihrem Bett und überlegte, was los war. Sie hasste dieses kleine, schreiende Bündel eine Zimmertür weiter, das nur brüllen, scheißen und fressen konnte. Das sie davon abhielt zu leben. Durch Kneipen zu ziehen und vielleicht einen Mann zu finden, der sie endlich mal wieder in den Arm nehmen und ihr helfen könnte. Der sie von ihrem Stress befreite und ein bisschen Ruhe in dieses Chaos brachte.

Aber sie kam nicht raus. Hatte ihr Gefängnis. Anderthalb

Zimmer, Küche, Bad, Balkon. Und sie begann, ihren Sohn zu verfluchen. Dieses kleine Würmchen, das ja wirklich nichts dafürkonnte. Aber sie war nicht in der Lage, dies zu begreifen. Sah nur sich und ihr Elend und nicht ihn und sein Elend.

Als Leo vier war, bekam er blutigen Brechdurchfall. Mona überlegte, wo er sich den geholt haben könnte. Am Wochenende hatte sie ihm an einem Imbissstand unter einer Eisenbahnbrücke eine Bratwurst gekauft. Es war ein Drecksstand gewesen, klar, aber so viele Leute kauften dort eine Bratwurst, und Leo hatte so gequengelt. Unter der Brücke gurrten die Tauben und flogen hin und her. »Die Ratten der Lüfte«, hatte ihre Mutter immer gesagt, »die Biester übertragen Krankheiten ohne Ende.« Leo hatte sich so über die Bratwurst gefreut, aber vielleicht war es ein Fehler gewesen. Vielleicht hatte eine Luftratte Leo infiziert.

Mona brachte ihn ins Krankenhaus, in die Notfallambulanz. Er war so unglaublich schwach. Sie hielt ihn auf dem Schoß, er hing leichenblass in ihrem Arm, wirkte so schrecklich zart und zerbrechlich.

»Gott, was für ein hübscher Junge!«, sagte eine Frau, die eine klaffende Schnittwunde am Arm hatte und die ganze Zeit ein blutdurchtränktes Handtuch draufdrückte. »Was hat er denn?«

»Durchfall und Erbrechen.«

»Oh Himmel! Wie lange schon?«

»Seit gestern. Es hört nicht auf.«

Die Frau strich Leo mit ihrer gesunden Hand übers Haar, da war so viel Liebe, so viel Zärtlichkeit, und als sie aufgerufen wurde, ließ sie Mona vor.

»Bitte, gehen Sie! Schnell! Mein Arm ist nicht so wichtig, der kann warten! Bitte, gehen Sie zuerst!«

Der Arzt untersuchte Leo, redete mit ihm, streichelte ihn, und Mona sah sich um. Was für ein schönes Krankenhaus.

Vielleicht sollte sie auch in einer Klinik arbeiten und nicht in einer Praxis. Es hatte sie schon immer fasziniert, wenn nachts durchgearbeitet wurde, wenn die Lichter nie ausgingen, wenn die Nacht zum Tag wurde. Das war für Mona wie ein Sinnbild für ewiges Leben.

Nachdem der Arzt Leo untersucht hatte, fragte er Mona aus. Ob Leo generell guten Appetit hatte, wie er sprach, ob er ein fröhlicher Junge war, regelmäßig und gut durchschlief ... Mona beantwortete alle Fragen ausführlich.

Zum ersten Mal fühlte sie sich wichtig und ernst genommen.

Der Arzt meinte, dass es gut und richtig gewesen war, hierher in die Notfallambulanz zu kommen, und schrieb Mona ein Rezept aus. Tropfen, die Leo eine Woche lang nehmen sollte. Dann wäre alles wieder okay. Kinder schnappten so einen Magen-Darm-Infekt eben schnell mal auf.

Mona verließ mit Leo das Krankenhaus und war ganz glücklich. Beinah euphorisch. Das war das pralle Leben, das sie im Krankenhaus erlebt hatte, einer ihrer glücklichsten Tage seit langer Zeit.

Bei Dr. Poerschke meldete sie sich ab. »Mein Sohn ist krank«, sagte sie. »Ich war mit ihm im Krankenhaus. Er hat blutigen Brechdurchfall, aber wird bald wiederhergestellt sein. Die Krankenkasse übernimmt meine freien Tage.«

Dr. Poerschke knurrte nur.

Drei Tage nicht zu Dr. Poerschke! Wie schön! Was für ein Fest!

Sie legte Leo ins Bett, streichelte ihn und las ihm eine Geschichte vor. War ganz lieb. Weil er sie mit seinem blutigen Durchfall so glücklich gemacht hatte.

Danach ging sie ins Bett und schlief tief und fest. Ihr Leben war perfekt.

Und dann lernte Mona in der Pizzeria um die Ecke Vincenzo kennen. Leo war damals gerade fünf.

Vincenzo verliebte sich Hals über Kopf in Mona, lud sie zum Essen ein, sie hatten ein Date.

Mona bat die fünfzehnjährige Tochter einer Nachbarin, die zwei Treppen über ihr wohnte, auf Leo aufzupassen. Frederike war begeistert, ihr Taschengeld so etwas aufbessern zu können, und stimmte zu.

Während des Essens in einem nahe gelegenen Restaurant rief Frederike schreiend und weinend an. Leo hatte Allzweckreiniger getrunken, schäumte und keuchte und drohte zu ersticken.

Mona und Vincenzo sausten los und fanden Leo, der kaum noch bei Bewusstsein war. Es war der allerletzte Moment. Mona rief die Feuerwehr, Vincenzo steckte ihm den Finger in den Hals, und Leo konnte sich übergeben. Die Feuerwehr kam, er wurde ins Krankenhaus gebracht, Mona fuhr mit und blieb die ganze Nacht bei ihm. Sie verfluchte Frederike, die wahrscheinlich auf ihrem Handy herumgedaddelt oder sich eine Serie im Fernsehen angesehen und sich einen Scheiß dafür interessiert hatte, was Leo gerade tat.

Am nächsten Tag kam Mona mit Leo nach Hause. Vincenzo wartete immer noch auf sie, war überglücklich, dass es Leo wieder gut ging, und machte Mona Komplimente ohne Ende. Sie sei so stark, tapfer, mitfühlend, liebevoll, opfere sich auf für ihr Kind, schlage sich die Nächte um die Ohren, sie sei einfach eine ganz, ganz tolle Frau.

Mona fühlte sich wie im Himmel und glaubte, den Mann ihres Lebens gefunden zu haben.

Wenig später fanden sie eine gemeinsame Wohnung: drei Zimmer, Küche, Bad, vierter Stock, Wedding, Hinterhaus, schräge Wände, aber egal. Erschwinglich. Der Traum vom Glück. Wohnzimmer, Schlafzimmer, Kinderzimmer. Alles in Ordnung. Und nicht weit bis zur Pizzeria von Vincenzos Eltern. Mona arbeitete immer noch bei Dr. Poerschke, das bedeutete dreißig Minuten mit der U-Bahn, machbar. Leo kam im Wedding in die Schule. 25 Kinder in der Klasse, zusammen mit einem Mädchen war er der Einzige, der deutsch sprach. Die Lehrerin war vollkommen überfordert, nahm es mit Humor und nannte alle Kinder Ali. Fertig. Problem gelöst.

Die Zeit verging. Ein Tag war wie der andere. Dr. Poerschke war ein Kotzbrocken, Vincenzo fast rund um die Uhr in der Pizzeria, Mona holte Leo von der Schule ab und kochte was Einfaches. Oft aß er auch in der Pizzeria, wenn sie schnell wieder in die Praxis musste. Ihr Leben war sterbenslangweilig, selbst als Vincenzo und sie heirateten, fühlte es sich nicht wie ein Höhepunkt an. Der Tag war genauso langweilig wie alle anderen auch. Nur dass sie vormittags einen Termin beim Standesamt hatten und dann am Abend – wie so oft – in der Pizzeria aßen. Halleluja.

Mona war jung und gesund. Das konnte es einfach nicht gewesen sein. Da war es ja mit Shorty aufregender gewesen, obwohl er ständig in irgendeinem Drecksloch im Delirium vor sich hin dämmerte. Aber wenn er mal bei sich war, war es geil gewesen.

Wenn Vincenzo nach Mitternacht nach Hause kam, sah er oft noch einen Film im Fernsehen, kroch dann ins Bett, drückte ihr einen Kuss auf die Stirn, murmelte »buonanotte«, drehte sich um und schlief. Manchmal bekam sie es mit, oft nicht.

Eigentlich schlief sie immer allein ein. Wie zu den Zeiten, als sie keinen Mann gehabt hatte. Im Grunde fanden sie – wenn überhaupt – nur zueinander, wenn die Pizzeria Ruhetag hatte. Aber dann war Mona schon verkrampft, denn sie wusste, heute muss was passieren, heute ist ein bisschen Zeit, und dann konnte sie nicht. Hatte nicht die geringste Lust. Obwohl sie sich an anderen Tagen nach ihm verzehrte. Es war wie verhext. Und extrem frustrierend.

Und dann knickte Leo im Turnunterricht beim Handstand ein,

fiel auf die Nase und brach sich das Nasenbein. Mona wurde angerufen, raste ins Krankenhaus, die Nase sah scheußlich aus und musste in einer Operation gerichtet werden.

Mona blieb zwei Tage und Nächte im Krankenhaus, obwohl es gar nicht nötig gewesen wäre. Aber es war so großartig. Sie kümmerte sich um Leo, sie waren sich noch nie so nah wie in diesen Tagen, sie saß an seinem Bett, las ihm Geschichten vor, streichelte ihn, und er sagte ihr, wie lieb er sie hatte. Sie redete mit den Schwestern, sie lachten und schwatzten und amüsierten sich, und Mona dachte bei zweien, wie schön wäre es, wenn sie meine Freundinnen wären. Und dann war da der junge Stationsarzt. Dynamisch, groß, schlank, gut aussehend, selbstbewusst. Er hatte alles im Griff. War absolut ihr Beuteschema. Sie hätte ihn niemals von der Bettkante gestoßen. Sie unterhielten sich über Leo, und er machte ihr Komplimente, wie gut und aufopferungsvoll sie sich um ihr Kind kümmere.

Mona war richtig traurig, als Leo entlassen wurde. Sie vermisste sie alle, die Schwestern, den Stationsarzt, aber auch den schnellen Imbiss in der Cafeteria, den kurzen Gang durch den Park zum Frische-Luft-Schnappen mal zwischendurch, die stillen, liebevollen Zeiten mit ihrem Sohn ohne Schularbeiten, ohne Fernsehen, ohne Zähneputzen. Es war eine herrliche Zeit gewesen.

Und jetzt begann wieder dieser gruslige Alltag zu Hause.

93

Es war an einem Sonntag im November, als Mona die Decke auf den Kopf fiel. Kurz entschlossen fuhr sie mit Leo ins Krankenhaus.

»Pass auf, mein Spatz«, sagte sie ihm zur Erklärung. »Du musst dich ständig übergeben und hast so oft Bauchschmerzen, das müssen wir mal untersuchen lassen. Das macht mir Angst.«

»Ich muss mich gar nicht ständig übergeben«, protestierte Leo. »Nur neulich, als der Heringssalat nicht mehr gut war. Das hast du selbst gesagt. Und sonst eigentlich nie. Und Bauchschmerzen hab ich auch nur ganz selten. Nur wenn wir Kohl essen, der so komisch riecht und so eklig ist.«

»Egal. Wir müssen dich mal untersuchen lassen. Das kommt mir alles komisch vor. Aber es ist nicht schlimm, es tut nicht weh, und hinterher wissen wir, ob mit dir alles okay ist. Das ist doch toll, oder?«

Leo nickte ergeben.

»Okay. Du musst auch nichts sagen, wenn dich jemand was fragt. Die drehen einem im Krankenhaus ohnehin das Wort im Mund herum, und dann wird man ganz verrückt. Nein, sei ganz still und halt den Mund, ich kläre das alles mit den Ärzten und sag ihnen, was sie wissen wollen.«

Leo nickte.

Sie wusste, dass sie bei der Notaufnahme unheimlich auf die

Tube drücken musste, damit die Ärzte und Schwestern dort nicht sauer wurden und sie nicht wie eine Idiotin dastand.

»Worum geht's?«, fragte eine ältere Schwester in der Notfallambulanz, die die Empathielosigkeit anscheinend bereits mit der Muttermilch aufgesaugt hatte. »Was haben Sie für Probleme?«

»Ich keine. Aber mein Sohn. Es geht ihm verdammt schlecht. Keine Ahnung, warum, aber er ist so schlapp«, erklärte sie, »ist immer müde, hat keine Kraft, an nichts Freude, kann sich nicht konzentrieren. Er ist ständig verstopft und muss sich häufig übergeben. Irgendetwas stimmt da nicht. Vielleicht hat er einen Darmverschluss? Und er klagt auch oft über Bauchschmerzen. Vielleicht ist es der Blinddarm?«

»Und das kann nicht bis morgen warten? Da hätten Sie mit ihm zu Ihrem Hausarzt gehen können!«, sagte die Empathielose stoisch, weil es zu ihrem Job gehörte. Weil sie ständig von Menschen belagert wurde, die glaubten, unbedingt einen Arzt zu brauchen, obwohl dies gar nicht der Fall war.

»Nein, das kann nicht bis morgen warten!«, zischte Mona wütend. »Ich komme wahrhaftig mit dem Kind nicht zum Quatsch hierher. Es geht ihm richtig schlecht! Mein Sohn ist total schlapp! Ich möchte jetzt einen Arzt sprechen und mit Ihnen nicht weiter diskutieren!«

Die Empathielose tippte irgendetwas in ihren Computer und bat Mona und Leo, im Wartezimmer Platz zu nehmen. Man würde sie aufrufen.

Mona schäumte. Sie fühlte sich nicht ernst genommen.

Sie warteten drei Stunden, und Leo fiel fast vom Stuhl vor Müdigkeit.

Als sie schließlich aufgerufen wurden, erzählte Mona, dass Leo immer wieder extreme Brechdurchfälle habe, er sei manchmal sogar zu schwach zum Essen und sei auch schon ein paarmal in

Ohnmacht gefallen. Er habe Fieberschübe und fantasiere im Schlaf, hin und wieder schreie er sogar und krümme sich vor Schmerzen. Es mache ihr alles schreckliche Angst. Im Moment sei er verstopft, und nun seien auch noch Kopfschmerzen dazugekommen.

Die Ärzte und Schwestern nahmen Mona ernst und stellten Leo auf den Kopf. Er sagte keinen Ton und ließ alles über sich ergehen.

Sie nahmen ihm Blut ab, röntgten ihn, machten einen Ultraschall und schließlich auch noch eine Koloskopie und eine Herz- und Blasenuntersuchung mit einem Katheter. Eine Prozedur, für die er drei Tage im Krankenhaus war.

Mona war bei ihm und fühlte sich großartig. Es kam ihr vor wie ein Wellnessurlaub in einem Nordseebad. Sie liebte die Cafeteria mit den Suppen, den kleinen Salaten, dem Mittagstisch und dann den süßen Snacks hinterher. Sie liebte das Rattern der Kaffeemaschine für den großen Milchkaffee, konnte sich nicht sattsehen an den schönen Fotos an den Wänden und setzte sich am liebsten ganz hinten in die Ecke, wo sie in den Garten gucken und jeden sehen konnte, der hereinkam. Sie kaufte sich Frauenzeitschriften, blätterte darin herum und hatte Urlaub! Es war sagenhaft!

Sie liebte es aber auch, durch die langen Flure zu gehen, die ihr mittlerweile alle so vertraut waren. Laut, quirlig und geschäftig am Vormittag, etwas träge und sehr viel ruhiger am Nachmittag, und dann abends still und verschlafen, mit wunderschön beruhigender Beleuchtung. Hier und da ein Licht, was ausdrücken sollte: Schlaf schön, sei ganz ruhig, wir sind da, wir helfen dir, wenn irgendwas ist.

Was für ein herrlicher Ort.

Nach drei Tagen wurde Leo entlassen. Mit ihm war alles in Ordnung. Die Blutuntersuchung war bestens, vollkommen unauffällig, und auch sonst, Koloskopie, Katheteruntersuchung und

Ultraschall, alles prima. Leo sei wohl ein ganz sensibler Junge, und jede Stimmungsschwankung schlage auf den Darm, auf den gesamten Verdauungstrakt. Das sei manchmal einfach so. Auf ihn müsse man achtgeben, er brauche sehr viel Liebe und Halt, sonst streike sein Körper.

Mona bedankte sich, fuhr mit Leo nach Hause und überlegte, was sie tun könnte, um zurückzukehren zu diesen lieben, fürsorglichen Menschen, zu diesem warmen, menschlichen Ort.

Vincenzo liebte Leo über alles. Er war für ihn so wichtig wie ein leiblicher Sohn. Die Arbeit in der Pizzeria fraß ihn auf, und umso dankbarer war er, dass Mona sich so aufopferungsvoll um Leo kümmerte. Dass sie nächtelang an seinem Bett saß und die Maßnahmen der Ärzte überwachte.

»Sei fantastica«, flüsterte er ihr am Abend ihrer Rückkehr ins Ohr. »Grazie, grazie, grazie per tutto!« Und dann zog er sie ins Schlafzimmer, und sie verbrachten eine Liebesnacht wie schon seit Wochen, seit Monaten nicht mehr.

94

Leo wuchs und gedieh prächtig. Er war ein gesundes, glückliches Kind.

Vincenzo war kaum noch zu Hause, er arbeitete sich tot in der Pizzeria, machte vormittags die Einkäufe und bediente dann von Mittag bis Mitternacht. Mona sah ihn so selten, dass sie sich irgendwann wunderte, wie lang sein Bart mittlerweile geworden war.

Leo spielte begeistert und richtig gut Fußball, er dachte an nichts anderes, Fußball war sein Leben, Mona fuhr ihn dreimal in der Woche zum Sportplatz. Eines Nachmittags rief der Trainer sie an, weil Leo sich ziemlich schlimm verletzt hatte: eine klaffende, stark blutende Wunde am Oberschenkel.

»Okay«, schrie Mona, »ich komme!« Zehn Minuten später war sie da, verfrachtete den verletzten Leo ins Auto, fuhr aber nicht mit ihm ins Krankenhaus, sondern nach Hause.

»Es wird alles gut«, sagte sie dem weinenden Kind, »die Mami sorgt dafür, dass du bald wieder ganz gesund wirst!«

Mona flößte ihm Whisky ein, und eine Viertelstunde später schlief er. Und dann holte sie verdreckte Erde vermischt mit Hundekot von draußen und schmierte das alles in Leos Wunde.

Sie verband die Wunde sauber und wartete ab.

Die Wunde entzündete sich.

Zwei Tage später fuhr Mona mit Leo ins Krankenhaus. Vorher hatte sie die entzündete Wunde ausgewaschen, und niemand konnte sich die extreme Infektion erklären.

Leo wurde stationär aufgenommen und bekam Antibiotika.

Mona blieb bei ihm. Tröstete ihn. Alle Fußballspieler verletzten sich mal, das war ganz normal.

Leo hatte zwar schreckliche Schmerzen, aber war seiner Mutter überaus dankbar. Sie hatte schließlich alles Menschenmögliche für ihn getan.

Den jungen Stationsarzt sah sie auch wieder. Er hatte ein paar Falten mehr bekommen, was ihn aber nur noch attraktiver machte.

Leo humpelte noch drei Monate und konnte ein halbes Jahr lang nicht am Fußballtraining teilnehmen. Alle vier Wochen fuhr sie mit ihm zur Nachsorge ins Krankenhaus. Es war für sie immer der schönste Tag des Monats, und sie fieberte ihm jedes Mal ungeduldig entgegen.

Aber dann ging es wieder los. Sie musste dreimal die Woche mit ihm zum Training hetzen. Vincenzo hingegen stand nur ab und zu an sonnigen Tagen entspannt bei den Spielen am Rand und feuerte Leo an.

So war es immer: Wenn Vincenzo alle Lichtjahre mal auftauchte, war er der Größte, der Gutelaunekönig, der liebste Papa. Der, der nie meckerte. Der nicht für den Alltag, sondern nur für die Leckerlis, die besonderen Momente, die Highlights zuständig war.

Ganz anders als die Mama. Die korrigierte Diktate und Rechenaufgaben. Total nervig. Die war außen vor. Nicht interessant.

Weder für Leo.

Noch für ihren Mann.

Es war ein dummer Zufall. Sie hatte nicht damit gerechnet, dass Vincenzo so früh aus der Pizzeria kommen würde. Hatte ihn nicht gehört. Und war völlig überrascht, als er plötzlich hinter ihr stand, während sie Leo eine Spritze in die Vene injizierte. Mit Wasser aus der Toilette. Vincenzo stand fassungslos in der Tür und sah, dass die Flüssigkeit in der Spritze nicht klar, sondern braun war. »Was tust du da?«, schrie er fassungslos und riss die Spritze aus Leos Arm. »Was ist das?«

Leo sah beide mit großen Augen an.

»Ein Vitaminpräparat«, sagte Mona. »Er ist so schwach, hat sich beim Sport völlig verausgabt, da muss man ein bisschen nachhelfen.«

»Du Wahnsinnige!«, schrie Vincenzo, steckte die Spritze ein, nahm Leo auf den Arm und rannte aus dem Haus, um ihn ins Krankenhaus zu bringen.

Mona hörte das Auto wegfahren und begriff, dass es vorbei war. Vincenzo hatte ihr alles kaputt gemacht.

Vincenzo brachte den Jungen in die Notfallambulanz. Leo hatte bereits Schüttelfrost und hohes Fieber. Der Notarzt fragte ihn nach seinem Namen. Leo konnte nicht antworten. Er lallte nur noch. Sein Herz raste, er bekam nur schwer Luft und hatte eiskalte Arme und Beine.

»Was ist passiert?«, fragte der Arzt, während er ihn untersuchte.

»Ich habe keine Ahnung!«, sagte Vincenzo. »Ich kam nach Hause und sah, dass es meinem Sohn derartig schlecht ging, hab ihn ins Auto gepackt und bin sofort hergefahren.«

Der Arzt nickte und sagte zu der Schwester, die ihm bei der Untersuchung assistiert hatte: »Okay. Bitte, der Junge muss sofort auf Intensiv! Schnell. Er hat eine schwere Sepsis, es kommt auf jede Minute an.«

Die Schwester sauste los, und schon Sekunden später wurde Leo ein kreislaufstabilisierender Tropf gelegt, anschließend wurde er von den Pflegern und Schwestern rennend zur Intensivstation gerollt.

Sein niedriger Blutdruck stand kurz vor dem Kollaps, die Ärzte begannen, um sein Leben zu kämpfen.

Vincenzo saß auf dem Krankenhausflur und wartete. Die Minuten kamen ihm vor wie Stunden. Er starrte auf die runde Uhr über der Stationstür. Noch nie war ihm aufgefallen, dass die Zeiger sich so zäh und langsam bewegten, als wäre jeder Minutensprung eine Qual. Vincenzo fixierte den Minutenzeiger und zitterte am ganzen Körper. Hoffte und betete gleichzeitig, bangte um das Leben des kleinen Jungen, der zwar nicht sein Sohn war, aber den er über alles liebte.

Endlich, nach drei endlosen Stunden, kam die Ärztin raus und ging auf Vincenzo zu.

Vincenzo stand auf. Brachte kein Wort über die Lippen, so eine maßlose Angst hatte er.

»Also«, sagte sie, »wir haben bei Ihrem Sohn eine Blutwäsche durchgeführt, er bekommt ein Breitbandantibiotikum, und jetzt müssen wir abwarten, ob er es schafft. Ich würde sagen, seine Chancen stehen fünfzig zu fünfzig.«

Vincenzo wurde schlecht. Fünfzig zu fünfzig! Oddio! Da war er ja schon halb tot.

»Und Sie wissen wirklich nicht, was passiert ist? So eine schwere Sepsis bekommt man nicht so einfach wie einen Schnupfen.«

Vincenzo schüttelte den Kopf. »Ich hab wirklich keine Ahnung. Bin vollkommen fassungslos. Muss mit meiner Frau sprechen. Dazu hatte ich noch keine Gelegenheit. Vielleicht kann sie mir sagen, was passiert ist.«

»Seien Sie froh, dass Sie so schnell gehandelt haben. Nur zwei Stunden später, dann wäre Ihr Sohn jetzt tot.«

Vincenzo nickte. Seine Miene zeigte das blanke Entsetzen.

»Kann ich zu ihm?«

Die Ärztin schüttelte den Kopf. »Nein. Er ist auf Intensiv und schläft im Moment so tief, dass wir ihn wahrscheinlich nicht wecken könnten, selbst wenn wir es wollten. Und das ist gut so.

Vielleicht schläft er sich gesund. Kinderkörper sind zäh. Sie wollen leben, und sie schaffen oft Unglaubliches.«

Vincenzo nickte. »Danke für das kleine bisschen Hoffnung«, murmelte er.

»Kommen Sie morgen früh wieder. Dann wird er vielleicht wach. Hoffen wir das Beste.«

»Danke.« Vincenzo drehte sich um und wankte den Krankenhausflur entlang bis zu den Fahrstühlen. Konnte sich kaum bewegen, so sehr steckte die Angst ihm in den Knochen.

Und er wusste nicht, wie er Mona begegnen, was er sagen sollte.

Hatte Angst, ihr gegenüber die Beherrschung zu verlieren.

Noch nie im Leben war er gegenüber einer Frau handgreiflich geworden. Das wäre das Allerletzte, was er täte. Aber in diesem Fall, wenn Leo nicht überleben sollte, das spürte er, wäre er in der Lage, sie totzuschlagen.

95

Als Vincenzo nach Hause kam, saß Mona vor dem Fernseher. Sie war wütend, dass er nicht gesagt hatte, in welches Krankenhaus er mit Leo fahren würde und dass sie nicht mitkommen und dabei sein konnte. Es wäre so schön gewesen.

Vincenzo hatte sich in der Küche ein Bier geholt, kam ins Wohnzimmer und setzte sich. Sah sie nicht an.

»Und?«, fragte sie spitz. »Wie war's? Wie geht es ihm?«

»Schlecht«, meinte Vincenzo leise und kaum hörbar. »Sehr schlecht. In der Nacht wird es sich entscheiden. Ob er überhaupt überlebt.«

Mona sprang auf. »Dann fahre ich jetzt hin! Ich muss bei ihm sein!«

»Das geht nicht. Niemand darf zu ihm. Ich auch nicht. Er schläft. Und er kann und darf nicht geweckt werden. Vielleicht schafft er es. Vielleicht schläft er sich gesund.«

»Das ist mir scheißegal. Ich will zu ihm! Wohin hast du ihn gebracht? Ins Marien-Hospital?«

»Ich werd es dir nicht sagen.«

»Du wirst es mir verdammt noch mal sagen! Ich kann die umliegenden Krankenhäuser auch durchtelefonieren. Und dann weiß ich, wo er ist. Mir müssen sie Auskunft geben, ich bin seine Mutter. Dir dürfen sie gar nichts sagen, du bist ja noch nicht mal sein Vater, du bist ein Nichts und ein Niemand, ein Fremder! Und wenn ich das an die große Glocke hänge, kann ich denen im

Krankenhaus noch eine reinwürgen, dass sie dir überhaupt Auskunft gegeben haben, die Blödköppe, die Schweine!«

»Wie kannst du's wagen! Wenn du Stress machst, sage ich, was du getan hast. Die Spritze habe ich noch. Ich zeig dich an!«

Mona schwieg. Sackte regelrecht in sich zusammen.

»Wie konntest du nur so etwas tun?«, fragte Vincenzo leise, und dabei brach seine Stimme fast. »Wie konntest du Leo so etwas nur antun? Leo! So ein liebenswertes, unschuldiges Kind! Wolltest du ihn umbringen? Was bist du nur für ein Mensch?«

Mona explodierte augenblicklich. »Was redest du denn, du Ignorant! Du bist ja nie da! Wer kümmert sich denn um Leo? Ich, ich, ich! Ich sorge für ihn, ich gucke nach seinen Schularbeiten, ich fahre ihn zum Sport und bin rund um die Uhr für ihn da, damit es ihm gut geht! Während du durch ständige Abwesenheit glänzt! Du bildest dir ein, dass du ein Vater für ihn bist, aber das bist du nicht. Du bist ein Arsch. Nichts weiter. Und ich hab dem armen Kind, als es völlig erschöpft war, Vitamine gespritzt, damit es wieder zu Kräften kommt! Also bitte! Vielleicht würde es ihm besser gehen, wenn auch du dich mehr um ihn kümmern würdest!«

»Durch Vitamine stirbt man nicht. Und Leo kämpft mit dem Tod! Du wolltest ihn umbringen, indem du ihm Dreck gespritzt hast! Stinkendes Dreckwasser, ich hab daran gerochen! Wahrscheinlich aus der Toilette. Du bist einfach widerlich! Das hat nichts mit Kümmern zu tun, das hat im Moment damit zu tun, dass Bakterien durch seine Adern geflossen sind, gegen die sein kleiner Körper nicht ankam! Sie haben sein Blut gewaschen. Spritzen ihm Antibiotika! Aber noch ist er nicht außer Lebensgefahr. Und wenn er stirbt, hast du ihn umgebracht! Ganz bewusst! Ich werde dich anzeigen und dich mein Leben lang dafür verachten!«

Beide saßen sich im Wohnzimmer gegenüber und sahen sich angewidert an.

Ein leichtes, kaltes Lächeln zog über Monas Gesicht. »Ich habe so etwas noch niemandem gesagt, aber ich hasse dich, Vincenzo.«

Vincenzo nickte und wischte sich mit dem Ärmel die Tränen aus den Augen.

Mona konnte nur ab und an zu ihm. In Schutzkleidung. Das war nicht der Krankenhausaufenthalt, den sie sich erträumt hatte. Sie war wütend, wollte ihren Sohn zurück, aber er war so schwer krank, dass es nicht klar war, ob sie ihn jemals zurückkriegen würde.

Sie saß vor der Milchglasscheibe der Intensivstation und wartete. Und da waren keine netten Ärzte und Ärztinnen, keine Schwestern und Pfleger, mit denen sie sich bestens unterhalten konnte, da war nur sie allein. Und ihre Angst.

Es stand Spitz auf Knopf. Es ging um Leben und Tod. Und außer dem verhassten Vincenzo war niemand bei ihr. Mona fühlte sich allein auf dem Klinikflur. Tagelang. Ihr Sohn kämpfte ums Überleben, und sie hungerte nach einem Menschen, nach einem Kompliment, einer Anerkennung dafür, dass sie hier seit Tagen saß, sich aus der Cafeteria ernährte, sich im Krankenhauswaschraum wusch und auf harten, zusammengeschobenen Stühlen schlief.

Aber niemand registrierte sie wirklich.

Sie hätte auch zu Hause auf der Couch liegen können.

Leo war fast umsonst gestorben, das Krankenhaus hatte seinen Zauber verloren.

Nach drei Tagen, Vincenzo war in der Pizzeria, ging Mona ins Zimmer zu ihrem Sohn und sagte der Schwester: »Ich nehm ihn jetzt mit nach Hause.«

»Das geht nicht«, sagte die Schwester, »hat die Ärztin denn nicht mit Ihnen gesprochen?«

»Nein? Wieso?«

»Moment! Ich hole sie.«

Wenige Minuten später kam Dr. Priem und schüttelte Mona die Hand. »Die Schwester hat mir gesagt, Sie wollen Leo mit nach Hause nehmen?«

»Ja, das will ich. Ich kann ihn dort besser pflegen, ihm rund um die Uhr nahe sein. Das ist das Einzige, was ihm hilft und was ihn gesund macht.«

»Normalerweise würde ich Ihnen zustimmen, aber in Leos Fall geht das leider nicht. Er hat sich nicht so erholt, wie wir uns das erhofft hatten. Er ist jetzt zwar vorerst außer Lebensgefahr. Aber Frau Russo, so leid es mir tut: Sie müssen jetzt ganz stark sein.«

Mona starrte die Ärztin an und wartete bewegungslos ab.

»Wenn wir sein Leben retten wollen, wenn wir wirklich wollen, dass er wieder dauerhaft gesund wird, dann müssen wir sein rechtes Bein amputieren. Oberhalb des Knies. Das Bein ist durch die schwere Sepsis zu sehr geschädigt und würde über kurz oder lang den gesamten Körper wieder vergiften.«

»Nein«, sagte Mona. »Das ist jetzt nicht wahr.«

»Doch. Leider«, sagte die Ärztin. »Und es muss schnell geschehen. Innerhalb der nächsten drei Tage.«

Mona schlug die Hände vors Gesicht.

»Und wahrscheinlich muss er auch noch zur Dialyse, bis er eine Spenderniere bekommt, denn die Nieren machen nicht mehr mit.«

96

Als Mona mit Leo nach Hause kam, saß er im Rollstuhl und hatte nur noch ein Bein. Er konnte nicht mehr Fußball spielen, nicht mehr Fahrrad fahren, konnte seine Freunde nicht mehr besuchen, kam nicht mehr allein in die Schule, er konnte gar nichts mehr.

Er war ein einsamer, depressiver kleiner Junge ohne Freunde, ohne Spaß am Leben und mit ungewisser Zukunft. Dreimal in der Woche musste er zu einer stundenlangen Dialyse und wartete auf eine Spenderniere.

»Wir finden eine Niere für dich, mein Schatz! Ganz bestimmt!«, sagte Mona fast jeden Tag. »Ich werde alle meine Beziehungen spielen lassen, und wenn ich dir eine kaufe! Aber ich kriege eine, das schwör ich dir!«

Leo glaubte ihr. Er hatte ja sonst nichts mehr, an das er glauben und worauf er hoffen konnte.

»Du hast ihn kaputt gemacht!«, sagte Vincenzo und konnte kaum an sich halten. Leo tat ihm so unendlich leid, er kam damit nicht klar, konnte keine Nacht mehr schlafen.

»Du spinnst doch!«, schrie Mona. »Ich bin die Einzige, die sich hier um Leo kümmert, die mit ihm zum Arzt geht, ihn ins Krankenhaus fährt, mit den Ärzten spricht, tage- und nächtelang an seinem Bett sitzt, auf ihn aufpasst und ihm die Hand hält, während du dich nur um deine verfluchte Pizzeria kümmerst und den Leuten die Lasagne auf den Tisch knallst. Und dann wagst du es, mir zu sagen, ich hätte ihn kaputt gemacht? Ich hab ihm beigestanden, während er todkrank war, im Gegensatz zu dir!«

»Ich weiß, dass du ihm Dreck gespritzt hast!«

»Einen Scheiß weißt du.«

»Wenn Leo stirbt, hast du ihn umgebracht!«

Mona lachte laut auf. »Ja klar, träum weiter, kleiner, dummer Italiener, du dämlicher Macho-Arsch, riskierst pausenlos 'ne dicke Lippe, aber du hast doch überhaupt keine Ahnung, worum es hier geht!«

Mona war zu weit gegangen.

Vincenzo ging zur Polizei und zeigte sie an. Er erzählte alles, was sie Leo angetan hatte. Und übergab die schmutzige Spritze, die er aufgehoben hatte.

Mona musste sich vor Gericht verantworten.

Nach neun Verhandlungstagen wurde sie für voll schuldfähig erklärt und wegen vorsätzlicher schwerer Körperverletzung zu zehn Jahren Haft verurteilt.

Das konnte sie Vincenzo nicht verzeihen. Er hatte sie wahrhaftig in den Knast gebracht und Leo, ihren kleinen Liebling, mit nach Italien genommen.

Sie hasste ihn.

Sie wollte seinen Tod.

97

Es war halb fünf Uhr früh, als Mona ihre Geschichte beendete. Um neun ging die Probe los.

Jan Jespik war hochgradig übermüdet, in seinem Kopf drehte sich alles, die Gedanken stapelten sich zu Türmen, und er wusste nicht, wo und an welcher Stelle er den richtigen Gedanken herausziehen sollte, ohne dass der Turm einstürzte und er alles wieder vergaß, er wusste nicht mehr, was er sagen sollte, er fühlte sich krank, hilflos, verwirrt. Vollkommen am Ende.

»Warum hast du mir das nicht gleich so erzählt, sondern mir diesen ganzen gequirlten Blödsinn von Vincenzos Geliebter aufgetischt, die du erstochen hast?«

»Es war eine schöne Geschichte. Sie taugte für einen Mord. Du hast ihn ja auch gehasst, den Vincenzo meiner Version, und ihn töten wollen. Hätte ich dir die Wahrheit erzählt, hättest du *mich* gehasst. Eine Mutter tut so etwas nicht. Und Vincenzo wäre der Heilige gewesen. Also: Was blieb mir anderes übrig? Die Welt ist voller Märchen. Nur weiß das niemand. Diesmal ist es herausgekommen, dass ich ein Märchen erzählt hab. Mein Pech.«

»Aber warum hast du auch gelogen, dass du Arzthelferin warst? Warum der Schwachsinn mit der Friseurin?«

»Die Arzthelferin war mir zu nah dran an Leos Leidensweg. Ich wollte nicht, dass du über meine medizinischen Kenntnisse Bescheid weißt. Es schien mir sicherer so, und ich fand auch, dass die

Friseurin zu der Frau, die im Hauswirtschaftsraum lebte und sich herumkommandieren ließ, besser passte. Warum auch immer.«

Jan schüttelte den Kopf. »Und die Kinderfotos? Das Foto von Lena?«

»Das war ich. Als Kind. Jan, hör zu. Du, es tut mir leid, ich kann es nicht erklären, ich hab die Geschichte erfunden, und ich hab sie halt so erzählt und nicht anders. Frag mich nicht, warum.«

»Du hast gewusst, dass ich ihn töten könnte?«

»Ja, das hab ich gespürt.«

»Das war die Erotik in unserer Beziehung?«

»Jan, ich weiß nicht. Vielleicht. Nein! Auf gar keinen Fall!«

»Hast du mich geliebt? Liebst du mich?«

»Jan, ich sehne mich nach dir, aber ich weiß nicht, was Liebe ist und wie es sich anfühlt. Vielleicht weil ich noch nie geliebt worden bin. Noch nicht mal von meiner eigenen Mutter! Aber ich glaube, ich liebe dich. Ja, ich liebe dich!«

Jan nickte. »Mona«, sagte er. »Lass mich noch zwei Stunden schlafen. Wir proben *Romeo und Julia*, die größte Liebesgeschichte aller Zeiten. Es ist wichtig, dass ich das nachher einigermaßen auf die Reihe kriege. Ich habe nur noch wenige Tage …«

»Ich werde dich nicht mehr stören«, sagte Mona, »ich werde dir helfen und dir was zu essen machen, wenn du von der Probe kommst. Und dann werde ich in der Premiere sitzen, mein Romeo.«

Jan rollte sich zusammen und fiel in tiefen Schlaf.

98

Mona hatte jeden Tag gekocht, wenn er nach Hause kam.

Für ihn war es wunderbar. Da war jemand, der auf ihn wartete.

Dennoch war Jan tief verstört. Was hatte sie ihrem Sohn Leo alles angetan? Und sie hatte ihn zu einem Mörder gemacht! Was war sie bloß für ein Mensch?

Aber im Gegensatz zu ihr wusste er sicher, dass er sie liebte. Da gab es nicht den geringsten Zweifel. Ganz egal, was geschehen war, auch wenn er für sie gemordet hatte. Er liebte sie mehr als sein Leben, und das war nicht richtig. Das konnte er nicht ertragen.

Jan wusste nicht, was er machen sollte. Er kam nicht mehr klar, konnte nachts nicht schlafen, wurde immer nervöser. Seine Liebe zu Mona, seine fürchterliche Schuld, die kaum zu bewältigende Rolle des Romeo … Sein Leben war ein Chaos, ein Scherbenhaufen, er musste dringend mit irgendeinem Menschen darüber reden. Sonst würde er irre werden.

Jan hatte nicht viele Freunde. Wenn er ehrlich war, hatte er gar keine. In seinem unsteten Leben hatte er nie die Zeit gehabt, Freundschaften aufzubauen, und letztendlich hatte er auch keine Lust dazu. Er war sich immer selbst genug gewesen. Die Auseinandersetzung mit seinen eigenen Gedanken war ihm interessant genug gewesen, er brauchte kein Gegenüber, keinen, der ihm aus seinem langweiligen Leben erzählte.

Aber jetzt war alles anders. Jetzt brauchte er einen Menschen, einen Rat und einen, mit dem er seine Schuld teilen konnte, indem er darüber redete. Vielleicht gab es einen Ausweg. Vielleicht wurde dann die Last auf seinen Schultern geringer.

Roger fiel ihm ein. Sein alter Freund Roger, mit dem er zusammen mit zwei anderen, Andi und Matze, in einer WG in Hannover gewohnt hatte. Jan ging zur Schauspielschule, Roger studierte Pharmazie, Matze Philosophie und Andi Elektrotechnik. Es war eine chaotische und wahnsinnige Zeit gewesen, damals direkt nach dem Abi. Nachdem sich knapp fünf Jahre später die WG aufgelöst hatte, hatte er zu Roger noch losen Kontakt gehalten, aber jetzt auch schon seit mehreren Jahren nichts mehr von ihm gehört.

Doch er wusste, dass er mit Roger die Verbindung sofort wiederherstellen konnte. Auch wenn sie sich ewig nicht gesprochen hatten, waren sie sich nach zwei Sätzen so vertraut, als hätten sie erst letzte Woche miteinander telefoniert.

Nun suchte er ziemlich verzweifelt seine Telefonnummer und fand sie erst, als ihm wieder einfiel, wie Roger mit Nachnamen hieß.

Er rief ihn an.

Roger war wahrhaftig noch unter seiner alten Nummer zu erreichen.

Sie telefonierten, und es war sofort wieder wie in alten Zeiten.

Jan erzählte, dass er in Krefeld den Romeo spiele und in zwei Tagen Premiere sei.

»Sag jetzt nicht, dass du kalte Füße bekommen hast, in den Sack hauen und bei mir abtauchen willst«, meinte Roger amüsiert.

»Nein. Nicht so, wie du denkst. Anders. Aber doch irgendwie schon.«

»Was ist los mit dir, zum Teufel? Spiel deinen Romeo, und wenn das Stück abgespielt ist, komm her, und wir lassen uns drei Tage und drei Nächte sinnlos volllaufen. Wie findest du das?«

»Bitte, Roger, darum geht es nicht, ich brauche deine Hilfe!«

Und dann erzählte er Roger vom *Hamlet*, vom *Lenz* und von Mona. Und von Vincenzo. Ließ nichts aus und beschönigte nichts.

Roger hörte zu. Lange.

Schließlich bat Jan ihn erneut um Hilfe. Und erklärte seinem alten Freund, inwiefern.

99

Er wollte nicht, dass sie die Generalprobe sah, weil er wusste, dass er dann zweihundert Prozent geben würde. Und dann bliebe ihm keine Kraft mehr für die Premiere.

Nein. In der Premiere sollte alles zusammenkommen, da sollten sie alle versammelt sein: das normale Publikum, die geladenen Gäste, die Ehrengäste wie der Bürgermeister und seine Frau, der Intendant mit Gattin, der Kulturausschuss, die Crème de la Crème der Stadt und Mona.

Da sollte sie dabei sein. Das würde der Abend seines Lebens werden.

Die Generalprobe war wie der Abend vor Silvester. Wenn man da Gäste einlud, kam auch keine Stimmung auf. Und darum gingen Generalproben auch regelmäßig in die Hose. Weil die richtige Spannung fehlte. Das Adrenalin, der Nervenkitzel und eben das Publikum. Das Premierenpublikum, das sich herausgeputzt hatte bis zum Gehtnichtmehr, das sich der Ehre, bei diesem besonderen Anlass dabei zu sein, durchaus bewusst war und das sich für etwas Besseres hielt.

Was es vielleicht auch war.

Es gab Bühnen, die es sich zur Angewohnheit gemacht hatten, zur Generalprobe bereits Publikum einzuladen. Manchmal nannten sie es auch elegant: Voraufführung. Da kamen dann Zuschauer aus den Altenheimen, den Behindertenwerkstätten und alle, denen das Theater einen Gefallen tun und bei denen es sich bedanken wollte. Die Angestellten und Bediensteten hinter den Kulissen und im Kassenbereich konnten ihre Familien mitbringen, das gesamte Personal. Die Schauspieler, die für die Premiere stur nur zwei Karten zugeteilt bekamen, durften ihre gesamte Familie zur Generalprobe anschleppen.

Insofern war die Bude voll, man hörte es rascheln und wispern, aber es war kein Premierenfeeling.

Es kam noch nicht wirklich darauf an.

So auch an diesem Abend. Siebenhundert Zuschauer fieberten dem Stück entgegen, aber Jan blieb gelassen. Für ihn war es eine Probe, er wollte sehen, ob sich die Plackerei gelohnt hatte, ob er das Stück so im Griff hatte, dass auch alles wirklich funktionierte.

Er war cool, hatte keine Schweißausbrüche und kannte sich selbst kaum wieder, als er völlig gelassen die Bühne betrat. Die vielen Menschen, die ihn aus dem Zuschauerraum schweigend anstarrten, ließen ihn kalt. Hätte er einen Hänger gehabt – es wäre ihm egal gewesen.

Aber er hatte keinen. Er zog das Ding durch. Locker, lässig, routiniert. Der Text, der wahrhaftig noch frisch war und keineswegs richtig saß, kam ihm fast automatisch über die Lippen. Er spulte ihn ab.

Und die Leute tobten.

Okay, dachte er. So geht es anscheinend auch. Das werde ich mir merken.

Der Regisseur klopfte ihm anschließend auf die Schulter und wirkte sehr erleichtert. »Super, Jan. Das wird gut morgen. Du bist fantastisch!«

Jan starrte ihn an und hätte ihm fast ins Gesicht geschlagen. War er denn kein alter Theaterhase? Wusste er denn nicht, dass man den Tag nicht vor dem Abend und den Schauspieler nicht vor der Premiere loben durfte? Was für ein blöder Hund!

Jan drehte sich weg und ging davon.

Der Herr bewahre mich vor Sturm und Wind und Regisseuren, die zu dämlich sind, dachte er.

Auf dem Heimweg ging Jan langsam. Er wusste, dass Mona auf ihn wartete, aber er zögerte. Überlegte. Hatte Angst, sie könnte ihm tief in die Seele sehen.

Er kam an einer Kneipe namens »Gleumes« vorbei, ging hinein, holte sich ein Bier und stellte sich an einen Stehtisch am Fenster. Sah hinaus auf die dunkle Straße. Wünschte sich, sie würde jetzt nicht in seiner Wohnung auf ihn warten. Wünschte, sie würde morgen nicht in der Premiere sitzen.

Dann wäre alles so viel leichter.

Aber dann würde sich der Kreis auch nicht schließen. Es war schon gut, dass sie kam, dass sie dabei war.

Er trank noch ein weiteres Bier, und dann ging er.

Mittlerweile waren die Straßen leer. Um diese Zeit war kaum noch jemand unterwegs. Krefeld war kalt und trostlos. Straßenschluchten ohne Bäume am Straßenrand, eine Hölle für jeden Hund, der abends noch mal Gassi gehen musste.

Er wusste nicht, warum er jetzt an Hunde dachte. Er hatte wahrlich andere Probleme und Dringlicheres im Kopf.

Als er die Tür aufschloss, kam ihm bereits der köstliche Duft von gebratenen Zwiebeln, Fleisch und einem Hauch von Knoblauch entgegen. Darunter mischte sich der Geruch eines kurz zuvor entflammten Streichholzes und einer brennenden Wachskerze. Es war wie Weihnachten. Wie nach Hause kommen.

Für einen Augenblick war er restlos glücklich.

Mona stürzte auf ihn zu und umarmte ihn. »Lieber, komm, ich habe gekocht, wie war die Generalprobe?«

»Einigermaßen. Es hat so ziemlich alles geklappt.«

»Das ist doch super! Komm, wir essen, und du erzählst mir alles.«

Sie zog ihn ins Zimmer. Der Tisch war liebevoll gedeckt, zwei Kerzen brannten.

Er fühlte sich so fremd. So fehl am Platz.

Mona tischte auf. Huhn in Rahm-Pfeffer-Soße mit Gemüse und Reis.

»Meine Kreation: Monas Matschhuhn«, sagte sie und grinste.

»Fantastisch!«, meinte er. »Es riecht toll.«

»Nimm dir!«

Als sie sich beide aufgetan hatten, begann Jan zu essen.

»Es schmeckt sensationell«, sagte er. »Woher kannst du eigentlich so gut kochen?«

Mona lächelte. »Keine Ahnung. Ich hab immer in den Kühlschrank geguckt, was da war, und überlegt, was sich damit machen lässt. Und da sind manchmal irre Sachen bei rausgekommen. Die hab ich mir dann gemerkt. So wie dieses Matschhuhn.«

Jan wurde heiß. Er wollte nicht mehr essen, und er wollte sich auch nicht mehr darüber unterhalten. Das alles war nicht mehr wichtig und hatte keine Zukunft. Er musste eine Entscheidung treffen.

Er stand auf, ging zu ihr und nahm sie an die Hand. »Bitte, Liebe, bitte, komm mit ins Bett. Es ist wichtig.«

Mona kannte Jan mittlerweile und folgte ihm stumm, obwohl sie den ganzen Tag gehungert hatte und ihr Magen knurrte.

Aber Jan Jespik war eben Jan Jespik. Da konnte man nichts machen.

Sie stand vor ihm. Abwartend. Was war los? Was wollte er?

Er sah sie lange an und zog sie langsam aus. Ganz langsam. Stück für Stück, als täte er es zum ersten Mal. Und er tat es auf diese Weise auch zum ersten Mal, denn sonst hatte er ihr die Kleider brennend vor Leidenschaft wüst vom Leib gerissen.

Heute nicht.

Als sie dann endlich nackt neben ihm lag, streichelte er sie mit einer Hingabe, die sie nie bei ihm vermutet hätte. Sie sah und spürte seine Erektion, aber das schien ihn nicht zu interessieren.

Nur sie war wichtig. Ihr Körper, den es zu erkunden galt, als wäre es zum allerersten Mal.

»Ich werde dich immer lieben«, sagte er, während er langsam mit zwei Fingern an der Innenseite ihrer Schenkel entlangstrich. »Für immer und ewig. Mehr als mich selbst. Das schwöre ich!«

Sie schwieg und gab sich seinen Liebkosungen hin.

Dann drehte Mona sich zu ihm um und küsste ihn. »Was ist los mit dir? Warum bist du so in Endzeitstimmung? Hat es mit der Premiere zu tun?«

Jan antwortete nicht, sondern legte sich auf sie und stieß in sie hinein. Sie spreizte die Beine und öffnete sich.

Er verausgabte sich. Sie musste sich festhalten, so sehr tobte er in und auf ihr, bis er schließlich weinend über ihr zusammenbrach.

Sie streichelte ihm übers Haar. »Was ist los mit dir, Liebster?«

»Ciao, bella, du bist die Liebe meines Lebens, ich werde dich immer lieben. Vergiss das nicht!«

»Nein, das vergesse ich nicht! Wie könnte ich?«

Sie schob ihn zur Seite, befreite sich und ging ins Bad.

Sah sich im Spiegel an und dachte, dass Schauspieler vor einer Premiere immer unzurechnungsfähig waren. Kein Grund zur Sorge.

100

Am nächsten Morgen klingelte der Wecker um neun.

Mona stöhnte auf, drehte sich weg und zog sich die Decke über die Ohren.

»Oh, liebe Julia«, flüsterte Jan, *»warum bist du so schön noch? Soll ich glauben – Ja, glauben will ich, komm, lieg mir im Arm …«* Er küsste sie.

Sie grunzte nur.

Jan zog sich an und ging bereits kurz danach aus dem Haus. In den Stadtwald.

Und nun saß er hier im Park auf einer Bank zwischen lauter Rentnern, die Tauben und Enten fütterten.

Mona war zu Hause und wusch sich die Haare für heute Abend.

Es war alles irgendwie verkehrt.

Er stand auf und ging Richtung Stadtzentrum. Lief die Fußgängerzone hinauf und hinunter. Überall dasselbe. Alle deutschen Städte waren austauschbar. Edeka, Fielmann, Deichmann, Nordsee, Apotheken, Christ, H&M, Galeria. Ein Shoppingcenter, ein paar Restaurants, das war's.

Noch acht Stunden, dann musste er im Theater sein. Noch zehn Stunden, dann ging der Lappen hoch.

Jan kaufte sich ein belegtes Baguette, setzte sich wieder auf eine Bank am Ostwall, aß und sah den vorbeilaufenden Passanten zu. Fast alle fettgefressen und übersättigt.

Wenn er das Theater nicht hätte, hätte er keinen Spaß am Leben. So viel war klar.

Aber es gab nicht jeden Tag eine Vorstellung.

Jan hatte Lust, nach Hause zu gehen, sich neben Mona zu legen und einfach zu schlafen. Bis morgen früh. Dann wäre alles vorbei. Er hatte das Szenario vor Augen: Alle spielten verrückt, der Intendant wurde fast irre, zog sich schließlich seinen schwarzen Katastrophenanzug an, den er für solche Fälle im Büro hängen hatte, erzählte dem Publikum irgendwelche Märchen und war stolz darauf, dass es ihm gelang, noch die eine oder andere Pointe rauszuhauen.

Und dann gingen die Leute.

Es gab keine Premiere ohne Romeo. Und Romeo war verschwunden.

Immer wieder diese Fantasien.

Jedes Mal die Endzeitstimmung vor einer Premiere.

Es kotzte ihn an.

Jan kaufte sich ein Bier und wusste nicht weiter.

101

Um halb vier trank er noch einen dünnen, fürchterlichen Kaffee und machte sich dann auf den Weg ins Theater. Er sehnte sich nach dem hölzernen Geruch der Bühne, dem staubigen Mief der Bühnengassen und dem süßlichen Gestank der Garderoben, diesem unvorstellbaren Mix aus Schweiß und Parfüm.

Das war seine Welt.

Er hatte alles dabei, was er brauchte.

Mona hatte sich sicher gewundert, dass er zum Mittagessen nicht zu Hause gewesen war. Vielleicht hatte sie sich auch Sorgen gemacht. Oder sie spürte, dass er vor dieser Premiere allein sein wollte.

Eine WhatsApp hatte sie nicht geschickt.

Egal. Ganz egal.

Im Theater war es still. Um diese Zeit war noch niemand da.

Jan ging auf die Bühne. Das erste Bild war aufgebaut, da trat er aber erst ganz am Schluss auf. Wenig spektakulär. Er freute sich auf spätere Szenen.

Danach verkroch er sich in der Garderobe und hatte wunderbare Ruhe. Niemand war da, niemand nervte, niemand wollte irgendetwas von ihm.

Er nahm sein Handy und rief seine Mutter an.

Doro hob schnell ab und sagte fröhlich: »Hi, Jan! Wie schön, dass du anrufst! Ich hatte es schon ein paarmal bei dir probiert, aber du hast nie zurückgerufen. Wie geht es dir?«

»Ich hab heute Abend Premiere, Mama.«

»Oh! Das ist ja Wahnsinn! Ich dachte, du probst noch mindestens zwei Wochen. Und? Wie ist es? Wie fühlst du dich?«

»Beschissen. Das weißt du doch. Vor einer Premiere kann man sich gar nicht gut fühlen.«

»Ach, Jan, du schaffst es! Und ich bin mir sicher, du wirst großartig sein! Die größte Liebesgeschichte aller Zeiten! Der Romeo ist doch wie für dich gemacht! Wer sollte ihn spielen, wenn nicht du?«

»Ach, Mama …«

»Jan, ich wünsche dir toi, toi, toi! Und melde dich morgen mal, wie es war!«

»Das mach ich. Ich hab dich lieb, Mama, ich hab dich immer geliebt. Und ich will, dass du das weißt.«

»Jan! Ich freu mich so, dass du das sagst, aber was ist los mit dir? Ist irgendetwas nicht in Ordnung?«

»Doch, es ist alles klar. Ich freue mich irgendwie auch auf die Premiere. Mach es gut und behalt mich lieb!«

»Aber sicher! Ich hab dich immer lieb! Und ich wünsche dir alles Gute! Noch mal toi, toi, toi, mein Lieber, ich denke an dich und drücke dir alle Daumen!«

»Ciao, Mama, tschüss, ciao.«

102

Er saß da und starrte auf sein Bild im Spiegel. Wirres Haar, hohle Wangen, großporige, gerötete Haut. Er versuchte, seinen eigenen Blick zu ergründen, aber es war unmöglich, diesem Mann anzusehen, was er vorhatte. Ob er es schaffen würde. Und je länger er sich anstarrte, desto fremder wurde er sich selbst. Dort saß ein Unbekannter. Einer, von dem er nichts wusste. Einer, der noch nie mit ihm geredet und sich noch nie offenbart hatte.

Jan Jespik wurde immer trauriger, immer schlaffer, immer kraftloser.

Er war kurz davor, vom Stuhl zu fallen, als die Garderobiere hereinplatzte. »Einen wunderschönen guten Abend, Herr Jespik!«, flötete sie viel zu hoch und viel zu laut. »Wie sieht's aus? Wollen wir uns mal kurz umziehen? Sie müssen ja auch noch in die Maske.«

Jan erwachte wie aus einem tiefen Traum. Schlagartig wurde ihm klar, wo er war und dass er heute noch eine verdammt schwere Premiere spielen musste. Ihm wurde übel.

»Kleinen Moment noch!«, raunte er, torkelte ins Bad und übergab sich ins Klo.

Frau Klatt war total erschrocken. »Alles in Ordnung, Herr Jespik?«, rief sie ängstlich. »Kann ich Ihnen helfen?« Die schrillen Töne waren verschwunden, jetzt flötete sie nicht mehr, sondern klang wie ein Mensch.

»Nein, schon gut!«, hustete Jan aus der Toilette, und kurz darauf kam er heraus, mit hochrotem Kopf und glasigen Augen.

»Geht es Ihnen jetzt besser?«, fragte Frau Klatt.

»Viel besser.« Jan versuchte ein Lächeln. »Wir können uns jetzt umziehen.«

Frau Klatt hatte alles sauber und ordentlich zurechtgelegt. Die bräunliche Strumpfhose, die Bundhose darüber, das weiße, frisch gewaschene und gestärkte Hemd, die Weste, deren Knöpfe sie akribisch und geschickt mit ihren merkwürdig verbogenen Fingern zuknöpfte. Darüber der breite Kragen, zum Schluss die spitzen Schuhe.

Sie drückte Jan noch seinen Hut in die Hand, den er erst aufsetzen würde, wenn die Maske fertig war, und wünschte ihm toi, toi, toi.

»Danke, Frau Klatt«, sagte Jan und verließ die Garderobe.

Bringen wir es hinter uns, dachte er und betrat die Maske.

Anna-Maria Grünberg war seit dreißig Jahren Maskenbildnerin und durch nichts mehr zu erschüttern. Sie hatte Nervenzusammen-brüche, Ohnmachtsanfälle, Übelkeitsattacken, Fluchtversuche, Anfälle von Größenwahnsinn, Heulkrämpfe – sie hatte alles erlebt. Schauspieler waren für sie Wahnsinnige, unberechenbar und schwer zu ertragen.

Aber dieser Jan Jespik war ein ganz Ruhiger. Ein Stiller, in sich Gekehrter. Sie mochte ihn. Er verzichtete auf jeglichen Zirkus, auf die fürchterlichen Selbstdarstellungen, die sie schon in der Maske erlebt hatte. Manche spielten auf diesen fünf Quadratme-tern Teile ihrer Rolle, schrien, heulten, krampften und beruhig-ten sich wieder, nur um von ihr, von einer einsamen Seele, einen Kommentar zu hören.

Das hatte sie nie verstanden. Sie hatten doch die Bühne! Dort konnten sie sich ausleben und dann im Applaus baden.

So einer war Jan Jespik nicht. Er sagte so gut wie überhaupt keinen Ton.

Er setzte sich auf den Stuhl und schloss sofort die Augen.

Sie kämmte ihm die Haare nach hinten und umstäubte sein Gesicht mit einem kühlen, erfrischenden Wassernebel.

»Wie fühlen Sie sich?«

»So lala. Ich wünschte, es wäre schon vorbei.«

»Das verstehe ich.«

Sanft und beinah zärtlich verteilte sie mit einem kleinen Schwämmchen das Make-up auf Jans Gesicht. Er genoss diese zarten Berührungen und entspannte sich zusehends.

»Ich glaube, es wird ein ganz toller Abend. Wissen Sie, der andere Romeo, der krank war, hatte zum Schluss überhaupt keine Kraft mehr, bei den Fechtszenen wurde nur noch geschummelt. Aber Sie haben Power. Das hab ich gesehen. Und das wird klasse.«

»Hoffentlich.«

»Ganz sicher.« Jetzt puderte sie ihn ab und trug leichtes Rouge auf. Nur so viel, dass er nicht wie eine fahle Wasserleiche aussah.

Jan fühlte sich wie neugeboren. Plötzlich war er ein gut aussehender, junger Mann.

Anna-Maria verstärkte seine Augenbrauen mit einer dunklen Bürste, rollte ihm ein wenig die Wimpern, kämmte seine Haare und setzte ihm den Hut auf.

Jan sah sich an. Fühlte sich völlig verwandelt.

Vielleicht war er ja doch Romeo.

Vielleicht konnte er es ja doch schaffen.

»Ich danke Ihnen, Frau Grünberg«, sagte er, nahm den Schminkumhang ab, der das Kostüm geschützt hatte, und wandte sich zur Tür.

»Darf ich Ihnen über die Schulter spucken?«, fragte sie.

Jan nickte.

Sie ging zu ihm, spuckte ihm dreimal angedeutet über die Schulter und sagte dabei »toi, toi, toi«.

Jan verließ die Maske.

Was für eine Nette. Vielleicht würde sie weinen.

103

Er hatte durch den Vorhang geguckt und die Reihen gezählt. Sie saß in der siebten Reihe.

Komm doch näher!, flehte er, setz dich in die erste Reihe, dann sehe ich dich auch von der Bühne aus. Aber das ging ja nicht. Sie würde dort sitzen bleiben, er konnte nur daran denken und erahnen, wo sie war. Dass sie ihm zusah und mit ihm litt.

Aber sie war da. Das war das Wichtigste. Sonst hätte er nicht spielen können. Nicht ohne sie.

Mona wartete auf seinen Auftritt. So wie jedes Mal voller Herzklopfen. Sie hatte ihm oft gesagt, dass sie ihn liebte, aber dennoch war sie sich dessen nicht ganz sicher. Das machte sie fertig. Die Liebe konnte keiner erklären. Man spürte sie, aber sie blieb ein unerklärliches Phänomen.

Als er auftrat, war er stark und schön. So hatte sie ihn noch nie gesehen. Sie hielt es kaum aus, so fasziniert war sie, und so sehr begehrte sie ihn. Und er sah so viel jünger aus. War wirklich der junge Romeo, schlank und sportlich, der über Mauervorsprünge und Tische und Stühle sprang. Der focht wie ein junger Gott.

Sie konnte sich nicht sattsehen an ihm. Er war ein anderer als der, der morgens mit zerwühltem Haar und schlechtem Atem erwachte, sich aus dem Bett quälte, ins Bad humpelte und dann irgendwann die Kaffeemaschine einschaltete.

Der da auf der Bühne war wirklich ein attraktiver, vitaler italienischer Mann, dem die Frauenherzen zuflogen, der Inbegriff des jungen Liebhabers in der Weltliteratur.

Ihr Romeo. Sein Herz schlug nicht für Julia, sondern für sie. Mit ihr würde er heute Nacht nach Hause gehen, mit ihr würde er den Erfolg feiern, mit ihr würde er schlafen.

Sie war seine Julia.

Nach der Pause wurde Mona ganz nervös. Wie machten sie das, würde er mit Julia auf der Bühne schlafen? Das würde sie nicht ertragen. Man wusste ja nie, wie weit der Regisseur in einer Inszenierung ging. Mittlerweile glaubte sie, schon einen Kuss nicht aushalten zu können. Mitanzusehen, wie er eine andere Frau küsste! Niemals.

Das Stück wurde ihr mehr und mehr zur Qual, und sie hoffte auf das Ende, wollte mit Jan in ihre karge Bude, wollte ihm sagen, dass sie ihn liebte.

Das hatte sie jetzt begriffen.

Ja, sie liebte ihn über alles. Vincenzo war tot, sie war gerächt, es konnte ein ganz neues Leben beginnen. Mit Jan, der alles für sie getan hatte. Ja, sie wollte ein Leben mit ihm. Ganz egal, wie. Indem sie mit ihm durch die Gegend zog und in den jeweiligen Wohnungen auf ihn wartete, während er spielte, oder indem sie durch die Welt tourten. Mit Zelt und Rucksack, mit Wohnmobil oder einem kleinen Haus über den Klippen. Da richtete sie sich ganz nach ihm. Wo er glücklich war, war auch sie glücklich.

Sie sah ihm zu und brannte vor Liebe.

So etwas hatte sie noch nie erlebt.

Im fünften Aufzug, dritte Szene, hielt Jan seine vermeintlich tote Julia im Arm.

Auf dem Friedhof brannte eine Fackel.

O mein Herz, mein Weib!
Der Tod, der deines Odems Balsam sog,
hat über deine Schönheit nichts vermocht.

Jan wurde heiß. Glühend heiß. Dies war der unwiederbringliche Moment, der Leben und Tod vereinte, und er fühlte, dass er ihn noch nicht in aller Konsequenz durchgespielt und entschieden hatte. Er stand wie auf einer Balkonbrüstung hoch oben im siebenundzwanzigsten Stockwerk und konnte, musste, wollte springen.

Siebenhundert Menschen sahen ihm dabei zu. Er kam fast um vor Liebe und wollte es dann letztendlich doch nicht.

Nahm das Fläschchen, sah es an und zögerte. Diese Entscheidung war unkorrigierbar, er wollte Mona noch einmal sehen, erahnte sie nur im Publikum, wusste, dass sie an seinen Augen hing, seinen Atem spürte und ihn ihrem anglich, und doch musste es sein.

Ihm könnte das Fläschchen aus der Hand fallen, sein Inhalt würde auf den Bühnenboden fließen und im Parkett versickern … Einen Augenblick nur noch, einen Wimpernschlag, einen Moment der Entscheidung … Mona, mein Leben, meine Liebe, und doch ist es unmöglich, ciao, amore…

Er hörte auf zu denken.

Dies meiner Lieben! (er trinkt das Gift) O wackrer Apotheker!
Dein Trank wirkt schnell. – Und so im Kusse sterb ich.

Jan sackte in sich zusammen.

Das Stück ging weiter, Lorenzo und Balthasar traten auf, Julia erwachte aus ihrer Ohnmacht, begriff, dass Romeo tot war, und erstach sich.

Romeo und Julia lagen unbeweglich auf dem Bühnenboden.

Nur wenige Minuten später endete das Stück.

Der Vorhang schloss sich, und die Zuschauer begannen, enthusiastisch zu klatschen.

Alle Schauspieler reihten sich hinter dem Vorhang auf zum Applaus.

Nur einer nicht.

Jan Jespik.

Er lag am Boden und rührte sich nicht. Dünner weißer Schaum stand in seinen Mundwinkeln.

»Verdammte Scheiße, Jan, was ist los mit dir?«, schrie Mercutio.

Jan rührte sich nicht.

Pater Lorenzo rannte zum Inspizienten in der ersten Gasse. »Lass den Vorhang zu und ruf den Theaterarzt, es ist was passiert!«

Julia, Tybalt, Pater Lorenzo und Mercutio kümmerten sich um Jan, der nicht reagierte.

Julia fing an zu weinen.

»Wir müssen den Krankenwagen mit Notarzt rufen«, sagte Tybalt, »was hat dieser verdammte Kerl gemacht?«

»Er hat nicht gespielt, er hat es ernst gemeint, er ist gestorben«, sagte Pater Lorenzo und fiel auf die Knie.

Es dauerte ziemlich lange, bis alle Kollegen begriffen, dass Jan Jespik tot war.

Die Leute klatschten jetzt rhythmisch, sie erhoben sich, aber der Vorhang öffnete sich nicht. Der Applaus hörte nicht auf, aber nichts geschah. Der Vorhang blieb zu, und allmählich begriff jeder im Publikum, dass irgendetwas nicht stimmte.

Das Klatschen verebbte. Aber niemand verließ den Saal. Alle warteten gespannt ab.

Schließlich trat der Intendant vor den Vorhang.

»Es tut mir sehr leid, Ihnen mitteilen zu müssen, dass der Schauspieler Jan Jespik, unser grandioser Darsteller des Romeo, soeben verstorben ist.«

Mona sprang auf und schrie: »Neeiiiin!!«

Dann zwängte sie sich durch die Zuschauerreihe, rannte nach vorn, sprang vom Zuschauerraum auf die Bühne, drängte sich durch den Vorhang und nahm Jan in den Arm.

»Was machst du denn für eine verdammte Scheiße, Jan?«, weinte sie und bettete seinen Kopf in ihrem Schoß. Sie sah zum Intendanten, der hilflos herumstand. In der Ferne hörte man das Martinshorn des herannahenden Krankenwagens.

»Man stirbt doch nicht einfach so bei einer Premiere! Ihr müsst ihn wiederbeleben! Scheiße, hatte er einen Herzinfarkt?«

»Entschuldigung, ich bin der Theaterarzt«, sagte ein kleiner, zurückhaltender Mann. »Es tut mir furchtbar leid, aber wir können nichts mehr tun. Es war kein Herzinfarkt, sondern Gift, richtiges Gift. Er ist nicht nur den Bühnentod, sondern den wirklichen Tod gestorben.« Der Arzt nahm Monas Hand.

Mona drückte Jan an sich und weinte. Konnte sich nicht mehr beruhigen. »Gift? Ich lieb dich doch, Jan Jespik, ich liebe dich ohne Ende, hab ich dir das nicht klar genug gesagt, oder hast du es nicht begriffen? Was soll ich denn tun auf dieser verfluchten Welt ohne dich? Du kannst mich doch nicht einfach allein lassen!«

Sie drückte ihn an sich, bis der Rettungswagen kam und Sanitäter ihn auf eine Trage hoben.

Als sie ihn in den Krankenwagen schoben, wollte sie ihm noch irgendetwas sagen, irgendetwas hinterherrufen, mit auf den Weg geben, aber sie kam nicht mehr dazu. Die Tür knallte zu.

Der Wagen fuhr davon.

Mona weinte.

Und lief langsam und allein in die Nacht.

Ohne zu wissen, wohin.

Lust auf mehr von Sabine Thiesler?

Dann lesen Sie weiter:

LESEPROBE

Die Nacht war warm.
Zu warm, um zu sterben.

ISBN 978-3-453-27439-6

Oder als E-Book: 978-3-641-30851-3
Überall, wo es Bücher gibt

Das Buch

Ein kleines Zelt, idyllisch am Waldrand, mit herrlichem Blick über die Hügel der Toskana. Dort verbringt das junge deutsche Paar Anne und Michael wunderschöne Urlaubstage. Bis sie eines Nachts grausam ermordet werden. Commissario Neri ist entsetzt. Geht wieder ein Liebespaarmörder um, wie einst das Monster von Florenz? Tatsächlich schlägt der Täter schon kurz darauf wieder zu. Zum Glück hat Neri bei seinen Ermittlungen tatkräftige Unterstützung durch eine neue junge Kollegin, Romina Roselli. Eine Spur führt die beiden schließlich in ein einsames Frauenkloster …

HEYNE ‹

1

MONTEBENICHI, TOSKANA

Es war zwei Uhr morgens, als sie leise aufstand. Stefano lag auf der Seite und schlief fest. Er atmete tief und gleichmäßig. Einen Moment zögerte sie, aber dann gab sie sich einen Ruck und verließ leise das Zimmer. Zog die Schlafzimmertür, die sich an manchen Tagen überhaupt nicht schließen ließ, unendlich langsam und vorsichtig ins Schloss, damit er um Gottes willen nicht erwachte.

Im Bad, wo sie ihre Sachen liegen gelassen hatte, zog sie sich schwarze Jeans, Hemd, Turnschuhe und ein schwarzes Kapuzenshirt über.

Dann schlich sie ins Wohnzimmer, verharrte bewegungslos und horchte. Kein Laut war zu hören. Alles war still.

Sie sah aus dem Fenster. Auch auf der schmalen Dorfstraße regte sich nichts. Kein Mensch war unterwegs. Selbst schräg gegenüber, wo die alte Tiziana wohnte, die sich vor der Dunkelheit fürchtete, daher tagsüber schlief und nachts fast immer am Fenster saß und auf die Dorfstraße starrte, um »Wache zu halten«, brannte in dieser Nacht kein Licht.

Es war alles in Ordnung. Konnte besser nicht sein.

Sie ging zu dem kleinen Sekretär neben dem Fenster, der dort schon gestanden hatte, als sie die Wohnung mieteten, der zum Inventar gehörte und ihr von der ersten Minute an gefallen hatte, nahm die Pistole samt Schalldämpfer aus der oberen Schublade – einen Schlüssel hatten beide Schubladen nicht –, steckte sie in die rechte Jackentasche und in die linke das prall mit Munition gefüllte Magazin.

Anschließend ging sie in den Flur, zog sich die Stirnlampe über den Kopf, die wegen der häufigen Gewitter und der damit verbundenen Stromausfälle dort ständig griffbereit am Haken hing, nahm leise ihr Schlüsselbund, zog die schwere Tür zu, die bereits morsch war und tiefe Risse hatte, und trat hinaus in die Nacht.

Stefano und sie bewohnten in Montebenichi ein altes, ziemlich heruntergekommenes Haus mit zwei Zimmern, einer Küche und einem vorsintflutlichen Bad mit gelb-bräunlichen Fliesen und einer Toilette, deren Wasserkasten an der Decke hing. Um zu spülen, musste man an einer Kette ziehen, die alle paar Tage riss und von Stefano immer wieder notdürftig repariert wurde. Die Dusche war verschimmelt, der Wasserdruck war äußerst gering, aber zumindest war das Wasser warm. Wenigstens etwas. Sie hatten keinen Balkon, keine Terrasse, aber einen Portico vor ihrer Tür. Von dort führte eine Treppe hinunter zur Dorfstraße, auf der – wenn überhaupt – nur alle paar Stunden mal jemand vorbeikam.

An warmen Sommerabenden saßen sie auf zwei wackligen Stühlen auf dem Portico, stellten ihre Weingläser in die Blumenkästen und schwiegen. Hofften auf ein wenig Unterhaltung, auf einen Nachbarn, der sich vielleicht auf ein Glas Wein einladen ließ, aber das passierte nur äußerst selten.

Die Miete für diese primitive Hütte war erschwinglich. Stefania und Stefano kamen finanziell einigermaßen über die Runden, aber sie waren nicht glücklich.

Sie existierten.

Stefania hielt vor dem Haus einen Moment inne, sah in den Himmel, und ein fast perfekter Vollmond leuchtete über den Dächern des kleinen Bergdorfes.

Sie sah sich um. Nirgends ein Mensch, kein Licht hinter einem Fenster, Montebenichi schlief.

Sie nahm nicht den Fiat 500, mit dem Stefano morgen früh zur Baustelle fahren würde, sondern stieg auf die Vespa, die Stefano und sie vor einem halben Jahr gebraucht, ziemlich verrostet, aber günstig erstanden hatten und die vor der Tür parkte, ließ sich bis zum Ortsausgang bergab rollen, startete den Motor erst, als auch das letzte Haus weit genug entfernt war, und fuhr los.

Das Knattern von Mofas, Vespas oder Motorrädern war auch nachts in dem kleinen Ort nichts Ungewöhnliches, aber jetzt, am Ortsausgang, konnte sie sicher sein, dass Stefano weder aufwachte noch das Geräusch der Vespa mit ihr in Verbindung brachte.

Im Dorf blieb es still. Niemand war so frühmorgens unterwegs.

Es war nicht weit bis zum Wald, bis zu der kleinen Lichtung, von der aus man am Tag einen herrlichen Blick über die Hügel der Toskana bis auf die gegenüberliegende Hügelkette nach Rosennano hatte.

Jetzt beleuchtete das Mondlicht gespenstisch die silbrig glänzenden Olivenhaine, den dunklen Wald und die sandigen Wege, die sich fast grell beleuchtet durch die Landschaft schlängelten.

Stefania arbeitete in der Osteria L'Orciaia in Montebenichi und wusste daher, dass momentan ein Paar auf dieser Lichtung zeltete. Vorn am Wald. So viel hatte sie aus den Gesprächen der beiden herausgehört, obwohl sie sich auf Deutsch unterhielten, denn immerhin hatte sie in der Schule drei Jahre Deutsch gelernt. Im Gymnasium konnte man sich zwischen Deutsch und Französisch entscheiden – sie hatte Deutsch gewählt, und bei den vielen deutschen Touristen wusste sie, dass das eine gute Wahl gewesen war.

Allerdings hatte sie es nicht mehr geschafft, Abitur zu machen. Anderthalb Jahre vorher hatte sie die Schule verlassen und aus ihrem Zuhause fliehen müssen. Aber immerhin konnte sie das Nötigste auf Deutsch sagen und verstehen.

Es war am Abend zuvor gewesen. Der junge Mann bestellte, und sie sah, dass er kräftig war, ein rundes Gesicht und mit dem rötlichen Haar etwas Ähnlichkeit mit Ed Sheeran hatte. Seine blonde Freundin wirkte dagegen schmal und schmächtig. Wie eine zarte Elfe neben einem massigen Stier. Die beiden waren jung, verliebt und glücklich. Das hatten sie ausgestrahlt, als sie in der Osteria aßen. Hatten sich unentwegt in die Augen gesehen und sich ständig an den Händen gehalten. Unter und über dem Tisch.

Stefania kannte die Stelle am Wald, wo die beiden zelteten, parkte jetzt ihre Vespa ganz in der Nähe, schob ihre Stirnlampe auf die Stirn, schaltete sie an und ging langsam und leise auf das kleine Zelt zu. Es war winzig, wirklich nur ein Schlafplatz für zwei Personen. Alles andere hatten sie offensichtlich in ihrem Wagen, der wenige Meter entfernt parkte.

Neben dem Zelt standen noch eine Schüssel mit schmutzigem Geschirr, eine leere Flasche Wein, und ein Paar Flip-Flops lag daneben.

Nichts regte sich, sie hörte nur leises Schnarchen.

Sie blieb stehen und hielt inne. Niemand wusste, dass sie hier war, niemand hatte sie gesehen, sie war unsichtbar. Es war ihr Schicksal, für alle Welt unsichtbar zu sein.

Und eine unsägliche, unbegründete und unerklärliche Wut erfüllte sie, die wie eine heiße Woge durch ihren Körper schoss.

Sie nahm die Pistole aus der Jackentasche, schraubte den Schalldämpfer auf den Lauf, schob das gefüllte Magazin hinein, das mit einem Klacken einrastete, repetierte den Lauf, klemmte sich die geladene Pistole zwischen die Knie, zog mit einem lauten Ratschen den Reißverschluss des Zeltes auf, und dann geschah genau das, was sie erwartet hatte: Der junge Mann fuhr hoch und setzte sich auf. Er war überrascht und vollkommen irritiert.

Stefania konnte jetzt sowohl ihn als auch seine Freundin, die nur unter einer dünnen Wolldecke lag und sich in diesem Moment ebenfalls erhob, deutlich erkennen.

Sie schoss sofort, bevor einer der beiden irgendetwas sagen konnte. Zuerst dem massigen Stier ins runde Gesicht, der augenblicklich umfiel wie ein gefällter Baum, dann der Elfe in die Stirn, der das Blut aus den Augen lief. Anschließend schoss sie noch jedem dreimal in die Brust. Die Körper zuckten und bäumten sich auf, was sie wunderte, da sie doch eigentlich schon tot waren, aber jedenfalls war keiner der beiden dazu gekommen zu schreien.

Beide lagen bewegungslos auf ihren Isomatten, aber Stefania schoss jedem noch einmal in den Unterleib – dann war das Magazin leer. Sie wartete noch eine Weile, bis sich im Zelt absolut nichts mehr regte, und atmete erleichtert aus.

Das war ja einfach gewesen.

Aber jetzt musste sie noch etwas tun, was ganz und gar nicht einfach war.

Mithilfe ihrer Stirnlampe leuchtete sie den Waldboden in der Umgebung des Zelts ab und fand schnell, was sie suchte. Einen Stock. Zwei Daumen dick, an der spitz zulaufenden Seite nur einige dünne Äste und Blätter.

Perfetto.

Sie streifte sich Handschuhe über, hatte Angst und Horror vor dem, was sie tun musste. Es fiel ihr verdammt schwer, aber es war nötig. Sie musste sich zusammenreißen.

Einen Moment hielt sie inne, warf noch einen letzten Blick auf die beiden bewegungslosen Leichen, zog dann der jungen Frau die Decke weg und die bequeme Jogginghose, in der sie geschlafen hatte, herunter. Danach die Unterhose.

Es grauste ihr, und sie würgte, als sie der Frau den Stock in die Vagina rammte.

»Scusami«, murmelte sie, legte die Decke zurück über die Leiche, verließ das Zelt und schloss den Reißverschluss hinter sich.

»Scusami.«

Zurück in Montebenichi, schob sie die Vespa leise bergauf, stellte sie dann exakt dorthin, wo sie auch vorhin schon gestanden hatte, ging leise ins Haus, legte im Wohnzimmer die Pistole zurück in die Schreibtischschublade, zog sich im Bad wieder aus und kroch zu Stefano ins Bett. Schmiegte sich an ihn.

Er grunzte wohlig.

Sie schnupperte an seinem Nacken, genoss minutenlang seinen vertrauten Geruch und schlief schließlich entspannt ein.

Drei Stunden später saß sie am Küchentisch und trank einen Kaffee.

Stefano kam herein. Zerzaust, verschlafen, gähnend und sich unentwegt die Stirn reibend. »Was ist denn mit dir los? Warum schläfst du nicht?«

»Ich kann nicht.«

»Warum nicht?«

Sie starrte ihn an, als wäre er ein Idiot, der nicht bis drei zählen kann. Dann spuckte sie in seine Richtung.

Stefano blieb ruhig, obwohl er ihr am liebsten eine gescheuert hätte. »Versuch dich abzuregen«, sagte er. »Ich geh jetzt zur Arbeit. Aber vielleicht bist du ja heute Abend, wenn ich wiederkomme, so weit, dass du mir sagen kannst, was du jetzt schon wieder hast.«

Er ging aus der Küche, sie blieb sitzen und schloss die Augen. Dann kochte sie neuen Kaffee und fing an zu heulen, wie eine gefangene Kreatur in der Falle, die sich nicht mehr zu helfen weiß.

Der letzte und verzweifelte Hilferuf eines Wesens, das nicht mehr daran glaubt, dass irgendwer seine Schreie hört.

Als Stefano wieder hereinkam, stürzte er den Kaffee hinunter, übersah die Tränen und überhörte das Heulen von Stefania, drückte ihr einen Kuss aufs Haar und sagte: »Bis nachher. Pass auf dich auf.«

Er ging, und Stefania wusste nicht, wohin mit sich.

Nach einer Weile wurde es still im Zimmer.

2

Romina Roselli knallte die Schublade zu, aus der sie sich einen Löffel genommen hatte, und bei dieser Erschütterung fiel die Salatschüssel, die sie nach dem Abwaschen auf dem Abtropfbrett gegen eine Pfanne gelehnt hatte, in die Spüle und zerbrach.

»Porca miseria!«, brüllte Romina und pfefferte die Scherben der Schüssel in den Mülleimer. Heute war wohl nicht ihr Tag. Sie schaltete die Kaffeemaschine an. Wenigstens einen schönen Milchkaffee wollte sie noch trinken, bevor sie sich zum ersten Mal in Ambra in der Carabinieri-Station vorstellen und ihre Arbeit aufnehmen würde. Als Nachfolgerin von Carabiniere maresciallo Donato Neri, der demnächst in Rente ging, wollte sie einen wachen und ausgeruhten Eindruck machen.

Marescialla Romina Roselli. Sie wusste nicht, was sie in diesem kleinen Städtchen Ambra erwartete, aber sie freute sich darauf.

Romina war eine kleine, leicht rundliche Person, fröhlich und energisch zugleich, fünfunddreißig Jahre alt und seit drei Jahren geschieden. Ihr Ex arbeitete als Geometer in Rom und war bereits wieder verheiratet. Sie konnte es nicht fassen, wie verdammt schnell das alles gegangen war, aber wahrscheinlich hatte er schon jahrelang eine Affäre mit seiner Neuen gehabt, denn Marco war kein Mann der schnellen Entschlüsse. Mit ihr war er fünf Jahre am Arno spazieren gegangen, bevor er sie endlich fragte, ob sie ihn heiraten wolle. Und heute überlegte sie manchmal, ob das nicht ein Fehler gewesen war.

In Ambra hatte Romina eine Dachgeschosswohnung direkt über der Bar della Piazza bezogen, der Blick auf die Piazza war sicher nicht der schlechteste, aber es war ständig laut, und die Wohnung war ansonsten auch ziemlich verwohnt und etwas zu schlicht. Um nicht zu sagen primitiv. Zwei Zimmer, Küche, Bad. Die Küche hatte den Charme eines Altenheims, geschmacklos, praktisch, gut, und das Bad war wie eine Nasszelle im Krankenhaus. Aber egal. Wenn sie die Gegend hier und die Leute besser kannte und sich ein kleines Netzwerk aufgebaut hatte, würde sie bestimmt etwas Besseres finden. Fürs Erste musste es gehen.

Romina saß an einem weiß lackierten Holztisch, an dem vermutlich schon seit zwanzig Jahren die Farbe abblätterte, trank ihren heißen Kaffee und recherchierte gerade im Internet, wo in dieser Gegend der nächste Schießstand war, da sie leidenschaftlich gern und ausgesprochen gut schoss und nicht aus der Übung kommen wollte, als ihr Handy klingelte.

»Pronto!«, brüllte Romina ins Telefon, als wäre sie auch jetzt, um sieben Uhr morgens, schon fünf Stunden wach und voller Tatendrang.

»Buongiorno, Donato Neri hier. Wir haben zwei Leichen im Wald. In einem Zelt. Erschossen. In der Nähe von Montebenichi. Ich schicke Ihnen die Koordinaten aufs Handy.«

»Ich fasse es nicht.«

»Für uns hier in Ambra ist so was normal.«

»Bin schon unterwegs.«

»Va bene. Bis gleich.«

Romina ließ ihren Kaffee Kaffee sein, riss ihre Jacke vom Haken, stürmte aus ihrer Wohnung und spurtete zu ihrem Auto, das nur hundert Meter entfernt auf dem großen Platz an der Ambra parkte.

Das ging ja gut los.

3

Noch war der Morgen kühl und das Licht milchig trüb. Noch hatte die Sonne keine Kraft, und das Gras war feucht von der Nässe der Nacht. Vielleicht hatte es auch geregnet – Romina wusste es nicht.

Sie hielt mit hundert Metern Sicherheitsabstand vor dem Tatort und konnte es nicht fassen: Außer Donato Neri, den sie nach ihrer Ankunft in Ambra bereits kurz kennengelernt hatte, war da kein Mensch neben dem Zelt. Keine Schaulustigen, keine eifrigen Polizisten oder Carabinieri, die alles absperrten, keine Spurensicherung, kein Krankenwagen, keine Presse – niente e nessuno. So etwas hatte sie noch nie erlebt.

Romina war in Mailand aufgewachsen. Ihr Vater war Jurist mit einer eigenen Kanzlei, ihre Mutter hatte eine Boutique im Herzen der Stadt mit wenigen, aber edlen und teuren Klamotten. Romina interessierte sich weder für die Juristerei noch für Mode, wenn sie aus der Schule kam, glänzten ihre Eltern durch Abwesenheit, aber Romina fühlte sich nie einsam. Sie hatte vier Freundinnen, und die Fünfer-Mädchen-Gang war eine eingeschworene Gemeinschaft. Sie boxten sich gemeinsam durchs Leben und durchs Abitur, teilten Freud und Leid und behaupteten sich in der Stadt und Männern gegenüber. Sie vergnügten sich in Discos, ließen sich volllaufen, übten das Bogenschießen, testeten, wer am längsten die Luft anhalten, am weitesten schwimmen und die meisten Songtexte auswendig konnte. Sie waren füreinander da. Immer.

Und nach dem Abi ging Romina nicht an die Uni, wie von ihren Eltern erhofft, sondern zur Scuola Marescialli Carabinieri. Sie sehnte sich nicht nach der Theorie, sondern nach dem praktischen Leben. Sie kannte die Straße, hatte sich immer durchgeschlagen und würde das auch weiter tun. Bei den Carabinieri holte sie in ihren ersten zwei Jahren in Mailand den Kaffee und den Wagen und gab die Funksprüche durch. Danach arbeitete sie in Perugia acht Jahre als Ermittlerin, löste zwei komplizierte Fälle, an denen sich ihre Kollegen seit Jahren die Zähne ausbissen, und hatte sich in dieser Zeit nicht nur Achtung erworben, sondern auf alle Fälle eins begriffen: In diesem Job war sie goldrichtig. Das war ihre Bestimmung.

Und schließlich bekam sie die Chance, in Ambra als marescialla die Carabinieri-Station zu leiten. Sie nahm sie wahr und wechselte voller Freude und Enthusiasmus von der Großstadt aufs Land.

Aber nun war sie an diesem Tatort doch sehr verwundert. Sie erinnerte sich, als in Perugia vor zwei Jahren ein Kind aus dem sechsten Stock eines Mietshauses gefallen war, waren binnen Minuten nicht nur zig Polizisten, Schaulustige und Nachbarn am Unglücksort gewesen, sondern nach einer Dreiviertelstunde auch die Spurensicherung und hatte mit ihrer Arbeit begonnen.

Und hier war niemand außer Neri. Es war so still und friedlich, als wäre die Welt noch in Ordnung.

Offensichtlich war Ambra vollkommen aus der Zeit gefallen.

Die Sonne kam hinter den Bergen hervor, und das Land dampfte in der aufkommenden Wärme.

»Buongiorno, maresciallo Neri«, sagte sie, als sie zum Zelt kam, und zwang sich zu einem Lächeln.

Auch Donato lächelte. »Marescialla Roselli! Buongiorno!«

»Was ist passiert?«

»Da drin liegen zwei Leichen. Erschossen.«

»Und warum ist hier niemand? Keine Schaulustigen, keine Kollegen von der Polizei, keine Spurensicherung?«

»Hier kommen nicht oft Spaziergänger vorbei, früh am Morgen schon gar nicht, und wenn überhaupt, dann am Wochenende. Die

Polizei bin ich selbst, ich hab Sie alarmiert, das muss reichen, und die Spurensicherung braucht sicher vier bis fünf Stunden, bis sie kommt. Wir sind hier nicht in Rom, marescialla.«

»Romina.«

»Va bene. Romina!« Neri grinste. »Ich bin Donato. Sagen wir Du. Wir ziehen an einem Strang, und hier kommt einiges auf uns zu.«

»Va benissimo.«

Sie schüttelten sich die Hände, und Neri spürte, wie ihn ein warmes Gefühl durchflutete. »Es ist ja wirklich furchtbar, dass unsere Zusammenarbeit nicht bei einem Kaffee im Büro, sondern gleich bei einem Tatort beginnt …«

»Tja, das ist nun mal nicht zu ändern.«

»Hast du dich schon zurechtgefunden in Ambra?«

Romina lächelte. »Ja, klar. Ich hab eine kleine Wohnung über der Bar della Piazza gefunden und bin dabei, meine Kisten auszupacken. Hab mich angemeldet, ein Konto eröffnet, Strom funktioniert, was will man mehr. Noch zwei, drei Tage, dann bin ich in der Spur.«

»Super. Und wenn du irgendwas brauchst oder irgendein Problem hast, dann sag mir Bescheid.«

»Klar. Mach ich. Danke, Donato! Aber sag mal, wer hat dich angerufen und gesagt, dass hier zwei Tote liegen?« Während sie fragte, zog sie Handschuhe über, sah ins Zelt und machte Fotos.

»Heute Morgen um sechs hat mich Teresa Baldi angerufen. Ich kenne sie seit Jahren. Sie ist fünfundsechzig, total abgemagert, träumt von der ewigen Jugend und rennt jeden Tag bergauf, bergab. Wie eine Wahnsinnige. Irgendwann wird sie tot umfallen. Aber nicht mit fünfundneunzig, sondern mit siebenundsechzig. Na ja. Jedenfalls hat Teresa die Leichen gefunden und mich angerufen. Ich bin sofort hergefahren, hab den Tatort gesichert, dir Bescheid gegeben und Teresa gesagt, ich würde mich melden, wann wir uns in der Bar in Ambra treffen können. Sie sollte auf alle Fälle erst einmal frühstücken, denn sie war unglaublich geschockt.«

Romina grinste. »Das kann ich verstehen. Aber gut.«

Romina war voller Tatendrang. »Jedenfalls können wir hier nicht sechs Stunden auf die Spurensicherung warten, Donato, ich werde sie selbst vornehmen. Ich habe dafür eine extra Ausbildung gemacht. Das geht klar. Und meinen Koffer mit allem, was ich dazu brauche, hab ich im Auto. Diesen Koffer hab ich übrigens *immer* im Auto! Man weiß ja nie!« Sie lachte. »Da können sich die Kollegen, die einen halben Tag brauchen, um hier überhaupt anzutanzen, sauer einkochen.«

So etwas hatte Donato Neri noch nie erlebt. Er sah fassungslos zu, wie sie ihr Equipment aus dem Auto holte, in ihren Ganzkörperanzug stieg, Handschuhe und Maske überstülpte und mit der Arbeit begann.

»Kann ich dir irgendwie helfen?«, fragte er.

»Ja: Falls hier jemand vorbeikommt – halt ihn mir vom Leib!«

Neri wartete anderthalb Stunden. Er kam sich so untätig und irgendwie blöd vor, aber er fühlte sich auch gut. Hier passierte wenigstens etwas. Diese marescialla war ja 'ne Wucht!

Als sie schließlich aus dem Zelt gekrochen kam, ihre Maske vom Gesicht zog und sich die Handschuhe abstreifte, sagte sie: »So. Das wäre erledigt. Soweit ich das beurteilen kann, sind beide aus nächster Nähe erschossen worden. Gezielt auf Kopf, Brust und Unterleib. Meines Erachtens haben sie nicht lange gelitten, sie waren sofort tot. Die Schüsse waren sehr präzise, da ging nichts daneben, der Täter hat nicht gewackelt oder gezittert, er war sich seiner Sache sehr sicher. Aber die Besonderheit in diesem Fall ist, dass der weiblichen Leiche ein Stock in der Vagina steckte.«

Neri starrte Romina entgeistert an. »Oddio«, murmelte er. »Warum das denn?«

»Das weiß ich nicht, aber das werden wir herausfinden. Bitte ruf einen Leichenwagen, damit die Leichen in die Gerichtsmedizin gebracht werden. Ich hab die entsprechenden Nummern noch nicht in meinem Handy. Brauchen die dafür auch ein paar Stunden?«

»Ich hoffe nicht.«

Neri telefonierte, während sich Romina aus ihrem Ganzkörperanzug schälte.

»In Ambra gibt es einen Bestatter, Ivo, mit dem arbeite ich seit Jahren eng zusammen, der ist unterwegs und müsste in zehn Minuten hier sein. Er bringt die Leichen nach Siena.«

»Gut. Eine Tatwaffe hab ich nicht gefunden, aber das hab ich auch nicht erwartet, und du sicher auch nicht.«

Neri schüttelte den Kopf.

»Der Täter hat die beiden offensichtlich erschreckt, aufgeweckt, was weiß ich, wahrscheinlich hat er vorher den Reißverschluss des Zeltes geöffnet, oder eines der beiden Opfer hat ihn geöffnet, und dann sind beide unmittelbar und aus nächster Nähe kaltblütig erschossen worden. Das ging so schnell, da konnten die beiden weder schreien noch sich wehren. Plötzlich steht vor ihnen ein Mann, sie bekommen eine Heidenangst, aber dann schießt er auch schon, und es ist vorbei. Ein schneller Tod.

Der Mörder hatte anscheinend nicht vor, ihnen Angst zu machen oder sie zu quälen, nein, er wollte sie einfach nur töten. Bumm und fertig. Mission erfüllt.«

Neri schüttelte nur stumm den Kopf. »Aber warum?«

»Tja, warum? Das ist die große Frage. Da gibt es viele Möglichkeiten.«

Neri stöhnte auf.

Ende der Leseprobe